MEMORY HOUSE
记忆坊文化

The
Looming
Storm

巫山 著

江苏凤凰文艺出版社
JIANGSU PHOENIX LITERATURE AND
ART PUBLISHING

图书在版编目（CIP）数据

暴雪将至 / 巫山著 . -- 南京：江苏凤凰文艺出版
社 , 2023.6
ISBN 978-7-5594-7667-8

Ⅰ.①暴… Ⅱ.①巫… Ⅲ.①长篇小说 – 中国 – 当代
Ⅳ.① I247.5

中国国家版本馆 CIP 数据核字 (2023) 第 057272 号

暴雪将至

巫山 著

责任编辑	白　涵	
策　划	北京记忆坊文化	
特约编辑	莫桃桃	
封面设计	吴思龙	
版式设计	段文婷	
出版发行	江苏凤凰文艺出版社	
	南京市中央路 165 号，邮编：210009	
网　址	http://www.jswenyi.com	
印　刷	环球东方（北京）印务有限公司	
开　本	670 毫米 ×970 毫米 1/16	
印　张	18	
字　数	323 千字	
版　次	2023 年 6 月第 1 版	
印　次	2023 年 6 月第 1 次印刷	
书　号	ISBN 978-7-5594-7667-8	
定　价	48.00 元	

江苏凤凰文艺版图书凡印刷、装订错误，可向出版社调换，联系电话 025-83280257

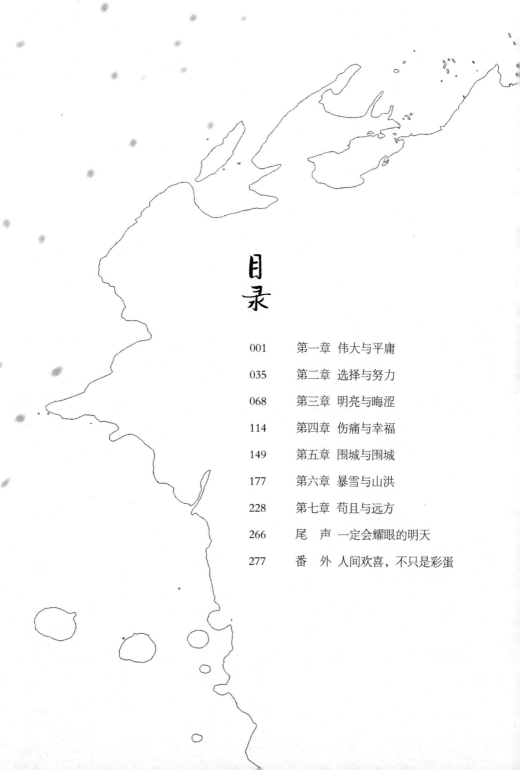

目录

第一章

伟大与平庸

许心宜的自白：

十岁以前我想成为一名美少女战士——水冰月，可以代表月亮消灭很多帅哥哥。十八岁以前我想成为白雪公主，能同时获得高贵的白马王子的爱慕和像骑士一样的七个小矮人的守护。可谁又能想到，二十五岁以前的我却成了人见人躲、花见花败的"金刚芭比"，拥有铁血伟岸的身躯以及风雪不惧的武力！

我才明白原来书里写的穆桂英和花木兰都被加持了"金手指"，现实生活中的我只是倒霉地丢了水晶鞋就不再有第二次奇迹的灰姑娘。

直到有一天，我的桃花忽然开了，一朵两朵，三朵四朵……啪！我开始怀疑爱情了。

在没有爱情的岁月里，我只会问自己一个问题：如果可以重来，我还愿意成为一名整日扑在救援前线的转岗特警吗？把健康的身体、不屈的灵魂，以及那只丢掉的水晶鞋，全都交付暴雪与山洪？

后来有了爱情，我又多出一百零八个问题：像我这样的人也可以拥有"琼瑶式"的爱情吗？我可以骄傲吗？可以炫耀吗？可以像拥有肩章一样踏实地拥有他吗？他会像爱暴雪与山洪一般爱我吗？会爱我的胆小与平凡，爱我的壮阔与波澜吗？

而这一切一切的变故都来自"那一天"。

摄像开始：

　　现在时间是2019年8月5日，凌晨三点，接到紧急任务，小星湾海峡有沉船，两人失踪，五分钟后出动。机长依旧是战斗力爆表的"女帝"——沈岐！没错，我的阿岐已经从阿德莱德交流学习回来了！相信大家对她早就不陌生啦，上帝之手，无可超越！于是她又一次升职了，实名羡慕呜呜……

　　副机长是没有任何词语可以形容的我的王子、我的男神江师弟！本来这次他应该跟方教员机组的，不过方教员回老家了，原来的副机长大峰刚好老婆生孩子，去陪产了，所以江师弟就暂时被借调到我们机组来，不过……我还是不希望他留太久，就一次，一次就好了。为什么呢？因为他在的时候，我会很紧张，很紧张，虽然我跟他的故事已经告一段落了，但江师弟实在太帅了，我怕我控制不住荡漾的春心。

　　然后，是秦栩这个大麻烦啦！黏人"八脚兽"，说了好多次，就是不肯调机组，刚分开的时候还在想，我们已经是第几年一起出任务了？记不清了，好像从他转正那一天起，就是我的安全绞车手了，虽然讨厌，但希望他可以一直长命百岁，为大家的安全护航。

　　最后，这次会带一名救援医生，加上我机组一共五个人。照例每次出动前都要说些什么，我是不习惯写遗书的，不是怕麻烦，主要怕时间不够，阿岐说我每次拿起纸和笔，就是一副琼瑶般海枯石烂的架势，还没等我酝酿好情绪，已经在机上了，所以这几年下来，就一直录视频啦，录了很多，内存也不够了，这次回来要清理一下。

　　虽然每次都顺顺利利，但还是忍不住多啰唆几句，愿上天保佑，阿弥陀佛，阿弥陀佛，我愿掉肉十斤，虔诚祈祷大家齐齐整整地去，齐齐整整地回，一个人都不可以少哦！

摄像结束。

　　寻常的一天，寻常的救援，对一年三百多天在空中盘旋的他们而言，这已经成为日常，带上装备，留下遗书，登上直升机……前路不管有多少未知，从这一刻开始，脑袋都已系在裤腰带上了。

一个小时后，通海救助飞行队S-76系列搜救直升机——救援58找到其中一名失踪的船员。由于海面风高浪急，云雾缭绕，加上夜晚能见度受限，直升机只能在高处悬停。

"准备好了吗？"机长沈岐通过耳麦问道。

"嗯。"一道斩钉截铁的声音在内线传来，是一如往常的果断。

水洗蓝制服包裹的修长身躯，在检查完绳索后利落起身，率先露在舱内众人眼前的是一张略显稚嫩的娃娃脸，常年的风吹日晒并没有在她皮肤表层留下残酷的岁月痕迹，相反眉眼间沉淀出一丝超出年龄的沉着。许心宜的目光在众人面容上扫视而过，忽而右眼一眨，大大的笑容间酒窝若隐若现。就像她一直自诩的，每一年都是十八岁的少女啊。

少女调皮地在胸口比了颗心，随后跳离机舱。前一秒还嬉皮笑脸的她，在身体失重的瞬间，表情变得严肃起来。

秦栩控制绞车下放绳索，于高空中勘察方位，以帮助她更精准地到达被困者所在的位置。

"心宜还是老样子啊，人前不正经，人后更不正经，不过滑索技术还是一流中的一流。"

"那是，也不看看我家心宜是什么出身，特种救生员，全国能有几个？'熊猫血'好不好？"

"瞧给你能耐的，什么时候把心宜追到手？"

机舱内，救援医生打趣了秦栩几句。

秦栩作为绞车手，可以说是救生员许心宜的金牌搭档了。多年以来任凭机组的机长、救援医生来来去去换了又换，唯独这两人拴得死死的，像连体婴儿一般。每逢许心宜下去救人，秦栩就化身"二郎神"，恨不得全身长满眼睛，一眨不眨地盯着海面。救援医生怕他绷得太紧，这根弦早晚崩断了，往往随口打趣两句缓解气氛。

这次海上有两名被困者，基地出动两架直升机分别沿沉船点向东西两岸搜索，每架直升机均配备标准搜救人数。他们沿东向搜寻数十海里，历经生命迅速流失的每一分每一秒，总算找到一名被困者，喜悦的心情溢于言表。

倘若许心宜能够顺利救起被困者，也就意味着至少一条生命可以挽回！救援医生颇为振奋地握了握拳，将医药箱打开备用！

眼看许心宜顺利套住被困者，秦栩略松了口气，余光瞄着副驾驶的位置，默默道了句："早晚会是我的。"

驾驶舱与内舱之间有隔断,从他的角度看过去,驾驶舱位仄塞狭小,里面的人四肢修长,坐姿却从容有致,露出来的一截手臂白皙修长,完全不像三百六十五天在烈日暴雨下工作的一线救援人员。

一副花架子,顶个什么用!秦栩从鼻间发出一声嗤笑,目光中透露出不屑。

此时风急浪高的海面上,许心宜已经拉着被困者开始往上。秦栩一手控制绞车盘,调整绞吊的方向与速度,一手给驾驶舱内视线受限的机长沈岐提供海面的情况,以控制机头做好对风浪的调整。

忽然间,行至半空的被困者睁大双眼,吼叫了几声,随后对着随他一起绞吊而上的许心宜一顿拳打脚踢。许心宜猝不及防,手还托举着对方的后背,一时腾不出手对抗,只能任由对方的拳头一下下砸在头上、肩上和背部。

被困者初时在海面上已经神志不清,勉强回答了几个问题后便闭上双眼。她以为对方昏迷过去,谁料他中途突然情绪失控,不知是害怕还是什么,整个人非常激动,完全听不进任何话。伴随着对方的激烈挣扎,索扣因剧烈摩擦而开始松动,咔嚓咔嚓响个不停。

许心宜判断再这么下去他们都会有危险,于是一个咬牙侧翻,双腿夹紧绳索,去找加固环,突然一阵钻心的疼痛冲上面门,她的大脑出现短暂的空白。

秦栩被螺旋桨下飞扑的浪花打湿了满脸,随手一抹,只见许心宜双手一垂,整个人伴随着绳索晃来晃去,像是失去了意识一般。

他立刻高呼道:"心宜,心宜!"

许心宜浑身被一种密密麻麻的酸痛感包围,有几秒或者十几秒钟想要放弃抵抗,就这么闭上眼睛。但她远远听见一声呐喊,轰鸣的风噪紧接着被吸入耳郭,她乍然一惊回过神来,忍痛给秦栩做了一个手势。秦栩与她的默契自然不用多说,平日里眼珠子一转就知道她动什么歪脑筋,立刻加快了绞吊的速度,准备强制让被困者登机。

似乎猜到他们的意图,被困者反抗得更加激烈,双目欲裂般瞪着许心宜,拳头仍旧狂风暴雨般落下去。眼看离舱门只有一步之遥,秦栩已然松口气,却见被困者忽然双手一绞,解开索扣,如脱线的风筝般直直坠落。而许心宜不管是出于本能还是职业素养,距离那一步之遥,只匆忙给了秦栩一个坚定的眼神,便一百八十度翻身,双脚倒钩绳索往下滑去。

一切发生得太快!伴随着她的动作落下,众人的视线全都聚焦到一处,心猛地揪紧了!

就在她抓住被困者的手臂,双脚稳住绳索,心弦渐松之时,一个数十米高的大浪好似一头蛰伏已久的巨兽,猛地钻出汹涌幽暗的海潮,朝他们张开血盆大口！

众人还没反应过来，已身陷巨大的震动当中。沈岐迅速拨动操纵杆，和副机长江石玉同时操作，救援58的"海豚"机头一下子被直线拉高，绞吊绳上的两人也急速滑落，双双掉入海中。

待得机身恢复平稳，无线频道传来一个最新消息：据船长透露，这名船员小时候脑子受过重击，面对突发情况可能会情绪失控，有暴力倾向。

联想到刚才绞吊过程中发生的一切，被困者明显受到了刺激。纵是实战经验丰富，被誉为"上帝之手"的沈岐，听到消息后也不免爆了粗口，冷声质问："为什么不早说？"

"船长也是刚想起来。"

"这种事可以才想起来吗？他知不知道我们刚刚差点坠机！"

"海上的突发情况还少吗？你们这是冲谁撒火呢？先救人要紧，其他的回头再说。"

一听到控制中心那头是李英的声音，秦栩立刻火冒三丈："能回得了头的才能回头再说，回不了头的还怎么再说？"

多少次了？要不是沈岐经验一流，提前半秒稳定控机，恐怕他们已经葬身大海了！他们在机舱内尚且如此，与时间赛跑、抢夺生命的许心宜又在经历怎样的生死考验？

他侧目看去，只见翻滚的海浪中被困者正死死地拽住许心宜的手臂，借着她的力往上浮，将她的脑袋使劲往下踩。

李英知道秦栩又犯浑了，训斥道："这种紧要关头你小子耍什么横？职责所在不清楚？"

"职责？像哑巴一样活着的一线工作者的职责，就是遇见突发情况，被剥夺了发问自由仍要忍气吞声地继续送命，是吗？"

秦栩再看向从许心宜身上脱落、漂浮在海浪间的绳索，不可抑止地怒吼道："所以，你们这些坐在办公室随便动动嘴皮子的家伙，到底还要让贱命一条的我们寒心多少次！"说完他套上救生衣，一个多余的字眼也没有，直接顺着舱门跳了下去。

一个巨大的水花坠落！浓雾随之而来，三人很快都失去了踪影……

救援医生纵观全程，心脏病都快犯了："整个救助系统敢这么说话做事的也就这傻子了吧？他怎么回回都这么傻？"

沈岐来不及追究秦栩的失职，第一时间通知控制中心寻求支援，做好能做的一切补救后，她的眼底隐约浮现出晶莹的泪花。不知道为什么，入行以来飞了几百趟，救了几千人，在死亡线上数次徘徊，第一次感到绝望，无来由地，说不清道不明，总感觉这一回要失去什么。

他们都说她是上帝之手，有超乎寻常的实战素质，可她觉得都是天意，天意让她拥有面对危险超前的洞察力和嗅觉。往往这份"天意"会救他们一命，可这一切只能保证机舱内的人，却无法保证机舱外的人。

如今在底下那片浩瀚无穷的汪洋里，有一个她最好的朋友，还有一个胜似亲人的弟弟，以及虽然让人恼怒却也鲜活的一条生命，他们正面临死神的考验，或许距离死亡只有一步之遥。

怎么办？要等多久援手才能到达？

时间一分一秒在流逝，沈岐内心的恐惧逐渐扩大，她越发意识到不能坐以待毙，可机舱内只有三人了，救援医生根本不具备海下作战的实力，怎么办？！

就在这时，副驾驶上徐徐转过来一人，摘下耳机说道："让我去吧。"

沈岐一震。

"阿岐，你还记得吗？两年前一艘货船发生货物倾斜，十二名船员弃船逃生，搜救最后一名被困者时，心宜和对方同时被卷进漩涡，流向两个方向。当时现场只剩一名救生员，她和被困者之间我们只能救一个人。"

男人的声音平淡温和，不急不缓，于泰山压顶下自有一股隐而不发的沉着。

"那时我刚到队里半年左右，你不放心将操控杆交给我，我相信这是身为机长的你的使命。你也不同意让我下去救心宜，因为不合规矩。我犹豫的时候，秦栩奋不顾身地跳了下去。时隔两年，同样的情况再次发生，秦栩依旧奋不顾身地跳了下去。"男人目光中氤氲着成团的迷雾，嘴角牵起一丝苦笑，"你知道吗？其实我很羡慕他。"

沈岐眉心一紧，来不及阻止就见他单手撑地，跳出驾驶舱，捡了安全装备就往身上套。绞吊、跳伞等项目自然是一名搜救机长基本的素质要求，可是副机长怎么能跳机？

只见螺旋桨震动轰鸣下起伏晃动的机舱内，男人岿然不动，利落地摘掉副机长的肩章，递给一旁瞠目结舌的医生。

医生还停留在一系列的变故当中，他当然记得两年前那次意外，同样是在小星湾海峡，同样是他给许心宜和秦栩做的急救，印象深刻，难以忘怀，故而才有刚才那句"回回这么傻"。

他是医生，太清楚一分一秒的意义了。

一线救援工作日复一日，高压且枯燥，平日里瞧着几个年轻人你来我往也算一门乐子。如今面前这位，堪称救助圈公认的"圈草"，生得一副宁静致远的好眉眼，端的是在华尔街金融圈厮杀过的面不改色，怎么偏偏和许心宜那个女汉子和秦栩那个二愣子攀扯上了三角纠葛？大家偶尔私下里提及，难免好奇，只是医生没想到会在今天这种情况下，听到关键人物表态。

他竟然羡慕秦栩？羡慕什么？救援医生好像窥探到了什么鲜为人知的桃色八卦，一时好奇羞恼，一时忧心忡忡，见三条杠的金色肩章呈在面前，赶紧把乱七八糟的想法驱散干净，郑重接过，一张嘴不自觉地嗫嚅道："江师弟，你、你……你可千万不能糊涂啊！"

江石玉不禁想起几分钟前秦栩信誓旦旦说着"心宜早晚会是他的"时的口吻，那样轻狂，那样……高不可攀。

他视线往下，目光所及的海面风速正在加快，海浪越来越高，于浩渺汪洋里微不足道的三条生命正凝聚成豆大的黑点，很快就会被海浪蚕食吞尽。

已经没有时间犹豫了。

"也是在这里，在小星湾海峡，前后相距不超过五海里，同样是夜间失事，两次情况几乎一模一样，你觉得只是巧合吗？"他声音放低，轻得几不可闻，"阿岐，即便她蹚过血海尸山，也只是一个窒息超过十分钟就会死亡的血肉之躯，这样一个普通的、可能已经到达死亡二到三期的血肉之躯，究竟还能同死神鏖战多久？"

沈岐转头看他，见他眼底雾密云浓，像是迷失在航线中。可细细去看，只一层冷冽的水汽在浮动，那是同她眼里一样的湿润、压抑、恐惧和未知。

难以言表，她的胸口顿时皱成一团。

"哪怕被职责、使命和理想压得喘不过气来，也仍旧用生命热爱着一线的我们，可以至少有一次把生的机会先留给自己吗？"

可以吗？沈岐回忆起来，是啊，每一次艰难的时刻，他们都把生的机会先给了旁人。

为什么一个机组可以只有一名救生员，却必须配备正副两个机长？为的就是突发情况下最起码能保证机舱成员的安全，以免造成更大的损失。如果她同意江石玉跳机救人，也就表示如果不能实现成功救援，这一趟任务她可能会失去三名队友，之后悬停、搜索、等待的每一分每一秒都将度日如年。可如果不同意，她失去的代价就会变小吗？

沈岐沉默了。

江石玉来到通海救助飞行队近三个春秋，一直在思考这个问题，生命的价值该以什么标准来衡量？他以前没有答案，今后可能依旧迷惘，但此时此刻他知道自己必须要做什么，那是一种穿透漫长桎梏劈向他的力量，正在召唤他。

他走近了，双手扶着舱门，骤然而起的风浪浮上脸庞。那是一张姣好清隽的容颜，敛藏着锋芒的眼眸，像是一汪深潭。

海水的凉意渗透皮肤，激得他眉间一凝，瞳孔骤然一缩。他张开手臂，双脚腾空跳了下去。

身后的医生一声喟叹："哎哟，好好的活招牌……"

三天后，医院。

"一线工作带私人感情，谁给你们的本事？一个个都不想干了？沈岐，你是救援58的机长，这次的救援事故你负全责。下午我要去打捞局同遇难者家属做搜救过程说明，你希望我怎么交代，嗯？被困者袭击救生员，以至绞车手临场失控，在不分青红皂白大骂一顿后追爱而去。这个时候我们一向忠于职守的副机长也跟着发了神经，难道他就没想到今年外派的热门人选里面刚好有一个就是他？呵，一个个厉害得能翻天的家伙，现在还不是要让坐在办公室随便动动嘴皮子的家伙来擦屁股？怎么不说话？这会儿当起锯嘴葫芦了？哑巴？谁敢把你们当哑巴，一不小心就捅你的肺管子，伤心难过不说，还当你是黄鼠狼！不要紧，反正我们这些岁数大的长辈也不是第一天当黄鼠狼了，你们倒是说说，把老天爷当成什么了，嗯？慈善家吗？万幸飞行过程没出问题，倘若一不小心出了问题，别说他们三个了，加上你和救援医生现在都在开追悼会！平时鬼主意一个比一个多，谁能有你们精明，怎么这次没发挥你们机智的头脑留个后手？连个手持数码摄像机都不带往下跳，究竟谁给你们的胆量！说你们没有私心，谁相信？沈岐我告诉你，别以为你后头有人撑腰就可以有恃无恐，一旦事情发酵被媒体大肆报道，你们这些狼心狗肺的鸡崽子，就等着狼来拜年的那一天吧！"

从老婆产房紧急赶回飞行队的大峰双手叉腰，一字不落地模仿李英说话的口吻与姿态，本想逗许心宜一笑，不料许心宜笑得比哭得还难看。

意识到自己又说错话，大峰赶紧补救："你放心好了，有我们无所不能的周总在，什么事摆不平？你们都停职了，谁去执行任务？让'李大嘴'自己开直升机吗？"

这个李大嘴是通海救助飞行队政治部的主任，全名李英，一张大嘴损起人来能把人活活气死。不过他不得民心倒不是因为说话难听，而是把一线当成加官晋爵的名利场。前主任秦荣在职时勤勉亲厚，严谨公正，对基地的同事们无微不至，还经常为来自五湖四海、没有假期回家的年轻孩子们组织活动，为人和善又有威信，可不会拿他们做筏子，成天把"功绩"挂在嘴边上。

要不是秦荣两年前意外身故，通海哪儿轮得到李英来作威作福？也不怪秦栩每回一碰上他就针锋相对。

大峰埋汰了李英几句，转而道："我听说这次江师弟超帅的！来队里三年了，他第一次出格吧？咱内部论坛都炸了，说这冲冠一怒为红颜一点也不为过，这不摆明着冲心宜去的吗？你们说说，原来西装革履在华尔街中心指点江山，出入高级会所，全身上下私人订制的金融精英，神仙似的人物，怎么可能下到咱这片凡尘来？每天跟咱们一起闷在高温驾驶舱，日复一日地盘旋、停靠、盘旋，穿着那身普通得不能再普通的水洗蓝制服，吃着食堂十顿有八顿冷掉、硬掉的饭。明明不适应还强撑，搞得我以为他脑子坏了。一直到这一跳，嚯，太真实了，太飒了，这才是男人嘛！想跳就跳，想干就干，管他的体制规矩，人死了什么都不剩，还要那些假惺惺的关怀有什么用？"

他这一跳，大峰才有一种金融天才真的来一线的真实感，觉得他跟凡人没什么两样，都是有血有肉有气性的普通人。大峰说到兴起之处，恨不得拿块惊堂木给自己加加气势，一口气没换又紧接着道："说实话，他刚来队里的时候我真当他是绣花枕头，笃定他熬不过试用期，没想到三年而已，他就爬到小组格斗榜前三了。也就咱这工作，白瞎了他那张脸、那一身的气质，否则就算不在山巅，也不至于掉到海里，也不知道他到底在想什么……"

眼瞅着许心宜的脸色越来越差，大峰忽然察觉到什么，把拳头塞进嘴巴里强制急刹，在沈岐的眼神授意下慌忙找了个借口离开。门关上后，沈岐剥了只橘子递给许心宜。

"你别听大峰满嘴跑火车，论嘴皮子的功夫，他要排第二，没人能越过他去。"

许心宜难得听沈岐开玩笑，忍不住一笑，又问："大嘴几点去打捞局？"

沈岐看了眼手表，神色中夹杂着一丝难以察觉的凝重："这会儿应该在了。"

"周总呢？"

"也去了。"

许心宜稍稍定心。周清野是通海救助飞行队的资助人，也是沈岐的老公、江石玉的死党。有他在，李英不敢胡来，打捞局的同事也会给他几分面子。就怕……就怕遇难者家属不肯松口，非要把事情闹大，到时就真的不好处理了。

近年来伴随着网络的透明化、信息的集中爆炸，自媒体行业越来越关注救援行业，时刻在寻找大流量的"爆点"。每次出任务回来，最怕的就是记者采访，媒体再一通添油加醋，甭管白的黑的，给公众看到的基本都是黑的。

她才醒来不久，接收的讯息都是经过好友们筛选的，具体的情况还不清楚，因此隐忧重重。见沈岐也有些心不在焉，她不分轻重地一拳头直砸向胸口："都怪我，如果我早点发现那个人不对劲，如果我速度再快一点，也许……"

明明当时离舱门已经不远了，为什么不直接把他推上去？为什么她已经抓住了他，却还是被海浪打脱了手？为什么……

许心宜越想越自责，被橘子水一熏，鼻头酸了，声音含糊着弱了下去："阿岐，对不起，我又连累你了。"

"说什么傻话？"

"傻话吗？阿岐，如果我把这些当成傻话，仗着友情坚固就肆无忌惮地抹黑你的英名，我恐怕以后就没办法再没心没肺地承你的情了。"

沈岐是通海救助飞行队的王牌机长，从业以来飞行失误率最低的传奇创造者，这次从阿德莱德回来还考取了教员资质，是她心目中无懈可击、没有一丝污点的"女帝"。沈岐屡屡因她而遭受李大嘴的责难，却自始至终待她有如初见。

另外，江石玉总飞行时间达标，正面临从副机转正机的关键时刻，这次贸然跳机，再怎么从轻也跑不掉一个处分，机长考核少说得延后半年。恰如大峰所说，一个原本站在金字塔顶端的人，再怎么走到尘埃低处，也不至于掉到海里。由于她的爱慕，她曾刀山火海般追求的架势，他已经沦为队里上下茶余饭后的谈资，不能再被她拖累前途了。

而秦栩呢？秦栩虽和她不是冤家不聚头，却一次次救她于水火之中，这次更是老虎口中夺食，至今昏迷不醒，在ICU（重症加强护理病房）观察。冤家做到这份上，想必早就恨她恨得牙痒痒了吧？

最重要的是，此次救援过程中，唯一的被困者溺水身亡了。

橘子一下子变得又酸又苦，许心宜逼着自己嚼了几口，忽然胃里一阵翻江倒海。她猛地弹起，扒拉着垃圾桶剧烈地呕吐起来。

这几天她一直靠滴液维持营养，没吃过什么东西，吐的都是酸水。沈岐看着心疼不已，一边不停地抚拍她的后背，安慰她不要多想，一边拿纸巾给她擦拭嘴角。忽然手背上一凉，她怔住了，随即意识到什么，忙抱住许心宜叹了声气："已经尽力的人，为什么要偷偷流眼泪？这不是你的错。"

这不是任何人的错，他们都知道，可世上流泪的事哪儿能用简单的对错来衡量？沈岐说："心宜，我们飞了成百上千次，按说早已习惯世事无常。可即便如此，每当生命从手中溜走时，我们仍难免会自责，这是为什么呢？因为我们必须敬畏每一个生命。可除了振作，我们别无选择。你一直是最乐天的人，不会不明白这个道理。"

许心宜脑子里乱糟糟的，思绪纷扰，理不清其中的脉络，只一味被恐惧占据着。她想了又想，终于找到关键。

"为什么不是我？"她声音嘶哑，带着颤抖的痛意，"死也好，昏迷也好，为什么不是我？"

沈岐情不自禁地红了眼："心宜啊，不要畏怕寒冬。"

她们作为这个行业为数不多的女性，相逢于一线，体尝到的苦楚与艰辛很多时候是一致的，因此两人除了友情之外，还裹挟着一种飘零的惺惺相惜。

她清楚地知道许心宜的恐惧在哪里，这些年她们遇见过的失败搜救何止一两桩？数不清有多少次在高空盘旋搜索，伴随着时间一分一秒地流逝，又一条生命离开人世间的失望就像浸了水的沙子，一层层蔓延到内心深处，带来迟缓而锥心的钝痛。

比起那些早已习惯的指责与误解，原本更应该习惯的对生命长存敬畏的心，其实也有亲疏之分吧？尚不能习惯陌生人的死亡，又要如何习惯为了救自己而冒险甚至牺牲的战友的死亡？该如何坚强，才能面对这样的一线？

"我那个常常把规章制度挂在嘴边的师父，他走了以后很长一段时间还如影随形，以致我常常不敢进入驾驶舱。每次往驾驶舱一坐，他就出现在副驾驶的位置，跟我讲调试口令，指导我看雷达监测，一遍遍训斥我遇事不能慌张。就好像那些个昨天和今天一样，没有什么不同，他还活着，不苟言笑又最是心软，我一犯错误兜头就是一记爆栗，我总是下意识捂住脑门，但头真的会痛！那种真实疼痛的感觉，让我没有办法把一个明明还在的人看作已经离开，可我必须逼着自己接受，每天训练出动，没事人一样坐在机位，看着大峰的脸对他微笑，嘴上却说着'师父，今天训练可别打我了，昨天伤的地方还痛呢，您得给我留点面子吧'，然后在师父又一记不轻不重的爆栗下升空、盘旋、回归，直到有一天将现实与幻想的恍惚刻到身体里，变成一种习惯。"

她性格内向，很少诉说内心的想法，许心宜完全没想到她私底下和教员是这么调皮的相处模式，不由得惊诧："教员会给你爆栗？这还是我认识的阿岐吗？"

沈岐低笑："没人在的时候他经常这么训我：沈岐，我不苟言笑也就算了，你也绷着张脸不苟言笑，咱师徒还有没有话聊？该给台阶的时候，你也不使点眼色让我下来！"

后来这位可爱可亲的教员，在一次重大救援中将生的机会给了一个在弥留之际的老人，自己则永远地闭上了双眼。这件事在当时引发了巨大轰动，非议也一直存在，教员的选择是出于人性的善良，还是公序良俗的束缚？

"虽然救助守则像冷冰冰的武器时刻刺痛着我们，可我还是坚信，他这么选择完全是出于一种习惯，一种长期搭在弦上，条件反射的行为习惯。"沈岐说，"像是箭在弦上，雪在阳下，自然给予的，以及周遭世界认知的，一种普遍的习惯。

"心宜，我们是女人，女人当然可以比男人感性，但同时对于痛苦的感受也会更加深刻。吃饭尚且会噎着，跳海哪儿有不失手？战友、亲人的死亡对我们而言可能是一条终生无法跨越的鸿沟，但是只要选择了这条路，我们就必须学会接受。哪怕你自欺欺人，哪怕你每天都在恍惚当中，哪怕回到家，脱下制服，你整夜整夜地合不上眼，可只要你还在这条路上，你就必须得习惯，不是你就是他，一线没有圆满收场。而秦栩，如同我，如同师父，如同每一个将来有可能会离开你的至亲至爱，都是你活着必须接受的考验，你必须克服这道难关，要接受它，甚至习惯它可能会不止一次地出现，说不定一天你噎着噎着，就能对生死常态释然了。要做到这一点不容易，你可以先试着告诉自己，就从秦栩开始，那个每一次出动，单用指令就和你默契无间的搭档，那个与你斗嘴了好多年的家伙，可能永远都醒不过来了……心宜，你要相信在这道难关前，你不是一个人，我也是这么告诉我自己的，那个我当弟弟一样爱护的臭小子，可能永远回不来了。心宜啊，我的弟弟他可能永远不会原谅我了。"

一年两年，十年二十年，如果他一直醒不过来，总有一天他身上的插管会被撤掉。此时此刻他闭着双眼，实则也许他已经永远地闭上了双眼，犹如每一个寂静地躺在陵园的先烈。

人一旦能够习惯与死亡相伴，便能习惯每一个与死亡相伴的挚爱总有一天会被它击败。

沈岐非常珍惜许心宜的存在，比许心宜想的还要珍惜她们之间的友情，所以她不想许心宜被击败，她要把从不掰扯开来跟人诉说的痛掰碎了，掰得鲜血淋漓呈现给她看，让她痛到极致，无路可退。

许心宜闭上眼睛，睫毛微颤着，想象此刻秦栩溘然长眠的样子，胸口强烈地钝痛起来。

她张着嘴，哭声闷在喉咙里，怎么也发不出来，只剩下嘶哑。她揪着衣襟，一声一声地喘息着，无声地号啕着，瘫软在沈岐的怀里！

她使尽全身的力气，却也只能发出"啊——啊——"的单音节，没有任何一个时刻比此刻更让她像一个失语的孩子。

她跪坐在床边，目睹苍穹由明至暗，至完全黑暗。

这一夜，许心宜始终没有合上双眼。

苍蓝的天犹如一幅水墨画，每描一笔便暗沉一分，笔锋沾了水再一描，深沉的色调染上明亮的光泽，挥舞间翻出了鱼肚白。朝晖洒落下来，再一轻扫，细碎的光芒攀上树梢，将树影的轮廓映照在雪白的地砖上。

一张没有浓墨重彩的画布，淡淡几笔，就给一个人的过去打上了底色。许心宜走在一条路上，磕磕绊绊跌了数不清的跟头，从未有一刻如今夜般疯狂渴求黎明的到来，渴求温暖的阳光降临人间，将她从头到脚笼罩。

天光大亮的时分，她终于累了，抱着枕头沉沉睡去。

迷糊中听见沈岐同人说话，口吻低柔，完全不似工作中才有的果断坚硬，她想应该是周清野。只有周清野，才能让沈岐柔弱。也不知道他和遇难者家属协商得怎么样了，她很想听一听结果，但眼皮子好像有千斤重，勉强翻过身来，却是睡得更熟了。

一觉醒来房间里伸手不见五指，天已然黑沉。沈岐被紧急召回队里，大峰带来了些东西，装在一个大纸箱里。

许心宜知道箱子里装着什么，只是没想到，会来得这么快。大峰磕磕绊绊地解释说："我们不是那个意思，不是说盼着他醒不过来，就是……就是人生病了，要住院好长时间，不得收拾点身边的衣物吗？他们说也许在熟悉的环境中，秦栩那小子会早点醒来。心宜，你别多想，我们大家都不是那个意思。"

她睡了一觉，情绪有所好转，给大峰一拳头，意思就都明白了。

大峰离开后，她抱着箱子来到秦栩的病床前。

秦栩往常跟李英不对付，一方面李英确实有些钻营的做派，和秦荣相比缺少关怀，故而不得民心；另外一方面，其实他们都知道，李英替代秦荣做了通海的行政主任，秦栩心里不服气，这个人就算不是李英，换作唐英、王英，任何人他都会不服气，这是一种无法取代的舐犊之情。

秦栩的母亲在秦栩小时候离家出走，他和父亲相伴长大，一路都是秦荣一手安排，走得顺顺当当，没遇见过什么磨难。直到秦荣在一个雨夜巡视基地的途中，陷入窨井不治身亡。

从那之后，飞行队的一大家子自然而然地接过"父亲"的担子，平时或公或私都对秦栩照顾有加，可以说把他宠成了一个长不大的孩子。对于父亲的去世，他的悲伤似乎没有持续太久，被温暖的港湾保护着，他在工作和生活中的作风都足以称得上无法无天。因此从暗恋到明恋再到痴恋，他的私人感情一直在队里被当作"佳话"广泛流传，当然被他恋着的对象就是冤家许心宜了。

ICU的探望时间有限，许心宜枯坐了片刻之后，开始收拾纸箱里的衣物、日用品，还有一些同事们五花八门的心意，放在最上面的是一面镇邪宝镜。许心宜嘴角抽了抽，一一摆放好后，把宝镜与球鞋放到枕边。

秦栩平时没什么爱好，唯独喜欢收集明星球鞋，一双少则两三千元，多则上万元。对于他这种奢侈的爱好，以往她最是嗤之以鼻，如今却觉得人活一辈子，不过苦中作乐，能找到一项爱好已是不易，奢侈点似乎也无伤大雅。

"臭袜子和臭球鞋，还有限量篮球，平常你最宝贝的都在床头了，还不快点醒过来？"她伏在床边，离他耳朵很近，语调带着轻松，一如既往说着俏皮话，"经过昨天的事，我才发现阿岐并不如我们想的那样坚强，她真的很舍不得你。这些年教员、主任相继离去，已经带给她很大的伤害，你平时总爱屁颠屁颠地跟在她身后，难道就打算这么躺着回报她对你的袒护？未免太小气了吧！"

许心宜直起身，打了盆水，开始给秦栩擦脸。

"现在队里不知道是什么情况，我猜李大嘴肯定又损他们了。以李大嘴的刻薄，不把他们说到抬不起头肯定不会作罢，也只有你心大得像个窟窿，从不把他的话放在心上。往常这个时候李大嘴总要分出至少一半的精力来炮轰你这刺头，仔细想想，你也算身先士卒，为队里做贡献了。"

秦栩刚来队里时还是一个白白净净的小生，可惜后来训练加上救援长期暴晒，皮肤逐渐变得黝黑。无奈她是色中饿鬼，最爱肤白秀逸的宁采臣，因此只对秦栩短暂"殷勤"了一阵，之后便常以"黑面神包拯"来取笑他。给他取外号不说，还总在他身上留涂鸦作品。

他也不服软，每每总能想到更狠的外号套她头上。她到底是女孩子，表面装得了花木兰，内心却实打实住着一个白雪公主，哪儿能受得了他横冲直撞的对付？于是更加强势地讽刺回去，一来二去，两人就成了冤家。

这几年她习惯了他黑黢黢一根杆子似的寸步不离地扎在身旁，什么时候见他皮肤白得跟纸一样？她心里难受，不敢仔细看他的脸。带着热气的毛巾在他浓密的眉间覆一覆，再揭开脸色似乎变得红润了些，欢喜才上眉梢，再定定一看，似乎又苍白下去，她嘴巴一撇，恨不得直接将毛巾砸他脸上。

"醒着的时候没有一天不跟我作对，睡着了也不让我好过，存心的是吗？"

擦完手臂后，许心宜坐下来，从纸箱最底层翻出一沓厚厚的信笺，是每一次出任务前留的遗书。

"大峰这个猪脑子，嘴巴不利索，脑袋也不灵光，有了孩子还没学着长进。活得好好的人，说不定还能再祸害个几百年，他居然就拿这东西给我，是想赚我眼泪还是触你霉头？这笔账我先替你记着，等你醒来给他点颜色瞧瞧，别让他再这么没心没肺下去了。我们就算了，他都已经成家了，老婆孩子还得靠他养活，你平时跟他关系最好，有事没事也跟他说说，把心收一收，别整天一空下来就打游戏。"她循着信笺上的时间，抽出最近的一封。

白色的纸，叠成方方正正的巴掌大小。去小星湾之前，秦栩想过自己会一睡不醒吗？许心宜猜，依他神经大条的脑袋，肯定是没有想过的。

果然，一翻开来便是他龙飞凤舞的字，缀满了随性张扬：

> 又出任务了，照例写点东西。老头在世的时候，我还担心他的身体，怕一走之没人照顾他。现在他不在了，照理应该轻松的。可这种没有后顾之忧的感觉，好像并不舒服。两年了，每次写遗书还是会想到他，怕他孤单，也怕他难过，现在想想要是真死了，就可以去陪他了。
>
> 早上听天气预报，未来一周雨神不会降临，如无意外海上的情况应当一切良好。三年前还苦巴巴暗恋通信组队花的大峰，一眨眼都喜当爹了，而我竟然还在原地踏步！丢人，许心宜那个傻子到底什么时候才能开窍？隔壁机组那小子，又要借调到我们机组了，烦死人了！
>
> 她是瞎子吗？除了那家伙，就看不到旁边英明神武、闪闪发光的我吗？
>
> 没什么好写了，倘若真的遇见了不幸，就把我的球鞋和存款都给那个瞎子吧……希望万事如她所愿，一生幸福无忧，活到光荣退休。

看到"如她所愿"时，许心宜在眼眶打转的眼泪已将落不落，在看到"光荣退休"四个大字后，忽然眼泪混着鼻涕一齐涌了出来。

活着到退休的一天尚且不易，更别提"光荣"二字，那得是多少一线救助人员的梦想啊。不怕苦不怕累，不怕病痛不怕孤独，不怕质疑不怕唾骂，不怕众叛亲离、远走他乡，不怕马革裹尸、魂归万里，为的难道只是"光荣"二字吗？

她胡乱擦拭着脸，一边笑一边哭，捧着那张单薄易碎的纸，指腹攥得发白，又去看昏黄的灯光下秦栩安然的脸。

良久，她将遗书放回原处。厚厚的一摞，不知写了多少年，还纤尘不染，平日邋里邋遢的一个人，没想到在这件事上，如此细心。

她不忍再看，匆忙盖上箱子。

"受伤了还要折磨我，你要不是我的冤家，恐怕没人勘当大任了！以后我就每天过来给你读一封信，你知道的，我以前最怕的就是语文老师，一写作文就想尿遁，现在倒好，被你拿捏得死死的，你是不是很得意？臭小子，这次就先不跟你计较了，希望在读完你琐碎无聊的心事前，你能够醒来，否则有你好看。"许心宜弯腰，犹豫着将手伸到秦栩面颊旁。

浓眉大眼的男人，整日喋喋不休像只鸭子，忽然没了生气，怪不习惯的。她不自觉地轻捏了下他的腮帮："也许到那时，我就开窍了。"

指腹间尚有余温，她留恋地蹭了蹭，似乎寻摸到一丝踏实感，唇角一动，正准备离开，余光瞥见窗外的人。许心宜的身体僵了僵，脸上的泪痕还未拭去，顿时转向一旁。

她擦干眼泪，又抽出袖子仔细地擦了一遍脸，深吸一口气，待得心绪平复才出门。

墙边立着一道颀长的身影，一条腿微微屈膝，另一条腿抵着墙，专注地盯着地面，似在默数脚边小爬虫的行进步数。左手手臂缠着一圈绷带，右手抄在蓝白色病号服的口袋里，倒像是穿着一线大牌新一季的主打。

为什么别人在一线，年复一年风吹日晒早就被打磨成糙汉，他却好像逆着光在走，越走越沉静了？

许心宜说不出来，只隐约觉得他不是三年前的江师弟了。而她却一点长进也没有，一碰到他就像老鼠碰到猫，心态上总是弱势的，看到他受伤更是本能大于意志。

她小跑两步凑上前托住他的胳膊，关切地问："你怎么过来了？医生知道吗？"

江石玉顺着她的动作到一旁坐下："我没事了。"见她头低得像只鹌鹑，他不得不转移视线，问道，"你还好吗？"

"吃得香，睡得好，阿岐陪了我一整夜，什么时候走的我都不知道。也就是医生管着我不让我出院，不然我早就归队了。"

她口吻轻快地说了一箩筐，里外都是好得不能再好的意思，他却只道："你瘦了。"

许心宜心底忽地涌起一股沮丧，也不知他刚才看到了多少，听见她读秦栩的遗书了吗？她的人生难道只有大写加粗的"倒霉"两个字吗？怎么回回狼狈的时候都被他碰上？她下意识摸了摸肿成核桃的眼睛，更不敢同他对视了。

江石玉察觉到她的小动作，嘴角一弯，又听她说："江师弟，你以后别再冲动了，副机长怎么能跳机？"

虽然救援条例中没有硬性规定，但大家墨守成规的一条是——副机长代表着每一次救援出动最后的底牌，是在所有突发情况不可预知的前提下最终的安全保障。非到十万火急的时刻，副机长必须坚守岗位，不得缺席。

三年以来，他从没缺席过。无论是安东大洪水，还是两年前的小星湾海峡，每一次他都严阵以待，墨守成规，没有给过她一点多余的私人感情。

"什么才是十万火急的时刻？看着你和秦栩相继落水却还死守着毫无作用的底牌，就那样坐以待毙吗？"

他当然知道副机长的重要性，但再锋利的刀，倘若没有出鞘的机会，也会生锈，再厉害的底牌，不用也是徒劳。她第一次在小星湾海峡被海浪卷走时，他选择了袖手旁观，而这一次照旧没能赶在秦栩之前，不过是又一次的咎由自取。

许心宜怎会知道他心中的想法，唯一清楚的是，所谓冲冠一怒为红颜，都是同事们脑补的笑话，他跳海顶多是出于战友之义，仍尝试劝说："你知道培养一个搜救机长的成本和精力有多大吗？首先像阿德莱德这样权威的飞行学校的巨额学费，就已经是许多航空人无法逾越的门槛。在此基础上你必须压缩吃饭、睡觉，除学习以外全部的时间，背下大量的指令代码，没日没夜地模拟训练，忍受教员挑剔到令人发指的考核，拥有足够好的运气达到足够的飞行时间，才能在这么年轻时就有机会戴上四条杠的肩章。你明知道这一切有多不容易，还不好好珍惜，你……"

"心宜。"

她话还没说完就被江石玉打断，一惊之下对上他的目光。他的目光温柔沉静："我比任何人都清楚当下的一切有多来之不易，可如果没有你，也就没有这一切了。"

他是什么意思？

许心宜微微皱眉，又听他道："而且，培养出一个像你这么出色的救生员，也非常不容易。秦栩也是一样，大峰、阿岐都一样，和谁无关，对我而言，都是必须要挽救的生命。"

"可是你……"你比谁都重要。

许心宜喉头一哽，后面的话不再说下去，只道："总而言之谢谢你。"她的口吻带着一丝疏离，囫囵吞着嗓音，听着有几分孩子气。

大峰嘴笨，心思却细腻，昨天说错话惹她伤心，临走前特地拐去江石玉的病房，叽里咕噜自说了一通，大致意思是让他拿出男子气概，不要再拖泥带水，三个人的感情不是只有一方受伤，最终的结果很可能一拍两散，连同事都做不了。许心宜正当伤心，他若有情，应该适时安慰。

可她的样子，分明最怕他安慰。

他不是没有听到沈岐昨天的一番话，也不是没有看到许心宜歇斯底里哭红了眼，不是没有辗转反侧，可一看到她，他到底还是放弃了让她为难。

跆拳道黑带，散打冠军，一身腱子肉，用周清野的话来说，一抬腿就能把锅口大的榴梿砸得稀碎的她，绝对是同龄女孩中最与众不同的存在。可除了这些，还有什么不同？这些年她活跃在一线，风里来雨里去，铁打钢炼般无孔不入，轻易不流泪，也几乎没在他面前红过眼。他还以为她整天嘻嘻哈哈，真的不会哭，可一想到昨日的场景，就痛彻心扉，历历在目。

该是到了怎样的地步，她才会手足无措哭得像个孩子？也许她对秦栩，并非她自己想象的那样不在乎。

"我问过医生了，秦栩目前各项机能都很稳定，观察到明天早上如果没问题，就可以转去普通病房了。"他说完，许心宜果然侧了侧身。

"他什么时候能醒过来？"

"我联系了海外的专家，他们会对他进行一次联合会诊。秦栩身体底子好，已经撑过几次病危的抢救，而且到目前为止没有其他器官的感染，还是有一线生机的。"

"真的？"

她不由自主地望了过来，带着点婴儿肥的脸颊陡然亮起一层光。她的嘴唇是天然的肉粉色，眼睛又大又圆，眼珠子滴溜溜像吐鲁番的黑葡萄，一副鬼灵精的样子，其实再简单不过。

江石玉失神了一瞬，点点头。

许心宜喃喃道谢。宛若金科玉律的两个字，被她一再提及，也不知是谢他救了她，还是谢他为秦栩找医生。

江石玉的嘴角浮起一丝细碎的笑，活这么大，还是头一回无比讨厌这两个字。他静了一瞬，忽然弯下腰去，可还没碰到她的脸，就被她一个躲闪，练家子出身的敏捷反应让她一下子跳到了旁边，隔着半臂远，那身手可真是伤人哪！

江石玉的手在半空中僵持了片刻，缓缓落下。

"不要胡思乱想，好好休息。"

许心宜见他一步步走远，直至消失在转角处才无力地往后一靠，坐回原位。

走廊四下安静，她闭着眼睛，身边似还萦绕着淡淡的木香气息，清冽而又克制。想到在"Z&J"健身房的初次见面，可以说要多狼狈有多狼狈。那时她正值体能考核的重要关头，每天下班都会进行高强度的拉练。

正在跑步机上哼哧哼哧跑得像头老牛时，她忽然福至心灵，一转头看到旁边的他。

她自幼体格就比一般女孩大，加之多年跆拳道的锻炼，肌肉紧实，常被健身房的那些肌肉猛男调侃为"金刚芭比"。她虽看似应对自如，遇到不顺心的还能直接反驳回去，但内心到底还是一个怀春的少女，不免为异样的眼光而受伤。甫一见到他，她的心跳漏了两下，随即低头，想将自己臭气熏天的样子藏起来。

而他看她动作放慢，以为她累了，从旁边递来一条毛巾，温润的目光中透着一丝笑意。当时的一幕许心宜可能一辈子也忘不了，在她仅有的人生里，第一次遇见一个完全用平等的、尊重的，更似寻常的目光看待她。并且在她挥汗如雨、浑身散发难闻气味的时候，非但没有嫌弃，还及时地送来一条干毛巾。

毛巾一角有刺绣，应该是他的个人物品，而不是健身房配套的毛巾。之后那台跑步机被移至角落，透过一层落地窗，可以看到整座城市繁华的夜景，偶尔抬头，还能与星星、月亮对视。

最重要的是，这台跑步机只属于她一个人，是作为"Z&J"的老板之一，特别为她开设的绿色通道，于她而言，更像是人生的一个彩蛋。

后来这个彩蛋环节，伴随着他在飞行队的从天而降，逐渐打开一个新的篇章。她一度以为只要努力，就能得到这个男人，毕竟是他先示好的，不是吗？可直到后来她才明白，再长的彩蛋，不管带来了多少幻想与美好，终究只是彩蛋。

之后的两天，秦栩的情况持续稳定，转到高级单人病房，沈岐还特地请了一名看护。许心宜囊中羞涩，帮不上忙，但也高兴，帮着看护里里外外打扫了一遍，给秦栩换上干净的衣服，还买了一束新鲜的百合花摆在床头，被看护打趣："这个小伙子醒了要知道你对他这么好，肯定马上把你娶回家去。"

许心宜闹了个大红脸，连连摆手否认，看护阿姨却只当她羞涩。她舌头打结，怎么也解释不通，借口打水慌忙逃离病房，经过医院大厅时，远远一瞥，电视荧幕上正在转播新闻。

她穿过人群走到了水房，忽然脚步一定，拎着半桶子热水忙不迭地退回电视前，"通海救助飞行队事故追责"几个大字瞬时跳入眼帘！

果然，千防万防还是没防住被媒体曝光，难怪这两天一个个都不接她的电话。

许心宜随手往经过的护士怀里一塞就把水壶交接了，到门口拦了一辆计程车坐上去，挨个打同事的电话，结果无一例外都是占线。

她顿时急了，拍着座椅催促司机。

临近下班高峰期，市区车流拥堵，司机在糟糕的交通状况下终于被激怒了，回过头来大声斥道："就你的事是急事？我儿子到现在还在学校没人去接，谁容易了？"

许心宜被吼得一愣，顿时像只泄了气的皮球，软趴趴地缩成一团。就在这时司机踩了个急刹车，咋咋呼呼道："下去下去，我不载你了。"

许心宜以为他脾气上头撂了挑子，讨饶道："师傅，对不起，我不是故意的。"

司机语气一缓，解释道："不是冲你，我对讲机里的同事们讲了，前面出事，附近几条街都堵死了，没办法再往前走。我看你催得急，一定是要紧事，这钱不要你的，你赶紧下车乘地铁去吧。"说完自顾自地按了车门解锁键。

许心宜往窗外看去，确实两边的车流都停住了，司机们都在寻找机会往后掉头。她不得已下了车，跟司机道完谢，迎面走来的几个路人正好在说前面的事故。

温泉会所电路故障，当场电死了好几个人；会所几乎被淹了，有没有其他漏电情况还不清楚，里面的客人不敢往外跑，外面的人也不敢往里走；附近几条街都堵着了，消防车也进不去。

许心宜听明白后立刻给基地打了个电话，拔腿向前冲。待拨开人群，正好看见二楼落地窗的玻璃被不知名的重物击打，咔嚓一下碎裂了，水流顿时像一条瀑布急速往下倾泻。

她脑子嗡的一声，一个噩梦般形影相随的场景再度扑面而来——黑暗的天，翻滚的巨浪，不断将自己往下压的阻力，忽近忽远捉摸不透的绳索，无法穿透耳膜的呼救声，巨大的水花里朝她游弋而来的身影，以及年复一年被挤压的胸腔所带给她的与死亡、深海融为一体的冰冷刺骨，让她一时间被一种可怕的习惯扼住喉咙，呼吸一窒。

要不是现场环境混乱，人来人往嘈杂鼎沸，有什么狠狠地撞了她一下，她几乎要被噩梦魇住了！醒来之后便是大口大口地呼吸，胸口急促地起伏着，余光瞥见撞了她又朝前奔去的几道橙红色身影，目光缓缓地聚焦到一处，有几个模糊的字样在浮动。

她想上前，腿却灌了铅似的，动也动不了。她不得已咬住嘴唇，拳头狠狠砸向大腿，却也只是被动地往前趔趄了一步。想要让自己再往前一步，如登天一般艰难。

水还在不停往外灌，缓慢地流到脚边，浸湿了鞋尖，没过了脚背……她蓦地转身，疾步离去。

那几道飞掠而过的橙红色身影却停下脚步，往她离开的方向看来。

"许心宜？"

"你认识她？"

"嗯，几年前安东大洪水救援的时候有幸见过一面，堪称女英雄了。她在救助圈很出名，你不知道？"

"好像看过她救孕妇的新闻。"

"对，就是那个两秒奇迹，圈内传说她是死神最怕的敌人，她参与的救援生还率很高。"

"那她为什么……"

看着可以说是仓皇而去的背影，几人不禁拧了拧眉。

许心宜一路跑到通海救助飞行队，气还没喘匀，远远看到遇难者家属拉着横幅堵在门口，另有各大媒体记者扛着长枪短炮正在对"第一现场"进行直播。

此时天已烧得浓稠，夜色正潜伏而上。保安看到她，试图从侧门将她悄悄放进来，谁料许心宜刚一出现就被遇难者家属看到，对方一眼认出了她，指着她高喊道："就是她杀了我儿子！"

许心宜愣神的工夫，记者们已经蜂拥而上。

她脑袋嗡嗡的，被一个"杀"字吓蒙了。遇难者母亲说："在海上找到我儿子的时候，他明明还活着。船长告诉我，我儿子还活着，当时我很高兴，已经在来的路上。谁知道中途告诉我，我儿子再次失踪了。我很害怕，不知道发生了什么。等我到了这里，就解释不清了，说什么现在还在搜救，还说我儿子精神失常！这是什么道理，我儿子好端端的，一直很健康，怎么会有精神病？仗着人死了不能替自己说话，你们就开始扣屎盆子，到底还有没有良心？记者朋友们，他们这些人都是一伙的，互相包庇，互相欺瞒，就知道欺负我们老百姓，你们一定要主持公道，曝光他们的恶行，以免更多人受到伤害！"

"就是，海上到底发生了什么，为什么至今还不公开解释？"

"为什么你和被困者同时坠海，却没有第一时间营救被困者？你们真的遵守急救守则了吗？这则重大救援事故的根本原因在哪里？"

"我儿子本来可以活下来的，就因为你，我再也见不到他了！你还不快老实交代，到底对他做了什么？"

许心宜被数不清的面孔包围着，又被不知道从哪里伸出来的一只手推搡着撞到后墙，脑子里一团糨糊，完全不知道如何回答。基地都知道他们这些人嘴笨，以往出现救援事故，都会安排专门的调解人员去沟通处理，少有让他们直面记者炮轰的时候，就算有，去做现场报告的也都是机长。更何况她刚一路跑过来，心绪还未稳定，想到温泉会所的水流，下意识想要寻求帮助。

可她一张嘴，满世界乱哄哄，看着那些七嘴八舌的面孔，她的意识越来越模糊，仿佛再次坠入海底，被冰冷的海水包围。

她无力地拽住保安的手，喃喃道："温、温泉会所……"

此时，就在她身后的基地里，江石玉正被周清野拽入一间会议室。

里恩集团的总裁，兼通海救助飞行队的大金主，同时也是沈岐的老公——周清野，头顶一头亮瞎眼的金发，耳垂上两颗蓝钻闪闪发亮，将江石玉逼退到办公桌后，冷冷一笑："说说吧，不顾医生的阻拦提前出院，还擅自联系记者是为了什么？别告诉我你只是不想连累沈岐，自打我出生以后，这个世上能欺负我老婆的人就已经绝种了。"

说着正经事，还要秀恩爱，江石玉睨周清野一眼，随后道："你身上藏了几百个心眼，什么事能瞒得过你，何必多此一问？"

里三层外三层的记者，从早到晚没有停过的电话，就连最爱串门的李英都把自己关起来当缩头乌龟了，可以想见这次救援事故的严重性。不仅如此，被困者家属一路往上申诉，要求通海救助飞行队公开当日行动的黑匣子，随着网络舆论的扩大，公众的呼声越来越高，上级部门的层层批示恐怕已经在路上了。

可即便如此，周清野依旧冷淡："那又如何？"

"要知道一旦迫于公众压力公开核心机密，不管最终结果如何判定，救助飞行队全体公职人员都将会蒙受来自网络、社会，乃至同行无尽的嘲讽与羞辱，这张黑历史的成绩单会伴随着救援的终身事业，成为一生无法抹去的污点。"

救生员、绞车手、副机长，前后三人跳海，唯独被困者遇难，纵使他们说破了嘴皮子，"枉公徇私"这顶帽子也已然扣了下来。

"所以，我们伟大的副机长，是打算在事情还没扩大到不可收拾之前，担下全部责任？"周清野讽刺道，"我怎么没发现你还有柔弱的属性呢！你知道如果没有意外，下个月你要考机长职称吧？而且李英早就跟你透露过，外派交流学习的人选里面，他最看中你。事关救助体系的构建，任何一次改革的可能性都不容错过，这不是我们的共同理想吗？"

"是，这是我们共同的理想。"

"那么，曾经在华尔街叱咤风云从来没有打过一次败仗的金融天才，请你告诉我，在这个关头贸然出面究竟是为了什么？那天在机舱里，你摘下肩章的时候心里究竟在想什么？这里没有别人，我是你兄弟，说句实话不过分吧？"

江石玉是兄弟，沈岐是老婆，许心宜和秦栩都算不错的朋友，周清野有着多重身份，立场虽不算干净，但胜在头脑清醒。

仔细一想，整件事演变至此，有谁做错了吗？相比于失去被困者和许心宜两条性命，眼前的这个结果不是更好吗？

"虽然那些躺在十个平方米的小屋子里整日敲打键盘的'侠义之士'，一定会口诛笔伐咬死你们，但他们不过是为了生计艰难活着且只有三分钟热度的蛀虫，你何必放在心上？就因为区区一次救援事故自毁长城，放弃自己的前途？"

依他的性子，这事就得咬死了"意外"，和舆情死扛到底，待群众议论疲软，想想法子撤去搜索词条，热度自然就降下去了。等遇难者家属度过早期的悲痛，理智回归，再好好协商，一定能大事化小，小事化了。之后他所亲所爱的这些朋友，依旧能十年如一日初心无悔地守在救援一线。

多么皆大欢喜的结局！

他了解江石玉，长着一张如珠似玉的面孔，待人接物也总是一副和风细雨的姿态，几乎从没发过脾气。你看他，只能凭那双会说话的眼睛窥探蛛丝马迹，可没有故事的人，轻易也看不懂里面的东西。

即便相交多年如周清野，也无法判断这一刻或是那一刻，他到底在想什么。

眼看周清野跷起二郎腿，一副秉烛夜谈的架势，看样子是不准备放过他了。江石玉临窗望着空荡荡的停机坪，声音透着一丝与生俱来的冷静："我跟阿岐一起出动任务很多次，那天第一次看到她眼睛红了，我想当时我们心里的'直觉'应该是一样的，死神已在凝视我们了，或许触手可及，或许只有一步之间的时差。小野，救助一行，直觉很重要，很多时候凭的就是一时的直觉。可直觉不是法律，不是公法，也不会被人接受，出了事直觉说不上话，也没法为自己辩驳。但我们能因此就放弃辩驳的机会吗？即使表面掩了过去，那鱼刺不还卡在喉咙里吗？不疼不痒，只是再被噎住的时候依旧会犯恶心吧？"

"狼来了"的故事，讲三次就没有人会相信了。做这一行，糊弄得过表面，糊弄不过人心，怀疑的种子早在救助飞行队成立的第一天就播下了。

停机坪上闪烁着星点的红光，那曾是他每一次归来最大的温情所在。

有护航的人，能够自由飞行，不必被公义、世俗按头认错，那样松快的日子，有一天便是一天的幸福吧？

"小野，你知道来到一线后，除了一次次机械的出动和反复的救援训练，留给我印象最深的是什么吗？"他眼尾呷笑，掩映在反光玻璃中，迫切写着一种旺盛的生命力，"是每周定期的心理干预。"

法外尚有人情，仔细探究当然谁都没错，可这身制服才是最大的原罪吧？但不若使命必达，他们又何来存在的意义？

"那天跳下海时，有几秒钟我什么都看不见，只能听声音判断方位。我隐约听到了秦栩的呼救声，等我找到他的时候，他已经失去意识了，但他还紧紧攥着心宜的手，双腿捆缚在心宜身上，比绳子还结实。"

在这个没有第三者的房间里，他接下来的话语不禁让周清野正襟危坐起来。

"你肯定很难想象，当时那一幕带给了我多大的震撼。"

出事之后，李英找他谈过，让他详尽地、一字不落地转述当时海面的情况。他所看到的，正如同周清野所说，按照急救原则，时下没有第二个选择，他只能先救生存概率大的。

哪怕再难以启齿，他也必须承认，交杂着酸甜苦辣坠入深海后，酝酿至心田的是一丝庆幸，庆幸他最终还是抓住了两条生命的尾巴，庆幸那一刻他听见的、看见的，是他私心里祈愿的，更是他奋勇一搏后无尽欢愉的。

他扬起眉梢，带着一丝苦涩的浅笑，回头望向周清野。

"一线很苦，一线工作者更苦，只能凭借直觉为自己正名，恐怕是不能再苦的事了吧？而这恰恰是我投身于一线之后切身感受到的真实，是我以为救助体系的漫长改革过程中首当其冲的一点。在保护和救助被困者的同时，我们一定要先保障一线工作者的安全，关注他们的健康。小野，依靠航空、地面，哪怕有再全面的应急体系来实现我们的理想仍是远远不够的，救助行业需要群众的理解与支持。我并不是要承担责任，而是想由衷地、不用考虑退路地用微不足道的直觉，和他们讲一讲海面发生的故事，讲一讲和我一样投身于一线的救助工作者面临的困惑、困难和需要。"

对于眼前的困境，他非但不觉沉重，心情更是前所未有的明朗，眼底云雾遇风骤散，数年积弊不复如昨。

周清野有一个私人邮箱，里面躺满了江石玉的信件。每次出动任务回来后，江石玉会同他报平安，自然出动前也会留下些什么。

有时候事态紧急，来不及仔细交代就写一条简短的信息，有时候则是一封不知是在什么情况下写完的邮件。他们兄弟多年，彼此默契深厚，写邮件也不代表任务有多艰险，只能表示这段时间，他有一些话想说罢了，而他只需要充当一个善解人意的"树洞"，聪明地避讳男人之间不必宣之于口的秘密。

虽然他们走得很近，但始终保持着适当的距离。可这一次交谈，他明显感觉有什么不同了。

周清野抵抗不住好奇心，第一次打开了邮箱。

> 小野，前两天翻看你送给我的诗集，读到穆旦的一句——"这才知道我的全部努力，不过完成了普通的生活"，感慨良深。
>
> 想起当年去阿德莱德学飞行的时候，满屋子打转找不到要收拾的行囊，恍惚以为自己没活过一场。最终只带走了这本诗集，可是一年过去，我连扉页都没翻开过。
>
> 知道你恐飞，对航空器存有芥蒂，也没敢告诉你。好在大多数时候通信都是中断的，当时正好是里恩集团的腾飞阶段，你每天殚精竭虑熬至深夜，联系少，自然没有发现。后来我跑到犄角旮旯见修飞机，学改装，才一不小心被你揪住尾巴。
>
> 很长一段时间我以为你不会"康复"了，直到你遇见沈岐，她救了你，治好了你的恐飞症，让你的航空梦想如参天大树般蓬勃生长，也让你多年的努力得到见证。在这个和平年代，可以自由地享受爱与一日三餐的喧闹。
>
> 而我呢？我到底什么时候才能和你一样？那一天还会来到吗？

当然这已是后话了，就在周清野拦住江石玉，不准他独自面对记者扛下所有责任时，外面传来几道嘈杂的声音，江石玉隐约听到"许心宜"的名字，甩开门跑了出去。

到底还是晚了一步。

许心宜在失去意识的最后，听到"尸检""药物病史"几个字，心想家属能同意吗？倘若必须要这样做才能换取整个机组的清白，是否也意味着——这份职业，这身制服，这些公序良俗的枷锁，再一次让他们失望了？

为什么就不能给他们一点信任？有时候明明知道这种事情在所难免，可还是忍不住钻牛角尖，难道一条生命在他们眼里就如此轻贱吗？他们怎么会在有可能的前提下，放弃任何一条生命？但凡不把他们想得那么十恶不赦，就能够理解，他们一定是到了走投无路的地步，才会任由一条生命流逝。难道他们心里就不会留有遗憾和惋惜吗？

受伤的明明是他们……

许心宜满腹委屈，哭也哭不出来，只是在睡梦中想起很多。

小时候看图识字，马和骡子，牛和鹿，教上一百遍她还是会混淆。汽车、火车、轮船、飞机，无非就这几样交通方式，她偏偏撞破了头还是记不住。默写数字永远只到60，再往后就是21、31重新开头，具体要视她的注意力有多不集中而定。拼英语单词更是要了老命，没有一次全对过。

她就是这么笨的人，从小到大唯一坚持下来并且做得还不错的，就是目前的职业，全国仅有的两只手数得过来的女性救生员，还是在高空和大海作业的高难度救生员。她以为，她可以以此为荣，骄傲一辈子，可是……

基地每周例行一次心理干预，她不知道那劳什子的课程有什么用，隔三岔五就咨询个一回，她不还是一如既往地难以释怀吗？不还是一看到记者就躲吗？不还是想要退缩坚持不下去了吗？

有什么用？她好累，累到不想醒来，可身边急匆匆而去的脚步声告诉她，她必须得醒来。

基地响起了警报声，救援队伍列队出行，整装待发。她在窗边远远一眺，心间苦涩如潮。电视上正在播报紧急新闻，城南化工厂发生爆炸，截至目前至少有十数人遇难。消防员在进入厂区灭火后，现场发生二次爆炸，附近居民区震感明显。

画面里，被采访到的居民满脸惊恐，指着消防员制服下残破的肢体不断重复道："又抬出来一个，天杀的化工厂，造孽啊！"

许心宜一眨不眨地看着电视里红色、橙色的灯光交错闪烁，担架上被草草掩上白布的残肢，石子沙砾满地的狼藉，黑乎乎一片看不清血迹，接连不断的警笛声由远及近……

有人似乎在呐喊："我的孩子，怎么一眨眼就没了？"

不知过了多久，许心宜动作缓慢地抬起手，捂住双眼。

不只通海救助飞行队，囊括一系列救援体系，大家都有心照不宣的默契——不轻易谈论死亡。哪怕它分分秒秒注视着他们，哪怕它经常在周围上演，哪怕在此之间只有前一秒与后一秒的区别，哪怕把眼泪流进肚子里，止住呼吸。

可伴随着城南化工厂的爆炸，一个接一个同他们在一线冲锋陷阵的消防员的牺牲，江石玉的"直觉"理论似乎得到了强有力的佐证，一时间群情激奋，议论纷纷，基地上下也笼罩在一股沉闷的气息里，那两个字眼，终究无处可逃。

江石玉在采访时讲：在救助圈常有人开玩笑，如果非要给"死亡"套一个妥帖的头衔，那一定是"最熟悉的陌生人"，两看相厌，互不冒犯。虽然每一次盘旋升空，在海上震荡时被它凝视着的感觉如芒刺背，可恰恰是这种感觉最为宝贵，因为这一刻的我们，至少还活着。

拥有直觉的我们，才是活着的我们。哪怕再无法接纳，无法感同身受，无法为一套漏洞百出的直觉理论付出信任，无法在三人成虎的世界对一个施救者的初心报以善意，也请大家看一看救助工作者们身下正在燃烧的火焰吧，看看那汹涌的海潮，即便被困者的生命高于一切，我们也都是活生生的人……我们并不是钢铁之躯，也怕火烧，怕水淹，怕不可控的天气和未知的自然力量。

而不管我们内心有多恐惧，请相信我们向前冲的意志，至少，任何一个直觉之下，我们都不会犹豫。能救一个是一个，才是我们唯一的信念，也是我们对这份职业的信仰，请大家相信我们！

几天之后出现一个新的话题，吸引了观众的注意力，譬如某明星的恋情，又或某网红跻身上流社会的花边新闻，来来回回，周而复始。总而言之，能与"死亡"摆在一杆天平上互相肉搏的，无非就是"好看的热闹"。

许心宜回来报到的这一天是阴天，天气预报在电子屏上不断轮播，控制大厅里人来人往，有机组正在准备出动，通信组和后勤组也早早进入作战状态，剩下的人无时不关注着海上的状况。

沈岐和江石玉几个人核对了一轮值班表，大峰忽然提起在爆炸中牺牲的消防员，有两个是"95后"，还有一个刚刚结婚第二天，没想到悲剧就此降临，母亲当场哭晕过去，到现在还在医院。上面要为他们追封英烈，可死后的荣誉对亲人们而言又能挽回多少？

"想起刚来队里的时候，前教员问我想不想当一名英雄，听着多响亮的名头，我想也不想地大声回了句想！教员马上给我两脚，瞅着我说就你这样的，当个狗熊就成！现在成了家，有了老婆孩子，再咂摸教员的话，我就觉得吧，当只狗熊也挺好。"

他是身在其位，有所感慨，说上两句也不为过，可下一秒便转了话锋道："这几个孩子也是可怜，小小年纪……唉，听说有一个是为了保护另外一个消防员，硬生生用后背扛住塌下来的房梁，没来得及冲出来才牺牲的，可惜了。"

他摇摇头，叹声气又要开口，江石玉把值班表扔给他，及时止住他的话头。

同事适时发声："心宜，你来啦！"

大峰内心突的一声，一边咒骂着自己，一边笑嘻嘻地给她让位："来来来，身体好点了吗？怎么不多休息几天？是不是李大嘴催你了？"

旁边的同事好意提醒："主任今天一大早就过来了，你怕嗓门不够大，他听不见啊？"

"是、是吗？"

瞧见大峰一副做作掩饰的样子，许心宜忍不住笑了，往前走两步同沈岐打了声招呼，只余光瞥了眼江石玉的衣角，便说先去找李英报到。

她离开后，大峰抚了抚胸口："我刚刚没说错什么话吧？"

同事们一个个都是怒其不争的表情，大峰也后悔，拍打自己的嘴："我怎么老是哪壶不开提哪壶！"

江石玉看向壁钟的时间，已经超过正常上班时间半小时。他眉头微蹙，问沈岐："心宜今天正式回来报到？"

沈岐也正困惑："她没和我说。"

大峰自顾自道："都别看我，她也没有跟我说。啧，这不像心宜的做事风格啊，她要光荣回归的话不得敲锣打鼓，让我们列队欢迎嘛。哎？你们都看着我干什么？难道我又说错……"

说着说着，听到不远处紧闭的房门里，李英大吼了声："你再说一遍！"

整个大厅忽然静止。

李英怎么也没有想到，许心宜交上来的，竟然不是认错书，而是辞职申请，一时不察破了音，缓而轻咳两声，道："不是要横，认真的？是不是我平时太严厉了？你们这些年轻人，怎么一点批评都经不起！说我随便动动嘴皮子就成，我骂你们两句鸡崽子就不成？再怎么不对付，我不还是和上面领导磨了三天嘴皮子吗？不然你以为单单记个过，这事就能翻篇？"

他一边唾沫星子横飞，一边绕过桌子将许心宜按坐到椅子里，小步并大步地去饮水机旁倒了杯水，客客气气地送到她面前。

先前还气势凌人的主任，此刻活像个笑面佛。

"心宜啊，虽然我来队里才两年，平时对你们也比较严厉，但这一点我已经深刻地反省过了，以后会适当宽和。你得相信，我心里早就拿你们当自己的孩子看待了。所谓苟不教，父之过，我是害怕你们松懈，才时时刻刻给你们敲响警钟的，希望你别见怪，也千万别因为我而生出什么隔阂，那我的罪过就大了。"顿了顿，李英捂着嘴，靠近过来冲她眨眨眼，"别看我平时凶，都是吓唬你们呢。"

许心宜抿抿唇，露出一个笑容。

见她神色松动，李英趁热打铁："救生员压力大我知道，你一个女孩子更不容易。但队里现在的情况你是知道的，救援岗位毕竟不是谁都可以胜任，人手常年紧张，从年初到年尾每个月都要打一张报告向上级申请调人过来，你要不信我可以翻给你看。说这么多就是想让你知道，像你这样的优秀队员，是我们整个救援队伍的荣耀，你就是那颗可以撬动地球的螺丝钉啊！"

一口气说完，李英不由得喘了个气，将辞职报告往回推了推："这个我就当没见过。"

许心宜没动。

李英眉头不敢松："还、还有旁的？"想了一会儿，"我知道了，年终奖是不是？保管今年给你们一个大红封，行不行？"

"不是的，主任。"许心宜说得很慢，像是在深思熟虑，又像是在自我剖析，"刚刚那些话，是从小到大除了爸爸以外第一次有人夸我，我真的很开心。但我不行了，不是因为我是女孩子，也不是因为压力大，工作辛苦，嫌年终奖少，害怕被你骂，而是……而是我真的不行了。"

早做好了准备挨批，何曾想过受到表扬？她可能笨得太久了，刚才一直转不过弯来，傻乎乎的，听着主任的奉承，还让主任差点把老底都揭了。

许心宜似是想哭，又禁不住要笑，眼圈红红的，只是重复说着："我不行了。"

李英两年前调来通海救助飞行队，在此之前始终活跃在救援一线，数十年光景擦身而过，生死早已看淡。不求尽如人意，但求问心无愧。虽然接替了秦荣的班，被这帮年轻人里里外外嫌弃了个遍，但他确实打从心眼里心疼他们，骂得越凶，越是心疼，看见许心宜这样还有什么不明白的？

见过太多了。

"一线工作者，只要活着，哪儿有不行一说？你是缺胳膊还是少腿？下海捞个人的事，能有什么行不行？"李英板着脸道，"平时那些课都白上了？秦栩还没死呢！心宜，你可是许心宜！再跟我说一遍，你行不行？"

许心宜哭得更凶了，肩头一颤一颤的："我不行了，主任，对不起，我真的不行。"

李英鼻头一酸，挺直的背渐渐软了下去，仍不甘心："见过心理医生了？"

"没。"

李英刚想斥责她瞎胡闹，不看医生就胡乱给自己下定论，就听见她说："不想再上咨询了，问来问去都是那些话，还要反反复复地回忆，太难受了。每次那些场景从脑海里闪过，我都喘不过气来，真的不想再去想了。再多想一次，哪怕一次，我都觉得自己快要死掉了。"

那天在来基地的路上，当她看到倾泻而下的水流渐渐填满她的视野，将她的双眼蒙蔽，然后顺着鼻孔和耳朵往外流的时候，她就知道有什么被掏走了，里面空了，她不行了。

她屏息坚持着，咬牙一口气冲到基地，想要这个承载了她的青春与荣光的地方唤醒她，却猝不及防地被家属和记者们吓破了胆，竟然晕了过去。

看到基地的救援车辆出动去救助火灾时，她眼睁睁地看着，只能看着，浑身无力，那时她躲在墙角的阴影里，仿佛只剩一张空皮囊。

她殷切地望着光，期待有什么奇迹降临，可随之而来的是什么？不是明天，而是意外，是一具具年轻的尸体堆积的山丘。

许心宜用力揉搓下眼睛，一张娃娃脸被搓得生红，眼泪硬生生被咽了回去。她鼓起勇气，直视李英说道："主任，对不起，我让您失望了。"

"傻孩子，说什么对不起。该对不起的是我才对，是我这个光动嘴皮子不实干的老头没能保护好你们，让你们心里难受了，这才会生病，哪儿能怪你？这个时候是不是特别怀念你们以前的秦主任？"

"不是的，主任，我……"

"别紧张，我说笑呢。"李英存心逗她，"我可是你们又恨又怕的李大嘴，哪儿能随便就让你们打倒了！"说完摆摆手，背过身去胡乱擦了下脸。

在他的座位上方，是通海救助飞行队的徽标，红蓝配色的海豚机头，镶着一圈金边，熠熠生光。他仰面望着，能够想到这个时候许心宜必然也望着它，怀着一种敬畏的、遗憾的、烈火灼心的爱与痛，虔诚地注视着它。

就是这么个救助行业，充满了生离死别，伤春悲秋，榨干了多少人的眼泪，又让多少人奋勇向前。李英知道，活在这个岗位上的人，不到最终一刻是不会想要离开的。一旦离开，恐怕就再难回头了。

她一定、一定经历过很多个这样的念头，然后一次次说服自己留下来，周而复始。不为什么，只是因为她是许心宜，曾经创下数个记录的许心宜！

李英迅速平复情绪，说道："你啊，也算是女孩子里的翘楚了。没来之前我就听说通海有一对钢铁姐妹花，一个机长一个救生员，在洪水里救孕妇，零点几秒的生机，一个往下跳，一个悬停接，多难能可贵的默契，多强大结实的作战能力！不在一线太委屈了。"

他没有亲眼看到，只听过基层同事的转述。那时他们还在安东参与抗洪，燕子就带着消息飞入了各家各户，当真是零点几秒的生机，直升机已剧烈震颤，必要返航之际，她冒死钻入混浊不清的洪流，寻找溺水的孕妇。

"三、二、一"，飞身一起，她抱住由绳索牵引的大树，五秒以内扣紧腰带，十秒以内稳定攀升。二十秒后，大树被洪流吞没，直升机吊着两个完全看不清样子的泥人，远离瞬间坍塌的砖墙。

同机组几个人都吓得不轻，以为她一条年轻的生命就要折在安东了。后来荣归，她把牛皮吹得震天响，可见有多自豪。然而领导问她想要什么嘉奖，她哑摸了半天，只说想放一天假，回家看看爸妈。

同事们偶然在医院碰到她，才知道二老原来吓病了，而她一心记挂灾区的情况，甚至没接到二老的电话。

像她这样的人，早把身后都留给了暴雪与山洪。她和一线是根和藤，谁也离不开谁。

李英说："心宜啊，其实我也有过你这样的时候。当我怀揣着飞行员的梦想斗志昂扬，却因为一场车祸无法再和以前意气风发的同窗、伙伴比肩飞行时，我也以为我不行了。那时我把除了飞行以外的任何一种生活，都看作平庸的活法。可当我尝试着放弃一线，转为二线幕后工作时，我才发现无法守护自己的理想。能够守护你们这群年轻人的理想，也是一件很幸福的事。看到你们一次次满载荣誉地归来，我被这样一种平庸的活法深深打动，所以，哪怕是为了我，能不能请你再试一次？"

许心宜拂去泪水，微笑着说："主任，感动也好，劝慰也罢，还是把这样美好的馈赠，留给更值得它的人吧。"

李英见她去意已决，忙想了个折中的办法："那也用不着辞职，队里还有好些文职的岗位正缺人，你了解体系补上正好。"

"让我去做文职？"许心宜自我认知清晰，埋汰道，"您不怕我给您添堵啊？"

李英还要再说什么，她已率先起身，将椅子推回原位，理了理身上的制服，扬起一个笑容，双腿并拢朝李英行军礼。

"主任，谢谢您，但除了救助以外任何一种平庸的活法，对现在的我而言都值得尝试。这回就别再留我了，我想得很清楚了，有机会的话我会回来看您的！祝您身体康健，万事珍重，再见！"

她还是许心宜，连告别都铿锵有力，掷地有声，转过头往外走，一点留恋也没有。一直到她去储物间收拾东西，众人才反应过来，一窝蜂地堵住她的去路。

许心宜露了露哭过的脸，大伙立刻什么话都没有了，甩不掉的尾巴似的跟进跟出，心里仍惦记着滚动屏上实时的海上情况。许心宜不准他们再送，笑嘻嘻地叮嘱他们天冷多加衣，出动多小心，有空再一起涮火锅。

沈岐几次欲言又止，寻不到好的时机，转头望向江石玉，还是第一次从他脸上窥见类似于失控的神色。两人交换了个眼神，沈岐退后一步，由他送她离开基地。

大伙眼观鼻鼻观心，没再跟着，把希望都寄托在江石玉身上。他们以为，渴望活成"琼瑶女主"的许心宜，一定会为男神的挽留而奋不顾身，可他们没想过，许心宜早已放弃了做江石玉生命里的女主角。

她低着头一路嘀咕："飞行公寓还有好些东西，我过一天收拾完了再把钥匙还回来，你帮我交给主任吧。"想了想又补充，"还有我上个月的工资，你记得帮我问下财务姐姐，她对你最好了。

"制服我送去干洗了，如果队里没有硬性要求的话，我是不是可以自己留着？交接上如果有需要我帮忙的，也可以给我打电话，我暂时不会换号码。

"哎，你说主任会从哪个队调人来接替我的位子？我听说今年也特招了一批女孩，在总部基地培训呢，江师弟你期待吗？秦栩要是在的话，肯定又得拿人家来跟我比，把我说得无一是处了。大峰也是，一张嘴整天没句人话，活该被主任教训。

"今天跟李大嘴说了会儿话，发现他人挺好的，能屈能伸，是真大丈夫。以后你看着点，别让他们欺负他了，主任年纪也不小了。"

站在停机坪的尽头，许心宜回头望去，机务正在核检直升机，S-76系列胖嘟嘟的海豚头像个童稚的孩子，喏瑟地向她展示漂亮的流线身躯，机翼在阳光下闪烁着璀璨的光，轰隆隆的声响从远处的机库中传来，并着旁边的一幢幢高楼，不断地给予她震撼。

在她身后，青草绿地，一望无际。

"记得刚来这里的时候处处不适应，食堂不好吃，机库绕人，日常报告太琐碎，天天加班，那些家伙也不把我当女孩看待，以为这些总是最煎熬的。现在要走了才发现，恰是这些煎熬的时刻，承载了我的青春啊！"

许心宜收回目光，定定地看向身边的人。他一向有品位，气质也好，宽松肥大的蓝色工服别人穿着是地摊货，套他身上就是阿玛尼。肩膀上的副机长金色横杠耀眼夺目，只差一条就能升级成机长了。如果不是因为周清野当年恐飞，让他的机长证蒙尘了几年，恐怕早就转正，与阿岐旗鼓相当了，到时不知道还会俘获多少女孩的芳心。

她明明有很多话想说，一时却不知从哪里说起，又觉得和他之间注定不会有将来，说多只会徒增烦恼，哪怕就此一别再难相见，遗憾也就遗憾着吧，因此话到嘴边，只余一笑。

"江师弟，再见。"

她故作潇洒地挥了下手，示意他不必再送，一边来接他手上的东西，却没有拉动。正迟疑不定时，忽而被紧紧纳入一个胸膛，男性身上好闻的木香气息瞬时扑面而来。

许心宜吓了一跳，七手八脚地扒拉他，他却好像一堵墙，任凭她怎么使劲都纹丝不动。她才第一次发觉，眼前的男人早已不是三年前格斗屡败她手的新人师弟了。

她干笑两声，自己给自己找台阶下："江师弟，你这功夫也太突飞猛进了，是不是背着我们吃十全大补丸了？要我说男人练得太结实也不好，我这么强悍都打不过你，小心以后找不到女朋友。"

"为什么要走？"

他的声音夹杂着一丝艰涩，带着难以察觉的颤音，几乎让许心宜以为在做梦。她揉揉眼睛，又听他问："因为我？"

三个人的结局闹到最后只会一拍两散，连同事都做不了？自打放弃喜欢他，这两年她一直装傻充愣，对他视而不见，为什么突然改变想法？因为他，还是因为秦栩？

许心宜眼眶一酸，又不争气地湿润了。

她早该知道的，碰上他准没什么骨气。记得他刚来通海的时候，虽说长得太好，随便往那儿一坐一立都是别人没有的矜贵，距离感明显，但也不是不可接近，偶尔笑着望过来时，眼瞳里明晃晃地浮现出她的影子。

可不知从哪一天起，他不再称她"师姐"，不再给她任意妄为的资本，不再看着她笑意直达眼眸深处，她慌不择路地同他告白，结果落得惨痛的教训。她不特别，也不漂亮，努力一次就够了，不敢再自取其辱，让自己受伤第二次。

许心宜强忍抽噎的冲动，手抵住他的肩头，再一次使劲往外推："江师弟，你先松开手，楼上可以看到这边。"

江石玉余光一瞥，果然见不远处的落地窗上趴着几道身影，手一松，却没往后退。他平常温润，姿态不显，不会让人觉得强势，可到底是在名利场浸淫过的人，也会利用自身的优势施压，让她不得不和他对视。

"和你无关。"许心宜咬着牙，"和谁都没关系，是我自己的决定。"

她自我平复了一会儿，方才郑重道："在通海的这些年，来来去去飞了几千次，每天不是在出动中，就是在训练中，回了公寓也不敢放松，得看书应付定期的考核。偶尔放假回去陪父母，手机也时刻离不了身，说是二十四小时待命一点也不为过。到现在一把岁数了，一次恋爱还没谈过，说出去真的很丢人吧？"

许心宜掀了下唇，挤出笑容："不是值班就是站岗，同学聚会一应全无，朋友们走的走，散的散，现在除了你们我连个说话的人都没有，有时候想想，也不知道这样的日子哪里是个头。"

"心宜……"

"你听我说。"越是觉得苦的日子，越不能细细咀嚼，只会越嚼越心酸，许心宜吸了吸鼻子，仰起头望着江石玉，一字一句道，"江师弟，我以前想过的，像我这么一个大光棍，能够圆满地走完嫁人生子的路，为了生计劳碌且努力地生活，哪怕会显得没有志气或许还有那么一点平庸，但这种活法也已经非常不容易、非常可敬了吧？漂泊，飞行，与大海相伴，习惯死亡的存在，这些伟大的、英雄的活法太累了，我已经承受不起它的重量，想要寻求一份安定了。"

安静地、坦然地和他们说再见的那种活法，虽然充满了不舍，但想必也很温馨吧？许心宜是这样想的，这样决定离开的。

"真的和你没有关系，你不要多想，我只是想过过普通人的生活。"

她走之后很久，江石玉还停留在原地，一动也不动。

天空不知何时下起了雨，大厅内警铃作响，口袋里手机不停地振动，远处有人正一遍遍呼唤他的名字。

他惘然回首，天地间唯风声呼啸。

一场风暴正悄然而至。

第二章
选择与努力

城南爆炸事件余热消散后，许心宜租好房子，从飞行公寓搬了家。

她自毕业以来住宿都由公家安排，还是头一回自己租房子，行事也比较粗线条。和中介签好了合同才发现原来看的房子只是样板间，实际环境要差很多，不过她手头余钱不多，就算重新找也不见得有更好的，只好先住了下来。

租屋在一所学校旁边，属于学区房，房东们改了车库专租给陪读的家长们，正好有一户转学搬走了，许心宜捡了个漏，还自我安慰是风水宝地。后来从附近家长的八卦中得知，转学的孩子成绩太差，作风不检，是被学校开除的。

许心宜乐天向上，马上寻了新的由头自我开解，小日子丝毫没有受到影响，还去跳蚤市场淘了个古董收音机，抱着听了几天后找到规律，调好时间和频道，见天地等着海上最新的实况转播。

剩下的时间她一边找新的工作，一边按着大峰偷偷给她的值班表，错开沈岐、江石玉的当值时间去医院探望秦栩，有时候一坐大半天，有时候就一二十分钟，陪他说说话，间或读一封他的遗书。

这一天，许心宜读到：

风暴预警，马上就要出动。

重复写了千百遍的内容，不知道还能写些什么。就像广播里正在重复播报的"风暴"两个字，听了千百遍，我头皮都发麻了。赶上风暴天，几乎每天都要出动三四次，铁人都累得抬不动腿了，呵，偏那个女金刚居然还有精力调戏男人。

前儿个为躲避风暴悬停在医院楼顶，阿岐离开后，那个蠢货就一直朝我挤眉弄眼，示意我离开。呸，风暴怎么没一直持续到第二天早上，不干脆让她冻死在机舱里？

江师弟也是，就这么和她独处，也不怕被她生吞活剥了？

不就是长得白净点，好看点，至于吗？你个瞎子，臭瞎子，死瞎子，干脆色鬼投胎算了，整天不着调，就知道气我。

你要气死小爷我！

许心宜想了想，秦栩的这封遗书大概是在江石玉刚来通海飞行队不久。那天为了躲避风暴，他们在把被困者送到医院后，不得不先在医院顶楼悬停，阿岐去医院找热水，基地的应急医生也找地方避寒去了，机舱里就剩秦栩一个碍眼的家伙。

她当时为了暗示他，眼睛差点抽筋。那也是她第一次和江石玉独处，之前在基地里，要么一大帮子人凑在一起她见缝插针地撩拨两句，要么隔着网线偷偷摸摸地联想些许。那一天从机舱出来，她的衣服已然湿透了。

做了什么呢？

她趴在副驾驶的椅背上，瞅着他耳后柔软的绒毛，鬼使神差地吹了口气。前座的人明显身体一僵，耳郭便以双眼可见的速度红透了。

好半晌他才放下检查单，眉眼幽幽地回转过来。

虽然几乎是一闪而过，但她还是从他眼中捕捉到一丝羞赧。他拥有得天独厚的条件，长相更是千万人海中鹤立鸡群，色令智昏的她一时间脑壳往外蹦的全是言情片段，铆足劲想了一句——瞻彼淇奥，绿竹猗猗。

就是那一眼的感觉了，再加上冷风冷雨浇灌的天，被困在狭小的密闭空间，有心心念念的美人相伴，心里别提多美了。然后她不自觉地舔了下舌头，正巧落入他下瞥的视线中，她随即有种犯罪的羞耻感，眉心一跳，气势如虹地吟了句诗："今日长缨在手，何时缚住苍龙？"

江石玉忍俊不禁，眉眼弯弯。

她则磕磕巴巴地解释，训练太辛苦了，教员为了鼓舞士气，老逼着他们背诗。伤春悲秋的自然不合适，剩下的无非是些上阵杀敌、擒贼俘虏的硬诗。时间一长倒成条件反射似的，一紧张就卖弄，可要问她真的懂诗词内涵吗，一点也不懂，哪句顺口哪句来。譬如这句"缚住苍龙"，多么符合时宜。后来她反应过来，上网查询，差点把没文化的自己埋到土里去。

只是当时凝望那清亮的眼眸，想到的也就是男女那点事了。她的心声啊，溢满了"愿我如星君如月，夜夜流光相皎洁"。

尔后瞥见她如狼似虎的眼神，纵是华尔街之狼，面对如此胆大妄为的女生，也不禁微微红脸。

他无奈地望着她，称她为师姐，一会儿说风暴快来了，问她要不要去医院里避寒，一会儿又说回去值班要迟到了，左拉右扯，勉力打破尴尬的局面。

那会儿正值海上风暴期，需要密切监测数据，频繁出动任务。他可以说是鸡鸣而起，坐以待旦，忙得恨不得自己长出三头六臂。训练加出动占据了他大半的时间，剩下的时间不是在准备考核，就是在模拟机舱一遍遍复核飞行动作，还要积极融入通海这个新的大家庭，眼底的乌青掩也掩不住，然而就是这样疲惫到骨子里的时刻，他仍细致温和，眉眼常含笑。

被她调戏多了竟也从善如流，她贼心不死改为上手揩油，他也是一副放任自由的姿态。许心宜何曾得过男人如此不加掩饰的"青睐"，那样暗流涌动的暧昧，她自然以为自己充满了希望。

谁想天之骄子降落凡尘，不过图一时新鲜而已。

什么"王子变青蛙"，都是骗人的。

准备离开医院时，许心宜碰见了一个老熟人。远远瞧见那头引人注目的金发，她还在心底感慨，几年过去了，周总风采依旧。

想到第一次遇见他时，里恩货运在海上突逢火情，她和沈岐出动搜救，当时恐机的他哭爹喊娘不肯跟她走，活像个怂包软蛋，哪承想他竟是通海救助飞行队的幕后资助人，还是个一心为航空事业的发展鞠躬尽瘁的慈善家。

当然，他金光闪闪的外表下，也藏着不为人知的……戏精特质。

周清野逮住她，迎头就是一阵炮轰："许心宜，你躲得过初一躲得过十五吗？说什么手机号码暂时不换，有事还能联系你，我给你打了那么多电话，你一个没接着？是手机坏了还是眼睛瞎了、耳朵聋了？这就是你对老东家的诚意，嗯？我心想电话联系不上没关系，再怎么无情你也得来医院看看秦栩吧，呵，偏巧一次都没碰上过，我就奇了怪了，你好歹这么大块头，还能逃过我的法眼？拿了沈岐的值班表一看，敢情好，跟我玩躲猫猫呢？今天她和江石玉正好都当值，你就正好出现，敢说不是故意的？"周清野皮笑肉不笑地打量着她，"怎么，躲猫猫好玩吗？体验了一把让大金主二十四小时蹲点等你的快乐，滋味美妙吧？"

"哪儿能呢，我哪儿敢呀，您可是周总！"许心宜谄媚的笑堆在脸上，"别说离开通海了，我就是离开地球，也逃不出您的手掌心呀。"

"哼，你知道就好，说说吧，到底是什么情况。"

周清野松开拧她的手，表面纹丝不动，心里却一抽一抽的。要论手劲，他哪儿是许心宜的对手？想当年他挑衅沈岐，还被她们群殴过。犹记得那一晚在KTV，她用中气十足的声音唱了一首《凉凉》，全程眼神都在江石玉身上，那心思，真不敢乱猜。

只是当时那么神勇，怎么现在也当起缩头乌龟了？

"什么情况？"许心宜装傻，"没情况呀。"

周清野冷笑一声："好样的，你是千年王八修成精，也敢跟我要滑头了？忘了我是做什么的？老子在生意场上跟人动脑筋的时候，你还穿着开裆裤呢，别想着躲，老实交代。"

许心宜自认道行浅，说不过他，干脆抄着手当起锯嘴葫芦，反正她的时间不值钱，周总裁一秒万金。

周清野被她自暴自弃的态度噎住了，好半天回过一口气，拽着她走到医院门口旁边的便利店，各自挑了杯饮品坐下来。透明的窗外，时不时有穿着病号服的病人经过，间或一些行色匆匆的医生护士。

周清野也不催她，知道她嘴硬心软，一顿怀柔。果然，没一会儿许心宜说道："如果是阿岐让你来的，替我谢谢她的关心。"

"这个问题是不是应该换个说法，你更希望是谁让我来找你？"周清野挑眉，斜睨着她，"沈岐是你最好的朋友，我勉勉强强也比较关心你的死活。至于江石玉，论理你们曾是同事，更有过一段超出友情的暧昧，想知道你过得好不好也很正常，他们工作忙没有时间逮你，我作为代表出面表达慰问，这个回答你还满意吗？"

许心宜心虚，低着头没敢吭声。

周清野骂道："一阵没见，你倒好脾气了，以前不是没理都要嘴硬三分吗？现在怎么哑巴了？"

许心宜指着面前经过的一个人让他看，那是个少年白头的医生。

"你看他，再看看从他身边经过的人，肯定很好奇，为什么年纪轻轻就白了头发？是学习太刻苦了吗，还是基因遗传？那些回过头来再三打量的，是不是还会惋惜什么？可那又怎么样，看过了，他们不还是走回原路了吗？"

每个人都有自己的生活轨迹，再与众不同，引来再多的目光，经过了也就经过了。

"如果亲戚朋友们知道我离开通海了，肯定要说一句：'唉，她许心宜不是一门心思扎在通海吗？怎么离开了？'可是许心宜真的扎根在通海了吗？她有多特别呢？为什么不能离开通海？一段时间走一段路，人生拼拼凑凑总会有好几段路的，也没必要总是回头看。"

他们曾经相遇，别后仍可重逢，已经是莫大的欢喜了，不是吗？

周清野还是第一次看见这样的许心宜，安安静静的，阳光洒落在婴儿肥的腮帮上，散发出一种奇异的光芒。

离开烙印在她身上的通海，对她而言真是一件憾事吗？他收敛了玩笑的神色，口吻认真："这么说，你已经重新开始了？"

算是吧，她已经找到了新工作。

"许心宜。"

周清野难得严肃唤她的名字，许心宜怕听到承受不起的话，匆忙抬手捂住眼睛，只露出一条缝来，嬉笑着打断他："周清野，你长得太帅了，别诱惑我移情别恋，我怕我控制不住。阿岐是我最好的姐妹，我不能背叛她！"

"呸。"

周清野还要再说什么，她已经起身朝外跑去。路边一辆公交车正要关门，她踩点挤了上去，在里面朝他挥手。

"许心宜，你站住！"

周清野起得太快，衣服被高脚椅勾住，想追也追不上去。眼看公交车越走越远，最后彻底消失于视线，他愤懑地捶下桌子，掏出手机打了通电话。

许心宜当然想不到周清野在打什么主意，她倒了两班车才下，站台到家还有一段距离。转瞬进入九月底，沿海城市有台风登陆，天气骤变，暮色里已挟裹着一丝寒意。

她一边走着，一边琢磨工作的事。

她身手不错，履历也漂亮，很快就找到一份新工作，是拳击俱乐部的教练。老板看到她跟看到亲人一样，满脸古道热肠，没聊几句就开出高薪，盛情聘用了她。她干了三天，很好，不用风吹日晒，也不用加班熬夜，还有不错的福利待遇，最重要的是每天都能看到肌肉猛男，偶尔还可以趁机揩油，完全符合她从小到大的心愿。

可不知道为什么，她总是有点心不在焉。

她每天天不亮就起床，一路跑到俱乐部，居然还没开门？连着三天早到，她总算记住了俱乐部的运营时间，居然上午十点才开始？往常这个时候她已经经过一轮暴汗的训练了。老板没法子，只能将开门的重任交给她，她每天第一个到，最晚一个走。原本是个好事，只是俱乐部不比公家单位，毕竟是盈利性的组织，每天有例会和考核，还有一些业务纷争。

许心宜两次瞅见目标，还没上前就被热情的小姐姐截和了，一连三天一个单也没开成，老板不禁开始怀疑她沟通方面有问题。

许心宜那叫一个冤，积极为自己辩驳，没想到惹恼小姐姐，惨遭同事们孤立。老板了解情况后，安排人事对她进行专业培训，许心宜听得满头包，心里也是极不情愿的。

大家一起和谐相处不好吗？人手不够的话，她完全可以服从调配，为什么要把时间都浪费在这些无用功上？

想到一周还不开单就要被扫地出门，许心宜心中平添几分烦躁。

就在这时，突然被人撞了个满怀，她下意识后腿一撤，稳住重心，没让自己摔倒的同时，还伸手扶住来人。来人哭得泪眼蒙眬，匆匆向她点头示意，就要朝前奔去。

许心宜认出她来，是住在隔壁陪女儿读书的赵阿姨，平常有事没事会给她送点好吃的，算是生活里的一点小温暖。

她忙矮身问："赵阿姨，你怎么了？"

赵阿姨听到熟悉的声音，身子一软，险些摔倒在地。许心宜双手平稳托住她的身体，听她哭道："老师打电话说玲玲出事了，关键时刻我这破腿坏了似的，撂也撂不动，可怎么办哪？我的玲玲成绩好，又乖巧。"

赵阿姨一边说，一边重重地捶打自己的双腿，许心宜忙拦住她，安抚道："你别着急，越急越跑不动。"她抬头左右看了一圈，也没碰见相熟的人。

学校就在马路对面，她心下一定，说道："我扶你过去吧。"

"好，好，谢谢你啦。"

赵阿姨被吓得不轻，纵使许心宜半个身子做倚靠，任由她压着，也还是趔趔趄趄，走几步腿就不听话似的，杵在原地抬不起来。许心宜没办法，腰一弯，直接背起赵阿姨往学校跑。

风风火火冲到教学楼前，里三层外三层都被围住了。许心宜借着身高优势遥遥一看，八层高楼的天台边上确实坐着一个女孩，蓝白色的校服外套被风吹得鼓起来，保安正握着对讲机在旁边积极劝说。

赵阿姨呼吸一窒，头晕眼花，好在许心宜掐了她一下，提醒她振作，她才上前去。眼看赵阿姨六神无主，许心宜便主动问班主任："报警了吗？消防什么时候到？"

"报了，应该快了吧。"班主任也心急如焚，搓着手来回踱步，"都是什么事啊，唉！"

"先别说了，快过去看看玲玲吧。"

他们初步交换了信息，赵阿姨也稍微平复了情绪。玲玲一看母亲来了，哭得更凶，纤瘦的身子不住地颤抖，缀在天台边上好像一朵随时会被风摧折的纸花。

因离天台边缘也就一步之遥，他们都不敢轻举妄动，隔着三米站定了。赵阿姨流着眼泪劝道："玲玲，你先回来，有什么事跟妈妈好好商量，千万不要冲动！"

"妈妈，我好累，我不想学习了。"

"马上就要高考了，再忍忍就好了。好孩子，你先回来，有什么话咱们好好说。"

"我回不去了，妈妈，对不起，这次模拟考我又倒退了一百多名，我已经很努力很努力了，每天睁开眼闭上眼都是试卷，写不完的试卷和作业，我真的好累。为什么我总是写不完？为什么？"

"考得差就差点吧，没关系，咱们下次再努力，好不好？"

"还要再努力吗？我真的已经很努力了……妈妈，以后别跟爸爸吵架了，你身体不好，每天起早贪黑照顾我，还要忙活生计，太辛苦了。我走了以后，你就跟爸爸好好地生活吧。"玲玲站了起来，高楼上风声猎猎，吹得她脚步晃动，摇摇欲坠。

少女望着深蓝色的天，露出笑容来。

不知什么时候，许心宜已经离开天台，和保安来到七层。玲玲所在的位置下方刚好有一扇窗户，许心宜里外勘察了一遍，天台外围无遮挡，想要从后边绕去接住玲玲的可能性基本为零，好在下面开了窗户，旁边还有空调架，冒险一试尚有生机。

她在脑海里规划完救援路线，开始把保安找过来的麻绳往身上套。

保安看她的架势时顿时急了："你、你不会是想从窗户爬上去吧？这怎么行，距离地面太高了，太危险！"见她动作不停，赶紧招呼其他保安过来，"你究竟是什么人？消防马上就到了，再拖一会儿还能成！"说完就要来阻拦许心宜。

许心宜三下五除二打了个救援专用绳结，试了试松紧，这才看向保安："你没听见玲玲的话吗？等消防的人来说不定就晚了！"

"可、可是……"保安也说不出话来，眼看她半个身子探出了窗口，他一个箭步冲过来，"好赖一条人命，还是个孩子，你到底有没有把握？"

许心宜动作一停。

她的脑海中不受控制地闪过一帧帧画面，或山洪，或海难，被咸腥的海水填满口腔失去呼吸的次数没有一千也有八百。真的不恐惧死亡吗？都是说来唬自己的，血肉之躯哪儿有不怕的？不过是撑着一口气而已。

保安见她没动，以为她犹豫了，伸手来拽她。这时远处传来一阵清晰的警笛声，保安高兴道："消防来了！"

将许心宜小半个身体拽回到室内，保安正庆幸，忽而一道大力袭来，他的双臂被对方一踹，反弹的力道让许心宜又回到半空，整个动作行云流水一般，敏捷得令人咋舌。

还不待回味，就见顶上落下一团身影，被麻绳捆住腰的人凌空一翻，双手抱住落下的孩子，急速往下坠去！保安吓得对讲机掉在地上也顾不得捡，第一时间扑到窗口去拉绳子，就见一大一小两人在空中扭转了好几圈，好几次重重撞上墙壁，大的都将小的护在怀里。

待绳子的惯性减小后，赶来会合的保安一齐将两人拉了上来。

一直到摔瘫在地上，许心宜脑子里仍在嗡嗡作响，千钧一发之际不过脑子的行为，更像一种本能，一种刻在骨子里的习惯。伴随着汹涌的潮水渐渐退去，远处的海鸥打着旋在鸣唱，天空正一步步放晴，然而重击之后皮肤表层的疼痛深入肺腑，女孩稚嫩的声响抵住耳郭——妈妈，你看，天快亮了。

是啊，风华正茂的我们，马上就等到阳光了。

赶来的消防里有一个曾是许心宜在警校的同学，初步检查确定她没有大碍后，打趣道："心宜还是跟以前一样强悍。"

许心宜忍痛翻了个身，张开手臂呈大字形躺着，咧开了嘴，眉眼明丽，晃得人眼花。她勾勾手指，一副不正经的样子："怎么不服气？还要跟我比？不怕输掉裤衩啊？"

一众同事都在看好戏，男同学梗着脖子道："谁怕谁啊！二十公斤负重跑？"

"五千米。"许心宜接道。

"三十米铁丝网来回穿越？"

"三百趟。"

"行，算你狠！"男同学咬牙道，"抗暴晒形体训练，平举AK-47自动步枪，枪口用绳子吊着一块砖头，一动不动晒多久？"

"两个小时。"

"十五公斤哑铃……"

许心宜直接抢了他的话道："十五公斤哑铃一百五十下，拉力器一百下，臂力棒一百下。"

"许心宜你还是女人吗？"以上的训练项目都是他们曾经一起经历的，回忆起来不免怅然，可听她语气轻快，顶天立地的男子汉顾不得追忆过往，张嘴就要应战。

许心宜抬手，劝他慎重："哦，我没记错的话，通海可是全行业公认的魔鬼基地，我的身手在里面也算勉强排得上号，你确定？"

男同学上下打量她，此刻她穿着黑色的运动衣，不算宽松但也修身，因为屈起手臂枕着脑袋，麒麟臂的轮廓若有似无地显露出来。再往下，伴随着衣服往上移，没有一丝赘肉的小蛮腰与紧致饱满的臀线相得益彰。

瞥见他的目光，她得意地吹了声口哨。

回到上方，数年不见的娃娃脸不见圆润，反倒因为常年健身而皮肉紧实，光泽鲜亮，眼角余光平添几分成熟韵味，仔细咂摸——呸，哪个瞎了眼的告诉他，许心宜至今"金刚二虎"名不虚传，他瞧着分明是性感尤物一个！

尤其是当她毫不畏惧地迎上男人的目光时，那样轻狂，那样勾人。

男同学情不自禁地咽了口口水，当着一众同事脸面都不要了，直接认输："心宜，咱能小打怡情吗？"

许心宜眯眯眼，在他的目光中嗅到一丝不寻常的意味，因此说道："'Z&J'知道吧？咱俩圈子的半壁江山都在那家健身房举铁，我为了追其中姓江的老板，一口气充了十年会员。"

"然后呢？追上没？"

许心宜直起身，拍拍对方的肩："人家直接给我升级成了终身会员，你说呢？"

男同学翻了个白眼，管他呢！死乞白赖地拉着许心宜吃了顿晚饭，频频示好，眼神直勾勾，直把许心宜盯得毛骨悚然，于是吃得更是凶狠，狼吞虎咽没有一点女孩子的矜持样。

对方却自带滤镜一般，觉得她天性使然，可爱得紧。

许心宜噎了口饭，问："你真心的吗？"

"当然！"

她忽而没了兴致。

想起第一次和江石玉出去吃饭，为了不对阳春白雪产生亵渎，中途她被鱼刺卡住，一直回到了家才用手抠出来。

后来有一阵出任务太频繁，又赶上每月必来的那几天，没吃好也没睡好，半夜胃疼，躲到厕所里抠喉咙，吐得昏天黑地。飞行公寓住的都是同事，她也不敢大声把人吵醒，只能一个人压着声音干哕，顶顶难受的时候想喝一杯热水都难，不知想起什么就哭了。

在学校的时候，她三天一次游泳训练，要穿着厚厚的军装和解放鞋一口气游完五千米，五天一次中国式铁人三项，七天一次二十五千米负重三十公斤越野行军训练，十五天一次跳伞训练，要从八千米的高空一跃而下……那时经历的苦处难处要比在通海多多了，脱发、烂脸、生理期紊乱，身上到处都是伤疤，可偏偏一次没有哭过，当时觉得流血都比流泪容易。

遇见江石玉后一切都变了，感情软和了，人也软弱了似的，不经意就特别难受，想哭，想找个人倚靠。

想爱，可那个人为什么不爱她？

她哭着哭着，像是要把这些天积压的烦躁与不郁都发泄出来，惊得老同学束手无策，什么旖旎的想法都没了。眼看她哭了两包面纸才止住，老同学忍不住竖起拇指："金刚就是金刚，泪腺都比一般人发达啊。"

许心宜本来挺难受的，一听这话，直接上脚给人踹了个一百八十度后空翻。

同一时间，在这座随时可能因为过度疲劳而陷入停运的繁华都市里，江石玉结束了一天的工作回到飞行公寓。

夜已然深了，公寓无声无息。走到洗漱室外，他忽而愣神，想到以前好几次听到许心宜在里面干哕，以为她吃坏了肚子，着急忙慌地去储物间翻找药品，岂料回回都让秦栩抢先一步。

他一直觉得奇怪，以为他们默契使然，后来才知道，秦栩并不细心，只是太了解她的习惯。她胃口好的时候，胃口不好的时候，精神好的时候，精神不好的时候，秦栩都知道。

而他，很长一段时间除了不间歇的培训考核，甚至还在学着如何适应被海水泡发的尸体。

周清野和他打视频电话，说起白天发生的事，愤恨不平："许心宜变鸡贼了，她以前哪儿跟人玩过心眼？一天天的只知道傻乐呵。现在呢？我瞧着分明是扮猪吃老虎，厉害着呢！"

尤其是针对"少年白头"旁征博引的那一段，差点震掉他的下巴，因此再三强调："你落到她手里，以后有你的苦头吃。"

江石玉想到那副情景就想笑，估摸周清野被噎得不轻。

"原来沈岐出国学习的时候，我三天两头睡不着，一失眠就去通海，那些树，那些灯，那些航线，无一处不是她的影子。许心宜第一份正儿八经的工作就在通海，说是扎在这里一点也不为过，可她今天竟然反问我，她一定只能在通海吗？不可以换一条路走吗？我突然无言以对，好像一下子看到她长大了。可她抽身得未免太快了，一副潇洒的小样，挺遭人恨的。"他一边说，一边发出磨牙的声响。

任何一个人在一个地方待久了，都会有感情，更何况许心宜早就把通海当成自己的家。

"你不觉得可笑吗？"

"什么？"

一个普通人的生活。

他因为向往一个普通人的生活，从纸醉金迷的世界来到一线。而她，却要告别一线，去寻找一种他曾经历过的在人情社会、公序良俗下按部就班结婚生子的普通人的生活，不可笑吗？

此时手机上正在转播实时新闻，当他看到岭南中学女生跳楼视频中出现的身影时，唇边戏谑的笑意突然一扫而光。

周清野诧异："你看到了什么？"

江石玉把视频发给他看："她不会走的，就算不是通海，换作任何一个系统，她都会回到一线。她天生就是为一线而生的人，那种普通人的生活，不会是她想要的。"

"你就这么笃定？"周清野也好奇起来，"如果不是为了相夫教子过一个普通人的生活，那么关于她离开通海，你还考虑过其他可能性吗？"

他之前几次试图撬开李英的嘴，奈何都没成功，李英借口隐私条例，三缄其口，嘴巴非常严。只是这么一来，确实好像没有那么简单。

多年扎根于一线的人，什么苦头都吃尽了，还有什么原因能让他们非走不可？

江石玉沉默了一阵，周清野也没说话，隔着屏幕窥探他的神色，新奇地发现一种长在他身上多年的沉疴好像正逐层剥落，他哪怕不笑，也变得丰富了起来。这让周清野不由得想起那天的遗书，头一次在他身上感受到一种振聋发聩的生命力。

在决定去考飞行驾照之前，在环顾华尔街中心的高档住所发现没有一件可以收拾的行囊前，他的生活到底是怎样的？周清野皱起眉头："你现在还有酗酒的冲动吗？"

江石玉一怔，仿佛回到了久远的过去，几乎忘记了那是怎样一段糜烂的生活。

"没有了。"

"还会失眠吗？"

"偶尔，不过大多数时候累得够呛，想失眠都难。"

"现在……还想活着吗？"

江石玉微微一笑。

"如果我现在还酗酒、失眠，甚至想死，你会饶得了我？"

"那许心宜一定会把我揍成猪头的，我这张脸可千万不能毁容。"

周清野不知想起什么笑了开来，也知道现在的幸福来之不易，看着江石玉，总不忍心他走自己的回头路，叹息了一声："你出国那几年，正值我创业初期，困难不必说了，每天都发愁，一天能闭上眼睡一两个小时都是件稀罕事，好在有你源源不断的资金供给，我才能破釜沉舟，一路往上走。原来我以为你资助我的第一笔钱是你从小到大攒的，心想你家有钱，能存个几十万元也正常，后来才发现不是。什么样的家庭从小就为孩子成立信托基金？恐怕对你而言，不只是一份基金这么简单，也难怪你会走那条路了，上流社会，投行精英，就应该走那条路，不是吗？"

是吧？所有人都这样想，包括他自己。资本圈，名利场，无以估量的金钱数字，虚拟与虚假的世界，到处充斥着不真实感。

当周清野踹开一扇紧闭的门，看到多年好友醉成一摊烂泥，不成样子地团缩在角落，满屋子都是臭气熏天的酒气时，纵然嘴巴张得能吞下一颗鸡蛋，也没产生什么多余的想法。直到好友一下子戒了酒，脱去西装，摘下领带，跑去阿德莱德学飞行，一路瞒着他直到后来藏在犄角旮旯修飞机的事情暴露，他才蒙了。

到底发生了什么？

他们彼此之间有默契，不轻易碰触对方的底线，如同江石玉从不在他面前提起"飞行"，他也从没问过他为什么骤然离开过去的生活。但他可以想象一轮又一轮资本涌入的背后，必定流光溢彩，也布满扫不去的阴霾。

"你想和我说说吗？关于你离开华尔街，或是来到一线的原因。"

江石玉陷入了很长一段时间的沉默，以至周清野竟然产生一种匪夷所思的念头："你该不会告诉我，和她有关吧？"

这个她当然是指许心宜。

江石玉没说话，算是默认。

周清野更好奇了，可追问下去，江石玉却中断了视频电话。手机上还在一遍遍循环播放岭南中学女生跳楼的新闻，江石玉揉揉眉，打开抽屉，从里面拿出一只U盘。

黑色的普通款式，不足拇指宽。他的目光异样地柔和下来，指腹沿着边角反复摩挲，直至华灯渐灭，天光骤亮。

这些天许心宜有些困扰，自打她救了玲玲，再兼男同学当场添油加醋的一通乱吹，她的英雄事迹很快传遍了整个小区。现在赵阿姨把她当宝供着，有事没事就来找她唠嗑，问她之前的工作，家里的关系，还想给她安排相亲，介绍对象。

许心宜没想到自己渴望的"一个普通人的生活"能这么快步入正轨，不仅俱乐部签了好几个慕名而来的新学生，她还被无缝衔接地安排了好几个优质男青年。她每天晚上下班见一个，一周三个不重样，每个都长相英俊，风度翩翩，工作和家庭条件都不错，对她的前史也倍感兴趣。

许心宜恍惚在做梦，一再问道："你确定吗？我身手很厉害，非专业人员最多三秒倒地，你不怕吗？而且我这身材，有点魁梧哦。"

对方说自己留学回国，见多了健美身姿，并不觉得她有哪里"魁梧"，反而觉得她很健康，也很可爱。许心宜的脸颊红扑扑："真的吗？你不介意我当拳击教练吗？"

"当然不介意，术业有专攻，你打拳的时候一定很有魅力。有时间也教我几招？"

"好啊好啊！"

许心宜春心荡漾地回到小区，远远听见赵阿姨屋内传来一阵笑声，三步并作两步上前打招呼，结果一探头，立刻僵在原地。

才要逃跑，出来倒水的赵阿姨正好看见她，忙喊道："心宜，你总算回来了，快来瞧瞧，你家来客人了！"

许心宜被强行拽了回去，赵阿姨还倍得意："要不是我眼尖，人家说不定就走了！"说到这儿，赵阿姨冲她挤眉弄眼，压低声音道，"你这孩子，有男朋友怎么不早说？这种事有什么不好意思的？害我白张罗一阵，以后别相亲了，前面那几个你也别担心，我想办法帮你回了。"

许心宜忙要解释："不是，别啊，他不是我……"

话没说完，就见赵阿姨往旁边让了几步，连声招呼着，低矮昏暗的门内走出来一道修长挺拔的身影。

那可真是良辰美景般的心上人啊！

许心宜又一次本能地"耗子上身"，忘了逃跑，屁颠屁颠地凑过来，左右看看小声问："你怎么来了？"

江石玉把袋子递过去："你走得急，东西落在基地了。"

他说得含糊，没解释其中的曲折。其实失物招领处前两天联系的是沈岐，想托沈岐交给她，凑巧当时沈岐在开会走不开，由他帮忙领取，三绕五绕的，东西就到他手上了。

"我的吗？"许心宜脑袋往前，一眼就看到其中一个黑色的胸罩！想来是她挂在通风口晾的，忘记收了。她小脸一热，忙从江石玉手中接过袋子，把胸罩拼命往下塞，又翻了翻其他的，都是些杂七杂八的东西，唯独有一样，许心宜宝贝似的说，"啊！我的U盘，还以为搬家弄丢了，害得我伤心了好一阵子！"

她从小就喜欢拍视频，到通海后习惯也保持下来，每逢出动，她就将遗书的内容记录进视频当中，待安全归来，再一条条录进U盘里。现在里面得有几千条视频了，哭的笑的，什么样子都有。

队里人看她宝贝得紧，不是没好奇想一探究竟，结果被狠狠地揍了一顿，后来就都知道了，里头藏着许心宜的秘密，谁也不给看。

许心宜确认无误后，和他道了谢，随即想到关键："你、你怎么知道我住这里？"

江石玉笑了笑，他是天生的好皮囊，阳光下也看不到什么毛孔，这一笑就更不用说了，许心宜当即头晕目眩。

想到那会儿为了能在健身俱乐部创造更多跟他的偶遇，她一得空就马不停蹄地往里扎，疯狂举铁，一身肌肉练得越来越紧，奈何三次之后，再也没有遇见过他。

她以为这辈子没有希望了，没想到在飞行队与他再次相遇。顾不得刚从海里救人回来满脸花里胡哨的窘况，她直接朝他走了过去。还记得自己当时郑重其事的样子，手在身上擦了又擦才小心翼翼地递过去，结果一张嘴就崩了，说的什么来着？

"江石玉，你好呀，我是许心宜，不是心仪你的心仪哦，而是心脏的心，宜家宜室的宜。不过我觉得这个心宜和那个心仪你的心仪有异曲同工之妙，所以你也可以这么理解。"

谁第一次正式认识把话说到这么露骨的份上？那意思就差直接告诉他，她看上他了。估计也是头开得不好，后来才磕磕碰碰，始终没能开花结果。

许心宜在心里默默叹声气，都是孽缘啊。

早知道无所不能的周总这么快就能查到住址，那天她还跑个什么劲？

眼瞅着旁边赵阿姨搬来小马扎，拿出瓜子，准备看场大戏，隔壁几屋也伸长了脑袋，许心宜忙开门把东西放进屋内，四下打量了一圈，陋室窄小，开了灯也不明亮，除了一床一桌一椅，竟没有个下脚的地方！她轻咳一声，又把人往外请。

"你吃过饭了吗？我请你吃饭吧。"毕竟特地跑一趟来送她的物品，许心宜就算找回了风骨，也不好意思直接打发人走。

她荷包不鼓，装不出阔绰，就请他在学校附近吃了碗米线。她放了好几勺辣椒，又加了回免费米线，吃得满面红光，神采飞扬，摸摸肚皮，怎一个爽字了得！

那天和男同学别后她就想明白了，入不了眼的人，任她再怎么强装淑女，也是竹篮打水一场空，何必再饿着自己？她敞开了肚皮吃，至少还能给自己赢回个洒脱！这么想着，她心底最后一点包袱也没了，抹了抹嘴巴，便静静等着对面的人。

好看的人，吃相都是好看的。看他慢条斯理，又觉得他修养实在好，路边摊都能吃出米其林三星的格局来。许心宜一边欣赏一边琢磨，好赖他没瞎了眼，不然就她饿汉一般的德行，沾染了这朵小白花，自己都忍不住给自己耳刮子！

江石玉似乎能猜到她在想什么，以往一群人钻食堂，大老爷们儿一个个撩起袖子就是干，他不想搞特殊，跟着凑了几回热闹，最后还是被胃病闹得作罢。刚才看她一副狼吞虎咽的吃相，才有些回味过来。原来以前和他一起吃饭时，她从来没有吃饱过。

原来独自一人在卫生间煎熬的那些夜晚，也和他有关。

"吃饱了吗？"

许心宜的脸颊飞上一朵朵红霞，赌气说："这才哪儿到哪儿？我还能吃三大碗！"

"那再吃一碗，别吃多了，容易积食。"

饭后两人沿校园外的防护栏肩并肩往回走，这是一条长约两千米的林荫大道，种满了香樟与桂树。

许心宜不说话，江石玉平时话也不多，两人之间的气氛就有些僵持。忽而撞破一对躲在树后缠绵接吻的情侣，许心宜顿时脸红到脖子根。

见他的目光不轻不重落在自己身上，想不到他望着自己时会想着什么，她又是好奇又是烦闷，转头望了望别处，极力寻找话题："我上高中的时候，每到晚自习下课就会听到学校保安巡逻的喇叭声，你猜喇叭里说什么？"

江石玉瞥了眼你推我搡跑远的情侣，嘴角微扬："关于学生早恋的？"

"哎？你怎么知道？当时我们学校有两个校区，中间隔着大操场，一下晚自习男男女女就往操场跑，黑黢黢的，谁也看不见谁，保安就在喇叭里盲喊：'喂，那边的男生，说的就是你，往哪儿靠呢？非要我上来撵你是不是？'可任他在跑道上喊破了嗓子，也没人搭腔，只到班主任巡房时间才会恋恋不舍地分别，要么回家，要么回宿舍，假模假样地打开作业本。有一回班主任在门外的小窗口盯了半晌，拎出来一个男生。男生问为什么拎他，班主任说你一会儿摸脸一会儿摸腿，时不时傻笑，半天了书一页没翻过去，真当老师我不是过来人啊？"

许心宜笑得颤起来，随后班主任化身福尔摩斯，审完男生直接来女生宿舍提人，免不了又是一番谆谆教导。她趴在门后听了个全程，羡慕得眼红。

试问哪个女孩念书时不想跟校草谈一场轰轰烈烈的恋爱呢？她这个大俗人，羡慕得都快哭了。许心宜心下感慨："不瞒你说，一个女孩青春期可能产生的所有遐思，我都是在梦里实现的。"

江石玉问："都有哪些遐思？"

"也不只是女孩子，可能学生都会有吧。我那会儿住宿，有一些事只能走读生才办得到，譬如帮我带肯德基的早餐，还有手抓饼、寿司、肉夹馍、蛋挞和好吃的路边摊，愿意跟我一起拼单订奶茶，学校的广播电台里有送给我的周杰伦的情歌，桌子里塞着陌生人的情书，和女生手挽着手去上厕所时走廊上冲着我吹口哨的帅哥……太多了，你不懂，青春期的女孩子最别扭，什么都想要，什么都开不了口。"

她当然想要暗恋的男生帮她完成心愿单的每一条，可现实是，哪怕只是带零食这种小事，对她而言也是海中捞月，难于登天。

谁会同四肢发达、头脑简单的傻大个真心做朋友呢？

江石玉承认自己这一刻失了神，因为那一闪而过的带着一丝少女娇憨的愁思，又轻又沉，落在了他的心上。当她开始追忆青春岁月，放松了戒备忘记去疏远旁边这个男人时，夕阳的昏黄趁机钻进她的瞳孔，圆圆的、黑黑的眼珠滴溜溜地转，在时光转轮的拨动下折射出一道道七彩的光。

光晕下交错着纤长的睫毛，忽闪忽闪，更衬得她皮肤光滑，吹弹可破。最要命的是，她将嘴角往上翘，兜住了他此刻失掉的心魂。

察觉到男人的目光，许心宜忙低下头打岔："你呢？应该收到过很多情书吧？女同学是不是都上赶着给你带早饭，送礼物？"

江石玉摇摇头："没有。"

或许记不清了，他确实没什么感觉，很小的时候他就出国了。得益于一个金融世家滴水不漏的教养，他从小立志成为一名杰出的投行精英，因此在别的小孩上树下河，发展各项兴趣爱好时，他的时间全都在和数字打交道。

按部就班，了无意趣。

"我高中没有谈过恋爱。"

"真的假的？"许心宜显然不信，不自觉挑高了眉，"我们那时流行贴吧论坛，里面每天都有各种偶遇的帅哥美女，甭管是不是同班同级，只要在学校里总能马上就知道对方的班级姓名，还认真地搞了排行榜，评选什么校花校草，你怎么可能不在榜上？只要你在，我不相信没一个女生能入得了你的眼。"

"你给谁投了票？"

"我一双火眼金睛，投选的必须是未来校草，好不好？"许心宜一时没反应过来，只下意识道，"可惜他是个狂得没边的小子，我本来挺喜欢他的，但后来一千米长跑我替班上的男生上，他没能赢我，大概自尊心受挫，狠狠地数落了我一顿，之后我就不喜欢他了。"

"校草啊。"江石玉意有所指地重复道。

"哎呀，那时候年纪小，眼界也没打开，现在想想，除了个子高点，皮肤白点，会打篮球，爱出风头，好像也没有特别帅啦。"她解释一通后方才反应过来，"哎？不是我在问你话吗？怎么变成你套我话了？"

她是不设防的性子，一旦话口开闸就收不住，江石玉已经很久没见过她在自己面前叽叽喳喳的样子了，嘴巴一开一合啄个不停，像只小麻雀俏皮得紧。他情不自禁地抬手，捋了下她被风吹乱的鬓发，声音很轻："可能那时，我的学校没有像你一样可爱的女孩吧。"

许心宜直接傻了。

回家后很久脸颊还热乎乎的，不断回闪一张隽秀的眉眼，尤其当他带着一丝叹息意有所指地望着她时，眸光里浮动的情意，搅得她一颗老死不相往来的决心七零八碎。她不断掐大腿让自己清醒，犹不能控制无边的遐想，干脆三两下脱了衣服，拧开冷水往身上浇。

十月的天，冷意中残留着一片桂花香，沁入心田，险些让人迷醉。

她冲了十几分钟，身上的热度才逐渐退下来。意识到必须强迫自己做点正事，她一边搓头发一边打开电脑找工作，忽然叮的一声，右上角进来一封邮件。

许心宜点开来一看，对方自称是某公司的人事，看到她在网站上的简历，对她十分感兴趣，邀请她免面试加入团队。

下面附加一条链接。

毛巾随意往扶手上一搭，她瘫在椅子里，散漫地蜷着腿，余光还瞥着从门口塞进来的美食传单，时不时滑动一下鼠标，忽然视线一定，整个人坐直了！

简洁的网页界面，出现一抹似曾相识的橙红色，伴随着滚动条往下一步步深入的了解，当日在温泉会所漏电事故中曾出现过的几个字样逐渐清晰起来，直到最终吸引了她全部的目光——公牛队。

据官方介绍，这是一个由几位热衷慈善事业的神秘投资人创建的公益救援促进会，公牛队是其下属的一支专业执行应急救援任务的志愿者队伍。

领导层来自各行各业的顶尖人才，救援队伍基本由志愿者组成，这些志愿者经过严格挑选，培训考核并具有扎实的救援知识及实战经验，整个体系具备专业的技能，全国设立多个战备装备库，是一个准军事化应急救援组织。

从以往的新闻报道和活动视频可以看出，公牛队的救援领域囊括水、陆、空全域，已训练出一支成熟、高素质的救援队伍。最重要的是，就在一个月前它被编入了地方系统，未来十年将和通海救助飞行队展开新一轮的战略合作！

许心宜平常不关心时政，每逢大会就开小差，领导也知道她的德行，地面活动从不招呼她，连让她充个人头都嫌多余。就算同事偶尔讨论，她也一贯左耳朵进右耳朵出。因此，当她以一个全新的视角打开温泉会所救援现场的视频时，她的心直接提到了嗓子眼。

主视角应该是参与现场搜救的小组队长头戴的摄像仪拍摄所得，其声音干脆果断，在温泉会所门口，即用扩音器要求会所内所有人员停在原地，不要轻举妄动，随后搜救队员穿戴绝缘鞋，戴上绝缘手套，各自装备完整，才开始进入会所搜救。

在现场群众的提示下，他们得知电气设备中心和机房都在东北角，于是作为小组队长的男人有条不紊地开始工作分配。

"于洋，你去总机房断电，找到所有电闸和供电系统的位置。"

"陆毅成，你从外墙上二楼，勘察内部环境，尽可能寻求群众力量，确认目前有明显电击伤的被困者的位置。"

"熙熙，利用无人机，排查安全通道，疏散现场群众。"

说话的队长则最后一遍检查装备，从正门入口处清理一条逃生通道。很快，于阳检查完机房，确认电路全都关闭，陆毅成也在二楼勘察到在盐碱温泉池触电倒下的几名被困者的位置，给了队长具体方位后，则快速排查进入。

盐碱温泉区域在一楼西侧，队长按照指示靠近，可以听到里面微弱的呼救声。他一边探路，一边将救援毯掏了出来，就在他推开门要上前的一瞬间，余光瞥见一抹跳动的红。他即要落地的步子猛地收回，转而踢开旁边楼梯间的门，只见里面还有两组电力箱，应该是为附近的恒温加压泵供电。

此刻电力箱的红灯仍不停闪烁，足见用的是另外一条供电路线，甚至有可能不在总机房控制内。程熙熙晚一步到达，看到眼前的情形，忍不住爆了句粗口："于阳眼瞎？"

"不是他的问题。"

男人声音低沉，目光左右扫视了一阵，初步判断，应该是这组电力系统出了问题。

他将照明灯咬进嘴里，拨弄两手的绝缘手套，上前两步打开电力箱。未免电压系统陡然变化，使得盐碱池里遭到电击的被困者再经历二次伤害，他没有贸然行事，而是拧开电箱盒，逐一捋了捋里面缠绕在一起的电线。

程熙熙眼看他额上的汗珠一颗颗滑落，心也不由得揪紧。

"怎么办？要不都剪了吧？"

男人没有说话，只是往后一伸手。程熙熙会意，将电钳递给他。他微微弯腰，从中找到一根电线，用绝缘棒挑开，然后果断剪下。

嚓——电箱运作的声音霎时消失。

程熙熙松了口气，拍男人的肩："队长威武。"

男人不作声，又观察了两秒钟，回到盐碱温泉池入口，用电子表测试了下此时的电路，确认安全后，通过对讲机安排搜救人员入场。为以防万一，还是他和程熙熙先行入内勘察，将被困者抬到绝缘毯上，迅速转移到室外。

已经有专业的医护人员在等待，第一时间对被困者进行急救。

黑暗的环境里，只见一抹刺眼的明光不停地向前，向前，逐一排查每个角落，最后将光圈定格在水波浮动的温泉池。

要知道虽然排除了故障源头，也穿上了绝缘衣，可水下究竟如何，会不会发生二次意外，谁也不敢保证。除非高强压电流可以通过水流传导，能通过仪器检测出来，其他譬如微弱的电流，或是突然短路的电流，都有可能潜伏在水下，给人致命一击。

而这位队长，没有丝毫犹豫就跳了下去。

透过水流不停晃动的摄像头，许心宜逐渐屏住了呼吸。在近三分钟的时间里，其下达的每一道指令都快速、准确、果决，与拥有丰富作战经验的沈岐不遑多让，而橙色救援服下的身影，也都矫健、专业，没有任何迟疑，同时也具备常年浸淫一线无以言表的"直觉"，这完全就是一支装备完整的精英队伍！

她猛然一个弹跳，情不自禁地为他们喝彩起来！

从出动到完成救援，超出五十名群众的安全疏散，包括后续的电网修整，竟然用时还不到两小时！

太牛了！

这一晚，许心宜仔细地翻看了通海救助飞行论坛里的相关新闻，才知道过去主要活跃在中西部地区的公牛队，在今年年初已渐渐辐射至全国，中坚力量集中在城市"二十四小时搜寻走失人口""重大活动特勤安保""自然灾害抗险及灾后重建"以及"社区安全急救教学"等模块，与通海达成合作后，将会渗透第一时间的应急救援。

连续翻看十几遍后，她不出所料地失眠了，身体某处渐而凉息的热血，仿佛得到召唤，再次沸腾起来。她控制不住地沸腾，哪怕她十分明确只有当拳击教练，才能满足她对于一个普通人的生活所抱有的全部期待。

几天之后，许心宜再次收到公牛队人事的邮件，表示看到之前她在岭南中学高空飞扑、勇救女孩的新闻报道，嘉许她过硬的技术之外，还邀请她参观公牛队的教学活动。

许心宜盯着电脑上的几行字，看了一遍又一遍，最后一咬牙，还是关了电脑。

次日中午，作为通海救助飞行队行走的广告招牌江石玉，随李英一同到新任战略伙伴——公牛队开会，协商未来十年的合作方向。会后对方安排了午餐，并带领他们参观今天在队部展开的教学活动，受邀参加培训的是岭南小学的十五名学生。

课程的主要内容是公共安全，培训讲师是公牛队大队长张建。江石玉到的时候，小朋友们正要开始模拟火灾的逃生演练，正由张建带领来到户外展示灭火器的用法。

　　小朋友们满头大汗，争前恐后地举手，一边紧盯示范过程，一边叽叽喳喳地询问问题。张建不过四旬，黝黑的面庞已布满风霜，眼神间有股沧桑的悲凉感，脑门还斜着一条拇指长的伤疤。在课程开始之前，他还担心自己的长相会吓着孩子们，没想到这群初生牛犊不怕虎的学生，一上来就对他的伤疤表现了过度的好奇，直接跳过热场，央着他将围绕伤疤展开的救援事件详尽地讲一遍，末了一颗颗小脑袋仰得高高的，用着崇拜而纯净的目光注视他，他顿时感到无边的泪意往上涌。

　　曾几何时，他也被家里的孩子如此仰望过，每当妈妈告诉他们有个当消防员的爸爸时，他们眼中洋溢的无不是骄傲和向往。他知道，在孩子们的心目中，他一定和奥特曼一样强大，每天都在拯救世界，只有这样，他们才能度过每一个想爸爸的夜晚吧？

　　此刻被这群孩子簇拥在中间，他的心田被一种前所未有的满足填充。于是公牛队队员看到的就是，平时严肃正经、不苟言笑的大队长脸上破天荒地堆满了笑容，对孩子们慈祥又耐心，逐一回答他们五花八门的问题不说，还做作地抻着腰，以便时时刻刻保持着雄伟的英姿。

　　队员们一个挨着一个，交换眼神，竖起大拇指，吐了吐舌头。

　　随后就是火灾演练，听讲解的时候，小朋友们一个个看似了解，可真正警报一响，就开始慌乱无措，连刚才带他们走过的逃生通道都忘了，更不用说寻找可用的毛巾衣物，打湿了来掩住口鼻。有几个小朋友，明明刚才在张建的示范下亲自用过灭火器，可真开始逃生时，好几次经过灭火器却视而不见，只一味哭嚷着求救。

　　现场乱作一团，领队的老师试图中断演练，却遭到张建的严厉反驳。

　　"你能保证学校的公共安全系统滴水不漏吗？万一明天就会发生意外，你能保证他们每个人都能逃脱吗？"

　　老师被他瞬间变脸的模样吓住了，嗫嚅着寻求帮助。公牛队其他几个成员赶紧上前帮忙，给小朋友们指路，带他们逃生。

　　一次不行，张建又进行了第二次演练。这一次，他不再是先前和蔼可亲的叔叔，而是一个穿着队服，严阵以待的大队长。他在指导演练的过程中，一个小朋友也没有放过，但凡谁走个神，就会被他点名叫起来，列队罚站五分钟，直到小朋友能够认真听课。

　　小朋友们被他威严的气势吓得不敢作声，二次演练时果然熟悉了许多，绝大部分小朋友都能寻找到掩鼻的物件，压低身体，贴靠墙壁，寻找到绿色的安全通道进行紧急转移。其中有一个小男孩学会了使用灭火器,非但没有逃跑,反而逆着人群往火场冲,高喊着:"大家快逃,我来救你们!"

张建看着那首当其冲的男孩,面容逐渐凝重。他随即大步上前,在男孩被冲天的火光呛到口鼻,一时慌乱间,单手拎着他丢到室外空地。

"救人固然是伟大的,但你一定要清楚,有没有这个本事救人。如果没本事就不要拖累别人,这种时候逃跑,没有人会说你自私,明白吗?"

小男孩怯怯地看着他,似懂非懂。

张建亦觉得自己过于严厉了,上前一步,拍拍小男孩的脑袋,缓和声音道:"你很勇敢,是个好孩子。只是你想想,如果你爸爸妈妈看到你不顾自身安全往回冲,他们该有多担心?"

"可是,如果我的同学朋友还在里面,我怎么可以逃跑?"小男孩坚定地说,"我一定要救他们!"

张建神色动容,想说什么,终究无言。

于阳和程熙熙把小男孩送回老师手里,还特别嘉许了他一枚小红花。小男孩高兴,高举着手对张建说:"队长,谢谢你,我的小红花可以送你吗?"

张建脚步略顿,不知想起什么,眼眶竟湿润了,匆忙低头拭去泪水。

趁着李英和张建交谈日常活动的工夫,江石玉离群来到一旁,在活动区域溜达了一圈,忽然目光定住。

不远处的灌木丛后,一道身影正要离去。

江石玉犹豫片刻,抬腿跟了上去。

许心宜其实早就看到了江石玉一行,一开始很惊讶,她嘴上说着不想再回到一线,结果却偷偷跑来看公牛队的教学活动,好巧不巧,江石玉居然也在!察觉到他离开人群往活动区走来,她片刻不敢多待,没想到还是引起了他的注意。

听到身后有脚步声靠近,她只差一点就跑起来,却在这时听见熟悉的声音。

"心宜。"

许心宜被那声音一下子钉在原地,白皙的脸蛋苦巴巴地皱了一下,她挤出笑容,镇定转身,佯装讶异道:"江师弟,怎么是你?"

江石玉提起目前通海和公牛队的合作,正值新纪元的改革时期,全国各部门都在紧锣密鼓地准备献礼活动,交通飞行队也不例外,早早同地方单位商议达成了一致,预备展开一场防灾减灾的活动,到时通海救助飞行队会同公牛队组成"空陆组合",一起参与比试。

许心宜难得没有开小差,认真听完,对公牛队又有了更进一步的了解。瞥一眼江石玉,见他没有追问自己出现在这里的原因,她松了口气。

刚要说什么,就见他给李英打电话请假,随后送她回家。她稀里糊涂地走了一段,忽然发觉每一次和他在一起,轻易就被他带偏了节奏。刚才不是要跑的吗?怎么忽然坐上了他的车?唉,她就不能争点气?

许心宜内心五味杂陈,磨磨蹭蹭地扣上安全带,做好装死的准备,强忍着不朝他多看一眼。她以为这样的"狭路相逢"在临近岭南中学后就能消失,没想到刚看到点希望,下腹就是一阵热流涌动。

她瞄了眼江石玉从善如流控制方向盘的修长双手,悄悄别过脸去,抿住嘴唇,咬紧牙关,强忍着没将手放到小腹上,可没到一分钟,她的肩就不受控制地抖动了下,随即嘤咛出声。

江石玉余光一瞥,见她别扭地凹着坐姿,手也不情不愿地按在小腹上,随即猜到什么,方向盘一转,驱车去医院。

许心宜一看方向不对连忙阻拦道:"没事的,我回去躺躺就好了,就是、就是弄脏了你的车……"声音越说越小,最后只剩喏喏,"对不起,我不是故意的。"

天知道她有多后悔今天出门之前没有看皇历!关上电脑后为防止自己不死心,她打定主意要在医院耗一整天,甚至还读了封秦栩的遗书。可整个人好像失去了灵魂一般,在病房里漫无目的地晃荡,直到脚下没注意,狠狠地撞上床板,才被疼痛召回思绪。

到底没管住腿来到了公牛队的队部,还一点没落地看了消防演练的全过程,更是从张建与孩子们的眼神中体会到一种无名又很悲壮的感动。回来的路上,她的内心一时起一时落,交融着冰与火,几乎唱响了不朽的英雄曲,几度难言,几乎流泪,可她都忍住了,却偏偏被该死的"亲戚"一瞬打回原形!

老天爷是存心作对,要让她同生理期死磕到底吗?同样的情况一次不够,还要在他面前两次三次地上演吗?

之前有一次也是,出动任务回程,临到基地上空已经看到控制大厅,就差几分钟,她竟然忍也忍不住,小腹突然一阵坠痛,随即汹涌澎湃地唱起了大戏,隔着厚厚的制服,她得知"亲戚"踏实落地,更是降落到了屁股下的座椅上。

刚好那天沈岐不在,一个机舱全是粗心大意的糙汉子。秦栩临下去前见她不动,还以为她上下救人忙活累了,损了她好几句,直将她堵得血气上涌,恨不能一个翻身踹他一脸血，碍着江石玉也在场，咬牙忍了。

等他们都走了，机务又上来，她只好顾左右而言他，拖了好一会儿，眼看机务的眼神一变再变，她的屁股也一烫再烫，就要坐不住时江石玉又回来了。他支走了机务，给她裹上外套让她先行离开，之后给她料理了烂摊子。

难以想象一个大男人用纸巾擦座椅上的落红是怎样一个场景，她的脸一直烧到半夜，秦栩下班前还来摸她的脑门，以为她生病了。她一巴掌直接拍飞，随后看到不知道什么时候摆在位子上冒着热气的红枣茶。

当真是一时间动了情，迷了心窍，觉得为了江石玉没有什么不可以。

许心宜认定天意弄人，越想越生气，疼得也越来越凶，脸色一瞬惨白，整个人蜷缩成一团。江石玉探过手，拂开她额前细碎的头发，试了试她的体温。许心宜眼睫一颤，闭上双眼。

急诊医生细细询问一番，开了药，并把长篇大论的医嘱悉数交代给以为是许心宜男朋友的江石玉，末了再三提醒他：“她在女生里算情况严重的，这种时候尤其不能受凉，你要好好照顾她。”

“那如果生理期必须下水怎么办？”

医生算看明白了：“是工作需要？”

“嗯。”

“那就多喝姜茶驱寒，事后注意保暖。是工作也没办法，小姑娘挺不容易，这毛病好多年了吧？”

许心宜闷不吭声，江石玉体察到一股无言的难过。

安顿好后，许心宜躺在椅子上，将护士带着羡慕目光送来的毛毯一把拉高，遮到头顶完全不见亮光之后，一口浊气从胸口吐出，才真切地停歇下来。

没有多久闻到熟悉的气息去而复返，她的眉头逐渐松缓，却佯装睡着，一直没有放下毛毯。不知过去了多久，白炽灯下透明的药水袋还鼓鼓囊囊的，滴管里一粒粒水滴在流动。

毛毯遮在胸前，她尝试扭动酸痛的脖子，才发现旁边有只手一直托着她侧靠的半边脸。

江石玉见她终于睁开眼，收回酸僵的手臂，稍动了动，拿起先前买的粥，已经凉了，转而道：“饿不饿？我去热一热。”说完就要起身，许心宜忙拉住他。

情急之下碰到了手，一触即松。

许心宜觉得尴尬，以前几次碰他的手，都是存心揩油调戏，摸完了还好一阵回味，将自己活生生整成登徒子，为此没少遭同事笑话。如今却跟烫手山芋似的，再也不敢肖想与他手牵手十指紧扣的将来了。

"我没胃口。"她一张嘴，嗓子冒火似的，带了一丝暗哑，眉目柔和下来，衬着虚弱的病态，瞧着楚楚可怜。

江石玉眼睫动了动，一味看她："有多久了？"

"啊？"

"你这毛病。"

许心宜不好意思跟他说女孩的毛病，含糊道："我没事的，早就习惯了。"

起先就诊时，医生问她有没有性生活，她一个"母胎单身"至今初吻还在，哪儿来的性生活？可这把岁数了还没性生活也太羞耻了吧？她咿咿呀呀地张不开嘴。医生一看就明白了，眼神略带责备地看向身旁的"男朋友"。

他大概也明白了，坦然地替她回答说没有。

没有性生活还搞成这样，除了常年泡在水里，也没别的解释了。一线救援没有性别之分，尤其她还是救生员，甭管下雪天、下雨天，只要有危情就得下海，加上平时训练，可以说自从来了通海，她在陆地上停留的时间还没有在水里时间长。

不是不知道她生理期闹得凶，还以为忍忍疼痛就会过去，没想到也会有休克的凶险。他把毯子给她拉高，说道："我刚才查了一下，西医不如中医治本，回头我陪你去看中医好吗？医生也说了，你的身体必须得好好调理，否则将来会吃大苦头的。"

"能吃什么苦？我一辈子不结婚，不生孩子，也就没那苦头了。况且，也没机会再下海了。"

"离开通海，不就是为了嫁人生子吗？是你说的，那样一种普通人的活法。"

许心宜一噎，流露出自己挖坑自己跳的窘态。江石玉不觉微笑："不管哪一种活法，身体都要健康。"

许心宜眼眶发酸，瞪着他："关你什么事？你是我什么人？江师弟，你忘了我说过的话吗？我想重新开始，重新你懂吗？在一个全新的环境，认识全新的人，就像新生一样，完全不用再计较过去的输赢，不用害怕面对痛苦的生理期，不用再提心吊胆地计划有没有明天的将来，更不用再为无处安放的心而顾影自怜。我已经做好离开的准备，你为什么还要出现？每次都出现得不合时宜，尴尬的、难看的样子都被你看到了，明明不喜欢我，为什么还要对我这么好？你知不知道我会胡思乱想，会以为、以为……"

她越说越委屈，咬住嘴唇，不让眼泪往下掉。

"装淑女、装文静也好，三天两头去健身房跟你偶遇也好，当着同事的面已经把脸皮练得比城墙还厚。可我那样喜欢你，即便从小到大一直没什么真心朋友的我，在通海难得结交到一帮不错的朋友，却因为喜欢你而沦为他们的谈资，我也不介意。真的，江师弟，我从来没有介意过，我只是介意，为什么在我已经决定不再喜欢你的时候，你又一次靠近我？"

这两年，每当秦栩时不时爆发男孩子某种幼稚的胜负欲时，她都要努力把自己的视线往回撤，不敢多看他一眼，生怕防线再次崩溃。

她努力了很久，才让自己看起来不那么费力，可他为什么忽然又缠上来？

"不是你想的那样……"

"那是哪样？"

千头万绪，不知从何提起。许心宜仿佛等了一个世纪那么漫长，到如今耐心尽失，蓦然起身，拔掉针头，不管不顾地朝外奔去。

她穿得单薄，甫一出门被冷风吹得瑟缩颤抖。抬头看黑漆漆的天幕，原来她睡了这么久，顾不得停留，她长腿一跨，躲进旁边的灌木丛里。随后一道颀长的身影追了出来，左右一看，朝着一个方向追去。

许心宜又等了几分钟，确定他不会折返后，回到医院。走廊很长，也很安静，这里有她很好的朋友，想不到还有什么地方可以去，她只好躲到他身边。

夜近黎明的时分，许心宜还没有睡，抱着双膝蜷缩在沙发上，一眨不眨地望着床上的秦栩。

"臭小子，你这会儿要是醒来，恐怕又要气死了。哇，这还是我认识的许心宜吗？金刚芭比？逗我玩吗？瞧你的小样，哭什么哭，有没有点出息？不就是一个男人吗？至于吗？是的，至于的，所以你这会儿还是先别醒吧。醒来了也忍一忍，等我哭完再嘲笑，好不好？"

她又开始读他的遗书：

> 刚在更衣室和大峰打了一架，不要问我为什么，遗书这么庄严神圣的东西是他能偷看的吗？还说什么把遗书整得、整得跟情书一样！当我跟他一样吗？整天拿遗书当情书念，连哄带骗才娶到老婆！这么寒碜的事，符合我的品位吗？
>
> 许心宜！如果有一天你看到这些，请你立刻，像摸到烫手山芋那样甩掉这张纸，不要再往下看！因为，不管我写了什么都不是写给你看的。虽然你力气大得要死，块头跟男人一样结实，膀子上的肌肉比

我还紧，但是真的，你是绝无仅有的酷女孩。

　　如果，昨天的水下逃生训练你能相对保持公正不一直对江师弟放水的话，如果，你能稍微体谅我在二十摄氏度的水温下浸泡了几个小时后还出于担心给你抢到一杯速溶奶茶的话，不说千恩万谢你至少也应该给我一个感动的眼神吧？而不是转手就给江师弟献了殷勤。如果你能稍微爱惜一下自己，你应该会更酷的。

　　在我完完全全心甘情愿的意志下，我应该不止、远不止字面表达的喜欢你吧？

　　只是，你能不能不要喜欢他喜欢得太明显了？能不能稍微保留一点自尊心？能不能不要随便给一点甜头一点苗头，就又朝着南墙撞去？

　　请你好好照顾自己，也看一眼一直看着你的我，好不好？

新一轮台风登陆，直击沿海周边城市。

　　沈岐带队援手温州洪涝灾情严重的地区，深入抗洪一线，江石玉作为副机长同行，盘桓数日后归来，机组众人都脱了层皮，眼皮耷拉着，水塞到手里几乎拧不开瓶盖。李英给他们放了一天假，江石玉收整结束回到飞行公寓时，天刚刚放亮。

　　天气一日日转凉，中午虽还有三十几摄氏度的高温，早晚却没有了，他只穿一件迷彩短袖，为了强打精神也一直开着窗，吹了一路后皮肤泛起一层淡淡的红。两层台阶往上去，才想起来今天有演习，除了刚从灾区返回的几人，必须全员到场，因此公寓没有同事，门口上了锁，他脚步一顿又转身回车里找钥匙，翻着翻着忽然身形怔住。

　　一瞬之后，他急忙往后退，车正挨着马路牙子，脚下一个没注意打了晃，身子一歪直接撞上车门，哐的一声，直吓得绿化带里的鸟儿簌簌地扑棱飞起。

　　他倒吸了一口凉气，却一刻没停，迫不及待地绕过车头朝前走去。

　　许心宜磨蹭了一会儿，见他没有要走的征兆，从树后一步步挪出来，看到他额头被撞红了，也不知有没有肿。眼睑下的乌青又大又肿，头发也不知几天没洗了，软趴在脑后，衬着发红的耳垂，狼狈又可爱。

　　每回只有当这种时候，她才觉得和他没什么距离感。她努努嘴，笑了一下："我看到新闻了，是去灾区了吧？"

　　江石玉几天没怎么合眼，疲惫无以掩藏，脑子转动缓慢，没什么真实感，反应了好一会儿才出声，跟她说起灾区的情况。目前已经控制住了，不过物资仍旧短缺，周清野正在张罗慈善募捐，押着沈岐回家休息后直接飞往灾区，登机前才匆匆给了他一通电话。

许心宜安静地听着，眼神间不自觉流露出向往。江石玉渐渐顿住了，那天在医院不欢而散后，他在她家门口等了一夜，她始终没有回来。后来一到基地就接到上头的命令，前后不过半小时，已在前往灾区的路上。

彻夜连轴转，接连忙了四十六个小时才得片刻歇息，他闭上眼满脑子都是她。这种念头一经而起，就像开了闸的水，怎么收都收不住，想得快发狂了。

他抿紧发白的唇，声音略显闷沉："心宜。"

许心宜察觉到一抹灼热的目光，顿觉如芒在背。唯恐他误会，她忙解释道："你别多想，我、我来这里，是有事想问你。"

就在昨天晚上，她接到一通电话。陌生的号码，一次挂断仍不依不饶，她左右睡不着，再三之后还是接通了。

对方好像身处一个嘈杂的环境，伴随着模糊的雨声嚓嚓作响。信号一时中断，她"喂"了几声没有反应，正可笑自己接了通骚扰电话，忽然听到一道带着磁性略显低沉的嗓音，似乎是走到了空旷的地带，有回音乍泄在耳郭。

她怔住了，一瞬间脑海中闪过一道呼之欲出的身影，但是很快，就被她抛到了身后。

对方自称是公牛队的人事——江离。

江离言说一直没有收到她的回信，只好不顾深夜，冒昧打扰。他言辞恳切，关心她的现状，礼貌征询她对公牛队的看法。见她长久没有回应，试探性地问起她离开通海的原因。

或许是夜深人静，被一个陌生人的诚意所打动，或许他的声音具备蛊惑能力，或许这些天她被一个男人搅得心烦意乱，急于寻找一个发泄的出口，她稀里糊涂放下了戒备，说起深藏于心的秘密——PTSD，创伤后应激障碍。

一线救援人员更容易患的一种病，或者说每个救援人或多或少都会面临的心理障碍。

许是太惊讶，江离听后沉默了很长一段时间，她的心也一凉再凉，坦言道参观完公牛队的教学活动后，她曾去看过心理医生。

纵然很不情愿，纵然排斥到骨子里，但迫于一种现实，她最终还是去了。

"我告诉医生，我一直在做噩梦，会反反复复梦见一个场景，听见求救的声音，看到在眼前奄奄一息的生命，而我站在一旁，舔着嘴唇束手无策，只能说服自己转身。我告诫自己，哪怕一直被歌颂，一直被辱骂，一直矛盾地寻求着职业理想，可我到底不是一个英雄，更不是一个救世主。于是不止一年，近乎两年多的时间里，我一直跟自己说，我很好，我真的很好。直到有一天，我发现自己可能有点不好了，可能……还不止一点点，我应该很不好了吧？才会那么害怕水声，那么那么害怕黑夜……"

同样的咨询她曾做过千百次，却是第一次得到医生否定的回答。医生委婉地建议她休息一段时间，她忽而清醒，其实不止一点点，对吧？在此时的身体、精神状态下回到救援一线，应该会造成更大的伤害吧？所以哪怕有那么一个瞬间，她心口跳动的热血几乎让她冲动答应江离的邀请，却还是强迫自己找回了理智。

"小时候被嘲笑、被排挤，长大后被质疑、被否定，那些或开心或痛苦的经历，几乎占据了我生命的全部，可我，竟然还贪婪地眷恋着一线。"

她想她必须找一个人倾诉，于是适时出现的江离，一个活在网线另一端的陌生人，触动了她紧闭的心房。

以为江离的沉默之后会是放弃，她难免失落，也顺其自然地接受了结果，没想到他沉默很久后，却说道："我有一个和你很像的朋友，小时候长得胖，也不是很聪明，经常被同学嘲笑，弄得她自卑又敏感，一直抬不起头来做人，直到后来投身于自己热爱的事业……"

他只有声音是真实的，给人一种可以信服的感觉："公牛队的日常工作与通海救助飞行队不太一样，除了应急救援，还有更多社会板块的活动，能够投入基层帮助人，我想你可以来试一试，也许你能找回曾经的自己。"

她直觉被冒犯了，迅速强调："我不需要找回曾经的自己，你没听到我说的吗？我经常做噩梦，心情也不太好……"

"你现在就是。"

"什么？"

"心情不太好的样子。"江离带着一丝轻松的口吻道，"如果咨询能够决定一个人的命运，那么绝大多数一线工作者都上不了战场。"

她再一次怔住。

似曾相识的叹息，掩藏于咨询背后相似的厌倦，似乎让她看到一个和自己一样的影子。她急切问道："你、你是……你在哪里？"

江离带着一丝浅笑："公牛队正在灾区。"

她失望地垂下眼："人事也要上一线吗？"

"哦，人手不够。"

"现在是休息时间吗？"

"嗯，大概可以休息十分钟，刚才是和你开玩笑。公牛队的核心搜救并非像你之前在通海的工作，毕竟我们没有直升机，也没有像通海系统训练出来的人才。公牛队的核心队员大多是来自五湖四海的志愿者，他们会受到基础的应急训练，只是各方面素质都不如专业队员，我们更多的是在时间上、广度上、深度上更加贴近群众的救援。譬如说温州洪水，通海会利用航空便利转移正在洪流中遇险或者急需转移的人群，强调紧迫性，而公牛队则是深入各家各户寻找有可能被遗漏的群众，以及打捞遇难者，筹备前线物资，搭建通信系统等，强调范围性。由志愿者组织而起的公牛队，在全国范围内都拥有站点和当地会员，不管哪个地区出现危情，都会在第一时间到达。相比海上救援的难度、高危险情的广度，公牛队这颗螺丝钉未必伟大，却也至关重要。"

发动尽可能来自全国的志愿者，让群众去救助群众，是真正高效有意义的救援环境。

许心宜沉默了很久，江离说完后也等了一会儿，再起头时声音带着一丝夜晚的凉意："一线战斗的人，可以接受不够完美的社交能力，你也不用勉强一定要跟我说些什么，你的回答可以通过任何形式给到我。我只是想告诉你，你的队长、通海救助飞行队的搜救机长沈岐曾经说过一句话，让我感触很深。这个世上最难以掌控的就是自然，可她相信每一个施救者的初心，那是世上最容易掌控的赤子之心。许小姐，走到无路可走的地方，摸摸心口的地方，也许它会告诉你答案。我相信你的信念，也请你相信我的眼光。"

许心宜几乎动摇，江离紧接着说道："也许该让你知道，公牛队上属公益基金委员会的几个秘密创始人里，有一个是里恩集团的周总。"

她的脑子转了半分钟："等等，你说的是周清野？"

"公牛队是周总一手创建的，他曾数次和我们提起过许小姐。"

"所以，你来找我，是周清野的授意？"

江离没有直接回答，似乎是默认，她心里如同打翻了调味瓶，顿时百感交集。

周清野幼时经历过空难，对于飞行器有强烈的抵触，因此第一次见面时，里恩货运在海上失火，她同沈岐赶来救援，他死活不肯上直升机，闹腾了很久。可笑的是，他的父亲恰好是第一批国产飞行器直-9系列的改装先驱，而他从小耳濡目染，内心深处对航空发展也充满了向往。

就是在这样一种矛盾的、复杂的情感里，他逐渐走进了通海的大家庭。之后他们才了解到，多年以来他一直默默资助通海救助飞行队设备和器材，每逢重大灾情都会往前线灾区运送大量救援物资，是慈善组织的灵魂人物。

他本人有两架私人直升机，一直悬停在某岸口以备不时之需。小星湾第一次出事时，她的命就是靠当时运输小动物用的停在附近山上的定翼机及时出动才捡回来的。倘若公牛队由他一手组建，她完全可以相信这是一支专业的、成熟的，更有奔腾不息的远大理想的救援队伍。

可她无法相信江离或善意或高洁的"信任"，她必须找一个她能够相信的人来佐证，除了周清野，除了沈岐，只有他。

只有面前这个男人。

许心宜犹豫了好一阵子才开口问道："周清野为什么要组建公牛队？"

周清野人精一样，一双眼睛能读心，她害怕自己得了创伤后应激障碍的毛病会一下子被他看穿，也害怕被好姐妹沈岐追问会忍不住说谎，想来想去只有当着江石玉，她这两年练就的装腔作势的本事才能发挥出来。

她抬高了下巴，直视他的双眼。

江石玉不知道她从何得知公牛队，只当她热血未凉，也顾不上笑她故作严肃的样子了，斟酌道："你不关心实事，所以不太清楚，几年前小野和交通部的人开过一次研讨会。飞行队数年以来的救援实例所分析出来的结果显示，就目前而言，航空改革无法一蹴而就，想要利用航空的力量实现全国大范围的应急救援，可能性微乎其微。再加上新型战机的研发遇见技术瓶颈，与海外的合作达至敏感时期，小野权衡再三后决定将事业重心转移至地面救援，成立一支以应急救援为首要原则的公益救援队，也就是公牛队。"

诚然，穿上制服，责任如影随形，被困者的生命高于一切，他们应当始终怀以对生命的敬畏。可救援人员也是人，会痛会流泪，会受伤会衰老，到底要怎样做才能在救人的前提下，也保障救援人员的安全？

答案无非是构建更加健全、广阔的救助体系网，将救助圈升级，让辐射至全国范围的、越来越多的志愿者加入其中，以达成最快、最精准、最高效的救助。

在与通海的合作搬至台面之前，公牛队的体系已得到过交通部的检验，所以它绝对是一支前景无限的队伍。

许心宜心里一个咯噔，好像一点退路也没有了，消极地问："那我呢？为什么找我？"

如果江离的出现是周清野的授意，那么他呢？他和周清野拥有同样的理想，走着一条相似的路，他也知情吗？那天在公牛队队部，他应该猜到她出现的原因了吧？

亏她还耍小聪明，以为能糊弄过去。

"你知道我做了多少努力才离开通海吗？像一个没日没夜写试卷却总是在退步的孩子一样，那种不管付出多少努力都无法看到希望的努力，那种一直在黑夜里行走、不让自己摔跤的努力，那种独自一人奔着天亮没人可以拉一把的努力，那种连选择跳下去、闭上眼的权利都没有的努力！"许心宜一遍遍对自己说，"我不会去公牛队的，你们死了这条心吧！"

说完，她转身就走。江石玉立即大步上前拦住她，看她像炮仗一样发了通火，满嘴都是违心的话，只觉好笑。

"那种努力，虽然让人很疲倦，甚至厌恶，可谁不曾经历过？心宜，再怎么样我也是这么努力过来的，不比任何人轻松。"他微微弯下腰，平视她的双眼，"公牛队是公益性质，没有太多体制的捆绑与束缚，有的只是公益的初心。"

比起通海，它更利于天性的回归。他知道她一定是爱惨了这些年的生活，才会走得那样干脆潇洒，那样自欺欺人。曾经被新闻大肆报道为"真蜘蛛侠"的高空奇迹，在洪水中勇救妇女，零点几秒的生机从死神口中夺食，数米高楼一根绳索捞住风华正茂的年轻学生，曾带给他无数震撼与眷恋的小太阳，怎么可以蒙尘？

这一刻，他更是从她的眸子里看到如潮的期许。

"心宜，你扪心自问，如果不想去公牛队，何必来找我？"

"我……"

许心宜自知胡搅蛮缠，也清楚他和周清野是好意，只是不知道为什么，当她发觉连日以来的矛盾、挣扎全都被他不动声色地看在眼里后，一股强烈的羞耻感顷刻间夺去了她的理智。她一整夜没有睡，翻来覆去只等天明，一心找他算账，火气发出去后才发现一向没脸没皮的自己，终究还是退缩了。

她猛地一抽，泪水流淌下来。

江石玉终于上前一步，将她纳入怀中："就算不打算再继续喜欢我，也不要为了躲我而放弃喜欢的职业，好吗？"

"谁说要放弃了。"

她倔强地耍着小性子，江石玉却是笑了，她的快乐总是这么简单。遗憾的是，过去让她很多次不快乐的人恰恰是自己。

"心宜。"

"嗯？"

"可不可以把我当成不算熟的旧同事，再给我一次机会？"

此时许心宜的脑子里蹦出一个声音，嫌弃而伤感地嘲讽道：许心宜，你就是不听劝，不撞得头破血流不死心是吧？在他面前你的骨头就软成这样？这么不懂得爱惜自己，你让我怎么办？

许心宜擦湿了两只袖子，这才难为情地退开一步，揉揉鼻头。回去的路上她反反复复问自己：心宜呀，再试一次吧，就一次，最后一次，好不好？

第三章
明亮与晦涩

由江石玉安排，许心宜在去公牛队报到之前，同周清野和沈岐一起吃了顿饭。四人围坐在小河涓涓的私房菜馆窗边，伴着寂静的月色谈天说地，畅聊国内未来十年救援体制将会发生的重大变革，不禁都红了眼。

许心宜来通海的时间早，那时通海虽已具备健全的救援体系，但设备不够先进，人才不够齐全，雷达定位等系统都还没达到国际顶尖水平，确实度过了一段较为艰难的时期。但不知从哪一天起，一切就都变了，他们走得越来越快，甚至将原先需要从国外引进技术和设备的公司都甩到了身后，一种油然而生的自豪感就在灵魂深处扎了根，让她时时刻刻牢记使命，舍生忘死。

临别之际，沈岐和她两人走到河边，肩并肩扶着桥栏仰面吹风。

伴着零星的酒意，晚风穿过黑发，格外引人沉醉。同一时间两人转头看向对方，眼神里蓄着一股心领神会的默契。

撑栏，翻跳，跨河而去，一气呵成。立定之后，两人抬手拍掌，撑着膝头笑了起来。

沈岐的声音在河水里轻轻晃荡着："心宜，我们是女人啊。"

许心宜点点头，说："是啊，我们是女人。"

男人靠性别就能获得的肯定，她们要历经八年十年，尚且无法改变社会对女性的一些偏见，更不用说认同她们存在的价值了，所以沈岐很佩服许心宜，她吃了常人难以想象的苦头才赢得当下为数不多的掌声，偏在这时急流勇退，选择一片充满未知的，还留待开垦的土地重新开始。

原来许心宜没有扎根在通海，只是短暂地点亮过通海啊。

她的未来还有一片星辰大海。

"心宜，你是对的，或许我也应该尝试丢掉那些不确定的恍惚感，找一找脚踏实地的幸福。"

"你这么说不怕周总上家法吗？"许心宜打趣一句，又道，"人生不总是只有一项选择。阿岐，当年你明明有机会离开一线退居二线，可你放弃了，选择迎难而上，我就特别佩服你。我没有像你一样的勇气可以扛过一段漫长的技术瓶颈的日子，我也无法习惯死神的凝视，无法将它看作亲密爱人，无法在这样一种生与死的恍惚中继续下去，更无法迷恋大海的深邃与广袤，所以我不行了。处在这个位置，我仍旧是个逃兵。"

许心宜想起最后一次咨询，离开医生办公室时她踹坏了一张椅子，只恨没把门一起卸了。这些天她依旧噩梦缠身，心神恍惚，无数次逼着自己离开，却始终迈不开步子。平庸的、普通的、不用再忍受长时间死亡考验的生活，该以怎样的面目出现？

许心宜终于低头承认，她的根生在这片炕人的热土，哪怕不是通海，不是公牛队，也必然是一片同他们一样炕人的热土。

她笑着说："我试过了，拳击教练挺好的，就是不大适合我。他们的团体生活跟我们不太一样，同事们都挺复杂的，有时候我不知道他们在想什么。你不知道吧？开始第一周，我一个生源都没有拉到，天天在外面发传单，发得我都快抑郁了，恨不得直接来场街头卖艺，让生源赶紧来。后来我救了玲玲，倒是有些人来找我，可他们好像也不是来学拳击的，有的是记者想采访我，有的是卖保健品的，总算有两个正儿八经的，学了几天就浑身喊痛受不了，还去投诉了我。"许心宜摸摸脑袋，"在那里一个礼拜被骂的次数，快赶上在通海一个月了，现在想想，李英还是仁慈的。"

沈岐听得想笑："后悔吗？"

许心宜摇摇头。

"不去试一次，可能永远不知道这里有多好吧？"人大抵就是这样，在一个地方，想着另外一个地方的好，其实活着，没有一处是好的。

可至少回到一线，是她喜欢的。

挂满黄色小灯泡的屋檐下，一个她倾慕的男人正望向这里。他已经不能再优秀了，她怎么可以认输？就让她去做那个未来十年救助圈变革的开荒者吧！许心宜站起身，一眼望不到头的河畔旁，粼粼闪烁的光火里，一个沉睡已久的巨人似乎站起来，站得腰杆笔直。

"如果有一天许心宜处在另外一个位置还能获得同样的掌声，如果真的有那一天，阿岐，请你一定要为我喝彩。"

沈岐深深地凝望着她，一笑，藏得深的小虎牙露了出来，拍拍她的肩头："一言为定。"

这一天天清气爽，许心宜起了个大早，在地下车库改造的小租屋里就着一点天光仔细地打扮了一番，录了一小段视频，临出门前还送了赵阿姨一朵在门口折的小黄花。

去医院看完秦栩，和他说了好一会儿话，她来到公牛队位于城市中心的办事处，接待她的是大队长张建。

当许心宜真正站在公牛队的招牌前，才将那天视频里听到的声音和眼前的人重合到一起。她咧开嘴露出一个大大的笑容，朝张建伸出手去："你好，我是许心宜！"

张建没什么反应，冷漠地打量她。

许心宜的笑逐渐收紧，迟疑道："怎、怎么了？"

"你是上级拨过来的人，我没有拒绝的权利，可我作为队长，有权利对你表示怀疑。"张建把她领到一个办公室，里面坐着几个人，似乎都在等她。

张建没有介绍，先发制人地问道："那天温泉会所发生触电事故，你也在场，为什么没有进去营救？"

张建之前看过关于通海救助飞行队的报道，知道通海有一名女救生员，专业素质非常强悍。要知道救生员是一个机组里除了机长之外最重要也是最危险的存在，如果说机长要保障的是全员安全，那么救生员所要保障的就是被困者万中求一的生机。

她需要一次又一次跳进海里，一次又一次被海浪打翻，一次又一次被死神扼住生门，一次又一次浴血鏖战仍不惧怕退缩。除此以外，她的升降绳索技术要出类拔萃，快准狠之余力气还得大，其次囊括体能、心肺功能的身体素质要超出常人，否则一次次在大海里翻腾，如果没有厉害的憋气功夫，就是九条命也不够用。

可这样一个人，在救助圈里名气不算小的女孩，居然就从他眼前"逃离"

了一场需要救助的事故。

这让他非常震惊和愤怒，即便是上头授意，他也需要一个理由。

"前阵子小星湾海峡的重大救援事故在圈内影响广泛，你是主角之一，迫于公众媒体、上级审查和遇难者家属三方的压力，最终尸检报告显示，遇难者确实有很长一段时间的精神药物史，可即便如此，也无法保证整个搜救过程合规专业。上级之所以没再追究，是考虑到整个机组在过去几年里的表现，最终选择了相信，我也愿意相信你们，相信你。但是一线不能有一点差池，即便不是生死存亡的考验，也不允许有任何不专业和带私人感情的工作。对于你忽然离开通海来到公牛队的决定，我必须得到一个明确的态度，为什么？"

张建问完，队部办公室几张脸齐刷刷看向她。

许心宜在来之前已经在江石玉那边开了小灶，对于本地区公牛队的核心成员都有大概的了解。可即便如此，在看到他们或质疑、或轻蔑、或不屑一顾的眼神时，她还是怵了一下。

她没想到，那天逃跑的时候会被张建看到。

她努力回忆当日救援的细节，发现没有可以指摘的地方。作为一个公益性质的救援系统，张建所表现的专业毋庸置疑，而她当日逃跑是事实，再怎么自辩也无济于事。

"我不想为自己说什么，既然来了，我会证明给你们看。"

许心宜不会当逃兵。

"行啊，那就下个军令状吧，你好歹也是受过专业训练的一线救生员，还是个女的，我们也不能强行逼问，你就自己表个态吧。"说话的男人叫陆毅成，精英律师，是玩绳索和攀岩的高手。

据他自己介绍，只要一被受理人质疑，被法官质疑，被对方律师质疑，而他本着职业操守无法反驳的时候，他就会通过攀岩排解情绪，曾三次完成国内最大单体岩壁线的攀登，荣获攀岩世界锦标赛的优秀选手奖项。

此刻他跷着二郎腿，斜睨许心宜时，满脸写着狂妄。

许心宜说："好，如果我不能通过队长以及诸位队员的考验，我自请离开公牛队。"

陆毅成挑挑眉："时间。"

"一个月。"

长桌尽头的女孩吹了声口哨，朝她竖大拇指："酷。"

她是程熙熙，三流大学毕业，富二代，有钱有闲，高级装备玩家。据说来公牛队，是为了体验不一样的人生，以及遇见不一样的男人。

"一个月时间太短了，对你不公平，三个月吧。"张建沉吟了一会儿，最终拍案。

其余几个人都没有异议。

许心宜刚要松口气，就见桌下蹿出只黑猫，"喵"了一声，似乎在表示抗议。她原本心弦就绷着，冷不丁被吓了一跳，扎起马步准备大干一场，没想到是只猫。猫主人拎着小黑的后脖颈，淡淡道："没事我先走了，下午还有好几场手术。"

"很晚才结束？"

"嗯，晚上的会议不来了。"

张建说好，女人绕过桌子，从许心宜身旁经过，看也没看她一眼。这人叫蒋雯，是中心一院原心血管内科的一把手，人近中年被医患纠纷缠身，一气之下辞职，后来成了救助站的宠物医生。

"雯姐最近好像收治了几只流浪猫，每天都在开膛破肚。"

"她那边有个小医生挺不住走了，最近有点忙，大家没事多去帮衬帮衬。"

"行，我下午就去。"

张建也没给许心宜介绍什么，军令状一下，随手拽过来一个小子，让他领着她到处转转，熟悉下环境。临要散会时，陆毅成还给她下了一封战书。

"周末团建去爬山怎么样？我听说你索降技术一流。"

许心宜看他讨打，皮笑肉不笑："确实还不错，你要不小心坠崖了，我应该能救你。"

陆毅成鼻尖哼哼："那就走着瞧。"

见张建没说什么，程熙熙耷拉脑袋抱怨道："又爬山啊？我最近小腿粗了一圈！"

"别说你，我都粗两圈了，咱能不爬山吗？团建一起买彩票怎么样？"说话的是被点名当"接待员"的于阳，保险公司业务员，最大的爱好是买彩票，最大的梦想就是一夜暴富。

眼看一个个头也不回地离开，于阳认命地把写了很多数字规律、彩票号码的笔记本收进口袋，朝许心宜招招手："跟我来吧。"

"好嘞。"许心宜端着谄媚的笑脸，闭紧了想要叽叽喳喳的嘴。

公牛队队部不算大，除了几间训练室和装备库，还配备一间室内游泳池，用以水下训练。许心宜看到熟悉的器件，一颗悬着的心逐渐落地。于阳本来还嫌讲解麻烦，后来看她比自己还熟悉队部设施，突然转过弯来："你入行有十年了吧？这么说你还是我前辈，我跟你讲课，岂不是烧火棍当电线杆？”

她对于功能性的基础设施非常了解，各种救援装备甭管轻的重的，到了她手里就跟橡皮泥似的任她搓揉。那功夫，没个几年练不出来。

想到她那张漂亮的履历，于阳收起一点轻视。

“公牛队是公益性质的队伍，什么叫作公益，说得直白点，全凭自愿，主张看个人；说得难听点，咱跟只要是根胡萝卜就会咬的骡子没什么两样，工作繁杂，力度强，工资远没有你想象的多，福利待遇勉强过得去，也不知道你哪根筋坏了，居然放弃体制里的工作跑到这里来。除了队长和程熙熙那个游手好闲的二世祖全天候守在队部，我们这些人都有本职工作。哦，今天为了迎接你，队长要求我们务必请假，全员到场，可见你非比寻常，深受器重。”

他紧咬“器重”两个字，带着审视的目光，意味深长。许心宜无法为自己辩解什么，干笑两声：“算不上前辈，也就比你早几年入行，你要不介意，也可以喊我一声师姐呀！”

于阳直翻白眼，心想谁跟你称兄道弟？叫你师姐，我不就亏了吗？

“咳，那要算资历的话，我比你早到公牛队，勉强也受得起一句师兄吧？”

许心宜倒也谦虚，中气十足地鞠了个躬：“师兄好！”

于阳哪儿想到她如此“能屈能伸”，吓得一跳八丈远：“算了算了，我承认自己受不起，你还是叫我的名字吧。我们这几个人经常一起开会活动，还算比较熟悉。队部还有很多人，平常联系少，但也都要记住他们的名字和所属关系，光师兄师姐的，搞不清楚。”

“明白。”

许心宜了解了大概情况后，问道：“队长以前是干什么的？”

“你不知道？”于阳眼中的鄙夷更深了，一副她没见过世面的样子。

之后几天许心宜也发现了这一点，这群人虽然趾高气扬，各自都有各自的脾气个性，但一碰到张建就跟老鼠见了猫似的，打从心眼里信服他，把他当作整个队伍的主心骨。张建讲话时，他们通常都不敢麻痹大意。

一直到很久以后，许心宜才知道张建是个拿过三次一等功的退役消防员，其英雄事迹盛传一时。可不知从哪天起，英雄就再无踪迹。

之后于阳把她拉到微信群里，一下子十多个群消息跳个不停，许心宜才了解到公牛队的运营模式。以地级市、县级市、直辖市、省辖市划分，一应活动与应急救援，都会先在各地区群里发布，然后志愿者自愿加入，再统一调配管理。

志愿者需要经过严格的培训才能上岗。

许心宜目前来说还在试用期，跟她一起参与训练的，有新吸收进来的不少志愿者。出于报到当天的一则军令状，在各项安排上她非但没有得到"关系户"的礼遇，反而处处受到刁难和限制。每每训练完，食堂连冷饭冷菜都没了。许心宜深知"新人"不好当，铆足力气应对，接连几天后，她逐渐适应公牛队的训练强度和系统构造，一颗心落到实地。

唯一的困难是，"月光族"少女的她从业至今，身上始终没什么存款，离开通海的月余，加上租房和生活开销，现在荷包日渐松弛。她再三忍耐，只买了两个包子当早饭，一路上扒拉钱包里仅剩不多的生活费，为难怎么分配。

走到队部门口，忽然头顶传来一声吼："上车！"

她虎背一惊，叼在嘴里的包子直线下落。瞥一眼副驾驶上脸色黑沉的张建，她二话没说，捡起包子往嘴里一塞，麻溜地跳上车。上去之后发现于阳也在，程熙熙负责开车。

她的眼珠子转了转，用口型无声地问于阳：去哪儿？

于阳白她一眼，指了指手机。许心宜这才着急忙慌地找手机，左翻右翻就差脱裤子了，也没找到手机，忽然想起出门太急，把手机落家里了！张建发了好大一通的脾气，指着她唾沫横飞："丢三落四，怎么没把脑袋落在家里！你知不知道我们系统最重要的联系媒介就是手机！没了手机你跟废物有什么两样！"

许心宜吞了口口水，用眼神问于阳：队长一直这么凶？

于阳眼神回复：没见过世面的家伙。

许心宜：好可怕。

她虚心认错，打定主意给手机穿根绳子，二十四小时拴脖子上。

一行人到了中港区，程熙熙下车后绕到后备厢，车盖一掀，许心宜直接呆在原地。越野车型的"大屁股盖"里拴着一张网，挂满了扳手、老虎钳、快挂扣、手电筒等救助专用工具，有些设备甚至超出了常规单位的水准。底下还摞着几箱医药包，夹杂在成堆的尼龙绳中。

程熙熙驾轻就熟地随便一翻，丢给许心宜一只备用手机，又背起防寒服、拐杖和医药箱，关上后备厢拍拍手，许心宜这才一瞥，哦嚯，从头武装到脚的高级玩家装备。

果然有钱人就是不一样。

张建抖开地图一看，快速分配任务。这次是寻找走失的老人，老人的独生子在几年前去世，现在家里只剩一个腿脚不便的妻子。妻子在发现老人出门买菜两小时还没回来后，紧急求助社区。

正好社区附近电路老化，在进行维修，街口的监控都暂停了工作。社区工作者在附近找了一个多小时，没有看到老人的踪影，只好向公牛队寻求帮助。

失独老人常年忍受孤独，社区一直关注他们的心理健康，月前得知下身瘫痪的妻子又罹患2型糖尿病，需定期用药，专人照顾，可能得转移至养老院。一向沉默寡言的张大爷，罕见地发了场火，事后常常一个人坐在家门口，也不知是防着社区偷偷带走妻子，还是上了岁数有痴呆的先兆。

调查显示，孤独感是很大一部分失独老人抑郁患病、消极生活，甚至寻死的关键，有老伴相陪尚且可以忍受，如果老伴也被送去养老院，老人就真的是孤零零一个人了。社区工作者为此特地带张大爷去做了体检，发现他确实有老年痴呆的情况。

听到这里，参与分区搜救的公牛队，不得不抓紧每一分每一秒。

许心宜负责沿主干道往西的每一条街巷，其他人则分别是东南北三个方向，有任何消息在群里互通。她记性不好，找人只能用硬办法，还是她爸教她的。用不着画记号，手机拍个标记性建筑物就行，只要自己认得，一个门头也行，过了主干道的沿街小巷，再往西顺太阳的方向逐个问，宁走回头路也不能把自己绕晕。

尤其老人失联已经超过三个小时，许心宜告诉自己必须冷静下来，老人在生活区域经常出没的地方，无外乎菜场、超市、户外广场、公园和花鸟市场。老年痴呆找不到回家的路，一般发生在日常行为中，也就是说他可能还是跟平常一样出门，去这些常去的地方。尤其妻子说了，他早上出门是为了去买菜，那么围绕菜场附近的几条主干道，应该重点排查。

其中还得考虑高温天气下，老人体力不支或者忽然发病的种种可能性，附近的大小巷弄，废弃的屋舍和仓库都要逐一排查。

就这么到了中午，始终没有找到老人的下落。许心宜在便利店买了袋面包，简单对付完事，继续寻找，一直到晚上八点才和张建几人会合。

按说老人在中港区失踪，公牛队从接到通知到赶赴现场，前后不超过半小时，加之地毯式搜查，不可能没有老人的下落。张建分析，张大爷应该使用交通工具离开了中港区。

"他不是去买菜吗？为什么要离开主城区？"

"社区人员说他最近情绪起伏大，经常出现记忆错乱，会不会在去买菜的路上，突然想起别的什么事，继而乘车离开？"

"不是没有这个可能。"

一开始他们以为老人痴呆才会走失，加之社区附近的电路在检修，也无法得到佐证，只能从内往外逐渐扩大范围一一搜寻。现在预判老人可能离开了中港区，那么搜救难度就更大了。

"如果是乘公交车或是出租车离开中港区，交通部门应该可以提供沿路的监控录像吧？"

"盲目搜索难度太大了，这样，先从社区附近公交站的几路车开始排查吧。"

"好。"

"注意先查公交车，再查出租。"

张建让于阳立刻去联系相关部门。等待的时间里，许心宜看了眼手表，距离张大爷失踪已经近十二个小时了。她忽然想起什么，和张建对视了一眼，话到嘴边没敢说，被张建的牛眼狠狠瞪了一下，才磕磕巴巴地开口："会不会是另外一种可能性？"

"什么？"

"如果我这么大岁数失去了子女，忍受着异常的痛苦和孤独，还要再失去唯一的老伴，我肯定连想死的心都有了。如果这时候我还患上老年痴呆，以后谁也不记得了，那我不如在还记得他们的时候死了算了。虽说生不带来死不带去的，可好歹是相依相伴这么多年的家人，哪儿能说忘就忘？忍受着一个人活着的痛苦也就算了，还要忍受有一天将他们逐一忘记，不会太残忍了吗？"

从社区工作人员的口中，不难看出张大爷同妻子感情深厚。即便无法忍受，也只是发了一通火后，常一个人独坐排解。想必当他无法控制老年痴呆带来的情绪失常、失落、烦躁等情绪时，他也想过，还是将妻子送去养老院比较好吧？

许心宜说完，程熙熙讶异地扫了她一眼，张建更是脸色铁青。

她忙找补道："我不是那个意思，不是在咒他……"

"你说得对，是我忽略了这一点。"张建迅速反应过来，准备叫人去沿河道重点搜寻。七旬的老人，一般自杀的方式除了跳河，就是服毒，当然也不能排除跳楼、上吊等可能性。

就在此时，于阳打来电话，给他们指了一个方向。

确实在老人走失一个半小时后，105路公交的监控显示，他去了郊外。

"公交司机说看他不对劲，还问了句他要去哪里，张大爷没吱声，司机也没多问。那里有片小树林，小树林东面两千米处有个水坝，西南面附近三千米都没有监控。"

张建一听，心立刻沉到谷底。他马上在囊括了上千人的大群里发布老人的照片和相关信息，调动距离小树林最近的志愿者，开启应急搜救。

　　这还是许心宜加入公牛队以来第一次大型搜救行动，掐着表算时间，从张建发送消息到雨后春笋般的志愿者在偌大的城市各个街区、各个社区、各个角落汇集，整个过程快速有序，好像早就做好了准备在等这一刻的到来，行动力堪比军事化队伍，强悍而高效。

　　距离小树林最近的有个畜牧站的养殖人员，第一时间赶赴现场，用无人机展开搜索。群里有水利工程的从业者，通过密集的同学网找到水坝的联系人，让对方提供了电站的实时监控，没有发现老人的踪影，于是无人机开始往反方向展开搜寻。

　　这不算是一个好消息，水坝没有监测到老人的身影，即意味着他在小树林的其他方向失去踪迹，而西南面三千米都是山林荒地，人迹罕至，更别提什么监控系统了。可即便如此，许心宜隐隐也充满了希望。

　　亲眼见证所谓第一时间的应急救援后，她在心里竖起了大拇指，终于相信周清野是干大事的人。她又不可避免地又想起江石玉，年少时他投资周清野成立里恩集团，后来里恩集团投资通海救助飞行队，在飞行队维艰时期给了他们莫大的支持，那些装备和仪器，甚至是惧怕飞行的周清野不远万里渡过大洋，靠里恩货运一船船拉回来的。如今，在航空改革无法一蹴而就的前提下，他们将目光转移至地面系统，成立了公牛队。

　　他的每一项投资都那么成功，可关于那段过去，为什么三缄其口？

　　许心宜的心口溢满酸胀。在赶赴小树林的路上，她几次摸出手机想给江石玉打一通电话，临了终是作罢。

　　时间一点点流逝，就在她觉得哪里不对劲的时候，再次和张建四目相对。

　　"张大爷的儿子……"两人异口同声，抓住了问题的关键。

　　一个有老年痴呆的大爷，为什么非要绕过半个城市去那片小树林？一定有什么特殊意义，不是吗？

　　后来社区的工作人员告诉他们，老人的儿子在一次聚会中意外从二楼摔落，头部着地，当场死亡。张建立刻让人在小树林四周搜索可能提供聚会的场所，畜牧站的养殖户立刻找到一座废弃别墅。

　　当晚十一点，他们在小树林西面四千米的废弃别墅二楼的楼梯口找到老人。

　　一整天没有进食，加之晌午日头高，长时间跋涉，老人的身体非常虚弱，面红气喘，胸口起伏不定，意识也越来越模糊。志愿者担心老人喘不过气来，想将他背到别墅外面，许心宜一把按住他。

无法判定老人的症状是饥饿缺水导致，还是窒息、药物等所致，她建议先不要移动老人，让围着的人群散开，打开窗户给老人通气的同时，也给老人盖上衣服保暖。

怕老人会因为失温陷入昏迷，她给老人使用了甘油喷雾。

于阳本想阻止，被张建拦住。蒋雯隔着视频电话初步诊断后，怀疑老人应该是体力不支晕倒，需要立刻送医。

张建几人立刻安排空车，将老人转移到医院。事后才知道那一管喷剂有多重要，一院的急救医生和许心宜也算老熟人了，拍拍她的肩，夸她干得不错。

于阳撇撇嘴，嘟囔着说了句："喊，有什么了不起。"

程熙熙朝她挑眉，送了个飞吻。许心宜还没来得及得意，就被张建一通骂打回原形。

"要这点本事都没有，还当什么救生员？回家养鸡算了！"张建骂完接着吼，"你要再敢不看手机或把手机丢在家里，就立刻给我滚蛋！公牛队不需要你这样的废物！"

许心宜立刻缩回脑袋，默默想：毒，真毒！

以前在通海，秦荣宽厚实诚，从来不骂人，只会用温暖感化他们。李英有文化，骂人不带脏字，只会让你羞愤欲死，不过有秦栩在前头"冲锋陷阵"，她倒也没遭大罪。冷不丁碰上张建这样直来直去的领导，许心宜一时间没能习惯，被骂得连连称是，乖巧当鹌鹑。

只是不知道为什么，明明被骂得最凶最狠，她却觉得浑身通泰，嘴角忍不住往上翘。

回到家不等放下包，抓了把瓜子就和赵阿姨在门口把今天的事唠了一遍。赵阿姨听得津津有味，不时夸赞她几句，她更通泰了，身后要是有条尾巴，估计已经翘上天。

当晚，许心宜躲在被窝里，打开数码摄像机记录今天的救援。失独老人就和留守儿童一样，这个社会存在很多这样的群体，他们需要被关注、被关怀，很多时候心理健康远比身体健康更值得社会各阶层的探讨。身体出了问题，尚且可以对症下药，可心理呢，要如何治疗？

好比她这样的一线救生员，看似健康乐观，可只有当黑夜降临，才能照见他们真实的模样吧？

又过了几天，许心宜一期的培训成绩出来了，单子往张建面前一摆，几颗脑袋不紧不慢地凑上来，先是一震，随后难以置信地瞪大眼睛，你看看我我看看你，藏起几分自傲，坐回位子，这才嘟囔一声："不愧是关系户。"

只有陆毅成哼哼两声，一撩袖子直接拍板，将周末团建的爬山升级为高山攀岩，倒要看看这位前通海王牌救生员的体力到底有多夸张！

因着有热闹可看，其他人难得没出声反对，张建也若有所思地点点头。

到了周末这天，一行几人来到太行山脚，打眼一瞧，许心宜竟还搬了救兵！

陆毅成以为她怕了，顿时神清气爽，脚下生风，不客气地刺了她几句后，尔后听见张建的声音："人是我请过来的。"

张建想的是，他这几个队员平日里仗着各有本事，多少有点目中无人，也不是没有志愿者向他反映，明里暗里指责公牛队的管理阶层不够亲民。

张建老脸一红，首先他这人就不亲民。

救援本身又苦又累，血肉之躯又不是木头，能忍着不发脾气就不错了，还得时刻注意态度？又不是迎宾小姐，张建摆摆手，不现实。可许心宜的成绩单往面前一放，一道无形的巴掌拍在他脸上。

多年混迹一线的人尚且跟小太阳似的能量满满，他们整天垂头丧气，到底差在哪里？于是借着团建，他跟上面要了几个人，想让队员们见见真章。

许心宜完全没想到会在这里看到昔日队员，紧张无措地憋红了脸，缩在一旁没敢动弹。直到大峰一嗓子原汁原味地嚷嚷道："心宜你这个小没良心的，才几天就把人家忘了！"

许心宜浑身舒爽，也不扭捏了，蹦蹦跳跳跑向他们，小眼神一瞟，瞥见人群后一身黑色运动服的江石玉，山岳之下气质仍不输一分一毫。她暗暗嘀咕，虽然未遂，但自己的眼光真好呀。

张建几人随后跟上，她为双方一一介绍后，发现富二代小姐姐程熙熙的目光正落在江石玉身上。她条件反射一般站到他面前去，挡住程熙熙的视线，同时抬高下巴向陆毅成挑衅："怎么个比法？"

爬山嘛，无非是看谁速度快，最先登顶。不过张建既存心比试一番，来之前就已经勘测过，把事先画好的地图发到各人手中。

许心宜一看，不胜唏嘘。

她每天都在队部，张建就算不是时时刻刻在她的眼皮子底下，也不会消失太久，也就是说她手上这张地形清晰的地图，多半是他利用下班时间完成的，并且以细致程度来看，可能来了不止一次。就算为了比试，也用不着仔细成这样吧？

其他人显然也发现了这点，神色不自觉认真起来。

太行山只对外开发到半山腰，再往上山体险峻，石墙嶙峋，不过也不是完全没路可走。为了保障安全性，张建将终点定在距离半山不是很远的小仙峰，一眼就可以看到峰顶数十米高的青松。两组人由半山分开，各自沿东西两侧往上攀爬。

考虑到公平性，两组人分别夹杂通海和公牛队的成员。

听完张建的规则后，大峰若有所思地点点头，随后肩膀一撞，直接将许心宜撞到江石玉旁边，自己则若无其事地和另外一个队员成组。张建沉吟了一会儿，决定带蒋雯跟大峰一组，剩下的陆毅成、程熙熙和于阳三个年轻人，就跟许心宜一组。

一行人二话不说，热身之后开始上山，虽然比赛还没开始，但好胜心强的陆毅成已经一马当先地冲了出去。到半山有近一个小时的路，许心宜无意争一时长短，故意放慢速度落到最后，和江石玉的步调差不多。

昨夜下了雨，天气转瞬变凉。她听广播知道海上突发险情，疏浚船进水倾斜严重，有十四名船员遇险，地点在通海救助飞行队的辐射范围内，应该要出动，想必他值了个大夜吧？

"阿岐怎么没来？"

"她早上才回去休息，下午还有教员考核。"

"阿岐好辛苦呀。"

"你不用担心她，小野最近报了厨艺班。"

"周总裁不会点了人家大厨的厨房吧？"

许心宜笑罢，不得不承认，周清野对沈岐是真死心塌地。这么想着，她不由自主地打量男人好看的面孔。再往下，他精瘦的胸膛被修身的运动衣包裹着，不止一次的水下训练让她早将他看个遍，更在前不久还有幸地感受了回他心脏强有力的跳动，再往下……一声咳嗽将她拉回，青天白日被他捉住不规矩地乱瞄。

她怎么还死性不改？许心宜被自己的臭德行气得冒烟，垂下眼眸，听到他问："在公牛队还适应吗？"

"除了日常训练考核，其他时候都快赶上退休生活了，每天在社区给老人和孩子开展防灾减灾的活动演讲，给他们科普应急救援的知识，教他们心肺复苏、人工呼吸和使用AED除颤仪，我也算过了把当老师的瘾。"尤其当孩子们童稚的目光齐刷刷看向她时，她总会忍不住挺直胸膛，继而一次又一次坚定自己的选择。

想到这里，她挠着小耳朵对他道了声谢，语气里夹杂着显而易见的高兴。

江石玉嘴角一弯，总算没那么讨厌这两个字了。

"不过我们队长有点奇怪。"

"哪里奇怪？"

许心宜说："你还记得那一次吗？你和李英来公牛队开会，他给小朋友们演示火灾逃生，我总觉得他的态度有点奇怪。小孩子忘性大，就算学了怎么使用灭火器，真到那时候多半也吓得忘记了，他不至于生那么大的气。每次有什么活动，关于火灾演习和高空绳结之类的训练，他都特别严厉，看着吓人。"

江石玉含笑问她："你害怕？"

"那倒不是，就是觉得……他是个有故事的人。"

许心宜向往一切"英雄的过往"。

"那你想我开后门给你打听，还是自己慢慢去发现？"

许心宜犹豫了一会儿，摆摆手："让我自己发现吧，我才来没有多久，他们都防着我呢，也不跟我多说，以后我总会知道的。"

她看他一眼，在心里说，她也向往"江石玉的过往"，不知道什么时候他才能开诚布公地和她聊一聊？

到了半山腰一行人稍做休息，准备开始真正的较量。陆毅成最后一遍检查背包后，发现许心宜跟一个男人姗姗来迟不说，还时不时偷瞄他一眼，心思全然不在比赛上，冷笑道："听说通海最讲究规矩和纪律，难道培养出来的就是满脑子风花雪月的精英？即便不是正儿八经的比赛，也不至于这么松散吧？"

许心宜知道他眼高于顶，自己的到来无疑动摇了他在队部的实战地位，私下挑衅也不是一次两次了，因而不打算辩驳。

不想自己的委曲求全，落到他眼里竟是做贼心虚。陆毅成冷哼道："那天温泉会所发生的一切，在网络上实时点击、讨论热度超过千万，要不是我们及时赶到，盐碱池被电击晕倒的几个人可能就遇难了。你不觉得羞愧吗？一个已经当过一次甚至不止一次逃兵的人，还有脸来公牛队？你也配做公益？这段时间卖弄专业水准，营造勤奋和努力，仗着背后有关系，故意给我们下马威，是吧？"

温泉会所的事情已经过去一段时间了，更何况报道当天，她就已经立下三个月不达标就自请离职的军令状，公牛队上下都接受，没有再不依不饶地追问下去。

不知道他为什么突然犯病，是受什么刺激了吗？

"下马威？"许心宜面对野男人一向不是逃避的态度，故而挑眉一笑，"没错，就是下马威，怎么，压你一头不服气？"

"呸，恋爱脑，你这样的人留在队部，简直就是公牛队的污点！"

大峰看不过去了，起身道："什么叫恋爱脑？再怎么严肃的纪律组织，也没有明令禁止谈恋爱吧？知道我们在一线谈个恋爱有多不容易吗？"

这还真是揭了大峰的伤疤，三十好几岁才结婚，不知被亲朋好友喷了多少口水，一肚子心酸无处可说，临到头来竟然被同行酸上了？

眼看他撩起袖子就要冲过来，许心宜赶忙拦着，挤眉弄眼地安抚他。大峰心领神会，缓了口气指着陆毅成道："你给我等着，看看咱们到底谁侮辱谁！"

许心宜猛点头。

江石玉一直没说话，和陆毅成的目光在半道相遇，低声问许心宜："和新同事相处有困难？"

"哦，没什么，一个眼拙的家伙而已。"

她这话没故意压着声音，陆毅成发出一声嗤笑。只待张建哨声一响，她像是变了个人，立刻进入战斗状态，提起包二话不说往前走，眉间凝着一股冷肃，直将包括陆毅成在内的公牛队几人惊在原地。

大峰早见怪不怪，轻哼一声跟上。

江石玉落后一步，从陆毅成旁边经过时看他一眼。陆毅成正火大，一句脏话就要脱口而出，忽然憋了回去。

要知道在公牛队以外他还是一名精英律师，往来都是成功人士，自然盛气凌人。可面前这个男人只看他一眼，他就知道那不是一般的刀刃。

再看他袖口下露出的一截表带，还有什么不理解的？陆毅成冷笑，没想到区区一个救助飞行队，竟还藏着这号人物？可那又怎么样，他从小到大就没输过。

陆毅成给了自己半分钟平复起伏的心绪，随后深吸一口气，提起背包，大步追击而上。

半山腰往上走半个小时后，山体的坡度逐渐被拉高。陆毅成从旁经过时，许心宜正拿出登山杖，实打实被塞了一个嫌弃的眼神，她不以为意地搓了下鼻头，笑得明艳照人。

陆毅成皱眉，低骂一句："神经病。"随后弯下腰，拉住一根树枝。

许心宜从后面观察，发现他通常后脚跟先着地，然后才是前脚掌。但凡有外力可以借助，他总是毫不吝啬地伸手，以减少腿部的发力，可以看得出来他经了长时间的训练。

再走半小时，临近倾斜九十度的斜坡，整个山壁陡峭，土质疏松。陆毅成定了一定，见许心宜一直不远不近像个尾巴戳在身后，怎么都甩不掉，烦躁地抓了把头发，迅速拆包拿工具。

许心宜头一抬，就见一个"蛤蟆"手脚并用附在山壁上，笑得几乎颤起来。陆毅成纹丝不动，将冰镐狠狠地凿入山壁。

坦白说，他在登山、攀岩项目的专业性无疑是令她欣赏的。常年的训练让他肌肉发达，体力超人，从后面看也不失为一副赏心悦目的躯体。撇除个人偏见的话，他长相英俊，眉宇间自有一股成熟男人的韵味。最重要的是，他寻找着力点的"第六感"简直不能用敏锐来形容，一眼就能在一览无遗的崖壁中找到一条最佳途径，然后在其他人还没反应过来前先一步登顶，这种本事不是光靠训练就能拥有的。

许心宜羡慕得眼红。

其实她并不擅长攀岩，以前也不是没有被教员骂过，说是差了点眼力见儿吧？可她看男人一个比一个准。说是懒吧？她总是起得比鸡还早，也不知道问题出在哪里。之所以在塔吊、绞吊上优势毕显，一来女性体重低于大多数男性，二来则是她小时候学过跆拳道和散打，腿力惊人，踹裂多少个脚靶就不说了。

自知技不如人，许心宜不强出头，前半程就一直尾随陆毅成身后，心安理得地当一只"黄雀"。可随之而来的这面崖壁，威严险峻，着力点寥寥无几，开阔背风，山石嶙峋，形态复杂，极度消耗体力，考验一个人的平衡能力与心理素质，稍有不慎就是万丈深渊，让她不得不改变战术。

陆毅成攀至半途时隐隐感到一丝后悔，从山脚开始的一个小时山路不应该走得那么急，以至他的体力消耗太快，到现在倍感吃力。就在他咬牙挤出的一丝休整空暇里，许心宜追了上来，以一种他完全没有想到的姿态。

当他被巍峨的山岳俯视，被盘旋而过的鸟儿审视，以及被突然坠落的山石所震慑时，他紧绷的心神开始松懈，渐渐无法集中注意力。越是着急，体力消耗得越快，汗水一颗颗往下砸，很快浸透了衣服，胸口不断地起伏。而许心宜呢？她轻盈得像一只小鸟，双臂轻松舒展，随随便便一个着力点就能让她飞跃起来。

他实在难以想象，怎么会有女人能同时将娃娃脸和健美身姿协调到这样一种性感的地步，尤其此刻她脱去外套只剩一件黑色背心，修长的麒麟臂和饱满的胸部毕显无疑。

两条长腿被紧身黑裤包裹着，肌肉偾张有力，弓着腰，背部线条纤细，一条不可忽略的脊柱沟一直延伸到翘臀，而她毫不自知，尚且晃动头上的两个

"小鬃鬃"辫朝他挑衅："小老弟，要不要帮忙呀？"

"我呸！"

陆毅成涨红了脸，恶狠狠地瞪她一眼，奋起直追，结果只是陷入一个死循环，离她越来越远，就在他几欲先行一步的时候，又一次被赶超。

许心宜也就算了，好歹救生员出身，索降攀爬能力一流。可那个男人不过是一名副机长，凭什么也能赶超他？他们不过都是尾随他身后，借他省力的孬种罢了！

陆毅成抬起头，目光在四下扫视，忽然定住——陡坡上唯一一株松柏，目测高一米二左右，是一个制胜的着力点。

不过看长势那应该是棵幼松，不一定能承受他的重量，虽然定点绝佳，但同时危险重重。

陆毅成看一眼已经在他上方的江石玉，犹豫片刻，牙关一咬，将快挂扣套进安全绳，闭上眼默念一句：得之我幸，失之我命！

下一刻，他纵身一跃。

江石玉的余光被一道暗影占据，心下微惊，以为公牛队有人追上来，还没待细看，就听见一道厚重的呼吸，伴随着巨大阴影的飞扑，冒险地掠向了旁边的松柏。

他匆忙一瞥，判断出大致的承重力，立刻掉转方向，将上升器换成下降器，找准点凿入冰镐，双腿一蹬往下急速飞闪，至陆毅成下方。一片平坦的山坡，没有显见的着力点，他的身体不得不整个贴住山体，五指紧紧附着在山壁，一次次调整呼吸，用脚去试探可以借力的点。

就在一声疾呼从头顶响起时，他的脚落在实处。

陆毅成听到刺啦一声，因为初时急迫的一跳没能抱住树干而仅仅只抓住一根枝丫，枝丫弱不禁风地晃荡了几下毫不意外地断裂时，他恍惚以为今天是要葬身太行山了。身体剧烈撞击山壁的疼痛一下子冲上头顶，他失重般往下坠落，电光石火间一只强而有力的手臂拽住了他。

多年攀岩的经验让他一下子找回状态，慌忙寻找落脚点，双手尝试调整，反抓住男人的手臂，捡着空大口大口地呼吸。

可他选的这条路径实在太冒险了，任凭他怎么试探，土堆一块接一块松动，他始终没办法站稳，而男人依靠冰镐而寻求的一时稳定，眼看也要付之一炬了。

陆毅成心下一凉，敛眸沉思片刻对上面喊道："松手吧，别拖累你一起摔下去。"

"别说话。"一说话，身体难免晃动。江石玉此刻紧绷得像一块石头，整条手臂青筋暴跳，余光瞄到冰镐正在松动，下唇不自觉抿紧。

他尝试将陆毅成往上搂，与他共用一个着力点，奈何陆毅成一米八的大高个子，重量摆在那里，他咬得牙齿快碎了才把人往上拉一点点，然而就在这时，冰镐一个发动往外蹦出了半寸。

两个男人俱是呼吸一室！

如果再不松手，很可能是两败俱伤的局面。陆毅成闭了闭眼，再向上看时总算看清了江石玉的表，和他先前猜的没有两样，世界名表，价值不菲。这种男人怎么会来一线？

"介意我问你一个问题吗？你为什么喜欢许心宜？"

江石玉淡淡道："那你呢？为什么来公牛队？"

陆毅成笑一笑，不置一词。

就在他准备松手自断臂膀时，身边一阵疾风掠过。他下意识别过脸，还没反应过来，一个绵软的东西在下面顶住了他。

"哟，手感还挺好。"

许心宜爬到开阔地带，听到下面传来一阵动静，立刻找了个固定点下降，看清情况后忍不住把陆毅成骂了个底朝天，顾不得定点下落，两腿一摆直接索滑，到可以借力的点身体一扭，往山壁上一扑，就在冰镐被撬动的最后一秒关头托住了陆毅成的屁股。

陆毅成脸红得滴血："你不要乱摸！"

许心宜冷笑："你以为我想？不找对着力点，我们三个都要死。你死也就算了，别拖累我们。"

"你现在还有心情谈恋爱？"

"关你屁事。"

江石玉略带宠溺地看她一眼："别淘气了，快上去吧。"

后来程熙熙和于阳也过来帮忙，一行五人互相帮扶上了小仙峰，张建和大峰的一组已然到了。一番比试闹得啼笑皆非，陆毅成最丢脸，缩在角落闷不吭声，只暗自庆幸第一名是张建，到底还是公牛队压了通海一头。直到后来才知道，许心宜早上去过了，只是敬重张建才没出声而已。

当然这是后话了。

江石玉的手臂被划破，一小块肉被剜了出来，血一直止不住。许心宜心疼，在心里问候陆毅成的祖宗，到处找伤药给他包扎。

大峰叉着腰在一旁看着，对许心宜多少有点恨铁不成钢，这两年眼瞅着要跟人划清界限，老死不相往来，怎么小星湾一跳，局面又回到从前去了？想到还在昏迷的秦栩，大峰捏了把汗，又复杂地瞅了眼江石玉，那眼神好像在说：兄弟，你这算不算趁火打劫？

程熙熙也瞅着人群中卓尔不群的男人：眼熟，真眼熟，在哪里见过来着？

张建反思：一个玉树临风的帅小伙，在一线都没什么脾气，怎么公牛队一个个都跟炮仗似的？还是得亲民。

下山后，张建做东请客，犒劳通海飞行队的几人，不料基地临时急呼，他们片刻不得停留又往回赶。于阳按照太行山的地形，推算出一组彩票数据，忙里偷闲问道："放假出动有加班工资吗？"

许心宜鼻孔冒气："屁。"

于阳脸色难看："难怪你要跳槽，这么一看还是咱队里好，至少人性化，不强制加班。"

一向话少的蒋雯感慨道："救助行业的生存环境还是一如既往恶劣啊。"

程熙熙也点了点头，煞有其事地附和："不上班最好。"

众人默念：千好万好，不如家世好。

许心宜深有所感，重重点头。于阳拍她的肩："你今天也算出尽风头，手气肯定好，这两组数字，你帮我看看选哪个？"

许心宜还没说话，程熙熙一下拍掉于阳的手，自顾自揽住许心宜，压低声音道："我刚想起来，你男人是留学圈公认的男神，你以后有艳福了。"

许心宜想解释两句，江石玉不是她男人，可话到嘴边又觉得受用，也不知道在想什么，到最后只囫囵问道："你认识他？"

"勉强算隔壁校友吧。"

"那他在国外的时候有没有交女朋友？"

程熙熙不买账："你男人的事你来问我？"

"他……他不是……"

"还没追到手？"

许心宜叹气，关系很复杂，不知从何说起。程熙熙瞅她一眼："他初恋女友在四大行工作，知道是哪四大行吗？"

许心宜摇摇头，程熙熙给她科普，她听得又是惊讶又是惭愧。

"后来呢？他们为什么分手？"

"具体不详，但是……"程熙熙说，"她已经不在了。"

许心宜睁大眼睛："是我理解的那个意思吗？"

"嗯。"

"为什么?"

"不知道。"

许心宜本来心情挺好,忽然有点沮丧了。

陆毅成看他们打成一片,没一会儿工夫就聊到了一块儿,下山的路上紧抿嘴唇,一言不发。他扭伤了腿,担心不只外伤,蒋雯主张去医院检查一下,回城路上正好经过一院。陆毅成块头大,张建和于阳一左一右架着他。许心宜落在后头,还拽着程熙熙追问江石玉初恋女友的死因。

走了老远,一看蒋雯的车没跟上来,她的注意力就被转移了:"雯姐是不是跟一院有点……"

"你是十万个为什么吗?"程熙熙觉得好笑,"能有什么?"

"比如说恩怨情仇那种。"

"你狗血剧看多了吧?"

许心宜摸摸脑袋:"那她为什么每次到门口都不进来?"

程熙熙没说话,许心宜看她的神色,就知道撬不开那张嘴。来之前周清野告诉她,公牛队的这些人看似来自各行各业,没什么私交,可核心团队非常有凝聚力。关于这一点,初时她还抱着怀疑的态度,接触一阵子后她发现,周清野说得没错。

一方面可能是张建作为队长,有非常服众的本事和领导能力;另一方面,这些人应该都有他们的故事,而这些故事恰好构造了"凝聚力"。许心宜一直信奉,没有八卦盘不下的局,现在倒好,她的底裤都快被人扒光了,在公牛队居然还没探到一个八卦!

可气!

许心宜打定主意,一定要探到他们的八卦。好在陆毅成只有外伤,没有伤筋动骨,休养几天就能好。

离开医院,大部队正商量接下来去哪里吃饭时,许心宜忽然听到一阵熟悉的声音,她脚步一转,立刻奔到空旷地带,仰起头看去,只见一架熟悉的"海豚"直升机正停在医院顶楼。

她一下子喜笑颜开。

基地还有任务,送完被困者马上就得返回,江石玉瞥了眼消失在楼梯口的担架,不知道为什么心底涌起一股强烈的预感。一向对"直觉"有着超出常人敏锐力的他,踟蹰片刻后朝沈岐比了个手势,推开舱门,压弯腰身走出去。

螺旋桨还在高速旋转,轰隆隆的声响由近及远,扫过他的头发至医院绿化带。他一路低头，强稳身形来到天台边缘，远远一瞥，果然看见一道熟悉的身影。

许心宜似乎也有所感应，同一时间用力地挥舞手臂，双脚跳得离地，下意识向医院跑去。跑着跑着，她忽然顿住，意识到那个"胖海豚"已不再是她的归途，挥舞了几下后手臂渐渐垂落。

江石玉的心里忽然软得不成样子。

他抬起双手，学着当初她站在洪水中心，在一片摇摇欲坠的水泥房屋顶朝直升机比出的姿势，手臂举高至头顶，十指对碰环绕成一颗心形。

强风鼓动胸膛，发出猎猎声响。虽然回应来得有些晚，但他必须告诉她，她的"心仪"他接收到了。

两年前在安东抗洪，运送当地的被困居民时，直升机人数受限，她作为救生员不得不留在原地等待，千分之一的生存机会，他们都知道一旦楼房被洪水冲塌等待她的将是什么，然而她一句交代也没有，只朝他们比了个心。

他一直知道，那颗心是向他比的。

"江石玉，你好呀，我是许心宜，不是心仪你的心仪哦，而是心脏的心，宜家宜室的宜。不过我觉得这个心宜和那个心仪你的心仪有异曲同工之妙，所以你也可以这么理解。"

许心宜唰地一下泪流满面。

身后公牛队一行：好酸啊，这该死的爱情！

陆毅成眉头紧皱：叛徒，身在曹营心在汉。

趴在直升机窗口的救援医生：哎哟，这个活招牌，谁受得了哦。

当晚许心宜鼓起勇气给熟悉的号码发了一条短信，问他以前发生过什么，他的初恋女友为什么离开了人世。

江石玉捧着手机辗转许久，回道：她在职业道路上有自己的野心，无法完成每个阶段的目标，压力太大，服用了过量的安眠药。

许心宜唏嘘不已：她是有意还是无意？

江石玉：她留了遗书。

许心宜：为什么呀？好好的一条生命，为什么想不开？

江石玉：对一些人而言，死亡并不可怕，活着才令他们痛苦。心宜，不是所有人都能学会坚强。

许心宜想到张建，想到蒋雯、于阳，哪怕讨人厌的陆毅成和吊儿郎当的程熙熙，也感觉他们不如自己想的那样快乐。就说陆毅成好了，知名律所合伙人，住豪宅，开名车，每天忙得连睡觉的工夫都没有，居然还能从海绵里挤水，留出这么多时间给公益救援，为什么？

蒋雯也是原心内科的一把手，医闹的纠纷虽说令人寒心，可一线令人寒心的时刻还少吗？离开医院去救助小动物，不就为了远离纠纷吗？为什么还要时不时参与一线救助？

对他们而言，生命是多么宝贵和无价的东西。可有些人，随随便便就不要了。

矛盾的世界，没有统一的真理。他们只能在不断的思考中，厘清生命的价值，告诉自己向前走，不要怕。

转瞬进入十月，公牛队与通海救助飞行队组成"空陆组合"，与来自全省各地的三十二支应急救援队伍进行了一场空前浩大的比武。这两支队伍集齐陆、空两地精英中的精英，全程大演武风采过人，出尽风头。

先是冲锋舟救援，于阳表现出了令人咋舌的憋气功夫，一颗强大的心脏让他一口气在翠湖公园的湖面下潜四十米，还捞上了两只大螃蟹。随后无人机协同、高楼救援等项目的比试，通海更是参照最高献礼标准，拿出一级军事化水平参赛。只是中途闹了个乌龙，许心宜在高台准备绞吊下水的时候，忽然肚子疼跑了个没影，被张建戳着脑门骂了个狗血喷头，全通海昔日的同事看在眼里，场面真可谓精彩。

回去后，李英的待遇不着痕迹地得到了提升。经过与张建的对比，他们才发现过去对待李英实在太苛刻了。

到了大阅兵联合会演这一天，因为旅行出动人数多，交通管辖受限，所有人坚守岗位，随时候命。许心宜跟大峰约好下班后一起去周清野家里看重播，掐着时间跟张建打了招呼，马不停蹄地往外跑，不料刚出大门就被一辆重型越野车拦住。

程熙熙摇下车窗，轻咳了声，神色略显僵硬地问："去哪里？我捎你一程。"

许心宜望望天，太阳也没从西边出来，大小姐怎么转性了？不过既然都是一家人，许心宜当然不会放过和她打好关系的机会，嘴角一扬上了车，于是一程直捎到周清野家门口。

许心宜打着瞌睡爬下车，挠挠头，有些结巴："不、不好意思啊，我睡得太死了，要不……你要是不介意的话，一起上去吃个火锅？"

话音刚落，程熙熙利索地下了车，走到前头声音才传过来："不介意，走吧。"

许心宜揉揉眼睛，她没看错吧？大小姐今天真没吃错药？还没等她转过弯来，程熙熙的声音从楼道里传来："几楼？"

"啊？等、等我一下！"许心宜铆足了劲在最后一秒闪进电梯，偷偷摸摸地瞄了眼抵着角落，双手抱胸的程熙熙，试探性地开口道，"熙熙呀，你是军事发烧友吧？"

"有话直说。"

"你今天……"

"没发烧，没吃错药，就是突然好奇，想看看你都有些什么朋友。"说完，她又咳了一声。

许心宜观察了一会儿，确定不是什么陷阱，上前一把搂住美人："就这？你不早说，我朋友跟你一样都是军事发烧友，肯定能聊到一块儿去。而且周清野最近搞了个厨艺班，进步神速，我的女神阿岐你知道的吧？她开过战斗机，超级厉害！我觉得你一定会非常喜欢他们！"

事实证明，她的眼光一向毒辣。

当一群岁数不小的年轻人围着火锅和电视，激动得坐不住，频频指着联合会演仪仗队里出现的装甲车以及最新款武器装备争抢发言时，场面不亚于诺贝尔教研室里的一场学术探讨。

"我没看错吧！ZBD-04A型履带式步兵战车，既能划水，还能缓速浮渡的二代战车改进型，火、火炮多少来着？"

"空降战车这迷彩车身，也太让人心动了吧！"

"快看快看，远程多管火箭炮！实力太强了，爸爸我想低调……"

"啊啊啊啊，世界上第一种反舰道导弹，航母杀手！东风快递，使命必达！"

一万五千名官兵、五百八十台装备组成的十五个徒步方队、三十二个装备方队，陆、海、空航空兵一百六十余架战机组成的十二个空中梯队，数十年的一脉传承与呕心沥血的科学创新，装载的是多少人的梦想啊！许心宜揉揉眼，环视一圈，也不知道是被火锅辣的，还是扯破了嗓子喊的，反正大伙的眼睛都有点红。

这一夜，注定是个热血沸腾的不眠夜。

许心宜打着瞌睡下楼时，天已微亮，拒绝了一顿火锅之间结下革命情谊的程熙熙再捎一程的好意，她将衣襟一拢，抄着手，踩着黎明水汽蒸腾下的清寒，一步步朝医院走去。

这样的日子，这样心潮澎湃的日子，胸口却好像缺了一块似的，堵得慌，不激烈却难以忽略。当沸腾的火锅逐渐冷却，在表面凝结一层红油时，她的脑海忽地闪过一张脸。

秦栩躺在无人的病房，闭着眼睛，姿态安然。

许心宜顿时泄气，捧着一纸遗书踹翻了的椅子，指着他大骂道："睡睡睡，就知道睡，你还有大半辈子，用得着这么赶吗？不是有句话说，生前何必久睡，死后必定长眠？我们这样的人，难道不应该拼了命珍惜活着的每一天吗？秦栩你个臭小子，你个傻子！快给我醒来，我不准你睡，你听到了吗！"

回应她的是一片死寂。

以往每一年的中秋、国庆、元旦、除夕夜，抑或每一个日夜，他都与她相伴。当时人在眼前，觉得稀松平常，也不懂得珍惜，如今人虽还在眼前，已然是另一种境况了，后悔当初对他太恶劣，看他好看就调戏，看他不好看就嫌弃，她怎么可以这么对他？

许心宜越想越生气，五指咯咯作响，一拳头往下，擦着秦栩的耳朵砸向枕头，力至床板簌簌抖动，没一会儿棉花弹回原样，而秦栩的面目始终没有一丝变化。她双目眦裂，蓄满血丝，良久缓了口气，复又坐下来，随手抽出一封遗书。

手背擦破了皮，血染红遗书地一角，她全然没看见似的，沙沙地念着：

老头一周年忌日，我去了墓地，路上碰见心宜，天才蒙蒙亮。平时话篓子一筐一筐，今天倒格外安静，也不跟我斗嘴了。

清晨雾气重，到墓地时我和她身上都湿了，她借口怕我生病偷懒，非要把外套塞给我。我看着她发梢的露水，心里有点惆怅，莫名其妙想起了那个女人。

其实这些年我很少想起她。她走的时候我才五岁，依稀记得她好像喜欢穿花裙子，不知现在她过得好不好。这么多年没有回来看一眼，她大概早就忘了我和老头吧？

老头重新找人我是非常赞同的，他有自己的人生，不应该一辈子磕在我身上，只可惜事与愿违。

…………

我一脚踢开了墓碑前的白菊，踏着零碎的花瓣，扫去前人留下的痕迹。

心宜没有骂我，我却更加难过了。

还有一分钟就要出动，隔壁换衣间又传来她的笑声，我就奇了怪了，那个傻子怎么快乐成这样？而我怎么这么稀罕她？

遗书的中间一段应当经过了不止一次的涂改、描黑与删减，最后潦草几笔挥下，像是急于掩饰而留下的把柄，许心宜虽看得吃力，但她还是通过力透纸背的寥寥数字，描全了一段难堪的缺失：

> 心宜问我是不是还记恨沈阿姨，说实话我是恨的。当初她和老头要重组家庭时，我真的特别高兴。她是阿岐的妈妈，阿岐是我最崇拜的队长，如果长辈们在一起，她就是我姐姐了，是我名正言顺的家人……虽然不知道为什么沈阿姨最后不跟老头结婚了，但我看得出来他很伤心。出事前那些天，他没有一晚安生睡过。
> 如果不是没有休息好，在一个巡视了十几年早就熟悉每一寸土壤的基地，他怎么会突然掉进窨井？
> 我心里很清楚阿岐和沈阿姨不一样，我不应该迁怒她，可我总是忍不住问自己：为什么她偏偏是沈阿姨的女儿？

最后他一脚扫去"前人"留下的痕迹，而这个"前人"经过了一遍又一遍不知多少遍的打磨，最终落笔在一堆早已晕染的黑色墨迹旁。

通常从接到任务到出动这段时间是非常紧迫的，基本间隔不超过半小时。

起初拿到这一摞信件时，许心宜还在纳闷他是怎么做到的，在短短时间内写长达数百字的遗书，直至看到一层层涂改、一层层落笔，经过反复修改的痕迹以及遗书最下方很明显是后来加上去的一行小字，她才知道被他屡次修改、妥善保存的这些信件，代表着远比"遗书"更深远的意义。

在唯一的亲人去世后，与他相伴的只剩这些信件了。这里写满了他孤单的心事，而在此之前她却一无所知，只当他笨驴的脑袋不懂人世的悲情。现在才发现恰恰是这头笨驴，与她最为相像。

她读懂他字里行间的留白，他识破她欢声笑语的背后。

许心宜蜷起双腿，摩挲着鲜红的纸张上最后一行小字，泪水无声滑落。

没有人知道，时隔一年后秦荣忌日的这一天，让秦栩黯然神伤的这一天，同样是她眷眷难忘的一天。在到达遇险船只所在海域的上空时，海面风速九级，浪高六米，整个搜救过程旷日持久，几乎用光了她一辈子的善意。

她双手不断颤抖着，将一纸遗书捧到脸上，哽咽着发出一声低吼："你个浑蛋，我已经做出选择了，现在轮到你做选择了。就算不能再成为一个让父亲骄傲的儿子，也请你至少成为一个不要让同伴们失望的组员吧，不要再让阿岐担心你了，也不要……不要再让我牵挂你了。虽然不是很期待再同你比肩而行，但如果你能再陪我跑一程的话，我应该会非常、非常感恩吧，用一辈子去铭记的那种心情，所以请求你，快点醒来好不好？"

秦荣去世前，和沈岐的母亲沈扬有过一段过往。自小缺失的母爱，让他非常向往这个新家庭的组建，同时，他也非常崇拜即将成为姐姐的队长沈岐。然而一场意外，不仅带走了相依为命的父亲，还带走了他可敬的姐姐。

从那以后，队长只是队长了。

秦栩有很长一段时间不知道该如何面对沈岐，沈岐也不知道如何面对他。他们都知道秦荣的死和沈扬没有直接关系，可间接关系一定成立，他们无法自欺欺人，自然回不到从前。

队长，似乎也不再是队长了。

许心宜和秦栩相处时间最长，知道他心里有多少委屈和遗憾，只是他是个从不肯低头的硬骨头，这么多年有什么心事从不说出口，要不是侥幸看到这些遗书，谁会想到他也是个需要关怀的小可怜？谁会想到，或许他心里也有常年浸淫一线的暗伤？

后来不知过去多久，天骤然亮了，擦着窗又渐渐暗了。

离开医院是临时急召，许心宜一宿没合眼，一照镜子，两只黑眼圈几乎掉到下巴。顾不得遮掩，她简单洗了个脸往外跑，门一开刚好撞上一个人。

对方是个中年女人，身形瘦弱，被她的金刚身躯撞得跌坐在地。许心宜忙上前将人扶起来，连声道歉。女人摆摆手，表示没事。

许心宜看时间紧急没再说什么，一口气跑到走廊尽头，若有所思地回过头来，那个女人似乎进了秦栩的病房。

以为是沈岐新找来的护工，她没有放在心上。正值下班高峰期，怎么也打不到车，许心宜在路边急得抓耳挠腮，正准备靠两条腿跑回队部时，一辆车在面前停下。

等到车窜出去老远，她才后知后觉地反应过来："你怎么在这里？"

江石玉笑而不答，转移话题："我买了面包和牛奶，你先垫垫肚子。"

许心宜想到接下来还有行动，没有推辞，拉长安全带从后座一捞，除了三明治和牛奶，还有一袋温热的、黑乎乎的汤包。

"这是什么？"她放在鼻尖嗅了一下，立刻皱眉，撑开五指在身上擦了擦，"什么鬼东西，太臭了吧！"

江石玉眉梢一敛，徐徐道："是中药包。"

"啊？"许心宜一愣，随即想到什么，"不会、不会是给我的吧？"

平日三五不着六的人，关键时刻脑子倒灵光。想到这里，她小心翼翼瞄了眼屁股垫，已经换过一套全新座椅了。

许心宜一扭捏，小动作都跑了出来，时不时对对手指尖，要不就摸摸肚子。

江石玉本来不尴尬，被她弄得倒尴尬起来，轻咳一声道："女孩子不注意保养，以后老得快。吃药期间能不下水尽量别下水了，就算免不了下水，也记得保暖。"

"哦。"

许心宜实在无法拒绝。他因为她痛经去找医生了吗？妇科大多是女医生吧？会不会又问他性史之类的？他什么都不知道怎么回答？今天是专程过来拿药的吗？回想刚才一闪而过的令人作呕的气味，她强忍不适咽了口牛奶，拍拍胸脯自我安慰：我以前对他那么好，吃了多少苦头，他也应该好好报答我一下吧？

于是一番心理建设后再看向他时，她心安理得，眼尾捎上一层怎么掩也掩不住的得意，简直讨喜得不得了。

江石玉暗叹一声活宝："好了，饭后半小时喝，用热水温一温加热就行。剩下的药先放我这里，等你回来再说。"

她小鸡啄米似的点头，悄声感慨："江师弟，你真是我的及时雨啊……"

一整天滴水未进，她快饿得没有知觉了，说完几口吞下一个三明治，舔了舔手指，又小心觑他的脸色，见他眉眼一如往常，这才松了口气，往后一仰，姿势变得豪放起来。

自从上回吃米线，她算是卸下淑女的包袱，彻底豁了出去。反正这回他主动送上门，也不算她觍着脸吃回头草。抱着中药汤包喜滋滋地回味了番男人的体贴，许心宜天马行空地幻想了一阵，很快倦意袭来，缩成一团渐入梦乡。

在一个红绿灯路口，江石玉踩下刹车，脱下外套披在许心宜身上。

她眉头微皱，不知梦到什么。

想必从周清野家离开后到医院的这一段路，她走得很辛苦吧？

江石玉轻轻抚平她的眉心，手在她颈边抚了抚，声音微乎其微："傻子，世上哪儿有天衣无缝的巧合？我一路跟着你啊，你也不回头看看。"

到队部门口，车员已集结，许心宜忙给江石玉比了个电话的手势，抢在最后一秒上车。

陆毅成与她同一时间拉开车门，各自从两边跳上来，肩膀一撞又各自闪开，一个嫌弃一个鄙夷，眼神在半空交汇鏖战三百个回合后，被张建的声音拉回现实。

"中年男子，四十二岁，在天马河污水处理厂废弃管道内抓鱼失踪。下午四点下河，接到消息的时间是六点二十五，到目前为止已经过去两个半小时，生死未卜，现在我们统一对下时间。"

"六点四十五。"

"好，距离目的地至少还有两个半小时的车程，也就是说，赶到那里最快也要九点了，我们先在车上休整一下，也说说各自的想法。"

许心宜一想时间，脸色凝住了："有现场图片吗？"见张建顿住，她解释道，"天黑视线受限，周围的情况看不清楚会影响搜救效率，趁现在天还亮最好把附近的环境勘察一遍，多拍些图片传过来。还有，可以联系当地出示一份污水处理厂的施工建筑图吗？废弃管道，淤泥囤积，如果没有设计图纸容易失去方向。地方有水鬼队到达了吗？"

"郊区废厂，距离最近的警方已经赶去了，不过他们队里没有熟悉水性的队员，据附近的村民透露，形势相当严峻。"

"管道大概多长？"

"这是大型处理厂，按照基础施工标准，管道至少三千米。"

许心宜握了握拳，对上张建的目光，显然不约而同地想到了一处。去年暑期，海外教练带领的一支十二名学生的队伍在探险时，因暴雨水位上涨而被困洞穴。前后历时近两周，出动国际近百名顶级潜水高手和世界顶级钻探能力的技术团队，仍被这个全长约七千米的洞穴夺去了一名突击队队员的生命。

摆在他们面前的污水管道，与洞穴有着相似的困境，距离长，空间狭窄，废弃物堵塞，需要长时间的潜水探路。而他们既没有钻探设备，也没有抽水机。

更为糟糕的是，天气预报显示在凌晨有极大概率会下一场暴雨。

许心宜的声音沉了下去："能确定被困者的位置吗？"

张建摇头。

"先拿到建筑图纸，找到管道的安全出口，分散位置通过钢管、手电在水下传递信号，给被困者一些信念吧。"知道有人正在救他，或多或少可以加强求生的意志。许心宜想了想，又说，"希望设计者考虑到这层隐患，事先留了安全出口，不过就算有，水下的环境氧气含量也堪忧。"

"还有吗？"

许心宜再次强调被困者求生意志的重要性："一定要多尝试几次，如果能和被困者联系上，对于确定位置有很大助益。"

张建一向黑不见底的面庞浮现出一丝赞许："我已经在联系地方了，图纸马上传送过来。倒是给被困者信心这点我没想到，表现不错。"

头一次被张建夸奖，许心宜挠挠头，屁股有点热："我习惯了，每次留在原地等待救援的时候，都是这么给自己信心的，加油，再撑一撑，十秒、三十秒、一分钟、五分钟，这么一次次心理暗示，时间就输了。"

她说得随意，却让车内一时陷入寂静。张建神色不明，正在飙车的程熙熙也难得回了个眸。陆毅成眉头一皱："夸你一句还喘上了。"

他们两人是针尖对上麦芒，一碰面就要掐，倒也拂去了一丝不易察觉的凝重。许心宜看着传送过来的管道图纸，想到不久前才下肚的中药以及某人的谆谆嘱咐，思忖道："于阳不参加这次搜救吗？"

张建缓慢说："他走不开。"

"咦？他不是跑保险业务的吗？工作应该相对自由吧？"许心宜恍似不确定，还特地看了下手表，"现在是下班时间。"

"你懂什么！"陆毅成忽然厉声一吼，直将她吼得浑身僵硬，愣在原地。

原本考虑于阳水性突出，对搜救或有帮助，她才有此一问，不想兜头就是一句没头没尾的斥责。许心宜本想不留情面地吼回去，但一看众人讳莫如深，察觉到不对劲。强忍着冲上喉头的委屈，她将头转向窗外，用手背贴住热腾腾的面颊。

大概意识到语气太重，陆毅成颇为懊恼地捶了下车门，又被张建狠狠瞪上一眼，更加垂头丧气。不过男人都粗心，转瞬就把这个小插曲抛之脑后，只有程熙熙看在眼里，下车后把许心宜拽到一旁，低声解释道："我知道你是好意，不过于阳情况比较特殊，一时间说不清楚，慢慢你就知道了。"

许心宜"哦"了声，对他们的遮掩早已见怪不怪。

程熙熙拍她的肩膀："走吧。"

两人扛上装备，落后张建一步来到被困者下河的入口。许心宜打眼一瞧，漆黑的乡间小道旁已经架起了照明灯，牧野空旷，风从八方来，十月的天在入夜后气温还有可能骤降三到五摄氏度，而此刻手表上时针指向"九"，分针嘀嗒嘀嗒已经开始了新一轮的转圈。生命正在流逝，时间不等人，他们马上了解情况，制定搜救方案。

污水管道总计长约三千米，水平垂直交叉铺设，管道内部直径为一米二。中年男子在进入污水管道抓鱼时，河水处于低潮位置，管道内部水面距管道顶端约四十厘米的高度，但是随着时间的推移，河水上涨淹没了洞口，抓鱼的男子被困水下的洞内，位置无法确定，情形不明。

不过警方已经派人潜入水中发出信号，得到了敲打管道的回应，证明男子还有意识。

公牛队一行四人，除了张建与许心宜，均没有突出的水下作战能力，再加上管道狭窄，堵塞着淤泥、树枝和石头等障碍物，张建体格粗壮，于管道之间可能施展受限，影响搜救效率，最终商定由许心宜打头阵，先行下水探路。

见许心宜一直愣着没回应，张建一把按住她的肩膀："想什么呢？这时候还走神？你先下水，有没有问题？"

许心宜咽了口唾沫，略带迟疑道："没问题。"

在张建蹙眉之前，她卸下包补充体力，穿戴好潜水衣。在做最后的设备检查时，男子的家属忽然冲上前来，一把抱住张建的双臂哀求道："大哥，我家男人有哮喘病，不能待在空气不流通的地方，一紧张就会发病，我求求你们，一定要尽快把他救出来！"

张建眉头紧锁："他有哮喘病还下河捉鱼？"

家属被逼问得哑口无言，讪讪道："医生说经常游泳对病情会有帮助，而且他一贯下河的，平时都没事，也不知道今天倒了什么血霉！"看张建握着对讲机，掌控现场，猜到他是负责人，家属又道，"大哥，我求求你，他真的撑不了多久了！你一定要救他！"

"我们已经有队员在做准备了，你先冷静点，不要着急。"

家属往旁边瞟了一眼，讷讷："不、不是你去救人吗？"

张建听她似乎意有所指，沉着脸道："有什么顾虑你可以直说。"

家属这会儿转过脸去，将许心宜从头到脚打量了一遍，最后定在一张娃娃脸上叹了几口气，什么也不说就是哭闹，求着张建下水救人。

陆毅成看到这里还有什么不明白的？火气腾地往上冒："什么意思？瞧不起女的啊？"

倘若对他们的专业水准存在质疑，为什么不早一点提出来？偏偏许心宜临阵磨枪的时候忽然强插一脚，这不上赶着给人找不痛快吗？

敢情他们在这儿商议了半天，家属一直神游天外？旁边的群众也连忙上前劝说，有这工夫，潜水员早就下去了，也不知道她突然闹什么。

家属这才说了实话："不是我对这个小姑娘有意见，实在是我赌不起啊！"她一看许心宜盘正条顺，脸颊生嫩，浑身上下没有四两肉，心陡然凉了一截，抱着侥幸心理在旁看着，却越看越不对劲，小姑娘分明在发抖啊！她是当事人，眼力自比旁观者要尖锐，定定一看，虽然小姑娘极力掩饰，但她还是察觉到了。

也是，底下管道是什么情况谁也不知道，她小小年纪害怕也实属寻常，可等待救援的是她亲人哪！她越想越糟糕，眼看临门一脚，生杀予夺都将交付给一个小姑娘，到底还是没忍住扑了过来："我男人随时要没命的，你们嘴上说得容易，要是换了你们，能放心把活生生的人命交给一个小姑娘吗？"

群众说："你这不是偏见吗？人家不是小姑娘，是救生员！"

"什么救生员！我不懂，我只知道她年纪轻轻，不过二十几岁的样子，能有什么了不起的作为？万一我男人有个好歹，谁来给我负责？一张嘴光知道说，难道我想找个靠谱的人下去救我男人有错吗？"

"你没有错。"张建抬手压下周遭的议论，给许心宜一个安抚的眼神，上前一步道，"但是我们有我们的顾虑，派她下去是最优方案。公牛队强调的是第一时间应急救援，能这么快赶来并且拥有潜水资格证的搜救队只有我们，而且你面前这个小姑娘已经在一线快十年了，她是市水鬼队的先锋。目前你的丈夫被困五个小时，照你所说很可能已经哮喘病发，我们现在就是在跟死神比赛，一分一秒直接决定你丈夫的生死。我们没有一个人可以担保你丈夫一定能活下来，但我们一定会竭尽全力去救他，这是我们身为救助人员的使命。现在决定权交给你，到底还要不要我们继续搜救？"

"我……"

"你再多纠缠一分钟，他就会少一分钟的生存机会。"

张建语气凝重，说话自有一股毋庸置疑的气势，令家属踟蹰再三，最终还是无奈退让。许心宜深深地吐了口气，背上气瓶，迎上张建的目光。

"有没有问题？"

现场十几双眼睛齐刷刷地望向她，只有家属痛心疾首地捂住脸，没有看她。入夜后温度果然开始下降，裹着一层潜水衣仍不能压下竖起的汗毛，血液里似还有更深的颤动，正等待着她。许心宜努努嘴，比出一个"没问题"的手势。

繁星点点的旷野下，她纵身一跃，游向黑暗的沼泽。

留在原地的陆毅成早就被堵得没脾气了，从家属旁边经过时哼了声，又不甘心道："你知道她身上背着多少荣誉吗？"

家属抬头，只见一个逆着光行走的背影。

"你什么都不知道。"

管道情况远比他们想象的要复杂许多，许心宜第一次下潜，在进入管道约五十米处被一根长树枝挡住去路。她不得不往后退，先将树枝拖出管道口，看了眼气瓶剩余量，足以再支撑一段时间，便没有返回水面，直接二次潜入管道。

夜晚能见度低，哪怕有手电照明，也不能一眼看到全部，时不时就被异物勾缠，阻碍去路。再加上潮水上涨淤泥堵塞管道，要清理干净绝不是一个小工程。许心宜二次下潜后近一个小时，一直在距离管道口约五百米处清理与塑料袋、废弃物缠结在一起的淤泥，直到气瓶余量不足发出警告，她才被迫回到水面。

凌晨的暴雨说来就来，气温陡然下降，寒气入侵体内，为搜救带来新一重的危机。张建已经向总部呼救，得到的反馈是今夜海港两大货轮相撞，飞行队与沿海打捞局的人手均在夤夜奋斗，只能向邻市求助。

张建意识到再这么下去，不只被困者，就连许心宜的生命都将面临危险。他仔细斟酌后，决定代替她做第三次下潜。许心宜正喝着热水，一个鲤鱼打挺猛地站了起来，挡住他的去路。

"管道太小了。"

只一句话，他们就知道结果。当下不是感情用事的时候，不管从哪个角度出发，理性的思考都更利于救援的成功，而许心宜是在场唯一一个拥有AIDA三星自由潜水证的海上救生员，可以在切断供氧后一次性憋气四五分钟，紧急时刻实现自救。

再者，全国拥有洞穴、深海救援经验且能够跟国际专业水鬼队平分秋色的救生员屈指可数，而许心宜恰好是其中一个。之前的海外洞穴搜救，她也曾作为中国代表，穿过地势复杂的洞穴实现过成功营救。

如果没有事先调查过她的话，这样一个女孩，很容易被她成天嬉皮笑脸的表象糊弄过去。明明有目空一切的资本，偏不为自己辩驳一句。陆毅成一言不发地盯着她，两大杯热饮灌下去，仍不见苍白的脸色浮现红润，而她不管怎么努力克制，都抵挡不住寒气入侵所带来的颤抖。

水珠相继滚落，在她脚下晕开一团深不见底的黑。在被困者家属又一次上前时，陆毅成背过脸去。

时间正在流逝，形势越来越严峻，家属看不到实质的希望，理所当然地质疑救生员的能力。明里责问暗里嘲讽，喋喋不休的争吵夹杂撒泼打滚的哭闹，同样的景象许心宜经历了不止一回，比这过分的十个手指都数不清，尤其当"被困者"转变为"遇难者"时，他们的家属自然而然就变成了"受害者"，仗着人道主义的宽容，随意地发泄悲痛。

戳着脑门辱骂，耳光掌掴，拳打脚踢至耳鸣。最严重的一次她直接被打得晕了过去，却被医生告知是疲劳过度引致。满腹苦水没地方说理，只能咬碎牙齿和血吞。

数日之前在临河石桥旁沈岐说着"心宜，我们是女人啊"的场景还历历在目，而誓言尚且言犹在耳，她的内心却几近麻木。

陆毅成隐忍再三，终究忍不住咆哮回去："所以，为什么？到底为什么要对一个豁出命去救人的女孩子抱有这么大的敌意？你把身为男人的我们的尊严置于何地？"

也就是公益性质的团队，他才能放肆地说一句"你信不信，再多说一句话老子马上走人"，若是放到通海，免不了记一个大过，说不定还有更严重的惩罚。

许心宜忙回过神来，拽拽陆毅成的袖子，放缓声音对僵持不下的家属说道："阿姨，我知道您在担心什么，请您再相信我一次吧！"

家属望了眼时间，崩溃大哭道："我相信你有什么用！天都快亮了，你到底行不行？这雨到底下到什么时候，水位还会涨吗？我丈夫可怎么办哪！"

许心宜闭了闭眼，浸淫一线多年仍旧无法自证的心酸淹没心头，酿制成一口恶臭的浊气，吐也不是，不吐也不是，如鲠在喉，让她再次恍惚起来，这份职业的意义到底在哪里？

耳朵里家属的歇斯底里已经远去，取而代之的是汹涌翻滚的海浪声，连成串的雨声，冰凉湿滑，千回百转。她撑着额头，五指透入发隙，几乎就要放弃的时刻，陆毅成忽然抹了把脸上的水珠，高声大喝道："从业第一天起就忘记自己是一个女孩，长年累月泡在水里，拼了命缩小男女之间的偏见，哪怕被和你一样的人指着鼻子质疑、不满和侮辱，一直到今天仍没有舍得放弃的她！如果她都不行，还有谁行！你行不行？"说完转头，问一旁起哄的群众，"你们有谁行？来，倒是给我上啊！"

见刚才还沸沸扬扬的人群安静下来，张建拽了他一把，趁势上前同家属梳理当下的情况。程熙熙一向惜字如金，也在旁附和道："请给我们多一点时间，我相信我的队友一定可以做到。"

遇见类似的情况一个唱红脸一个唱白脸，是公牛队一贯的战术。陆毅成会意，把许心宜推到一旁临时搭建的雨帐篷，满手塞东西给她补充体力，末了低下头闷声道一句："对不起。"

他是指之前在车上的事。

许心宜瞧他穿着明黄色的一次性雨衣，微光中一副乖巧认错的模样，觉得新鲜，故作姿态道："你说什么？哦，没什么，我跟手下败将计较什么？不过，做错事以为一句道歉就能挽回，是不是太容易了点？"

陆毅成压低声音，咬牙道："许心宜，你别得寸进尺！"转眼见她鼻头通红，衬着一张白皙的小脸，活像个小丑，忍不住扑哧一笑，"算了，我大人有大量不跟你计较。你也不要把那些屁话放在心上，能救且救，不必玩命，先保全自己，知道吗？"

拿什么洞穴救援当范例，人家有近百人的专业团队和世界顶级装备，他们有什么？除了她的经验和生命，别无所有。

许心宜望着他："你这火暴脾气也能当律师？"

"如果靠一份维持生计的工作能实现人生价值的话，我还需要来当志愿者吗？"

"把发泄怨气说得这么崇高的，也就你了。"

陆毅成轻嗤一声，也不否认，最近他看了很多有关她的新闻，心下感慨良深："我要是你，早就撂挑子不干了，去大学当讲师或者教练，哪个不比现在好？赚得多还能赢回名誉，谁敢轻视你？也不知道你怎么想的，就这么要强？"说完见她闷不吭声，又开始装死，抓了把头发道，"我都这样了，你还不给我台阶下？最多我答应你，等你回来满足你一个要求。"

"你说的哦？那我可得好好想想。"

陆毅成见她一副鬼机灵的小样，忍住摸她脑袋的冲动，把两条手臂扭藏到身后。

一阵休整后许心宜拍拍脸，起身走向河边。一望无际的黑暗，浮动的水浪，隐隐约约回响在耳畔的呼救声，陡然战栗的皮肤，这一切都预示着这场暴雨，不会结束。

她迅速往嘴里塞了颗药丸，闭上眼深呼吸。

只要一进入状态，她整个人的气质马上沉静下来，不自觉带给人一种信服感。附近的居民指指点点，连声说："小姑娘确实不容易，这么大的雨，又大半夜的，还要一次又一次下水，瞧这脸都冻白了。"

另外一个说："姑娘家干这行，危险先不提，身体恐怕早就折腾坏了。我要是她的父母，肯定心疼死了，怎么舍得自家闺女来干这种吃力不讨好的工作？"

"是呀，也不知道她家里人是怎么想的。"

被困者家属拨开人群挤到岸边，深深望一眼许心宜，千言万语终汇成一句："拜托你了，小姑娘。"

许心宜点点头。

被困者似乎也意识到救援的艰难，不时通过管道发出一些声响，给予地面的家属希望，也为许心宜争取到了更多的时间。持续到第二天下午三点半，许心宜终于在离管道安全出口五百多米的底部闸门处搜寻到被困者。

他正被困在一个有空气的小空间内，艰难地呼吸着。虽然身体虚弱，但意识仍旧清醒，能够清楚地与许心宜对答。许心宜一边安抚他的情绪，一边向地面请求支援。张建在得到讯号后立刻穿戴整齐，与赶来的专业潜水打捞员各自携带一套潜水装备进入管道。

在经过许心宜长达一夜、数次返回水面的清理后，管道的可视情况有所改善，但仍旧充满了险阻。五百多米的距离张建用时近一个半小时才到达闸门处，给被困者戴好装备后，由他和专业打捞员领头，许心宜断后，三人配合默契地传送被困者，终于在两个小时后返回水面。

下了一夜的暴雨，不知什么时候停了，似在微光破开乌云的刹那，又似在凉风停在树梢的瞬间。被困者家属喜极而泣，连忙在附近居民的帮助下将丈夫送往医院，临去前她郑重地对许心宜道："小姑娘，先前实在对不起。不怕跟你说，他有哮喘，我没法生育，难得我们两个互不嫌弃，一直相依为命。他答应过我，要让我走在前头。你年纪还小，可能不懂，两口子走到最后，留下的那个人反而更辛苦。说我自私也好，险恶也好，都认了，我不想一个人走剩下那段路，一定要死在他前头，所以，真的对不起，谢谢你。"

许心宜体力不支地倒在地上，听到那一句诚恳的"谢谢"，终究还是笑了。

人常说"久旱逢甘霖，他乡遇故知，洞房花烛夜，金榜题名时"是人生四喜，于她而言经历漫长寒冬后的一句诚挚谢意，比人生四喜有过之而无不及。此时此刻吐出的一口浊气，在那些难以言及的苦楚面前，已经显得无足轻重。

她现在的心情是何等痛快！倘若回到古代，她该是一名剑客啊！

十步杀一人，千里不留行。

事了拂衣去，深藏功与名。

张建嘴笨，站旁边磨蹭半天一句褒奖的话没挤出来，倒被陆毅成注视的目光看得脸热。程熙熙暗笑一句"婆婆妈妈"，绕过两个大男人径自上前，从许心宜手里接过装备，一点也不谦虚地说："怎么样，我的东西不赖吧？"

许心宜竖起一个大拇指："我必须说一句，这个手电太牛了，操控感强，水下光感感人，最重要的是潜到中途我被一块碎石挡住去路，绞尽脑汁也没能挪开，气得我直接抡起它砸了过去。你猜怎么着？直接破石了！吓得我差点给它磕头。"

程熙熙挑眉："废话，超强防水，战术手电！你看到没？攻击头钢圈的顶端有三颗硬度超高的锆珠，可以迅速破窗，汽车都压不坏。"

许心宜猜到是战术手电，但没想到功能这么强。回想程熙熙在周清野家里挥斥方遒的模样，以及每一次出动救助车一屁股盖里顶级配置的装备，越发笃定她是个资深玩家，并且非常了解每一款产品的性能及其适用的场所，远不是"发烧友"三个字可以定义的。

许心宜不禁感叹一声：有钱真好。

这其实是一个非常现实的问题，近年来随着弱光战术这个概念的普及，越来越多的警务人员也意识到手电在战术环境中的重要性，一款优秀的战术手电，不仅适用于复杂多变的出警环境，还能增强自身的安全性。

对一线救援来说，装备更加直接地和效率挂钩。如果今天没有这款战术手电，她要耗费更多的时间和精力来清理管道，可能最终还是得回到原位，借助专业的探测装备，那么被困者的生机就会又减小一分，于是真心夸道："牛，真牛！"

程熙熙收起自己的宝贝装备，拍拍手，迟疑片刻后伸向许心宜："正好还差一份产品测评，既然你挥霍了第一个使用特权，就交一篇报告吧，权当为队里做贡献了。"

许心宜借着她的力从地上爬起来，顺带摸了摸她光滑的手背，笑嘻嘻道："原来陷阱在这儿等着我呢，不过看在你漂亮的分上，我就不跟你计较了。"

程熙熙脸一热，横眉娇羞。

陆毅成扶额：没眼看。

收尾工作结束后，一行人回到车上，许心宜这才发现有几个未接电话。她揉着微微发寒的小腹，不太理直气壮地给江石玉回了条信息报平安，随后拨给接连呼叫她五遍的号码。

电话在片刻的忙音后被接通，一个大嗓门先声夺人地蹦出来。

"二虎啊！怎么到现在才接电话，是不是又出任务啦？哎哟，我们家优秀的二虎正在闪闪发光哪！你们单位真是离开你一天都不成！连个生日都不让人好好过吗？"

许心宜刚要接话，对方喘了口气又抢先道："得亏你爸我聪明，瞧你半天没反应就知道又受人民群众的召唤出动了，食材都放回冰箱了，还有你最喜欢吃的大闸蟹。本来想着大闸蟹新鲜的才好吃，可谁让我家二虎这么棒这么厉害这么重要呢！你什么时候有空？提前跟爸爸说一声，爸爸给你把生日补起来。"

许心宜听着爸爸的夸赞，鼻头一酸："大虎你真好。"

"什么大虎？叫爸！你这个丫头无法无天的，回头我就告诉你妈。"

"你就知道告状。"

许爸爸一个激动咳嗽起来："难道爸爸、爸爸在你心目中只有耳报神的形象吗？爸爸不光辉、不英伟吗？"

许心宜赶忙唤了声："爸！你说话别跟机关炮似的，医生的嘱咐都忘啦？药吃完了吗？什么时候去医院复诊啊？你也要提前跟我说，我陪你一块儿去。"

"咱们二虎可是先进队员，去医院这种小事，爸爸一个人就能搞定，哪儿用得着你回来？你呀，安安心心地建设国家，爸爸等着看你上电视！"许爸爸平复了一阵后，声音骤降几个分贝，"只不过爸爸年纪大了，没法陪在你身边，你一个人在外面要好好保重自己，受了委屈也别藏着掖着，爸爸一个大老粗不懂，不是还有你妈吗？"

"爸，我挺好的！"

许心宜鼻头一酸，才要说什么，就被电话那头强行挤入的女声给打断了："别听你爸瞎说，他在家没事做，找你解闷子。"

许妈妈雷厉风行，狠骂了许爸爸一顿后对许心宜道："有时间回家一趟吧。"

"好。"

许妈妈又说："我跟你爸好久没见你，想你了。"

许心宜应了一声，有些哽咽："妈，我……"

家里还不知道她已经离开了通海，"月光族"的她现在在外面租了一间车库，手头仅余五百块，而距离发工资还剩二十天，除去基本的交通费，她每天的开销得控制在十八块以内，前提还得是舍弃地铁每天倒三班公交车去队部。小时候可以毫不顾忌地撒娇服软求安慰，长大之后却学会了克制，只将温暖的一面留给家人。

许心宜想了想，拉长尾音道："想吃红烧肉。"

天下哪儿有不懂儿女心的父母？许妈妈轻笑一声："你呀！不管怎么样，都要好好生活，一日三餐哪怕简单对付，也要按时完成任务，知道吗？同事们或远或近，都是你人生道路上相逢不易的伙伴，一定要学着和他们相处。叽叽喳喳地围绕在身旁，再怎么样也会看到你的努力，但是这样就很好，不用太勉强，偶尔也要逗自己开心。你是一个温暖的孩子，喜欢你的人总会看到你的好。妈妈知道你现在过得也好，相信不管是什么样的生活，你都可以经营得好。你已经长大了，独立了，所以不要害怕，也不要被外面的声音影响，遵从自己的内心，勇敢地走下去。"

许爸爸从旁抢白道："我的二虎啊，爸爸这辈子做过最伟大的事，就是养育了你，你是爸爸妈妈永远的骄傲。"

电话挂断后，许心宜仍心潮澎湃，久久不能平复。在她最自卑、最无助的少女时代，她的一双父母放弃了进阶升职的机会，一个寸步不离，守在身旁，一个化作"叮当猫"，变着法地哄她开心。他们培养了她，一路陪伴她跌跌撞撞地向前走，仿佛永远不会熄灭的引航灯。

时至今日，在她一次又一次摇摆不定时，他们仍坚定不移地告诉她：宝贝，你是我们的骄傲。

不知过去多久，她才从自我感动中抽身。察觉到身旁三道齐刷刷的目光，她条件反射地往角落躲："怎、怎么了？"

陆毅成摸着下巴："这是你们老许家的日常吗？你夸我，我夸你，互相夸。"

"你们都听见了？"

陆毅成冷笑："你以为呢？就你一家子的嗓门，当我们都是聋子吗？"她旁若无人地跟爸爸要贫嘴，关键她爸还真配合，毫不吝啬地一通猛夸。陆毅成听完一通电话，总算知道她的乐天来源于谁。

能支持一个女孩子从事一线救援的工作，这个家庭必然充满了无尽的爱与智慧，因此教育出来的女孩子也像个小太阳，时刻感染着身边的人。

张建不知想起谁，眼底闪过一丝泪花，忙别开脸。

许心宜努力挺起胸膛："那什么，夸赞别人不是一种美德吗？"

这算是强行给自己脸上贴金了，陆毅成眉梢一扬，却是平淡地评价道："哦，还怪温情的。"

张建憋了半天，总算想到嘉奖先进队员的法子，直接拍板："走，叫上剩下的，晚上一起庆祝，就当给你过生日了。"

许心宜接连两宿没怎么合过眼，脑子还蒙着："你、你们要给我庆祝生日啊？"

撞上她不确定的似又满含期待的目光，陆毅成到底没忍住揉了把她的脑袋，把她的脸往旁边扭转过去，咋咋呼呼一声喊："猪脑子，你没听错，晚上就给你吃红烧肉和大闸蟹！"

许心宜眼眶一热，知道从这一刻起，她算是被公牛队真正地接纳了。

程熙熙向她伸出了手，张建组织全员为她开庆祝会，唯一不对付的陆毅成要给她买最喜欢吃的红烧肉，虽然他们没有人再问过她为什么离开，为什么而来，但他们最终都选择了相信她。

在离开几乎与她的生命融为一体的通海后，在她义无反顾地撕掉身上的标签，决定重新开始后，许心宜终于在一片充满未知的热土上，扎根了。

她重重地点头，面对一直以来给予她最大支持的队长，她差一点扑过去抱住他一把鼻涕一把泪地诉说心酸。张建读懂了她的眼神。这一刻所有人都忘记了，他曾是一名火场英雄。

进入十月下旬的这一个丹桂飘香的夜晚，公牛队的六个中坚骨干，在城市的某一个角落里全都酩酊大醉。张建知道明天一顿问责是跑不掉了，但他就是想放纵，一瓶又一瓶的酒往下浇灌，任凭满心冰凉，胸口积压多年的一团火始终没有熄灭。

周清野接到通知时眉心一跳，第一时间拉上江石玉。赶到的时候，蒋雯的先生已经把她接走，于阳和程熙熙两个人搭了个伙，转场去酒吧，许心宜嚷嚷着要一起，被陆毅成一拉直接抱在了怀里。

两个人胸贴着胸，脸贴着脸，都愣住了。

周清野默默地在胸口比了个默哀的手势，拽上张建马不停蹄地溜了，徒留江石玉在几步外驻足，静静望着许心宜耍酒疯。

她眼睛喝花了，看不清面前的人，只觉得对方长得不错，手肆无忌惮地摸上去，皮肤也挺光滑，抓着两颊扯了扯，还挺有弹性。小粉唇一噘就要去偷香，冷不丁撞入一面胸膛，硬邦邦的，带着股辖制的意味。

她脚尖一转，双手捧住对方的脑袋，傻笑两声，噘起小嘴上前索吻。

江石玉费了好大的劲才把人带回出租屋，安顿在床上，起身去给她打水。

热帕子覆在脸上时，她一手揭开，迷瞪着眼看向他，嘟哝道："我在熙熙的同学录里看到她了，你的初恋女友真好看呀，她跟你真配。"

而她呢?

"我不好看,长得还壮,也不温柔,幸亏你不喜欢我,不然真是一朵鲜花插在牛粪上。"她说着说着沮丧地哭了起来,"块头大是我的错吗?怎么就不能当公主了?我也很想当你的女主角,好不好?"

江石玉看着她潮红的脸,拿过热毛巾,重新擦洗她的脸,一点点,从眉毛到眼睛。她常年锻炼,皮肤紧实,嘴唇红艳饱满,其实很性感。

他拿起她的手,里外也擦了两遍。刚要放下时,她忽然起身抱住他,不依不饶地追问:"你为什么不喜欢我?"

江石玉判断不了她是清醒还是醉态,叫她的名字:"心宜。"

"你就说,为什么不喜欢我嘛!"

"笨蛋。"

"你才是笨蛋。"

江石玉想笑,怎么迟钝成这样?他低下头去,附在她耳边轻声道:"心宜,我喜欢你,很喜欢很喜欢。"

或许比她的喜欢还要早。

"你还记得五年前山岳救援大队选拔骨干的事吗?当时我也在现场。"

她望着他,眼神迷离:"你骗人,怎么可能?那个时候你不是在国外吗?"

"那场意外死了很多人,还有八名来自各个系统的骨干,我不可能拿这种事开玩笑。"

当时的选拔是针对四川峨眉山展开的,山岳救援难度高,非常考验一个人的专业技能和心理素质。三十四名来自各地方系统的精英,在一片工地比拼爬上一百一十米塔吊的时间,第一名只用了十二分三十四秒。

当他偶然看到这一幕的时候,正奔走在办绿卡的相关程序中,也正盘算回去后置办一个酒柜。他偶然途经比赛现场,被塔吊上的身影吸引。如果仅仅是这样,那可能只是生命里某一个模糊的时刻,可意外就此发生。

起重机忽然发生故障倾斜,在上面的三十四名精英骨干都面临生命危险,而工地下方还有不少媒体记者、相关单位的记录员和没有及时疏散的大批建筑工人。

当时场面非常混乱,钢丝绳绞乱,平衡重失衡,他眼睁睁看着在塔吊尖上的骨干一个个坠落,而不停晃动的平衡臂,也让剩下的骨干们不停地在高空旋转起伏,稍有不慎,就会被甩落。千钧一发之际,那个用时十二分三十四秒爬上一百一十米塔吊的冠军选手,冒险转移至平衡中心,试图切断制动功能,谁料走到一半，就被突然倾斜的起重臂一个抖动，甩落到空中。

她急忙抓住一截缆绳，回到塔身。

那样的情况，对她而言，迅速下滑保障自身安全才是首要，可他没想到，她只是喘了口气，就再次往上去救她的同伴。他想不通怎么会有这样的人，那些被称作英雄的角色，始终离他那么遥远，倘若不是亲眼所见，他甚至难以相信，世上真的有这样一群人，会不顾自身危险地拯救他人。

他在一片混乱中被迫加入现场营救，参与转移受伤的建筑工人，找到制动塔的电路将其关闭。事后，当他看着那些躺在血泊里无声无息的骨干，想到不久之前他们还在高空大展手脚，一股冷意袭上心头。

他头也不回地离开事故中心，然而就在拉开车门的一瞬间，余光瞥见"英雄"正奔跑在工地四处，大声询问："有没有除颤器？救护车来了吗？"

她浑身是血，仍在呐喊。

那一幕带给他的冲击力太强了，他强行收回视线，驱车离去。回到美国后，他时常会在夜深人静时想起那一幕，想不通世上怎么会有那么笨的人。自私一点不好吗？为什么要做英雄？可笑的是，对那样一些人，他明明费解，却也无法责备，甚至还会敬仰。

偶然有一天，他的脑海里忽然钻出个更加可笑的想法，他是不是也可以去当一名救助飞行员？

这个想法就像雨后春笋，甫一出现就疯狂发芽，他问合作拍档，问大楼里名不见经传的小职员，问一年几乎有三百六十天给他送咖啡的服务生，问家庭医生，问竞争对手，甚至去问街区的流浪汉，或许他是不是可以离开华尔街，去一线参与救援？他们都告诉他，他吃饱了撑的，胡思乱想，他才知道那个想法有多可笑。

直到后来，初恋女友在公寓自杀身亡。当他盯了三天的股票数据带着满身的疲惫回到家，习惯性地拧开一瓶伏特加时，疼痛的胃和四周冷冰冰的卧室，忽然让他预见了自己的下场。

人的一生万千面貌，奔腾不息的黄河尚有涓涓溪流的出处，他为什么一定要走普世认为优越的道路？他问自己，一定非要成为家族期许的精英不可吗？脱掉西装又如何？

于是，他递交辞呈，带着没什么可收拾的行囊离开金融中心，去阿德莱德学飞行。回国后他在健身房偶然遇见她——那个曾经在一百一十米高空震慑他灵魂的女英雄。

他打从心底钦佩她，想给她更多的优待，于是给她递毛巾，免会员费，为她开通绿色通道。很长一段时间，对于这个师姐，他曾怀有一种复杂而谨慎的仰慕。后来察觉她不加掩饰的喜爱，才逐渐走到男女的位置，可临到那时他才发现，以为走出四九城就能重获自由大展拳脚，殊不知条条框框早就圈住了他。

他很无力，也很抱歉，然而事实就是如此。

"心宜，是你让我看到了另外一种……活法。"他靠近她，更像一种不自知的爱意，"我不知道怎么说才能让你明白，很长一段时间我不知道那些生活是不是我想要的，我偶尔觉得没意思，偶尔也觉得可以试一试，不过大多数时候，我只能靠酗酒才能闭上双眼。离开美国以后，我以为可以追寻自己想要的，可我太幼稚了，想得也太简单了。"

他的家庭完全不能接受他孩子气的举动。

他们将一个成年人经过深思熟虑的决定，定义为一次叛逆，谅解他青春期循规蹈矩，没有一次反抗过家里的意思，成年后难得迷茫，愿意给他时间思考清楚。可即便如此，也不认同他的二次择业方向，可见他过去是怎样一种生活了。

一场持久的拉锯战，让他倍感疲惫。如果不是小星湾海峡她又一次陷入危险，恐怕他还会一直作茧自缚下去。

"那天当你为了救被困者，临到舱门忽然再次跳海，当我无法再从高空看见你的时候，你不知道我有多害怕就此失去你。那样一种直觉，我无法形容，就是一种正被死神凝视的感觉，它让我完全失去章法。直到那时我才清楚地知道，原来我一直喜欢你。"

是吗？

许心宜迷迷糊糊听到似乎是男神的表白，嘴角翘了翘，美滋滋地睡了过去，再醒来已经是早上。

屋外传来赵阿姨同人交谈的声音，窗帘后依稀可见明媚的日光，许心宜抓住被子一个起身，揉了揉头痛欲裂的脑壳，昨晚断片前的种种缓慢回到脑中。

平日里英明神武的队长，好像变成一个年轻气盛的小伙子，再三给自己灌酒，她只好舍命陪君子。程熙熙酒量极差，没喝两口就往她身上倒，她反手一推直接撂给了冷静自持的蒋雯。于阳吃饭还不忘拉客户，电话不断，手机被陆毅成一巴掌拍在桌上才消停，转而过来磋磨她，非说新手手气好，去买彩票指不定能中大奖。其余几人一听，兴致高昂地进来搅局，之后他们给她唱生日歌，喝酒划拳，不经意间都醉了。

后来……后来她好像和陆毅成撞到了一起，她还亲、亲了他？！难道她酒后失德，错把陆毅成当成江石玉，对他进行了不可描述的行为？

许心宜赶紧拉开被子一看。

衣服还在。

随即脸又一垮：苍天哪！她的初吻，怎么给了那么个糟心的玩意儿！

于是，一个小时后当她与陆毅成面对面坐在队部办公室时，她平均每隔三秒就看一次陆毅成的嘴巴，源源不断地给自己提供洗脑的素材，告诉自己这只是一个人形玩偶。

在持续看了半个小时后，陆毅成终于忍无可忍，一拳头砸向桌子："许心宜，你到底在看什么！"

许心宜抱头鼠窜："没、没什么，我先去找队长了。哎？怎么回事，这个点了人都去哪儿了！"

同一时间，周清野陪同空客直升机技术代表参观通海救助飞行队，李英偕同"广告招牌"江石玉一起作陪。在来到基地战备库后，由大峰向代表展示装备的用法，周清野捡了个空，退到众人身后，与江石玉肩挨着肩说悄悄话。

"我听说你昨晚没有回飞行公寓。"

江石玉莞尔："小野，你的眼线分布得也太广了。"

"虽然我老婆现在不住在公寓了，但我撒的网都还在，花了精力培养的眼线，总不能毫无价值地收回，对吧？"

江石玉心领神会。

周清野一鼓作气："最近吧，我想给公牛队安排一套员工宿舍。张建住的地方离队部太远，每天来回折腾不是个事，再说他们时不时就要来个紧急出动，有时候回来太晚，打不到车，在队部旁有个落脚的地儿也方便，而且更利于打造团队的温馨氛围。就是吧……我最近手头有点紧，我们江大投资人要不要表示一下？"

他按捺不住一脸坏笑，诱供道："我没记错的话，许心宜应该还住在地下车库吧？以她的身高进出门头估计得弯腰，两三个月倒不打紧，一年半载的话腰肯定受不了，别回头落下个驼背的坏毛病。而且车库光线差，常年没有光合作用，对女孩子的皮肤也不好。"

江石玉扫到李英不悦的眼风，立刻往后退一小步，压低声音道："要多少钱？"

"哎哟，做人怎么能这么直接呢？行，那我就不客气了，回头给你列个表。马上要入冬了，装备库的货得提前准备起来，程熙熙那丫头看中的可都是好东西，什么战术手电、工兵铲，一些新型号的装备连我老婆都没用过，倒给他们先享受上了，啧。"

江石玉无奈，想堵住他的嘴，只好答应。周清野目的达成，乐呵呵地睨他一眼，眨眨眼睛："上'三垒'了吗？"

江石玉开始没反应过来，随后微微转过脸去，露出通红的耳根。

送走技术代表后，下午江石玉又出动了两次。傍晚时分海面回归风平浪静，没有突发情况，可以准时下班。

到了公牛队队部门口，车子一熄火他就把后座的中药包拿出来，揣到怀里一手焐着，另一只手给许心宜发消息。

刚要点发送，忽地接到大峰的电话："江师弟，快去医院，秦栩醒了！"

手一滑，电话掉到座椅下。

大峰叽里咕噜还说了一大堆，他没听清，眼睛一眨不眨地注视着前方。只见许心宜翻过围栏，擦着车窗冲上马路，头也不回地没入人流当中。

他闭上眼，满怀都是昨夜的温软。

她喝醉了酒，像一只黏人的小猫缩在他怀里不肯松手，嘴巴不时说些什么，要么往他脸上蹭，要么往他脖子里钻，两条手臂结实有力，怎么拉也拉不动，只好任由她抱着，霸占着，全身的重量依附过来，将他填得满满的。

哪儿想到她喝醉酒会是这副情状？

以前在通海，体制掣肘，不能随便喝酒，就算大伙一齐聚个餐，也顶多小打小闹，她唯一一次发了狠灌醉自己，是在向他告白被拒之后，拉着沈岐去酒吧买醉。

她喝得双脚绵软站不直的时候，还能把调戏她的男人双手给折断了。

这样强悍的许心宜，醉酒后应当不会让人占便宜吧？于是他心安理得地留下善后，把她送到秦栩手中。

他没有想过她团缩在秦栩怀里的样子，没有想过秦栩会情不自禁地做些什么，没有想过一个男人的野心和欲望。当时他脑子里什么都没有，出奇地冷静，有条不紊地收拾残局，送受伤的醉鬼去医院，联系律师，处理酒吧的赔偿事宜，一直到天亮，酒吧的老板娘拽着他细细地问"你怎么想的"的时候，他才真真切切地后怕起来。

也是从那一天起，秦栩变了，他对许心宜的喜爱不再掩于唇齿，而是堂堂正正走到了台面上。而许心宜也终究怕了他的靠近，自此与他生疏起来。

江石玉就这样长久地佝偻着，陷入不知名的情绪中，直到电话再次响起。

他探身接了过来，话筒里传来温和的女声："石玉，我生病了，回来看看妈妈好不好？"

江石玉闭上眼睛，想的却是刚才许心宜跳过栏杆挤入车流的样子，秦栩苏醒，她一定很高兴吧？他不得不承认，这一刻的自己有点卑鄙。

"石玉，你在听吗？"

"我在听。"江石玉回过神来，打转方向盘，"我马上回来。"

周清野等了一周没等到汇款，联想秦栩醒来后的种种动静，一拍大腿暗道不好，没忍住再一次打开了"秘密"邮箱：

> 小野，这两天浏览校论坛，看到一则有趣的报告。
>
> 去年一整个夏季，高盛收到超二十五万份学生和毕业生的应聘简历，摩根大通表示其投行部门的毕业生录取率仅2%，而花旗全球投行部门的分析师和助理职位录取率也仅有2.7%，你知道这意味着什么吗？
>
> 一个人可以无声无息地在一个地方死去，没有任何人知道。
>
> 我感念那些酗酒的日子，它们麻痹了我的神经，我依旧能够活着。而阿音呢？你还记得她吗？她是我念书时唯一交往过的女孩。她勤奋刻苦，有着和男人一样的野心，发了狠地在华尔街占据一席之地，但她后来自杀了。
>
> 我现在想不起来和她一起的日子经历过什么，她很忙，我也忙，大多时候我们都是各忙各的。最初相见的一丝好感很快被沉重的学业消磨殆尽，她开始掉头发，说脏话，坐在我的外套上抽烟，偶尔掏光我每一件衣服的口袋，押着我逛遍每一条街的奢侈品店。我想我还是更适合对着滚动屏上的数字、冷冰冰的屋子和机械的管家服务。
>
> 我从什么时候开始酗酒？大概是从阿音哭着跟我说她睡不着的时候吧。过去我们总是谈学业，谈工作，不谈生活，那段日子她却翻来覆去地跟我讲家里的穷困，前半生受尽的屈辱，到最后不谈了，说累了，想睡觉。
>
> 我和阿音不一样，可我为什么也觉得累，累到必须要靠酒精才能入睡？小野，你能想象我的生活吗？打个比方，瑞银、瑞信和摩根士丹利表示，他们已经引入了对员工更为友好的措施，而这个所谓的措施，不过是准许员工因个人事宜请假几小时，周五晚放假以及公假。

而我的生活，也不过数学公式外多了两个类似于"措施"的符号，在无人看到的夜晚，可以选择醉酒，又或者死去。

你不必觉得这个念头可怕，我相信在华尔街的每一个人脑子里都闪过同样的念头。回国后我戒掉了酗酒的毛病，也不再回避阿音的死，可我总还是恍惚，不知道失望在哪里。

我大概只是失望，这样的日子似乎还未远去吧？

第四章
伤痛与幸福

十月下旬的某一天，突然变得很冷。

江石玉来到医院，大峰上前似乎想说什么。他抬手挡了一下，大峰支吾其词，终究还是退开一步。

他回了一趟家，再来医院，这段路仿佛走了很久。

到病房前，沈岐正在和医生谈话。

"怎么回事？这种时候你们还刺激他？长时间昏迷的病人，刚醒来务必得控制情绪，不能激动。你们有什么事，哪怕不太好的，也缓缓再跟他说吧。类似这样的情况不要再发生了，否则我也没办法保证……"

沈岐抬头看他一眼，点点头没有说话。江石玉跃过她的视线往里看，屋内一片狼藉，水果、花、药瓶散落一地，秦栩瘫坐在地上，头发凌乱，双眼通红，拳头攥得紧紧的，肩不住地微颤。许心宜抱着他，将他整个人纳在怀中，手在他后背一下没一下地抚着。

过了一会儿，秦栩渐渐平复心绪，目光直射而来，片刻后脑袋往下，埋进许心宜的肩窝，反手用力抱住她。

许心宜被迫往前一磕，差点把牙磕掉，龇着牙吸了口气："好了，好不容易醒来，还发小孩子脾气。"

他躺了许久，原本光洁的头皮簇生一撮乌黑的绒发，摸起来有点扎手。

秦栩的声音闷在喉咙里："不要。"

许心宜当他还在为刚才的事跟自己闹别扭。也是惊讶，远远听见砸东西的声响，她进门看他跌坐在床下，一个女人瑟缩地往后退，声泪俱下地劝他冷静些，他捂着耳朵全然不听，气急败坏地让她滚！

细细一看，原来是他二十多年杳无音信的亲妈，不知从哪儿得的信，从天而降般关怀备至，让他怎么冷静？

他现下不提，许心宜自然不会多问，只道："基地精心栽培你多年，你就光学会占女孩子的便宜了？这情形要让李英看到，指不定怎么扣屎盆子。也就是念在你救我一命的分上，先不跟你计较，以后再犯，看我不打断你的手。"

"你打得过我吗？还当以前呢。"秦栩自然而然地刺回她。

许心宜乐得来往："一觉睡出满身的横气，你这家伙，真当我是随意蹂躏的小白菜呀！"

"就您的身板，小白菜委屈了。"

秦栩同她拌了几句嘴，整个人才活了过来。先前的不快逐渐消散，转而变成一种踏实的、真切的感觉，双臂不自觉拥紧她："心宜，能再见到你，真好。"

许心宜不由自主地想起他无声无息躺在床上的景象，眼眶一酸，捶了他一下："想偷懒也换个法子，挣谁的金豆子呢？我可告诉你，你这一觉我亏大了，你非赔给我不可。老娘轻易不掉眼泪的人，为你也算开先例了，你得知恩图报，知道吗？"

"我睡觉你亏什么？"他抓住她话里头的漏洞，追着问，"你就不能吃点亏？"

许心宜一把推开他，绷着白皙的小脸哼哼唧唧，一时说他球鞋臭，轮着换鲜花都不能消味儿，再不醒来她就拿去二手网卖钱了，一时又说护工阿姨犯了肩周炎，她替他翻个身人累得半死，让他以后少吃点。虽然是顾左右而言他，可秦栩听着满屋子闹哄哄的声音，往床边一坐，眉眼溢满安然。

病房外的人陆续离开了，许心宜简单收拾了一下，捡起枕头递过来，猝不及防地被他攥住手。

她的指腹有茧子，手掌薄而硬，就是肉最多的掌心也不算软和，但到底和男人的手不一样，攥着像是上瘾，引人贪恋，不想放开。

"我睡着的时候听见你读信了。"

醒来后护工也说了她不少事，他心里高兴，很难说是期待、忐忑，还是紧张，也一直犹豫开口的时机，直到他透过病房看到江师弟，一种巨大的恐慌接踵而来。

已经过去多久了？沉睡后的世界会不会已经变了样？他因此转圜道："睡着的时候梦见你沉到海底，被一个庞然大物衔走了。我心慌意乱，紧紧跟着那团黑影，却越跟越远，到后来彻底找不见你。那是大海啊，连个方向都没有，不知该去哪里找你，不知该怎么办，我急得团团转，海水一直往我口腔涌入，后来我也沉了下去，想着如果能跟你沉到一块儿去就好了，至少不用再牵肠挂肚。到现在睁开眼我才发现，原来只是梦，又开始庆幸你还活着，我也活着，我们都还好好的。"

许心宜呼吸一室，听他继续道："心宜，虽然我一直沉在海底，与庞然大物对峙，但我可以听到岸上的声音，每当你哽咽哭泣时，我恨不能马上游出水。那样的时机，你心软的、为我煎熬的时机，哪怕很痛，对我而言却是人生第一次或许只有一次的际遇，我多么疯狂地想抓住，想问问你，开窍了吗？"

他的声音轻轻的、沙沙的，似一颗果子含在嗓子里，又似一层雾笼在眼前。

许心宜谨记医生的嘱托，不敢像以前那样插科打诨，装傻充愣，眼睛眨也不敢眨，嘴角动也不敢动，怕笑得轻浮，怕应得随意，更怕一开口就能将什么定下来似的，十月的天硬生生憋出了一身汗，最后只含糊地挠了下脑袋。

恰好这时护工进门，她喘了口大气，忙找个借口遁逃。秦栩无声地看着她一系列举动，攥紧的拳头松开，抚了抚掌心的指痕。

他走到窗边，苏醒后的世界一如往前，车水马龙的街道，在汇入医院的交叉路口时形成两种悲喜，与天边的残霞交相辉映，终将一起堕入黑夜。

他目光一瞥，连接医护楼的透明廊桥里，一道熟悉的身影正快步往前跑。到了转角处，她气喘吁吁地停下，趴在窗户上高举手臂，不停挥舞。

在她眼前，一辆车正从花园转出开向马路。她几乎叫破了喉咙，车里的人始终目不斜视，车尾很快汇入车流，消失不见。

许心宜垂下手臂，在廊桥枯坐了一会儿，又回到病房帮护工的忙。

回到家正赶上学生下晚自习，出租屋一溜的灯火通明，凡走过一间都有人同她打招呼，热情地往她手里塞水果零食。赵阿姨也不例外，兜手两个拳头大小的石榴，末了追加一袋热乎乎的药包。

"先把肚子填饱再喝药，女人月经不调可不是小事，不能大意。"赵阿姨说完还不放心，催促她把门打开，进屋后找到水杯，倒满开水，把药包放在里面保温，还说，"你男朋友真不错，长得好，心眼也好，说你工作辛苦，三餐不定，不懂得照顾自己，落下毛病也不晓得珍重。他心疼你，眼巴巴来请我帮忙，每天给你热一袋药包，两个疗程三十袋，叮嘱得细细的，生怕我落下什么。"

赵阿姨笑一声："我就问他为什么不自己给你，他说他工作也忙，经常值班，怕没有我细致。哎哟，这话说得可给我甜到心坎里。昨晚你喝得醉呼呼，他一路把你背回来可费了不少劲，天要亮才走，下午又赶过来送药，对你可真上心呀。"

赵阿姨也看脸，想着自家闺女如果以后能找个这么好的男朋友，她夜里做梦都要笑醒，随后又问："什么时候办喜事啊？"

见许心宜迟迟没有回应，赵阿姨这才回头看她。

她站在门外，暗处无光，瞧不清表情，只觉得一个身影撑得直直的。

纵然直挺挺的，却好似随时会倒下一般。

赵阿姨忙起身上前，走近了才看到她满脸泪水，赶紧安抚道："怎么了？"

"昨天是他送我回来的？"

"是呀。"赵阿姨回道，"我确定没看错，还跟他说话了。他说你昨天过生日，一不留神喝大了。"

所以，她的少女初吻是献给了他？许心宜眼窝一酸，号出声来。

她被公牛队接纳了，没跟他说，他能瞧得出她高兴。以前她不高兴，一个人躲到机坪角落，他也能瞧得出来，默不作声地帮她写报告，和机务对流程，在李英面前替她遮掩。

他总是润物细无声地照顾她，好到没边，坏也坏到没边。得知他曾在华尔街金融圈沉浮数年后，她翻遍过去和他相关的新闻资料，才不觉得稀奇。

灰姑娘遇见白马王子是万里挑一，天之骄子坠落人间更是沧海一粟。

可就是这样一颗提着灯笼都找不见的谷子，活生生地砸在面前，她能不稀罕吗？许心宜哭着哭着，想起傍晚那一记无情的车尾，心陡然跳了一下。

抹了把眼泪，也不管药包是不是烫的，她叼进嘴里三两口喝完，奔出小区，直接拦车去基地。

不过给司机付费的时候，她还是大大地肉疼了一番。司机瞅着她不愿意递过来的钱，一把夺过，踩下油门迅速消失。

许心宜撇了撇嘴，走到保安室先打听了下晚上有没有任务。保安说没听见螺旋桨的声音，应该在值班。

她拨开袖口看手表，快十一点了。

保安累年守着一扇门，也得靠基地里饮食男女的故事打发时间，许心宜赫然是其中的风云人物，他早有耳闻，因此眉开眼笑道："原本他掐着下班时间就走了，风风火火的，我就寻思是去找心上人了，不过没多久又回来了，瞧那脸，脾气多好的人哪，都能给气着？这年头女孩子再怎么要强，也不能真把自个儿当男人，还是得学着温柔，对不对？"

许心宜摸摸脸："一下班就去找我了？"

"他的心上人真是你呀？"保安八卦之魂熊熊燃烧。

"不是我，难道是你？"

保安被噎得说不出话来，不可思议地嘀咕道："哪儿哪儿都好的人，怎么偏偏眼睛长歪了呢？"

许心宜立刻剜他一眼！

基地一层是控制大厅，通信组是三班制，机器前从不离人。值班室在旁边的走廊里，要经过主任办公室，便是夜里十一点各人都在各自的岗位上昏昏欲睡，也不大可能逃过每一个人的眼睛无声无息地抵达值班室。

李英交代了近几个月档案整理的活计，江石玉手下翻着一沓出行报告，思绪却早已飞远。冷不丁听见响动，他立刻起身走到窗边，低喝道："谁？"

窗台下黑黢黢的灌木丛里忽然冒出个头，毛茸茸的一圈头发往下，是一双黑溜溜的大眼睛。

"江师弟，是我呀。"

江石玉一怔，随即推开窗。许心宜单手一撑轻飘飘落地，拍拍手上的尘土，往连着控制大厅的走廊东张西望了一阵："我悄没声息的，应该没被发现吧？"

江石玉想笑，她做贼似的绕到办公楼后面，能被谁发现？

"这个时间主任应该还没出去巡视基地。"

许心宜拍拍胸脯："我就是怕被他发现，回头再拿什么文员的职位挽留我，那我今晚还要不要回去睡觉了？"

再一个，倘若被前同事们瞧见，肯定跑不了一个惊叫"心宜，你怎么来了"，马上一呼百应，都朝她围过来，光是一阵东问西问的口水就能把她淹死。

还好她脑袋灵光，没忘记后面有一条捷径。

她一得意，整个人俏生生的，一张脸生动盎然，直将漫漫长夜的孤寂一扫而空。江石玉拉下百叶窗，将她安排在背门的位置，与她的眼睛对上，想到她出现在这里的可能性，心怦怦地跳。

许心宜静下来，也只听到怦怦的心跳声。

大半夜的，闯他的值班室，还鬼鬼祟祟不让旁人知道，怎么说呢？搞得跟偷情一样。她眼珠子直转，望了一圈磕磕巴巴道："我、我掐指一算，今天本该大峰值班，怎、怎么换成你了？"

"还是老问题。"

"又吵架了？"纵然已经见怪不怪，许心宜仍不免担心，"他们俩从结婚一直吵到生孩子，这样下去可怎么办哪？"

秋叶一样飘零的人，好不容易才有个家。纵然再怎么没时间履行一个丈夫和父亲的责任，也得逮着空发起甜言蜜语的轰炸攻势，让孤零零在家等待的妻子心里得到熨帖呀！偏偏大峰那个家伙，平时狗嘴里吐不出一句象牙，关键时刻还总说不到点子上，就连最起码的装可怜都不会，整一个榆木疙瘩！

许心宜瞧着都替他着急。

她转念一想，又问："他临时调班，主任怎么会同意？"

基地有基地的秩序，虽说同事私下协商也没什么，但需要提前报备，否则会影响相关部门的调度。江石玉说："今天不凑巧，电话打过来的时候主任也在场，大峰不会哄人，吵得脸红脖子粗，一气之下说了句离婚。他后来一寻思觉得不对劲，急得眼睛通红，主任担心他不在状态，主动让他调班。"

也幸好他今天从医院离开后回到了基地，有现成的人可以调动，再兼晚上事情少，否则就算李英想宽容也无计可施。当然李英也清楚干这行的家庭关系有多难协调，过后没再说什么。

倒是同事们眼观鼻鼻观心，私下里把李英狠夸了一顿，说他懂事了，有人情味了。

许心宜笑起来："那主任得感谢大峰，一次调班就把民心攥手里了，真厉害！想想还真是老谋深算，我走了之后他也净说我好话吧？之前和公牛队大比武，逢人就说惦念我，舍不得我，真是玩心计的一把好手。"说罢一顿，又朝他挤挤眼睛，"还得感谢你这个功臣，要不是你适时出现，主任到哪儿找这么个恰到好处的机会？要我说，江师弟你就是典型的老天爷赏饭吃，走哪儿都有好运等着，否则为什么大家都这么喜欢你？"

本是揶揄他的，不料把自己说惆怅了。

许心宜掰着指头数："财务姐姐、行政阿姨、后勤主任，凡是女人没有不喜欢你的，瞧见你就跟枯木逢春似的，笑出皱纹也不怕。就连机库最不卖人脸色的老工程师也把你捧在心尖上，你就像石榴树下的金鱼缸、窗花里的福宝宝，讨人欢喜。"

可他长得一点也不像福宝宝，通身清贵逸群，沉稳坦荡，哪儿有一点商人的铜臭味？细细看来，其实他和初见时并无太大的变化，唯一有变化的是他眉眼间的颜色，从明亮雀跃至阴晦沉静，仿佛交杂在一种混沌的境界，等待着拂扫。

除此以外，他还是曾经的江师弟。她不该随意想象他，不该在流言里揣度他，不该为他撰写故事，不该顾自伤怀否定曾经的种种。

"江师弟，其实我、我这么晚过来，是为了确定一件事。"

许心宜说着，从口袋里掏出一支口红："你还记得来通海报到的第一天吗？赶上紧急出动，大厅里闹哄哄挤满了人，我的妆被海水打花，满脸花里胡哨，同事们挤对我是昨晚偷吃了小孩的大灰狼。"

江石玉心想这个开场白也太长了，眼里蕴藉着一泓清亮的光，细细观察她神色间的每一个变化。

她苦恼了，眉心团缩成小山丘，愁得能夹死苍蝇。

她开朗了，眉梢却能挑起一盏灯，眼角余光全是他的剪影。

他才第一次发现，他在她眼里竟然这般明朗。

"你也知道咱们这份工作的性质，早出晚归，随时待命，值大夜班更是家常，哪儿有时间打扮自己？在那天之前，我只偶尔陪同事从商场经过，在玻璃柜台远远看到过口红。可自从你出现在新队员报到的名单里，我的脑子就不受控制，不再听话，迫使我做出一些从前没有过的举动。于是，在等待你到来的那个早上，我第一次买了弄头发的夹板，贴了很贵的面膜，熬了几个晚上做攻略才选中一款网上很火的口红，还偷了通信组小花的粉底打在脸上，可惜我的手一直抖，怎么也擦不好。"

后来秦栩看不过去了，主动要求替她擦口红，蛮牛一样，折断她一整支口红。她即便心疼，也甘之如饴，就在控制大厅最显眼的地方，噘着价值三百块的金贵小嘴，以从未有过的怦然心切，搔首弄姿地等待着天明。

谁料临时出动，一到海上妆被打了个七零八落，回来见他时只剩一副小丑的模样。

虽然狼狈不堪，但她还是朝他伸出了手。她对他的心仪从最初的健身房开始，已经漫长浓烈到无法再忍受一分一秒的等待。

总归最丑的样子都被他见过了，她也不怕更丑了，往前一倾，面颊蹭过去，厚着脸皮道："江师弟，我跟美妆博主学了好久，还是擦不好口红。难道我就没办法在你面前漂亮一回吗？我不甘心的，你行行好，帮我一回可以吗？"

江石玉迟疑地接过长方体的小金管。

过去她喜欢他，壮着胆子欺上来，直率又可爱。后来她不想喜欢他了，躲躲藏藏，装疯卖傻，让他不忍相逼。她在他面前大多是穿上制服严阵以待的样子，其余或讨巧卖乖，或弯弯绕绕，欲语还休的姿态，似乎都给了他，想必这就是一个少女的遐思吧？

他不知道这个突然的举动是为了确定什么，但只要是她，有什么不可以？

江石玉弯腰，挑高她的下巴。

灯光下看她，眼皮下垂着，一排睫毛微微发颤，目光不知是在唇边还是在他的手边游移，慢慢地往上，到他的喉头，擦过嘴唇，至他眼前。

他顿了一下，声音紧涩："心宜，不要看我。"

许心宜转开了视线，却又看向他其他的地方。他半靠在办公桌后，就着她的姿势身体微向前倾，一条腿屈膝，另一条腿几乎半跪了，不细看还当他从善如流，恐怕不是第一次和女孩靠得近，仔细一瞧，两条小腿都在打战。

原来不是她一个人在抖啊，喜欢一个人是这样的情状吗？她能感受到他指腹间的温度，落在她下巴的软肉上，痒痒的，让她心悸，悸得仿佛不敢呼吸了，生怕搅扰了此刻的宁静。

他用手上的口红描完了她的上唇，描至下唇，从唇珠往唇角，端着手腕发力，靠也不敢靠她的脸。就在他收手即要往后退时，许心宜忽然将脸一转，红红的唇印到他来不及撤去的手心里。

江石玉身体燥热，她还要忙中添乱，追着他的眼睛问："江师弟，我好看吗？"

等不及他回应，她从椅子上起身，朝他走过来："江师弟，告诉你一个小秘密，别的人都不知道，我只告诉你。其实哪怕一直在黑夜里，许心宜也从没想过放弃，那样的努力如你所说虽然疲倦，甚至厌恶，但她从没来放弃过。离开通海以后，她仍旧每天晚上睡觉前会进行单臂推砖一百次，打千层纸一百拳，踢树桩一百次，做一百个俯卧撑和一百次仰卧起坐，这样的习惯已经保持了十年，至今还保持着五十七秒徒手攀登五层楼的女性世界纪录……这样的许心宜，配得上你吗？"

她离得很近，踮起双脚捧住他的脸。

"她有点冒失，有点傻，对你还有点情不自禁。如果你允许，她要亲你一下。"

江石玉脑子嗡的一声。刚刚就在手边的、他亲手去描绘的一张饱满滋润的唇，像一颗红透的樱桃，散发着诱人的气息，带着一丝少女的馨香，将他从头到脚烧灼了。

他极力发出个声响，不知是闷哼还是嗟叹，许心宜还没听清，忽然外面警铃大作！紧接着有人喊："江师弟，紧急出动！"

江石玉不得已应了声，手忙脚乱地往后退，撞得桌子哐哐响。

外面的人一吓："怎么啦？"

他急忙回一声"没事"，手一撂把门反锁，眉头蹙了起来，这才幽幽地望向她。

她做了多少准备才把话说到窗户纸的程度，就差他来捅一下了，偏偏老天爷还要跟她作对！她的气性一下子用完了，臊眉耷眼地瞅着他，自顾自找台阶下："没事没事，习惯了，好事多磨。江师弟，你有事先去忙。"

嘴上说着宽宏大量的话，眼里的失望却无以言表。江石玉沉默了一会儿，指腹缓慢擦过她的唇角，忽而倾身，在饱满的红唇上留下一个浅浅的印记："有些话或许是不是应该让我先开口？"

"啊？"她还没反应过来，蒙然仰起头。

江石玉环视一圈，没有落下的东西，这就要出门。临走前看她一眼，他顺手摸了下她的脑袋："等我回来。"

她忙不迭抓住他的手，想说的话都暗示完了，想做的事也都做了，刚才的举动应该是表态了吧？可她总觉得还差点什么，怕自己不说，回头他给忘了，可现下说又觉得太急了，不是好时候，思来想去只得一句："注意安全。"

"好。"

洋山港附近有一船舶螺旋桨脱落搁浅，船上十人需要转移。下午原本出动了一次，可不论怎么劝说，船长都不愿意弃船，只有七人愿意上飞机。直到晚上风浪逐渐大起来，这时剩下的三人才要求救援，夜航机组不得不再次出动接回他们。

夜间救援的风险是昼间的七倍。

没有多久，一行人提着装备朝停机坪快速地跑过去。工程部的维修师早就等在直升机前，配合江石玉做最后的检查，核实清单。

122

许心宜推开门，走到落地窗边。天与地被封合在茫茫夜色里，只有地面引航灯亮着，机组成员相继走过机坪，一道道斜长的影子投到胖乎乎的海豚机身上，走过就没了。

江石玉临上机前，蓦地转首。

明亮的窗边趴着一人，朝他挥舞着手臂。他略微一定，压下帽檐，一抹笑沿着唇角荡了开来。

最初相逢的时候，他在她如今的位置目送她上机。一转眼三年过去，换成她站在原地送他去出动。这种感觉旁人兴许无法体会，在一片未知的归途中看着一个人远走，心乱如麻，彻夜不息，该是怎样的挂念啊。

一夕之间，或生或死，或久别重逢，或溘然长往。

这就是他们的工作。

转瞬进入十一月，气温骤降。于阳内套衬衫和马甲，外套一件牛仔夹克，仍不免哆哆嗦嗦，进了门见许心宜一个人猫在阴暗的角落里打盹，上前拍她一下："天光明亮的，你就瞌睡了？"

许心宜蔫了吧唧地摆摆手，让他去一旁待着，别惹她。

于阳怕她着凉，偏拱上前去扰她清梦："怎么了？存款被盗了、房子进水了，还是得了绝症？来来，我给你介绍一款产品，保你终身大病无忧。"

许心宜一个鲤鱼打挺，揪住耳朵把他往外攥。

于阳连声呼痛，求爷爷告奶奶才讨得她松手，气得一把按住她。

正是阳光扫到的地方，许心宜眯了好半天，一时扛不住耀眼的光，直要往回钻。于阳气哼哼一声："站住！晒晒太阳，瞧你那脸色，跟老太太似的。"

许心宜身子一晃，不动了。

于阳这才问："到底怎么了？"

"我失恋了。"许心宜哭丧着脸，又干号一嗓子，"你听清楚了吗？老娘失恋了！"

于阳将她上下一打量，搬来一张小凳子："来给我细致说说，我好歹是过来人，能替你分析分析。"

"真的？"许心宜将信将疑，虽觉得他这人里里外外都写着"不靠谱"，但她着实一肚子的郁闷无处发泄，只好吞吞吐吐地说了。

这个事还得从那天晚上她离开基地说起。原本是一心一意等着江石玉回来找她的，谁知海上风暴说来就来，连着折腾了他两三天，连喝口水的余地都没有。大峰也被急召回队里，老婆还在娘家，他一句气话像是把自己逼到了绝境，急得抓掉了一把头发，但人在救援一线，没有转圜的余地，多大的苦楚都只能往心里咽。

好不容易停歇了一阵，秦栩回基地了。一方面各项检查没有问题，另外一方面基地正是用人的时候，李英盯着出院单仔仔细细看了几遍，一再确认无误后就替他销了假。可秦栩哪里是记挂工作？他满心满意回来找许心宜，结果跑遍基地上下都没瞧见她的影子，心里一慌，知道出事了。

再三逼问同事才知道许心宜早已离开通海，再追问下去，得知她走的那一天在李英办公室吵了一架，联想当初跳机的情况，秦栩立刻去找李英算账。

原本李英接替秦荣的位置，他就心存不满，再加上李英一张嘴不饶人，大伙隔三岔五抱怨不断，虽都是些琐碎的小事，但挂在嘴边久了生疮化脓，他的偏见轻易被调动起来，日子一长，积怨就深了。

秦栩性子直，以为李英把许心宜祭出去平息舆论风波，抓起主任的名牌就往地上砸，轰轰烈烈闹了一场。

于是，许心宜被迫回了一趟基地。

头一次回去，她偷偷摸摸怕被同事们瞧见，怕被昔日的情分弄得格外伤感，特地避开了人，哪儿想到前后不过几天又是一重光景，这下子大家再看她，就都是看热闹的目光了。

她觉得尴尬，懊悔没在秦栩醒来的时候就告诉他实情，可转念一想还不是怕他情绪激动，毕竟有个从天而降的亲生母亲横在前头，其他的事只能徐徐图之。临了闹出这么一桩笑话，她虽觉得委屈，但清楚问题根本还是出在她身上，只好硬着头皮上。

李英倒也宽厚，把人都驱散了，只留下几个当事人，可她要怎么解释？

说她得了创伤后应激障碍吗？这本身就是一个难以启齿的痛，要怎么当着一众人开口？她只好避重就轻，跟秦栩说与李英无关，是她自己的问题。

秦栩一再逼问，她不得已破罐子破摔，甩了脸大吼："我生病了，心理上的毛病，没办法再干救生员了！你非不信我说的话，非要逼我，知道我有多难受吗？秦栩，你就不能好好地听主任的话吗？能不能不要冲动？你才刚醒过来，身体还没复原，能不能不要叫人担心？"

秦栩一愣，这才意识到什么，忙追着她跑了出去，把她堵在控制大厅的角落里，一阵抓耳挠腮地道歉，连哄带求地将她抱在怀里。

他也难受，逢上她的事就理智全无，令她丢了面子，还伤了心。怎么说呢？她就是他的逆鳞，碰不得，伤不得。谁欺她，他就跟谁玩命。

许心宜隐痛重重，一时忘了挣扎，任由他抱着，回过神才发现他们还在控制大厅，里里外外都是观众，不知情的还当在演偶像剧。她张了张嘴，想解释什么，一抬头就看到刚出任务回来的江石玉，立在人群之中，一张脸淡如天上云，没有色彩。

那一刻，她真的慌了。

"然后呢？你没追上去吗？"于阳听到兴处一拍大腿，急吼吼道，"这种情况任谁看了不误会？他们知道秦栩喜欢你，为了救你，命都不要了，好不容易捡回条命，又为你闹得天翻地覆，回过头来温存地哄你，你也不反抗，他们当然会以为你们之间有什么！"

许心宜撇撇小嘴："我能怎么办？他当时的样子，我怕呀，怕他失控！"

"所以呢？"

"我跟主任打了招呼，先把他送回公寓了。闹了一场他也知道自己的问题在哪里，说要给主任道歉，还答应我以后不会再冲动了。"

"谁关心这个！"于阳一个起跳，拎起她的后衣襟，"我问的是江石玉，你就放在一边不管了？"

许心宜垂头丧气："他没来找我，应该是对我失望了吧？我也怕，怕他会觉得我的喜欢不过如此。"

前儿个月色溶溶的光景里，她才表明心迹，一眨眼的工夫就被另外一个男人抱在怀里，让他怎么想？

"于阳，你说我怎么办？你能理解我吗？那什么善意的谎言，一旦开了一个口子，接下来就是一个接一个的口子，我现在没法对秦栩交代，就不好对江石玉有交代……"

于阳的身子微不可察地颤了下，他坐回板凳，望着廊下的三米阳光，眼角微微卷起："我怎会不懂？当一个人走投无路的时候，谎言会自动找上门来的。"

他问她："你知道为什么有那么多人疯狂痴迷买彩票吗？"

"为什么？"

"因为那是底层人民的希望。"

"什么希望？"

"击碎谎言的希望。"

许心宜不懂，皱着眉头瞧他，猛然发现"95后"的于阳眼底竟布着一层沧桑。她抹抹脸不再闹腾，安安静静陪他坐了一会儿，随后被张建召去执行任务。

女大学生失联，两日前中午在西湖景区莲花峰出现后，与家人朋友失去联系，目前地方系统联合民间组织全部出动参与搜救。张建在群里发布消息后，调动了二十名志愿者立刻赶赴失踪地点。

"有游客捡到了她的手机，也正往这边赶，具体的位置还不清楚。心宜，你去调两条搜救犬过来，我带着其他人先过去，半个小时后目的地集合。"

许心宜点头，立刻去办了。她带着搜救犬上车时，刚还明媚灿烂的天忽然咔嚓一下裂了，巨大的缝隙里暴雨倾盆而下。这种天气一个女孩走失在山里，其结果可想而知。

许心宜心头沉痛，一时间也没劲想其他的了。

到了派出所集结，由张建统一分派任务。许心宜牵着一条搜救犬，冒雨进入山林地带。漆黑的天犹如一把刀斧悬沉着，山林间道路泥泞，草木凋零，满目萧索，冰凉的水汽钻入肺腑，直叫人胆寒。每往下踩一步，湿滑的土地便往下陷一分。

许心宜看向于阳，两人互相提醒，注意脚下的路。可即便将小心提到了嗓子眼，也有出错的时候，搜救犬不知闻到什么气味，忽然一阵狂奔，许心宜脚下一滑，被拖成个泥人，一路过去树枝被刮了个满天飞舞。

张建在前方，一个吹哨立刻控制住搜救犬。于阳从后面追上来，见她四仰八叉地躺着，冲锋衣碎得不成样了还捂着脸，忍不住低骂："好了，就你的脸最金贵，也不见多漂亮，护得跟什么似的。"

许心宜细细摸了下脸，确定没有伤处才松口气。于阳一把捏住她的胳膊，她痛得嗷嗷直叫，朝他瞪眼珠子："你做什么？"

"我这是给你提醒呢，树枝都刮起来了，身上能没伤吗？还在下雨，小心别感染了。"

于阳望了眼漫山遍野横布的枯枝，连许心宜这样受过专业训练的人都会不小心受伤，更不用说一个手无寸铁的学生了。

他眉间凝重："快起来吧，人还没找到。"

许心宜点点头，衣服随便一拢盖住伤口，两条腿一抬就往前冲，于阳话到嘴边还是收了回去。一直到晚上十一点，张建招呼他们归拢到一处，告知最终的结果："找到了。"

见他神色阴沉，彻骨寒意浸透每一个人的脸庞。

于阳问："什么情况？"

张建在群里向随时待命的志愿者们吱了个声，也是简单的一句话"找到了"，就再也没有下文。于阳还要往前凑，许心宜忙拉住他，摇摇头无声道：

"别问了。"

肯定不是好结果。

回到派出所，大厅站满了人，一片静谧。家属坐在中间一言不发，交通系统的负责人在旁边低声交谈，靠肢体比画现场的情形，间或有几个记者在拍照，咔嚓咔嚓的闪光灯掠过灰白的墙，仍无法挥去那一片沉重的、压抑的气氛。

后来，不知是谁说了句"穿着暴露"，女孩的家属当即崩溃了。花季一样的女孩，穿着漂亮的裙子出来游玩，是原罪吗？就因为她露了大腿、胳膊，就可以被定义为性诱惑，就可以被侵犯吗？

在面对一张嘴完全不顾及家属心情，甚至没有给遇难者足够尊严的记者时，许心宜二话不说，上去就踹了一脚。

她扯开自己被划破的衣服，露出满是血痕的腿和胳膊，举到镜头面前："来，拍我，不是性诱惑吗？怎么没眼看了？说出那些话的时候，你内心羞愧吗？你的母亲，你的老婆，你的女儿，都经历过花季一样的年龄，女孩子爱美是天性，你认为她们打扮得漂漂亮亮出门的时候，是为了取悦自己，还是为了以色诱为目的让自己置于危险之地？作为一名媒体记者，你是不是应该对自己发表的文章怀有敬畏之心，要对得起你说的每句话，写的每个字？否则将来看了你的报道，以此为耻的你的家人们会怎么想？每当你想要口诛笔伐吸引眼球的时候，至少先考虑一下他们的心情吧！"

那人满脸通红，许心宜尚不能解气，一股憋闷哽在喉头，咽不下去，吐不出来。她又骂了几句一头扎进雨里。

张建顾不得交代收尾工作，抓住于阳说："你去跟着她，甭管多大的气性，先去医院处理伤口。两寸长的疤不当回事怎么能行？"

"队长，你别着急，我记得陆毅成跟她一个区，我叫他去看看。"

"你小子，看热闹不嫌事大？别以为我不知道你打的什么鬼主意！"

于阳确实家里有事，尤其晚上更走不开。张建没勉强，自己给陆毅成打了个电话。

过了十一点半，公交车也没了，许心宜躲在站台扒了扒口袋剩下的钱，摸一圈下巴，认命地把钱塞回去，双手抄进口袋，朝雨中走去。

反正身上早就湿透了，也不怕淋得再彻底点。

夜已经深了，一间间车库出租屋里还亮着灯，莘莘学子正为美好的明天而奋斗，唯有赵阿姨屋里漆黑一片。自从玲玲的事过去，赵阿姨就变了个人，成天带玲玲出去玩，也不逼着她熬夜写作业了。

相连几个屋都是同级的学生，平时逢大考小考家长们面上不显，暗地里都在较劲，薄薄一张成绩单就是他们的脸面。嘴上说着现在小孩读书辛苦，营养品一个劲地填却怎么都补不胖，但日子还是照常过，不到深更半夜不罢休。

　　赵阿姨看着夜晚的灯光偶尔会失神，可她到底是经历过一回的人了，每每想起女儿像只断了线的风筝从高空坠落的场景，心都要撕裂一回。一想到这点，她什么脸面尊严都不要了，反过来还劝学生成绩差一些的家长宽心。

　　人活着，是否都是一样的情形？攥着一丝希望就不放手，攥不住了才拼命说服自己，换个活法也可以吧？总不能一点退路不留给自己，把自己逼死吧？最要紧的是，学会同自己和解。

　　可许心宜没办法和解。

　　她临走前拐去隔壁的停尸间看了眼女大学生，躺在一片白布盖着的担架上，早已没了生气，乌黑的头发垂落着，水珠流到地面，晕染一块又一块水印。

　　父母的眼泪早就在望穿秋水的等待中流干了，一个年轻的生命就这样香消玉殒，犹如一颗石子投进河里，片刻涟漪后，终会风平浪静。

　　人世间的悲剧百转千回，自己的苦都吃不尽了，哪儿还管得了旁人春天绿不绿秋天黄不黄。

　　她深植一线多年，见过无数生死，胸腔早已冰凉，可血管仍不停叫嚣，那一颗被细弱血管交缠的心脏，只要还在跳动，就会时刻提醒她，面对生命当长存敬畏之心。她每逢出动就在心脏悬一把刀，时间一点一滴地流逝，希望一丝一毫地微茫，那刀便一寸寸、一片片割着她的心肝。

　　流了血，知道痛了，无声地警示她得再快一点，再快一点……

　　就在她的血几乎流尽的时候，许心宜听见一声急促的脚步声，欣喜地转过头来，一个高大的身影从倾斜的路灯下由远及近。

　　近了，近了，越来越近，她的身子也越来越软，忽然一下倒了下去。

　　陆毅成惊叫一声："许心宜！"

　　许心宜一张脸烧得通红，撑着眼皮子看清面前的人，失望犹如漫长的雪季瞬时没过头顶："怎么是你呀。"

　　"我呸，看见我你就这么失望？不是我还能是谁？"

　　陆毅成用手背探她的脑门，又去掀她被刮破的衣裳，眼见白嫩的皮肤上一道寸长的疤，血就没停过，顿时吼道："你是不是疯了？受伤了也不包扎一下？还淋雨，知道自己发烧了吗？"

许心宜咧着嘴笑："瞎说，我捂得紧着呢，哪儿能一直流到现在。"说着说着，眼前一片细碎的白光洒落，她的声音越来越虚弱，"我不能发烧啊，没钱了。"

黑暗来袭的最后一刻，她在一团柔和的光晕中，依稀抓住一道黑影。那黑影立在远处的树荫下，雨落在他的肩头，他的发梢，他修长的颈项，和他雅然的眼眸。

她嘴角一挑，又做梦了：真帅啊。

这一夜，当江石玉坐在医院过道的长椅上时，他想起了很多过往。

记得刚到通海时，为了向他示好，许心宜搜集飞行部门近年来日常训练和飞行演习的视频刻录成光盘送给他，他拿到手就觉得沉甸甸的，也不知道她熬了几个通宵才完成。

她白天要参加高强度的训练，还要一趟一趟飞行出动，时不时就在海水里泡几个小时，反复练习憋气的功夫。除此以外她全部的时间好像都用在了他身上，帮他值班，替他留饭，排队抢占模拟机舱的训练时间，到最后把自己困倒累病，跑了好几趟医院，被同事们问起，却只字不提自己的委屈，一应推给流行感冒。

你看着她，仿佛以为她永远不会生病。可就是这么要强的她，来医院跟家常便饭一样。

大峰问他要不要抽烟，他摆摆手，大峰没勉强，站在旁边问他："那天我打电话给你，怎么来那么晚？"

"哪天？"他恍惚了一下。

大峰瞅瞅斜对面黑着张脸的"包青天"，压低声音道："就那小子醒来那天，我问你来不来，你也不说话。等半天没见你来，以为你不来了，结果……"好样的，亲妈忽然从天而降，秦栩失控发了一次火。

他来的时候，好巧不巧正看到许心宜在安慰秦栩，后来又闹了基地大战李英那一出，眼瞅着两人才有点向好的苗头，突然又掐灭了。

大峰的八卦之魂在燃烧："说真的，你那天一下班就去找心宜了吧，怎么没一起来？前一晚夜不归宿也是跟心宜在一起？你们现在到底是什么情况？"

江石玉不说话，大峰有点急了："你知不知道三个人的关系里，晚来的那一个最吃亏？明明知道那小子醒了，你还不第一时间来宣示主权，想啥呢？"

江石玉闭上眼，想到那一天，他风驰电掣地赶回家，却看到安然无恙坐在客厅的母亲时，一股愤怒顿时席卷了他。竟然又一次装病骗他回家！他掉头就要走，一个威严的男声叫住了他："既然都回来了，吃完饭再走吧。"

"不吃了，我还有事。"

"你站住！"男人呵斥道，"就忙成这样？连跟家人吃顿饭的工夫都没有？你有多久没回来看过你妈了？"

他不得不停下脚步，回头望去，母亲温柔而无助地倚在门边，眼睛里写满抱歉。可看到他回来，她还是开心的。

"石玉，别生妈妈的气，好不好？"

江石玉冲母亲微微一笑，继而仰头看向二楼神情严肃的男人："不要再让我妈撒谎骗我。"

"你放肆！"

男人似乎气怒，急得咳嗽起来。江石玉驻足看了一会儿，见男人有所平复，才开口道："叫我回来有事吗？"

"通海那边要拨第四季度的预算了吧？"

男人一句话立刻把江石玉钉在原地。

"又要故技重施吗？"江石玉忽而失笑，"除了威胁我，您还有别的招数吗！"

"石玉，怎么跟你爸爸说话？"眼瞅着两父子又要掐起来，江石玉的母亲赶紧上前做拦停，不料被江石玉一个闪身躲开。

她顿时后退一步，看着眼前有点陌生的儿子。

江石玉也看着她，心里悲苦交加。

两年前通海救助飞行队收到急召，前往安东抗洪，万中之一的生存机会，多么凶险，多么危急，当许心宜用风雨飘摇的生命向他比出一颗心时，他的心也升到了半空。

熊熊烈火炙烤着他，他多么渴望给她回应，可他看着她，什么也不敢做，因为他的父亲正一再通知他，他的叛逆期该结束了。

决定重新换一条路走，被抛下的不仅仅是前半生的成就，不仅仅是一个小家、一个大家那么简单，更囊括一整个集团背后繁复的利益链。培养出一个优秀的独生子，免于被职业经理掌控的威胁，是从小就为他成立信托基金的家族，对他最高的也是唯一的寄望。

他的父亲——江罣不会允许他有任何失格。

为了让他重回预选赛道，江罣可以做任何事。于是，他以母亲生病为由，骗他回家。那段时间里恩集团的货船在港口总是莫名其妙地被拦截，一些合作商原本确定的态度也变得含糊不清，周清野一度以为是竞争对手在搞他，直到那时江石玉才确定，是家里动的手。

江罩用成年人的方式，制定游戏规则，让不听话的孩子屈服。

而他除了屈服，没有别的选择。

后来许心宜在小星湾海峡第一次出事，他眼睁睁看着秦栩跳了下去，心中涌动着莫名的悲戚。哪怕来到一线，他也还是不得自由，是吗？

他被迫参加家里的晚宴，去见完全陌生的女孩，艰难维系着叛逆期最后的光阴，直到许心宜向他表白。

资本的进入让传统器械遭受一大波冲击，里恩集团面临巨大资金链的短缺，不得不进行股权重组。从那之后，江氏集团正式进入里恩董事会，并在第二年对通海救助飞行队的资助计划起到了决定性的作用。

周清野曾一度想要引入外资打破僵局，奈何时机决定了一切。在他动用家里的关系帮助周清野创业的时候，没有想过有一天会被掣肘，到如今盘根错节，如鲠在喉。

就算通海救助飞行队可以找到别的物资赞助商，那么，完全倚靠里恩集团所搭建的公牛队，它的命运又该何去何从？

"你要真的喜欢飞行，家里有直升机，你可以随便玩。之前的事我不跟你计较，接下来的话我只说一遍，我的容忍是有限度的，这几年已经够你度过叛逆期了。"

"叛逆？到今天你还自以为是地认为我去通海，只是一时叛逆？"

"否则是什么？自由？理想？你知道我花费了多少时间精力，投入多少成本才培养出你吗？三十年，你知道这是笔什么数字吗？就那点破理想值几个钱？"

江石玉不无气馁道："除了钱，我们没别的可说了吗？"

"江石玉，你从小接受的教育就是如何成为一名出色的继承人，所以，到底是怎样贫瘠的、粗鄙的生活，让你在做出那个不负责任的决定后又再次挑战我的底线？你以为你能为你的人生做主吗？"江罩果断道，"最多三个月，收拾完你的烂摊子，给我滚回家来。"

江石玉冷冷逼视着江罩，说道："不可能。"

"那么，我想，要有一场董事会决定每年斥资巨大的通海飞行队的赞助费的去留了。"

"你可以这么做。"

江罩凝眉，从上而下俯视着唯一的儿子，听到他说："除非你想看到我死。"

他大为震怒，亦觉攻心。从小到大江石玉从未让他失望过，可不知从哪一天起，不知受了什么样的刺激，他忽然说不干就不干了，跑去学什么飞行。

好，他姑且当他太累了，放个假，给自己一点缓冲的时间。可三年了，还不够吗？

那天当他看到城南工厂爆炸案中那些年轻的、被炸成一团肉泥的尸体时，当他看到他已被逼到无路可走，不得不用"直觉"为一线发声时，他的心脏忽然没来由地刺痛了一下。

而今听到他这样的话，江覃的心脏再次刺痛起来。

"你说什么？你再说一遍！江石玉，我把你养这么大，就是让你说这种大逆不道的话吗？去死？好啊，你去死一个给我看看！我告诉你，只要你敢死，我马上撤除对通海的赞助，让你看看那些你口口声声需要被看到、被关注的一线，没了全球最顶尖的技术装备后会落个什么样的下场！"

江石玉捏紧拳头："你太卑鄙了！"

"我卑鄙？眼里只有自我的你就不卑鄙了吗？你有没有想过如果你死了，我和你妈怎么办？你天天在那个什么一线，不是海里就是火里，想过我和你妈的心情吗？！"江覃一声怒吼后，整个身体震颤了一下，随后倒去。

江石玉一惊，忙大喊道："爸！"

还好家庭医生就在隔壁，闻声赶来，说是急怒攻心，给江覃吃了颗速效救心丸他就醒过来了。

江覃不肯见他，只说如果三个月后见不到他，会结束他在公益上所有的资金扶持。他离开家之后，在市区漫无目的地转了几圈，最后还是回到医院。

他看到秦栩抵靠在许心宜的肩头，想到江覃倒下去的那一刻，心中再次涌起无力。

绝大多数人以为一生都到达不了的巅峰，或许到头来只是一场与虚荣心的赛跑吧？他也曾为那些日新月异的数字疯狂，出入私人订制的高级会所，穿戴讲究，名表豪车无一不落，人山人海备受瞩目，可到头来又怎样呢？

不过为了完成一个普通人的生活。

在来到通海后，两种截然不同的生活所造成的落差，让他的感觉越发强烈。在救助圈声嘶力竭强调人人平等的环境下，他更加体会到一线救援人员的不易。

他们不仅承受来自社会、公众等方面的压力，还要承受制服、肩章、荣誉，与长时间出动、值班、没有假期陪伴亲人朋友，而与他们的生活所造成的割裂断层这些远超于生命的压力，哪怕让他们去死，都比让他们失败容易。

他们厌恶定期的心理干预，痛恨医生自作聪明的嘴脸，嘲讽上帝式满怀怜悯的眼神，无数次想用拳头击碎完全不能感同身受的虚伪关怀，临到最后却还是一天天重蹈覆辙，陷入一个永恒的命题——生命。

我们总是羡慕、崇拜、敬仰那些英雄。

可在家人们的眼中，或许"英雄"才是他们最深的苦痛吧？

许心宜这一睡算是踏实了，就连纠缠了她近一两年的噩梦都没再找上门来，识相得叫她感激涕零。直到第二天傍晚她才恋恋不舍地醒来，眼睛一睁，对上床头围着的七八颗脑袋，顿时吓得往被子里钻。

"什、什么情况？我再怎么至关重要，也大可不必这么劳师动众吧？"

周清野见她敏捷得像只兔子，应该大好了，招呼张建往外走。剩下的人一半公牛队的，一半通海的，各自上前慰问了几句也相继走了，最后只留三个大老爷们儿。秦栩总归是不会走的，往床边一坐自顾自接了端茶倒水的活，把许心宜扶起来，替她调整靠背。

陆毅成双手抱胸，隔着几步打量秦栩。他以前没见过秦栩，原以为许心宜身边只有一个男人，不知道从哪个犄角旮旯突然又冒出来一个，那围追堵截的架势就差逼得许心宜承认自己早就跟他暗度陈仓了。最要命的是，江石玉一个性情好到没边的人，从来不会让许心宜为难，这会儿也跟眼瞎了一样，老神在在地坐在一旁看检查报告。

陆毅成琢磨了两下，挪步过去撞了一下江石玉的肩："看啥呢？你看得懂吗？"

江石玉抬眼望他，陆毅成多少有点怵，还记得之前在太行山山脚被他瞧过的一眼，实在纳罕这样木秀于林的男人，怎么会瞧上许心宜。陆毅成思忖道："许心宜胸大无脑，你喜欢她什么？"

"那你呢？"江石玉问。

"我？"陆毅成才察觉似的，指着自己问，"对哦，我干吗留在这里？喀，这不是昨天送她来医院的是我嘛，好人做到底，总得看她活蹦乱跳了我才放心不是？"

江石玉抿着嘴角，眼神带着一丝压迫："还没放心？"

"差、差不离了。"陆毅成一边说，一边朝许心宜走过去，大义凛然地表彰了下自己的功德，随后摆下脸来，"队部一大堆事还等着你呢，你可别想借机偷懒，小心我跟队长报告。"

"呸！"

许心宜瞪他一眼，陆毅成一步三回头地走了，临了与秦栩对上一眼，不加掩饰地翻了个白眼。

新同事这么狂？秦栩冷笑一声，他连江石玉都不放在眼里，更遑论他。

"怎么回事？"

许心宜冷笑："三天不打上房揭瓦。"

敢情是欠教训。陆毅成当然没想到，这屋子除了许心宜和江石玉之外的另一个男人，在通海也是叫上得名号的偏牛。不过，身为律师的敏锐洞察力还是让他决定暂且抽身，先离开这片没有硝烟的战场。

秦栩耸耸肩，问许心宜："好点了吗？"

"好多了。"

房间里还杵着一个不容忽视的人，她浑身不自在，眼神也飘忽着，想了一会儿说："秦栩，我想喝粥，你去帮我买好吗？"

秦栩回头瞧了眼窗边的男人，猜到她的用意，嘴角一勾，倒也没说什么，应下声就走了。

出了门，他百米赛跑般冲向食堂。

许心宜见人走得差不多了，这才吁口气。她烧了一夜，才刚退烧没多久，整个人还是病态的，一张脸由宽松的病号服衬托着，怎么瞧都楚楚可怜。

江石玉放下报告走过去，把秦栩没削完的苹果削了，削成片递给她。

"好点了吗？"

同样的话不同的人问，自然是不同的回答。许心宜身子骨一软，揉着鼻子说："不好，浑身都难受，衣服湿漉漉的。你闻闻，是不是都臭了？"

江石玉煞有其事地凑过来闻了下，见她视线紧逼似乎真的在意，点点头："是有点味道。"

"啊！"许心宜立刻弹起身来，双手不知道往哪里摆，抱着被子直把自己裹成个蚕蛹，"还、还有味儿吗？"

江石玉怕她把自己给闷坏了，上来拉被子。她不肯松手，担心给他闻到不好的气味，脑袋直往下垂。

"我不干净了呜……"

江石玉无奈地哄她："我逗你呢，你发烧流汗，有点味道是正常的，不过一点也不难闻。"

"真的？"

"嗯。"

她这才松开手，安生地躺回原位，嚼着片苹果问道："昨天晚上你去找我了吗？"

江石玉一怔，好一会儿才应声："嗯。"

"你瞧我眼尖吧？那会儿都快烧迷糊了，还能把你认出来。江师弟，我可真是火眼金睛哪。"她转脸望向别处，憋了半天还是没憋住，又把头转回来，"你是不是看见我有同事在，所以才没上前？"

她没有立场，自然没有气势，鼓足勇气想拿出质问的语气，听来却是软绵绵的。秦栩一醒，他们好似又回到三个人的位置，稳固的、平衡的三角状态，谁也打不破。

等了半天也没等到回应，她嘴巴一噘，油壶挂了老高："我知道了。"

"我什么都还没说，你的脑袋又开始给我写故事了？"

"我没有。"

"还不承认？"

江石玉放下水果刀，坐到床边，给她盖好被子的同时，捉住她一直往里缩的手。

许心宜拽了一下没拽动，认命道："那你可以告诉我原因吗？为什么没来找我？你是不是又犹豫了？"

她小心翼翼地试探着，让江石玉忍不住心软。

他心头沉沉，似要被她的爱意压弯了。

"心宜，在来通海之前，我曾在一家投资银行工作，它是国际金融资本圈的先驱，背后操纵、参与过不止一场金融海啸，动辄往来的不只千亿资金，更决定了无数公司的存亡。他们通常会把全球合伙人都叫来参加晚宴，包括配偶加上宾客，光是差旅费的金额就非常惊人。那是山巅的风景，诸如一切欲望都唾手可得，在别人看来也许风光无限，可对我而言只是一场场资本骗局堆积的虚假体面，无法使我内心得以平静，一直到后来我才明白，不是所有人都适合这条路。听起来有点自鸣得意吧？"

可能江石玉天生热爱真实，流于市井吧？可偏偏年少无知，误入围城。

如果没有看过那个像蜘蛛侠一样攀爬一百一十米塔吊的女孩，如果没有看过她浑身是血、无助大喊的样子，他可能会跟阿音一样，逐渐走向死亡。

全世界屈指可数的女性奇迹，就在面前，是她唤醒了他对另一重山巅的向往。生命，才是投资的最高价值，不是吗？

"心宜，我没有一丝一毫轻视过你的情意，相反出于一些缘故，我比任何人都珍视你的情意。"

"那你为什么拒绝我？"

江石玉摩挲她的手背，轻声说："我的家人可能需要很长很长的一段时间才能接受我来一线的事实，在此之前，他们曾经阻挠过我，做过一些你不会想知道的事。"

关于通海和公牛队的资金问题，他不想说出来让她担心。

可许心宜懂了，她看过太多豪门恩怨的影视剧，一下子脑补出了曲折离奇的故事，眼里满是心疼："你放心，给我再多钱我也不会离开你，不过我希望，如果真的和我有关，以后至少先问一下我的意见再做决定好不好？你不知道我这两年有多难过。"

"对不起。"

许心宜叹声气，手探过去，抚着他的眉头："你一定很累吧？"

谁说她不是解语花？江石玉犹如立身荒芜边境，窥见一道曦光："心宜，我只是不快乐。"

"我能感受到你没有真正地开心。"其实在向他表白的前夕，她已然觉察到什么，那时他几乎不在飞行公寓过夜，每天早出晚归，满身疲惫，训练的时候也经常走神，看似在笑，其实都是强撑。她有一种强烈的失控感，害怕他会回到原来的世界，可胆小如鼠的她什么也不敢问，只慌里慌张地往前冲，结果弄了个头破血流。

江石玉低下头，将她拥入怀中。

"和你没有关系，可能老天爷想多一点时间来考验我的真心吧？"如果那时和她在一起，之后再经受不住打压分手，情况会比现在更好吗？

江覃会允许许心宜成为他合法的另一半吗？

他很清楚答案。

"以前我不知道喜欢一个人是怎样的感觉，现在我知道了，或许就是挂念吧。时时刻刻想着她，得了什么东西都想第一时间分享给她，可我没有太多这样炫耀的机会。心宜，其实我一直没有变过，我喜欢十二分三十四秒能爬一百一十米塔吊的你，喜欢五十七秒徒手攀登五层楼的你，喜欢一抬腿可以劈开锅口大榴梿的你，喜欢明明媚媚笑着穿梭在控制大厅的你，喜欢像只小麻雀叽叽喳喳的你，喜欢永远小太阳一样的你……"

昨晚他喝了酒，辗转反侧至夜半还是按捺不住纷乱的心绪去找她，在看到陆毅成后没有上前，不是不担心她，不是不想爱她，更多的是一种情怯。

他怕酒精作祟，让他堕入华尔街的噩梦，分不清现实与梦幻。

后来亲耳听到医生的诊断，陪她直到退烧，才有一种真切感。好像只有在她身边，他才会如此真切。

这些天队里都在拿秦栩开玩笑，好也罢，坏也罢，通通是为了她。秦栩眼睛里干干净净的，只有她一人，也难怪她会被打动了，这种情况还不同秦栩在一起的话，大家都要当她是块焐不热的臭石头了。

而他呢？他是后来居上，迷了许心宜的眼。队里老人念着秦荣的好，也多为秦栩打抱不平。他们总是看许心宜像个甩不掉的小尾巴追在他身后，看到秦栩追在许心宜身后，却看不到他对许心宜有什么实质的表现，自然觉得他除了一张脸好看些，家里条件好一些，没什么大不了。

他是一个男人，默默爱着一个女人，类似的话明里暗里都听到了，即便再克制也无法心如止水，无法当作什么都没发生过，气极了也不过是个傻小子，想直接拉着秦栩到她面前来判个一清二楚，可静下来一想，无疑让她更为难罢了。

"心宜，我犹豫不是想要退缩，而是在考虑怎么做才是对你更好的保护。我看过你在秦栩病床前的样子，看到你读他的遗书。你们相识多年，情谊深厚，很难用简单的男女之情来定义。你珍惜同他的友情，与他相处的点点滴滴，怕开口太随意，怕一不小心把多年的帮扶毁了，所以你迟疑，你彷徨，你不能狠心地推开他，这些我都明白。"

男人与女人之间也不单纯只有爱情，那样一份风雨同舟的多年情感，无法用区区几天来盘算。

"我可以等你。"

许心宜哭了，抱着他涕泗横流："你怎么这么好，这么善解人意，这么深明大义，我真的太喜欢你了。"瞄一眼看着就价值不菲的外套，她吸了吸鼻涕，却还是抱着不放手，"你一定是神仙对不对？在我身上施了符咒，才让我这辈子对你死心塌地，一眼都瞧不上那些臭男人！可我怎么这么感动，不是别人，而是我，你只对我下了咒。"

江石玉托着她的双臂，哭笑不得，想提醒她秦栩快回来了，她却好像沉浸在什么当中充耳不闻，只一味道："你别怕，不管多难我都会陪你一起奋战下去。

"江师弟，请你一定要开心起来！

"好好地享受人生的每一天吧，虽然一线有血有泪，但也有鲜花和掌声，我们所追寻的东西都是一样的，你看，它多么美好……"

受这几次案例的影响，周清野做了个数据统筹，平均每一年公牛队二十四小时公益急寻热线会接到报警七十五次，累计至今找到失智人士达上百人，其中大部分是失智老人。

接下来的半个月，张建带领许心宜等人走访基层，给患有痴呆的老年人家庭发放了近一千台智能定位器。老人佩戴定位器，监护人可以通过手机查看老人的实时位置和运动轨迹，万一不幸的情况发生，搜救队伍也能在第一时间到达现场。张大爷在社区的关怀下，尽管没再动轻生的念头，也即将和老伴一起入住养老院，可他仍在夜深人静时分，常常独自一人在路灯下，望着某处发呆。

那是一种无处安放的孤独。

许心宜知道心理干预并不能解决问题，要为他们找到新的寄托，才是问题的关键，于是积极走访社区，联合片区从点到面，以公牛队的运营模式为参考，为他们创建爱心互助群。同一片区需要帮助的家庭可以通过爱心群寻求帮助，或是帮忙照看宠物，或是陪小孩玩积木，或是一起包饺子、一起打太极，这样不用让老人走太远，也能帮助他们排解寂寞。

一开始有些家庭害怕失智老人，伴随着教学的展开，想到将来自己老了，也有可能变成这些老人里的一分子，就会由衷地接纳他们。

大多数时候，有人在旁边，有花在盛开，有露珠在滴落，老人们的心就不自觉温暖了。

除了失智老人，失联女大学生的个例在里面也非常特殊，网络给群众带来便利的同时，也给了不法分子可乘之机。那些年轻的生命，好比一只燕雀飞过，只在世界留下淡淡的痕迹，不觉得遗憾吗？

许心宜受到启发，联合技术部门想要开发一款软件，专门提供给孤身一人在外的女孩，可以让家人朋友同时监测她的位置与轨迹，并且提供更高效的保护，类似一键共享行车记录给公牛队或者警方系统的功能。张建不太清楚电子软件的操作，让她去找周清野。

周清野记着那笔迟迟没有到账的拨款，冷冷一笑："因为你，我煮熟的鸭子都飞了，你还有脸来找我要钱？"

许心宜缩着脖子："我、我最近没惹事啊。"

"金主就在你旁边，你却舍近求远地来找我，怎么，我脸上写着冤大头三个字吗？"

许心宜直往外逃，躲到门后还不怕死地问一句："周总，你最近是不是欲求不满？"

周清野老脸一红，脱下鞋追出去！不用她提醒，周清野也知道自己烦躁什么，每年一进入十月，海上的情况瞬息万变，沈岐就跟长在基地一般，三天两头不着家。他眼巴巴地等着盼着，都快成"望妻石"了，这个时候才知大峰老婆的不易，但转念一想，沈岐要是能生个孩子给他带，他也不至于总想她了。

奔出了门，周清野脸色一变，慈祥地迎上去："刚才都是我不好，不是谈钱吗？你过来。"见许心宜猫在角落不敢上前，他撩起袖子上前拉她。

"不就是开发软件吗？没问题。你上次说在全国范围的公共场所广泛配备AED除颤仪，我已经联合相关部门在推进了，怎么样，靠谱吧？"周清野眨着眼睛，"咱们还是盟友吗？说好相亲相爱一家人的呢？我继续给你扫清心上人周围的花花草草，你帮我去吹吹阿岐的枕头风，让她给我生孩子吧，好不好？"

许心宜一碰上江石玉就头昏脑涨，浑然忘了好姐妹的理想，脸陡然一沉："江师弟身边来新人了？"

"通过总部直接调派的救生员，长得特别漂亮，据说是精英中的精英，怎么，你还不知道？李英一口一句我家最强王者许心宜在公牛队太屈才了，怎么遇到这种于你不利的事，却不想起你了？"周清野摸着下巴，打量她道，"你们队里干得跟旱地一样，冷不丁来个美女，你想想会是什么情况？"

许心宜太清楚那些臭男人的德行了，就算江石玉冰清玉洁，坐怀不乱，他们也会三五成群地撺掇他一起去撩女孩。这一来二往，指不定王八瞧绿豆就看对眼了！关键江石玉最近一有时间就到她的出租屋陪她吃饭，却一次没有提起队里的新人，这是为什么？难不成确有猫腻？

"好嘛，我现在不在队里，他们就忘了我过去的威风，看我不弄死他们。周总，咱也不是第一次合作了，虽然格斗水平你还是差了阿岐一截，但我相信，有我的速成指导，在床上你一定能够找回男人的尊严！但你必须给我盯紧了，哪几个崽子上蹿下跳来事的，第一时间告诉我，我让他清醒清醒。"说着，她两手捏拳，咯咯作响。

周清野心头一跳，完了，这回换他惹事了。

果不其然，许心宜"咸鱼翻身"威风凛凛，连着两天给江石玉吃了闭门羹。可她也就嘴上信誓旦旦，气势吓人，其实心里一点没底，一离开周清野那儿就翻出了通海救助队最新发布的宣传视频，里面的女孩何止漂亮！瞧那出水芙蓉般的脸蛋，前凸后翘的身材，分明样样比她出色！她努了努嘴，鼓起腮帮，露出瘆人的笑容，一连几天直把陆毅成吓得噤若寒蝉。

江石玉多聪明的人，一察觉到异样马上逮住周清野，了解情况后把家里的事说了。两人聊了一会儿公司的事，无奈近日行动频频，马上又是山地公路救援演习，秦栩还一直找他麻烦，江石玉实在抽不出时间去哄许心宜。

就在今天，沈岐提议来一场友谊格斗，秦栩点名要江石玉出列。要是放在从前，江石玉可能会委婉拒绝，可如今许心宜已经不在队里，用不着再怕她为难，更没有再拱手相让的道理。

说是练练手闹着玩，可谁看得出来，两人招招狠手，没有给对方留一丝余地，到最后都挂了彩也没分出个胜负，反倒把李英气得不轻，连叹许心宜是个祸水。拍拍屁股她倒两袖清风地走了，留下一堆烂摊子给他。

秦栩虽同他道了歉，但打从心眼里不服他，自然不会受他管教。江石玉看似光风霁月，一双柔目里是何等的水光潋滟！瞧着好说话得很，可旁人不知道他能不知道吗？一尊下凡尘的金佛，能拿他怎么样？

原来周清野追沈岐，和外派来学习的教员打擂台，闹得队里鸡犬不宁。好容易追到手了，教员也回去了，许心宜几个人又搭起戏台子来。李英闲暇时想来，他和秦荣恐怕都是老妈子的命，命里有此一劫，要给通海的这帮臭小子擦屁股。

没有办法撒手，只能曲线救国，知道秦栩一向敬重沈岐，李英便找沈岐谈了一场。

沈岐想后买了两张西安航展的门票，一张给了许心宜，一张塞到秦栩的储物柜里。秦栩一看，哪儿能不懂沈岐的良苦用心？明里暗里已经维护他到令人瞠目的地步，他怎么可能毫无察觉？只不过每当他以为自己已经忘记秦荣的死时，就会有另外一个声音冒出来，质问他为什么她偏偏是沈阿姨的女儿？

他攥着航展门票，五指渐渐收紧，忽然一把捏成纸团，投进身旁的垃圾桶。他翻开镜子给自己上药，手下没个轻重，刚止住血的伤口又再次破裂，这时旁边忽然伸来一只手："我来吧。"

秦栩下意识躲避，闷声道："不用了，队长。"

沈岐瞥见垃圾桶的纸团，愣了好一会儿才说道："刚才我从外面经过，听到声音，担心你有事就进来了。秦栩，既然把我当作队长，为什么不听我的话？非要我说这是命令，你才会执行吗？"

她知道痛失至亲的悲伤不可能轻易平复，她也曾将秦荣看作父亲。面对即将成为家人的弟弟，为了不让他为难，她申请去阿德莱德学习，期望通过时间淡忘伤痛，可如今看来，她好像错了。

"秦栩，你是不是怨恨我？"沈岐把棉签折断，沾了药敷在他的伤口上，静静地望着他。

秦栩视线飘忽了一阵，盯着脚尖："我没有。"

"怨恨这种词，得中气十足地反问回去，才能让人相信从没有过吧？其实我和周清野结婚后，就再也没有回过家了。打着爱我、为我好的旗帜，为了让我退居二线，几乎逼得我无路可走，借着秦主任的便利送我外派学习，为我谋取教员的职位，甚至以结婚为交换条件，迫使秦主任帮我换岗。在我决意坚守一线后，不留情面地与秦主任划清界限，这样一个自私自利的女人，我也非常怨恨，为什么她偏偏是我的母亲？为什么偏偏是我而不是别人？可不管怎么说，我始终是她的女儿，是她独自一人拉扯长大的唯一的女儿。因为珍惜这个女儿的生命，她豁出了身为母亲的全部，纵然再怎么怨恨，再怎么难以释然，再怎么无法忘怀秦主任的身故，总有一天我会因为时间的推移变得心软，回到她身边。无论如何我都是她的女儿，也是你的队长，是差点就成为你姐姐的人。虽然很遗憾，最终没能和你组成新的家庭，但在我心里，你一直都是我最疼爱的弟弟。你可以怨恨我，但不要折磨自己。"

沈岐面露微笑，摘了棉签又去处理其他的伤口。秦栩一时没有说话，伴随着她动作的转移，他的目光不由自主地投到她身上。

他初来通海时，她就已经是队里的灵魂人物，许多次生死一线全靠她力挽狂澜，挽救全机组成员的性命。安东抗洪时，如果不是她抓住零点几秒的生机掉转机头，许心宜可能早就葬身洪流之中。

她救了那么多、那么多人的性命，难道就因为一个她无心的、无法改变的结果，他要硬生生地把刀架在她脖子上，抹去她在他心目中的光辉形象，将她推到仇敌的位置上去吗？正如她所说，无论如何她都是姐姐啊！

秦栩心里立刻有了答案，喉头一哽："阿、阿岐。"

沈岐的动作一顿，眸中凝着水润的光："不叫我队长了？"

"对不起。"

沈岐强忍泪水，点点头说"没关系"，"阿岐"总比"队长"要亲密一些，又嘱咐他伤口不能碰水，回去洗澡须得小心。想到他处处针对江师弟的行径，浑然跌进了爱情陷阱一般，沈岐踟蹰片刻，从垃圾桶里捡回航展门票："不用担心，心宜会跟你一起去，有什么想说的借着这次机会都说清楚吧。"

说完，沈岐率先离开更衣室。秦栩盯着皱巴巴的航展门票，脸一热，追了出去，喉咙却跟卡住似的，一句简单的"谢谢"怎么也说不出口。

他急得抓头，一拳重重砸向墙。

近日第九届国际毅行大会即将展开，公牛队受邀为赛事护航，提供应急救援保障。

许心宜提前一天入驻赛场开始做赛前工作的安排，到了才知道通海也是关联单位之一。李英派出一架直升机作为空中救助力量，沈岐担任机长，机组成员都是昔日的老搭档。许心宜心里有气，拿出公事公办的态度与关联单位进行熟悉和了解，与他们踩点护航路线，设立补给站。

公牛队内部，她联合十六名出勤队员，三辆应急保障车辆和一辆救援指挥车辆进行任务划分，对参加比赛的其他志愿者和工作人员进行应急救援培训，足足忙了一整天没歇过脚。

傍晚最后一项工作落实，她靠在补给车上给自己拧了瓶水，旁边忽然没声没息地塞过来两颗巧克力，她目不斜视地接了，随后听见男人一如既往的声音："张建这次没来？"

她剥了颗巧克力塞进嘴里，心里甜得美滋滋的，一天的疲惫烟消云散，面上却还强撑着："别以为跟我聊正事我就会理你，我是那种随便屈服的人吗？"

说完又剥了一颗，她气呼呼道："你说张建是不是想累死我啊？难怪他自己不肯来，其他几个人还跟我装什么兄弟情深，非说这是个千载难逢的历练机会，让我体会体会当队长的不易，也顺便让我树立威信。我原来还挺高兴，以为他们总算良心了一回，没想到这是瞧着我没经验，故意把我往火坑里推呢。还好我演技好，刚一把鼻涕一把泪地跟张建抱怨人手不足，他答应明天会打发几个人来给我打下手。啧，真是会哭的孩子有奶喝。"

许心宜竖着手指比了个数，回过头来："你知道吗？今年参赛的人数足足有两万多人，我可吓……"这一下正眼瞧他，看到他脑门的瘀青，话锋猛地一转，"怎么搞的？你跟人打架了？"

江石玉埋汰她："没想到大名鼎鼎的许队长还有鉴伤的本事。"

"别转移话题，快告诉我是谁弄的，我去宰了他！"袖子撩到一半，她隐约猜到什么，又退回来捧住他的脸，"该不会是秦栩吧？他找你麻烦了？"

江石玉但笑不语，许心宜得到肯定的答案，牙齿咬得嘎嘣响："我早晚有一天会揍得他都不认识他自己……哎哟，我的美人，怎么就被打到脸了呢？好可怜，让你受委屈了，我来给你吹吹。"说罢，也不管几米远外公牛队的志愿者们都在看着，小嘴凑过来，轻轻地吹了几口气。

风凉凉的，带着巧克力浓郁的醇香。江石玉拉开她，用余光提醒道："你小队长的威严呢，不要了？"

许心宜忙换上一本正经的神色，压低声音说："那我先去忙了，你好好保护脸哦，记得擦药，我们明天再见。"

江石玉笑着拉了下她的手，点点头。等她走远了，他才抬头看向马路对面。

隔着一间间帐篷和走动的工作人员，秦栩一眨不眨地与他对视着。冷然示威，无声的交锋，他们都知道这是男人的战场。

秦栩忽然领悟到一点，那个后来居上的男人不再敛藏锋芒了。等到他再定睛去看，江石玉已然消失在人群之中。

到了比赛日，公牛队统一穿着橙红色的队服集结，许心宜站在主席台上指挥分派任务。由于今年参赛人数众多，可以说是九年以来空前的盛况，吸引了不少官方和自媒体记者的关注。许心宜一路走过去，看到有扮装成动漫角色的年轻男女，有清装扮相的小孩们，还有各行各业穿着制服上场的先进工作者，当然也少不了国际友人。

他们全都洋溢着笑脸，在为比赛做最后的准备。

保障中还有一个需要特殊照顾的队伍——轮椅队，许心宜找到负责人，和对方商量把陆毅成和蒋雯安排在队伍里，作为毅行十千米到十五千米核心赛段的保障。等轮椅队的参赛者全都走完全程，陆毅成和蒋雯再乘安保车辆去五十千米赛段支援。

陆毅成有点不高兴，想加入她的骑行队伍，被许心宜斜了一眼："今天在这里我是队长，你只需要服从命令，懂吗？"

"王八翻天，你最好别落到我手里。"陆毅成愤恨不平。

"你说谁王八？"

"谁应谁是。"

蒋雯难得被逗得笑起来。

最后组委会给每个选手发放与号码牌关联的芯片，可以实时关注选手的进程、配速、身体状态，以方便途中补给。许心宜作为安保最重要的一个环节，随着大部队骑行支援。

一路上有人脚底磨破了皮，有人摔了跟头，有人体力不支，有人心脏病复发，好在事先准备充分，应急救援到位，一应突发情况都有惊无险地化解了。

到了比赛进程最刺激的一条赛段，许心宜加足马力，一口气骑到四十千米起点支援。也是到得巧，车还没停下，就看到一个身穿汉服的大学生被自己的衣摆给绊倒了，而紧跟其后的是一位年约六十岁的老人，正拿着毛巾擦汗，没注意前方几步远的突发情况，等他反应过来时已经来不及了，电光石火间许心宜一把扔掉自行车，捞过一旁的滑板，往前一推，借力擦着地面掠过去，赶在老人坠地之前当了缓冲肉垫。

近十米的距离，滑板贴着跑道擦出了火花，两颗轮子不堪重压，直接崩到了灌木丛中，一切发生在眨眼之间，在场的记者均目瞪口呆，照相机不停地咔嚓咔嚓响。赶来援手的陆毅成下了车，拉着蒋雯冲过去，把许心宜翻过来，粗略地上下打量一遍后忙催促蒋雯："快快，看看她还有没有气了。"

许心宜抬手就是一巴掌："呸，别咒我。"

通海救助飞行队的基站离得不远，收到消息也赶了过来。蒋雯担心许心宜有内伤，不准她动弹，招呼了担架过来送她去医院，陆毅成刚要跟上去，被许心宜横臂一挡。

"这边还有收尾的工作。"她胸口生疼，一说话更疼，"你、你得留下来。"

陆毅成是去年毅行大会的总指挥，有工作经验，能够在现场妥当善后的只有他。唯恐他不依不饶，她挤出一丝微笑："还得吊着口气在你跟前逞威风呢，我不会舍得自己有事的。"

话音刚落，秦栩拨开人群挤上前来，见她一张脸惨白，强忍着没发火，低下头来："我……"

许心宜赶忙抢白道："我真没事，快给我拿个榴梿来，让我现场用小腿表演个绝技给你们看看。"

"你……"

"我真没事。"她再次打断他。

秦栩一愣，似乎被她的反应刺伤，嘴角一抿，似笑不笑道："你一个人怎么让人放心？还是让江师弟送你去吧。"

"真不用。"

比赛还没结束，他们受命而来，既然担着安保的责任，就应该站岗到最后一分一秒，哪怕亲人在场上、在灾区罹难，也不能随便中途离开。再者，远没有到十万火急的时刻，副机长突然离岗，怎么说得过去？

许心宜眼下浑身都疼，止不住胡思乱想，怕去了医院就再也睁不开眼，心口一酸，郁闷得想哭，她怎么这么倒霉啊？可她不敢表现出来，怕他们担心，强撑着笑容发表豪言壮志。

正说着，来晚一步的江石玉也上了车，摘下工作牌递给秦栩："我跟阿岐打过招呼了，比赛还有一段时间，心宜没事的话，我会尽快赶回来。"

许心宜本来一碰上他就软，见他为自己放下原则，心里更是一塌糊涂，强撑起肩头去看他，却不经意瞧见尾随他而来的、穿着通海制服的、比宣传片里还漂亮的救生员，肤白貌美，丰满高挑，果然有猫腻！

她闭上眼睛，狠狠往担架上一砸。

蒋雯在旁边看了好一出大戏，强忍着笑意推开车上的几个男人，解释道："我是医生，我陪她去最好，最安全，最有保障。"

总归这里不是只有她一个医生，却只有一个副机长，一个绞车手，一个总指挥，她不随车还能有谁？

蒋雯毫不留情地拉上车门，司机油门一踩，火急火燎地往医院赶去。外头的人看着，一记车尾掠过，连丝尘土都没起，人就消失不见了。

许心宜疼得睡不着，好半晌睁开眼来，对上蒋雯戏谑的眼神。她支吾了声："雯姐，笑啥呢？"

蒋雯给她擦额头上的汗："我笑你这个丫头艳福不浅。"

"雯姐，你别取笑我。我活了这么大岁数还是头一次踩狗屎运呢，没想到一踩好几个，都凑跟前来，还真有点吃不消。"

之前请她吃饭的老同学后来还联系过她几次，被她绞尽脑汁想法子婉拒了。陆毅成成天上赶着找她的不痛快，如果他脑子没病的话，应该是她想的那种可能性。可怎么会呢？他是眼高于顶的陆毅成呀！

"以前我很羡慕白雪公主，王子、骑士、七个小矮人都喜欢她，她一定非常幸福。现在才发现，我太傻了，太无知了，这是怎样的人间炼狱啊？"

蒋雯笑说："得了便宜还卖乖，这话要给别人听见，不得气死？"

"我难得得意嘛，攒了多少年的桃花呢，苦恼也就苦恼点吧。"她说话要喘气，胸口不住地起伏，虽然骨头连着筋一整片闷疼，但至少被分走了心思，不再自己吓自己了。

许心宜拉住蒋雯的手："雯姐，我不会死吧？"

"瞎说什么，我刚触诊了，应该没伤到骨头。不过你接了个一百多斤的人，肯定会受伤，就是不知道有没有伤到筋。"

蒋雯安抚了一阵，接到张建的电话，仔细交代了一番。等她挂断电话，担架上的人已经睡着了，小嘴一呼一吸，两颊红润，显然睡沉了。

蒋雯忍不住点点她的鼻尖，轻笑："心真大呀。"

许心宜一定是心大的，倘若不心大，也不会隔三岔五进医院，后来连院长都闻悉了她的大名，每次一有人提起，他就笑问是不是那个给人当肉垫的姑娘啊。

再加上蒋雯亲自跟急救车送她来一院,被她攥着手死活不肯松开,只好跟她一起进去。老同事们看她回来都高兴得很,自她摘了科室主任的胸章辞职后,别说回来探望他们,就是日常年节的问候也越来越少,他们都很关心她的现状,逮着她就是一通问。

许心宜迷迷糊糊中听到蒋雯的笑声,也不自觉露出个笑来。后来她壮着胆子问蒋雯离开医院的原因,蒋雯没再遮掩,单纯说是医患纠纷,还是太浅薄太片面,任何一个生存的环境都有肉眼看不到的细菌,被感染会受伤在所难免,最主要是她心里怕了。

"病人手术后感染急病去世,家属拿着把水果刀冲进我的办公室,科室的实习生替我挡了三刀,最后不治身亡。我实在难辞其咎,也常常思考医生和患者之间的关系,可能那只是一个概率很小的突发事件,但不可否认,只要它上演,就会给施救者带去一生都无法拂去的阴影。"

蒋雯提到"施救者",不单纯是医生,它代表了整个国际所有行业处在"救助线"上的人员,只要是帮助别人、救助别人的,通通可以称之为"施救者"。而病人、被困者、受害者,无疑是需要帮助和救助的弱势一方,他们站在了道德的制高点,可以想当然地以舆论、武器、威胁恐吓等行为讨伐那些他们认为没有尽力、失职失责的施救者,并且总是受到普罗大众的宽容厚待。

他们伸手触天,势要撕裂头顶的那片阴暗,殊不知活在阴暗下深受其害的,恰恰是这些尽了全力仍旧未遂的施救者。

许心宜不知想起谁,抱着蒋雯狠狠地哭了一场。蒋雯啼笑皆非,安慰她道:"没什么大不了,我们碰上了是我们倒霉,可如果被打败了,就是我们无能。"

蒋雯回想了一下:"有三年吧,那三年我几乎生不如死。"

噩梦常常有,也积极地去看心理医生,服用大量控制情绪的药物,可一闭上眼还是会不受控制地想起实习生倒在她怀中的场景,抓破了头也逃不出那片阴暗,终于放弃了挣扎。她死过一回没能成功,逼得家人痛不欲生,这才幡然醒悟,开始直面痛苦。

她不再试图忘记,而是学着开解自己,放下"万分之一的灾难降临自己身上,施救过程是否真的存在失误"的执念,相信自己仍有一腔赤诚,并赋予行动。

于是在离开医院三年后,她又回到了一线。

"到底还是有点怕,不敢再去医院,怕他们欲言又止,还要处处维护我的自尊，那样未免太累了吧？也怕碰到病人的家属，怕面对实习生的家人，反正还是很怕。来公牛队很好，公益救助，没那么多条条框框，偶尔撒个火也没人敢拿你怎么样，就很自由。"

人可以被打败，一时或者很长一段时间，但不能永远都躲在阴暗的角落，像老鼠一样不见天光，否则浑身阴凉，又该如何面对关心自己、深爱自己的亲人？

"心宜啊，我们始终要记得眼前这一步，跨出去是善恶，还是对错，有时候它不一定都能成立。"

许心宜一路浑浑噩噩，回到家揭下日历本上被涂画了无数笔的一页，捧在手心里，颤抖不止地抵压在胸膛。

小时候被一群孩子堵在墙角欺负，上学的时候被同学孤立，就连老师也心存偏见的时候，父亲闹到校长办公室，甚至往上级教育部门申诉，才强行扭转了一众师生对她的态度。虽然同学们还是以同她玩乐为耻，习惯性地指指点点，用异样的眼光看待她，但她不再惧怕了。

她仰望父亲伟岸的身姿，方知世间是非善恶，并非只有黑白，她要强大自己的意志，勇敢地指摘幼童天真又险恶的心脏。想当然地，她越来越阳光，被人取了"金刚芭比"的外号也喜滋滋的，只当他们艳羡她健美挺拔的身姿。

可不知道从哪天起，坚固的壁垒再一次松动了，她的脑海里不停盘旋着那一日的风浪和海声，小女孩哭泣着喊道："姐姐，救我，救我……"

人不是一下子堕入深渊，往往需要经历一段漫长的、逐渐溺亡的过程，而这一页这一天，恰恰是万千罪恶的开始。

蒋雯说："我大病一场，伤了孩子的心，也差点和先生闹得反目成仇，连亲生爸妈看到我都头疼，亲戚朋友更是烦不胜烦，再不愿听我讲那些陈芝麻烂谷子的往事，很长一段时间我觉得自己被整个世界抛弃、孤立了，可是怎么办呢？除了他们我还有谁？难道要指着同我一样被撕裂的备受煎熬的同事，来将我拉出深渊吗？心宜，让相似的人经历相似的悲痛，是一件特别残忍的事啊。"

创伤后应激障碍，一个写在纸上只有PTSD四个字母的病症，看起来轻飘飘无足轻重，然而要承受这份痛苦的，不只是受到创伤的人，还有他们的家人、朋友。就像蒋雯说的，久病床前无孝子，任何一个深怀伤痛的人，都得不到平等尊重的爱。

三年时间说长不长，说短不短，许心宜不是蒋雯，江石玉也不是蒋雯的先生，谁也不敢确保一次伤痛过后，爱意是否如初。

他们都是共处一线辛苦而努力的普通人，在一个平凡的世界守护微弱的萤火。他已经背负足够沉重的包袱，不能再背负她的伤痛，所以她不敢赌，只能妥帖地藏起这一页，祈祷阴暗永不到来。

直到不久后，她被数不清的闪光灯迫到角落，来自四面八方的声音穿透耳膜：你为什么不救她？为什么把她一个人丢在那里？你怎么不去死？

第五章
围城与围城

　　毅行大会还没落幕，许心宜再一次住院了，好在没有伤筋动骨。她躺在病床上好吃好喝，唯独一样令她头疼不已。

　　周清野打着为她祈福的旗帜，拉着沈岐进了山。旁人不知道，她却清楚他的心思，无疑是想找个清静的地儿和沈岐酝酿生孩子的事。无奈沈岐假期不多，远的地方也去不了，只能择个山清水秀的近地儿。

　　沈岐一走，她的床前就只剩三个男人一台戏了。大峰也来笑话她，说什么桃花漫天飞，留情遭人恨。许心宜一个头两个大，想跟江石玉说会儿悄悄话吧，刚起头就被打断，不是秦栩就是陆毅成，偏偏两个人高马大的男人傻了似的，完全接收不到她的眼风，直挺挺地杵在跟前，雷打不动。

　　许心宜可以不管不顾地骂陆毅成一顿，却不知道怎么面对秦栩。她想找个机会和秦栩谈一谈，他却好像有所察觉，从不单独一人跟她相处，偶尔有旁人在场，他干脆一言不发地站在窗边，时间最长的一次足足站了半个小时，面目沉肃，也不知在想什么。

　　许心宜想问一问他的母亲——周文芳的下文，听大峰讲，后来周文芳还几次三番去基地找他，要么以同事遮遮掩掩带过，要么以秦栩破口大骂收场，总之没有一次是好好和她说话的。时间长了，基地难免有闲言碎语，逢上出动的时候没有空暇来招待她，她还一个劲往里凑，可不添乱吗？

李英也不是没有动过让秦栩把家事处理利索不要带到基地的想法，可转念想到秦荣，好歹是通海救助飞行队的老人，也是因公身故，哪怕照顾他的颜面，能担待的也都担待下来，只有一次——秦栩故意挑衅江石玉，两人都挂了彩，不巧被守在门口的周文芳瞧见，以为秦栩失去父亲的庇护受了委屈，在保安室就哭了起来。正逢下班时间，员工来来往往，闹得不甚好看。

秦栩当即一张脸又白又红，强行拖着她走了。也不知道他怎么处理的，之后周文芳没再来过队里。

许心宜心想这么耗下去不是个事，怎么都得同秦栩讲清楚，便联合陆毅成耍了个心眼，在秦栩进门后，她一个箭步冲到门口反锁，抵着门不让他出去。陆毅成就在外面的走廊坐着，从窗户里瞧得分明，一脸无可奈何的模样。

秦栩冷静下来后也不管她了，走到旁边坐下，坦然自若地问："想跟我说什么？"

"我……"

"没想好就敢把我锁在里面？"秦栩抿着唇淡笑一声，"心宜，你是不是忘了我也喜欢你？还是说我从没正式地跟你表白过，你就不把我的喜欢当回事。"

是因为差了这个环节吗，他们才走到两相为难的地步，让他如此厌恶拖泥带水的自己，却又舍不得放弃？

"当初大峰笑话我把遗书当情书写的时候，我就想到了这一天，但我不是没有犹豫过。给你看到我的遗书，表示我很可能已经不在人世，那么，那些无所谓追忆的心思还有存在的必要吗？可我还是忍不住，哪怕死后也想知道你对我的态度，是不是很可笑？活着尚且搞不明白的事情，以为死了就能搞明白，不就是占着情分讨施舍吗？指望你因同情而说出一些让我追悔的话，难道我就好受了吗？心宜啊，有时候我也唾弃我自己，可怜成这样，到底给谁看？"

"许心宜，你看到了吗？"

当许心宜通过秦栩的双眸，听到这句心声的时候，她下意识说了句："对不起。"

秦栩猝然一笑："还真是。"

许心宜怕他乱想，急切地抢白道："不是你想的意思，其实我都明白。喜欢一个人怎么都好，做什么都好，怎么会可怜呢？我从没轻视你的喜欢，如果我轻视了你，岂不是也轻视了我自己？"

正是因为读了他的信，她才猛然意识到，恰是这头笨驴与她最为相像。

"我看着你，总能想到我自己。普通的环境，平凡的成长，不是第一也不是拔尖的人，除了努力似乎别无选择，刻苦锻炼完善体能，证明自己的实力，为了博取一个人的喝彩，用尽全身的力量去感受、去奉献、去表达，可为什么除了满身伤痕，我们仍旧什么都没有得到？"

每当她出动任务归来，从机舱往下，踏踏实实地踩在地面上，将一种生与死的恍惚感从身体里抽离出去，第一时间去寻找给予自己力量与希望的心上人时，他也会同她一样，第一时间将目光落在她身上。有时候他的眼神太炙热了，她无从忽略，只能强忍着转过头去，如同江石玉也转过身去。

每当此时，流淌在她与他心田的酸涩，应当是一样的吧？

许心宜上前几步，尝试着说："我害怕你的存在，总是提醒自己的失败，所以一直在逃避你。"

不得不承认，当她身处茫茫的黑夜，害怕寒冷的时候，曾真心地想起过他，也曾动过换一个人的念头，可看到那些信件时，她仿佛在看另外一个自己。相似的人，相似的苦楚，相似的欲言又止，相似到没有办法在一起走下去。

"秦栩，我们不要再这样生活了，都先学着好好爱自己吧，好吗？"

"爱自己？"秦栩嘴角一挑，讥笑两声。

他蓦然起身，在许心宜还没反应过来之前，抬起她的一只手臂，另一只手牢牢掣肘至身后，一路疾步往后退，直到两人重重地撞上门。

哐的一声响，惊得走廊外的陆毅成弹起，在看清屋内的情况后赶紧扑过来，却是一重自食恶果，房门被他们设计反锁了。陆毅成旋即握拳砸门，在外面一遍遍喊许心宜的名字，却没有得到任何回应。

秦栩满目阴沉，许心宜被吓了一跳，好半天没回过神来。等有意识时，才觉察到他靠得很近，呼吸几乎就在唇边。

"秦栩，你放手。"她竭力偏过头，低喝一声，"你再这样我对你不客气了！"

"好呀，我倒要看看你一个胜利者，要怎么对我这个失败者不客气！许心宜，你不觉得你很虚伪吗？什么都得到了才反过来跟我说要学会爱自己，不可笑吗？"

许心宜一愣："你这样想我？"

诚然，她得到了江石玉的爱，尝到荡气回肠的甜头，才知道被爱是一件多么幸福的事！可她哪儿来的资格以胜利者的姿态取笑他？她又比他高尚到哪里去？

通海不比公牛队，体制之内有更多的压力，除此以外他还要忍受来自亲人、家庭的隐痛，哪怕他没有说，光是从厚厚一摞的信件也能感受到他对周文芳和沈岐的左右为难。她怕他把难过积郁于心，才想让他学着爱自己，这里面又何止爱情一样谋算？她分明更在意他的喜怒哀乐，在意他的健康与前途，在意他的理想和牧歌，可他只看到她背弃了他，那她还有什么好说的？

"我过分，我虚伪，我可笑。你磊落，你赤诚，你直来直往，做人不掺一点假。我就是烧香拜佛，祖坟冒青烟也配不上你，你满意了吗？"说完，许心宜捏拳往门上一磕，趁他手腕松弛的片刻反手一拧，将他往外推，一脚踹在他的膝盖上。

她这一脚毫不留情，直将秦栩踹翻在地。

陆毅成正打算去找护士要门钥匙，没想到突逢反转，也不喊了，趴在窗上一眨不眨地看着里面的情形。秦栩揉了把膝盖，迅速起身。许心宜当即又是一脚，这回他有了准备，在许心宜的脚踹到面前时，两手一握，将许心宜往侧边一掀，直接拽翻。

许心宜好赖也是通海的一员猛将，身上还背着几个冠军荣誉，猜到他的意图，脚踝当即一转，脚尖倒钩，以下压的姿势迫得秦栩弯腰，佯装攻他下盘，却猛地一起，双手捏住他的肩膀，将他狠狠地过肩一摔！

屋内一张齐整的椅子，瞬间四分五裂。

陆毅成瞪大了眼睛，捂着嘴才没发出啧啧惊奇的声响。他知道许心宜身手了得，只是从没见识过，这还是第一次看她动手，不免替自己尚且灵活的项上人头烧了炷高香。

秦栩被这一摔弄得气性全无，瘫在地上喘着粗气。

许心宜俯身问他："清醒了吗？"

她一双炯炯有神的眼睛迎上来，那隐于娇俏容颜下的实力简直狂得没边。秦栩忽地笑了，笑着笑着双手捂着眼睛，哑声道："心宜啊，我让着你呢。"

"谁要你让！"

许心宜当然也知道他放水，不过不想在他面前落于下风才逞强罢了。秦栩眼见着从前像个公鸡一样时刻处在战斗状态的许心宜重新回来，满心酸涩一时也显得无关紧要了。

他抬高了手，朝她甩了甩："拉我起来。"

许心宜瞪他一眼，不情不愿地伸手，却不料他突然反身偷袭，一个倒手推，许心宜直接被拍回床上。她扶着自己的腰龇牙咧嘴，大骂道："秦栩你个天杀的祸害，我闪到了，快、快去叫医生！"

秦栩一哂，忙去请医生。一群人手忙脚乱地陪着她做完检查，所幸没有再加重伤情，让医生沉着脸训斥了近半个小时，才被获准如期出院。

许心宜一贯有左耳朵进右耳朵出的本事，出了医生办公室就开始得意："你看我哪回伤着不是小打小闹？既不伤筋也不动骨，可见老天爷十分眷顾嘛！难怪李英说我天生就是吃这碗饭的。"

陆毅成："瞧你的德行！"

秦栩难得赞同："尾巴都快翘上天了。"

许心宜手擦鼻子："你们就眼红我吧！"说完摆起手阔步往回走，一进门被满屋子黑压压的人头唬得一震，旋即又退出来，瞅一眼病房号。

确实是她的病房，没错呀。

许心宜又往里一探："你们是？"

一群人忙拥上前来，细问之下才知道是当日被她当了肉垫救下的老人的家属，还有一帮他们特地请来的记者，当头的代表还手持一面锦旗，上面赫然印着八个烫金大字——英勇无畏，舍己救人！

许心宜从业多年何曾见过这种场面？一时间坐也不是站也不是，傻了吧唧地露出一排牙齿，歪着脑袋跟热心家属合照，末了感慨万千："公牛队真好，这工作真好呀，怎么这么好呢！"

在通海那些年，救了不说一千也有八百人了，还没有一次收到过锦旗。许心宜抱着锦旗摸了又摸，蹭了又蹭，还冲旁边两个男人摆手："真不是我虚荣，真的，我一点也不虚荣，就是高兴！"

秦栩和陆毅成瞧她笑得合不拢嘴，双双翻了个白眼。

没想到采访她的是城市频道的记者，一篇文章发出去算被官方点名夸奖，许心宜连着公牛队第二天就上了网络热门搜索。

当天在毅行比赛现场的热心市民还上传了她飞身扑倒救老人的视频，那身手简直叫人叹为观止！再一扒，早年峨眉山一百一十米塔吊选拔骨干却意外出事的视频也被网友翻了出来，加上前不久她在岭南中学高楼飞扑救学生，"空中飞人"的美名落实，一时间许心宜风头无两，甚至还接到了一档综艺节目的邀请。

张建为此特地组织了一个小会，询问大伙对于公益组织参加综艺的意见。陆毅成当然是酸话一箩筐，于阳只惦记出场费，蒋雯倒是觉得对公牛队扩大知名度来说是一次机会，程熙熙则是一副无所谓的态度，轮到张建表态，他说不出个子丑寅卯来，只隐约有一种不祥的预感。

这源自一个老消防员的直觉，凡事都有两面性，救助行业更是个敏感地带。张建私下里也问询过周清野，周清野表示没有找人安排记者，也没有推波助澜给公牛队省宣传经费。知道他的顾虑后，周清野让他放宽心，一切顺其自然，出了娄子自有上头兜着。

张建看大老板气定神闲，沉吟一番后也觉得不无不可，于是皮球最后还是滚到许心宜面前。

许心宜当然想参加节目，一方面是为了传播公牛队的公益价值，另外一方面则是小女孩的心理作祟。她想事情单纯，觉得上节目是件光宗耀祖的事，以后去见豪门公婆脸面有光，底气也足些。

她的如意小算盘不好明说，只能摸着脑门，十分羞赧道："以前我在健身房锻炼的视频被人拍下来上传到社交软件，也风靡了好一阵呢。还有运动品牌来找我拍广告，不过当时队里没有同意，可能给的广告费太少了。"

她笑一笑，指着于阳说："如果大家都没意见，我愿意去上节目，至于出场费就靠你了！"

于阳拍拍胸脯："包在我身上！"

晚上许心宜和江石玉一起吃饭，又提起这件事，小心翼翼地问他怎么看。江石玉见过太多牛鬼蛇神，凡事想得透，见她一双眼不时闪烁一下，湿漉漉地瞅着他，就知道她在期待什么。

"心宜问我，是想听投资人的意见，还是……"本想逗逗她，不料介绍自己的身份时突然卡壳，应该自称男朋友吗？江石玉笑了一下，自觉挖了个陷阱往里跳，也是够傻的。

许心宜却马上接了话："心上人，你是我的心上人啊。"

她热忱又明亮，让人好不心动。江石玉光是看着她，她就已经陶醉得想入非非，浑拍一下他的手，靠着他的臂膀说："等节目组把细则发过来，我就开始准备，拿出考大学的劲头来！等我上了电视好好表现，一定能讨得未来婆婆的欢心。哦对，她喜欢什么？我也要提前准备起来。你不要笑话我，我知道我很傻，那些还远着呢，可我已经开始憧憬了。怎么说呢？我从很早就开始憧憬了，幻想着以后跟你在一起的日子，已经把未来十年的计划都想好了！"

江石玉听见她说："你今年错过了转正，还推掉了外派学习的机会，确实很可惜。但没关系，主任器重你，等你明年转正再去更能胜券在握，就像阿岐那样，带着满满的荣誉归来，一定又是另一重天地，我会安心等待那一天的。你不用担心我会移情别恋，我已经烧高香祈求外派飞行队都是丑女了，虽然这样有点恶毒，但我管不了那么多，一个新来的救生员已经让我打翻了醋坛子，我不想每天酸溜溜的，让人笑话。可我知道，我一定会控制不住胡思乱想，谁让你长得这么好看。我只希望你快点完成交流项目，尽早回来，最晚后年、后年下半年，等一切稳定，我就可以嫁给你了。"

她一边说着，一边抬起眼悄悄觑他，带着一丝惶惑一丝羞怯，抓住他的衣襟直往他怀里钻。

"可能嫁给你还得经历一些磨难，我看电视里都是这么演的。你妈妈应该会私下里来见我，然后甩给我一张支票，让我离开你。如果我拒绝，她会追加更加诱人的条件，类似空白支票让我随便填数字的那种。说实话，我有点心动，我怕我到时候控制不住我的手。"她状似苦恼地笑了一下，"我可能三辈子加在一起都见不了那么多钱，万一扛不住诱惑你说怎么办呀？"

江石玉煞有其事道："如果是那样，你先拿着，不要浪费了。"

"真的吗？太好了！看来我还得演得苦情点。要让豪门接受一个灰姑娘肯定很难，我已经做好持久战的准备，如果你愿意，我们可以先偷偷地住在一起。等将来生米煮成熟饭，他们看在金孙的分上，就会同意了吧？"

她口吻自然，一些女孩子难以启齿的话不太费劲就说出来了，虽然会时不时观察他的神色，尚有一些关于他的顾虑或是不确信。可他还是更在意她吐露心事时表现出来的纯熟，不知在心里酝酿了多久，又反复演练了多久。

江石玉点她的鼻尖："你打算生孩子吗？"

许心宜挠挠头："大峰自己就在救援一线，分明最懂其间的苦，却还是想要一个宝宝，我想人到了一定年纪都会想的吧？排除一切外在的因素，只是单纯地想，就跟周清野一样。他以前多厌恶飞行员啊，现在还不是娶了个机长当老婆！怕家庭再一次支离破碎，又情不自禁想要孩子，可能人就是在一种矛盾的现状里获取幸福吧？所以我还是把属于我们的宝宝纳入了计划当中。"

她是期待的，甚至期待地摸了摸肚皮，不过神色很快又黯淡下来："医生说我常年泡在水里，身体冻坏了，可能……"

"不要瞎说，最近有交流团来队里访问，腾不出空来，等忙过这一阵子，我陪你去看医生。"

许心宜点点头，一颗脑袋又在他怀里拱来拱去："我还没说完呢，等三五年后我们有了孩子，我就辞掉工作。"

"为什么？"

许心宜不说话了，双手环住他的腰，过了很久才状似叹息一声："我想跟你在一起啊。"说完脸颊转了转，贴住他的胸膛，"很想很想。"

为了完成普通人的一生，她仿照一个女孩嫁人生子的世俗路线，初步制订了十年计划。虽然年龄相较于其他女孩已经晚了不少，可她到底还是按部就班地画好了轨迹，并且为了他，为了一个幸福美满的家庭，可以说做出了最大限度的妥协。

　　为了他，她竟然愿意放弃一线？

　　在进入十二月，一波强冷空气即将逼近的夜色里，江石玉忽然浑身冰凉，将她紧紧圈进大衣里。

　　去年的这个时候，她父亲生病住院。那会儿他们关系正紧张，她又故意隐瞒，不想让队里知情，万事只一个人死扛，为手术费急得上火，脸上冒了好几颗痘。有一次她在公寓外的草坪上偷偷抹眼泪，自己捶自己的胸口，偏巧被他瞧见了，问她出了什么事，她也不肯说。

　　当时沈岐在阿德莱德，远水救不了近火，她身边朋友寥寥，大多还都是普通家庭，工资存款有限，无力应付巨额的医药费。她实在没有办法，最后找到周清野，想退"Z&J"的十年会员兑钱。周清野再三追问，威逼利诱，她才含糊不清地交代一句家里有人生病了，之后他通过周清野兑了钱给她。

　　知道她有健身的习惯，怕她以后不再去"Z&J"，他又以友情为名赠送她终身会员。她表面上不动声色，每个月却会给他的账户打一笔钱，到现在依旧准时，他才醍醐灌顶，曾经的忽远忽近是怎样一种残忍。

　　至少对面前这个脆弱又要强的女孩来说，是非常残忍的。他看透她每一面的隐忍，知悉她锋芒毕露的外表下敏感易碎的内心，读懂她每一个欲言又止的眼神，振高了羽翼想将她护佑，却再一次被她的心意打动，愿意经营漫长时光，与她一同克制、自爱与涅槃。

　　许心宜见他失了神，轻声问："你怎么不说话了？"

　　似乎是为了宽慰她，他语带笑意道："我家里不是你在电视里看到的情况，所以你不必按照先前的计划来。"

　　"真的？"她眼睛一亮，仰高下巴望他，"那我是不是可以……"

　　"是，只要你愿意，就可以一直在一线。"

　　"可我们……"

　　"两个人都在一线，也未必不能经营好一个家庭，相反都在一线，我们相处的时间也会变多。"

　　"说的也是！"许心宜想，"我怎么就死脑筋了呢？"

　　她转而又问："那你爸妈是什么样的人？"

　　江石玉一顿，抬手将了将她的发顶，将下巴搁在她脑袋上静静想着，他的父母都是什么样的人？商人？名人？光鲜亮丽的上位者？想了很久，他只是一声淡笑："普通人，两只眼睛一张嘴，两条胳膊两条腿，不比你多个零部件，你不要多想了。"

许心宜窃笑："不，我觉得他们一定有三头六臂，不然怎么生出你这样的美人。"

江石玉时时防不住她突然冒出来的一句情话，最爱以"美人"称呼他，仿佛她才是那西楚霸王，而他是娇弱的虞姬。他也有男人的脾性，听到不爱听的话眼睛一眯，危险得紧。

许心宜赶紧捧住他的脸，轻轻啄吻他的嘴唇。

"有句话我一直忘了跟你说。"

"嗯？"

她对他一见钟情，在爱情还没发现端倪的时候，就已经笃定是他。阿岐曾经问过她：一个人的一生，能笃定地说出"就是他"三个字的赢面究竟有多大？

也许大海捞针。

也许九死一生。

"原来我以为遇见你，已经用光了大海捞针的好运气，余下的日子我再没运气了，每一次出动救援都拿命在拼，可你还是不爱我。我觉得九死一生的奇迹永远不可能再降临到我身上了，在你眼里我看不到一点生机，那种感觉你能想象吗？比让我去死还难受。"许心宜舔舔他的唇，心满意足地抵靠在他的胸口，"可当我真的快要溺死的时候，你爱我了，你真的爱我了……江师弟，你救了我一命啊。"

她能听到江石玉胸腔的振动，那样强烈而又响亮。

"你知道吗？我能对你一见钟情一次，也能一见钟情一万次，直到我生命终结，它仍未消失。"

江石玉喉头滚烫，也不知是在回应哪一句，只反复道："我知道，我知道。"

节目播出这天，许心宜正在队部测评新产品。一个国产品牌的户外专用多功能工具铲，代号F-A3，简称"歼击者"，功能非常粗暴，结合各零部件与附件，通过不同组合可以实现铲、砍、锄、凿、切割、点火、求救信号、固定支架等多种功能。

为了测评真实的使用效果，许心宜找了根直径十五厘米的松木柴，取其侧面斧头劈砍,一手下去,松木柴分崩离析,而斧头除了镀层有轻微划伤,铲头固定稳固,没有出现任何角度解锁的情况。

她单手叉腰,磨了磨牙:"这玩意儿也太变态了吧!"

程熙熙与有荣焉般抬高下巴:"废话,我手上有不好用的装备吗?"

"你让开,我再试试别的功能。"说完她转头往走廊里的房间瞥了一眼。除了程熙熙这个装备狂热迷,其他人都在里面看节目。仔细听的话,依稀能听到主持人的笑声,马上就要进入介绍环节。

许心宜念警校,进海通,至公牛队,数年之间荣获大小赛事的冠军七个有余,最高荣誉是五十七秒徒手攀登五层楼的女性世界纪录,随后有一段关于梦想的自我表述。

她第一次上节目,哪怕事前准备充足,到了台上还是不免紧张,磕磕巴巴说了一段,大致就是为人民服务的一套。尽管如此,也算慷慨激昂了一回,事后回想起来脸颊总是不自觉发烫,怕被他们打趣,才没跟着一起看节目。

许心宜让程熙熙把装有八号铁丝和四毫米直径铁钉的松木放下来,换用另一侧斩切,手腕一扭,铁钉和铁丝都被干净利落地斩断了!只是在取铁钉时,刀斧出现了微小的缺口。

她蹲下身来仔细查验,程熙熙在一旁说话:"不锈钢整体铸造的铲头,最厚处高达十毫米,你推测硬度多少?"

"五十左右。"许心宜分析了数据结果,随后又拎起铲子碎石头,试了几次铲头依旧稳固,锁定结构事后拆卸检查也没有出现破损的情况,她给这款多功能工具铲打了九十分,"比较适合复杂多变的环境,户外或者灾区。不过铲的功能还是差了点意思,要再改进下就更好了。"

程熙熙嘴角一挑:"我去反馈。"

"等等,我还想添几样急救用品,以后可能会用得上。"许心宜掰着手指说,"OPA(口咽人工气喉)、CELOX(止血剂)、CAT(旋压止血带),不知道队部有没有,可以联系上供应商吗?"

程熙熙扬眉:"能联系上,就是吧……你说的这几样都是美国军用产品,不知道大老板的荷包受不受得住。"

许心宜想起周清野那张"人傻钱多"的脸,乐滋滋一笑,冲程熙熙摆手:"你先去联系,我来搞定大后方。"

"行,毕竟你有裙带关系。"

程熙熙眨眨眼,许心宜捂着脸推她。她跑了之后,许心宜又试了几样产品,一手撅断一根兵工铲后,被于阳连拖带拽拉进屋里。

几个人正看得起劲。综艺节目主要还是以游戏为主，她的身手不用多说，甭管是钻还是跳都更胜一筹。唯独考验临场反应的智趣环节，她如同一个老年痴呆，完全跟不上别人的节奏。

陆毅成冷笑："你玩过狼人杀吗？"

许心宜："狼人杀是什么？"

"你们通海是在什么乡野村庄吗？来，给我看看你的手机。"

"为什么？"

"我看看长得人模人样的家伙，是不是还在偷偷用2G（第二代手机通信技术规格）。"

他这么一说，一群人笑得前仰后翻，就连张建也捂了捂嘴，偏过头去。电视里的许心宜站在聚光灯下，扫了淡淡的妆，一身橙红色的公益队服，英姿昂藏，正当风华。如果他的女儿还在世的话，有一天应该也会像她一样闪闪发光吧？

许心宜长得讨喜，有人缘，节目一经播出她又光荣地上了回网络热门搜索，社交账号一夕之间粉丝疯涨，甚至有喜爱她的粉丝主动申请加入公牛队。

张建一时忙得抽不开身，夜夜睡在队部。许心宜虽然心疼队长，但有些事实在帮不上忙，只能白天多跑跑腿，只是好奇一件事，憋在心里很长时间一直没敢问。直到张建忘了吃饭，险些低血糖晕倒，她才壮着胆子问一句："队长，你……你家人呢？"

他每天不回家，又从没提起过家人，要不是她碰巧遇见，恐怕他晕死过去都没人知晓。张建补充了体力，脸色仍显苍白，坐了好一会儿没有说话。许心宜正要为自己的冒失道歉，张建抬手制止她："没了，他们都走了。"

许心宜心里一个咯噔："对不起，队长。"

张建摆手表示没关系，淡淡笑说："心宜，其实我女儿跟你很像，她也很爱笑，跟个小太阳似的精力充沛，每天叽叽喳喳，闹个不停。"

许心宜停顿一瞬，觑着张建的神色小心翼翼地问："队长，他们是怎么没的？"

张建陷入往事当中，眼底浮现泪光，意识到许心宜还在旁边看着，赶紧转向一旁，低沉的声音缓缓道："火灾，死在家里。"

再往下应该不是她可以追问的内情，许心宜没再开口，只安静地陪张建待了一会儿。晚上去基地给江石玉送夜宵，她提起这茬感慨了一句："消防员的

159

家人，死于火灾，是不是很讽刺？"

她上网查了一下，张建是原消防中队的队长，好几个一等功在身上。妻子加一对儿女因消防通道阻塞，被火情困在家中活生生烧死的那一天，他早上出门时从楼道经过，就发现了安全隐患，和物业提了一嘴后，想着应该不会那么巧，就去上班了。

一到中队，某海港岸口油罐漏泄，引发重大火情。

他们立刻出动，妻子给他打了好几通电话，他一次也没有接到。等火情结束，他却再也没有打通妻子的电话。

张建此生最后悔的事，不是那天没有及时处理消防通道的隐患，而是出门前，没有来得及和家人说句再见。

时至今日许心宜才知道，为什么周清野可以信誓旦旦地告诉她，公牛队是一个公益性质的、没有任何道德绑架的救助组织，因为能够让那些曾经受了伤害的施救者重回一线心甘情愿奉献生命的，除了赤诚干净的初心，再无其他。

张建也好，蒋雯也好，或是她，或是他，千千万万的缩影，藏起受伤的心，直面生命的馈赠。

许心宜彻夜未眠，天不亮又去基地接江石玉下班，两人同撑一柄伞，在风雪中慢慢走回市区。越往中心地带走，节日气氛越浓厚，街边店铺的橱窗里摆放着各色各样的圣诞树、彩带气球和礼物盒子，串起的小灯一闪一闪，环绕于装饰品周围。

年复一年的工作早已消磨了她对节日的期待，可上层领导为了营造一种虚假的热闹，往年这个时候都要在控制大厅的门口摆上一大棵圣诞树，罩上玻璃罩，然后在里面撒满泡沫雪球，接口通上电，一有风进，泡沫就像雪花一样洋洋洒洒，落满每一片树梢。

在没有回国以前，在这个西方新年时，他通常正在做些什么？江石玉想了很久，简简单单几个字："跟你一样，工作，在冷冰冰的大楼里，面对一直滚动的数字。"

许心宜问他："你有过绝望的时候吗？"

江石玉说："很多时候。"

"你绝望什么？"

"没有时间睡觉，满眼都是数字，交易金额庞大，一个充斥着酗酒的普遍现象的生存环境，几乎没有真心交往的朋友，聚会的目的太明显，这些都不是。是每天面对精于算计的人，回到家仍漆黑一片。"

耗时久、斥资大、无法中停的项目背后一层层丑陋的关系，打着"爱"

的旗帜一而再再而三地设计陷阱的"家人",一座充满谎言与交易、权威与制衡,反复演绎撒旦悲剧的失乐园,诸如这些足够让一个人悲从中来的因素,恰好构成了他生命全部的组织。

江石玉低下头看她,循循善诱:"心宜的绝望呢?"

"掉进海里,没有办法呼吸,差一点就要死了。和死神面对面站着,颠三倒四分不清黎明与黑夜,无法让我习惯的恍惚感,这些都不是。是当我看着一个生命就在眼前流逝而我却无法施以援手时,无法上前,无法闭眼,无法放弃,甚至没有选择的余地时,我总会想,为什么死的不是我?"

江石玉凝睇着她,她抬头,撞进他温暖的眼眸。

"还冷吗?"

许心宜哽咽不止:"你快抱抱我,我就不冷了。"

天亮起来了,许心宜再一次打开电脑,给江离写邮件。她来到公牛队后问了里里外外所有的人,都被告知没有这个人。公牛队历年来的招生基本都是张建在负责,而许心宜是周清野提前打了招呼,才破格录取的。

她开始怀疑江离存在的真实性,难道是周清野故意编造的人物吗?她问江离,对方又换了一个身份,高级猎头,专门帮公司聘请优秀顶尖的人才。之所以一开始没有同她说实话,是怕她认为"猎头"两个字有距离感。

许心宜不相信,他给她的感觉分明跟周清野很熟,而周清野身边除了江石玉,似乎也没有特殊的朋友。她曾经怀疑过,他们有一样的对于心理咨询的厌恶,有一样频率的叹息,甚至还有同一片天空下的灾情,可他否认了,他说他只是一个活跃在虚拟网络里的人。

许心宜别扭了一阵子,却意外地同他开始在网上传信。她的秘密都藏在一只黑色的U盘里,没有人知晓,而说给江离这样一个虚拟的人,是她第一次尝试着分享自己的秘密。

她敲打着键盘,写道:

江离,冬天来了。

你知道吗?冬天承载了我们这些人许多的痛苦。阿岐的师父因为救一个濒临死亡的老人,在冬天离开了她;一场空难带走了周清野的一家人,引发的连锁效应掀翻了沿海一艘小渔船,渔船上有阿岐出海正要归家的亲生父亲,后来她变成了单亲家庭;过去很多年,她的母亲沈扬和秦主任走到了一起,却很遗憾没能终成眷属,秦主任失足跌

161

落窖井，也在一个冬天走了。

这些年基地来来去去换了很多人，绝大多数都是支撑不下去而离开，小孩要上学需要人照顾、经济有负担、旧伤复发隐患大、一线太危险、家人不同意、爸妈生病等，这些片段填充了我们单一的生活。

有时候我无法判断家人在一场伤痛中究竟扮演什么样的角色，是会扶我们站起，还是将我们推倒？

我只是害怕，为什么我们的生命要完成那样多的期待？

几天后，江离回复：

我认为世间有很多法则和标准，只有一样东西是平等的，那就是生命。生命不应该以任何价值、任何附属来衡量，你也好，被困者也好，你们的生命一样重要。救助是一个过程，其结果势必会有成败，但不应该用谁的生命更重要、谁的生命更轻贱来衡量成败。如果有一天，你因为这种衡量而让自己受到伤害，首先你对怀胎十月把你生下来的母亲很不公平，在母亲的眼里，没有人比自己孩子的生命更重要。其次你对职业不公平，职业的正向、影响力和荣誉附加给你的本是动力，而不是否定。

人的一生必然会经过无数伤痛，大的小的，堆加在一起，一定会有非常艰难的时刻，你可以选择放弃，像我开头说的那样用草率的方式，回击世界对你的期待。当然你也可以选择坚持，当你倒下后又站起来，完成自爱，懂得珍惜家人，那时候你会更期待世界给你的回应。

生命造就了这一切，它是个奇迹，不是吗？

江离用词谨慎、忖度，不会离一个虚拟人物太远，也不会离一个网络朋友太近，许心宜享受他给的安全感。

2020年1月，距离除夕夜还有不到两周。唐县村庄一位五十岁左右的妇女在将生姜贮存到地窖时，不慎跌入窖内不能动弹，接到求救电话后张建迅速带人赶赴现场救援。

地窖在农田内，为砖混结构地下建筑，妇女搭乘吊粮机升降滑轮进入地窖时，支架忽然断裂，于高处跌落，腰部受伤。

许心宜勘察地形后发现另外一个出口，联合于阳和蒋雯几人深入地窖营救，程熙熙则在出口搭建救援三脚架升降装置作为协助。三十分钟左右，他们将被困者救出，在家属的陪同下前往医院就医。

附近的村民围观了全程，对公牛队的高效专业加以赞许后，便好奇地围住了升降装置，一边上下比画，一边进行深入的学术探讨。除了意外受伤的妇女，他们也有在地窖贮存农作物的习惯，过去依赖吊粮机，如今眼看设备破损老旧，危险重重，他们就打起了专业绳索升降的主意。

正好队里近期要开设一堂类似主题的宣讲课程，张建就给唐县村的村民预留了几个名额。再加上公牛队循例受上级部门的考核，要在冬天来临之际展开一场水上逃生的训练演习，与绳结课程同期，就干脆两个活动一起筹备了。

张建忙于"招生"分身无暇，就把重担分别交到陆毅成和许心宜身上。

不料许心宜一口回绝，末了见张建神色不明，又悻悻地补上句："我不是偷懒，就是天太冷了，我下水、下水不太方便，要不我跟陆毅成换吧？我来讲绳结的课。"

陆毅成拍桌子一跳："你不方便我就方便？大冷天的下水，万一冻感冒了我还上不上班？"说是这么说，可他到底不情不愿地补了句，"不过看在你是女人的分上，我就勉为其难地跟你换一下吧。"

男人在女人面前，尤其还是存了一点非分之想的女人，自有一种天生的胜负欲。当初攀岩输得颜面尽失尚不能够，陆毅成铁了心还要再扳回一城。因此当张建把绳结课程分给他时，他别提有多高兴了，谁知刚新鲜出炉的炫耀机会还没焐热就飞了，心下叫苦不迭，只能哑巴吃黄连。

许心宜哪里知道他的心路历程，生怕多待一分钟就会被张建看出猫腻，一溜烟跑了个没影。

陆毅成拍拍大腿，怒骂："你个没良心的东西！"末了又对张建说，"吃中药了不起吗？改明儿我也调理调理，不就是大冬天下水嘛，老子怕过谁！"

张建没说话，盯着许心宜落荒而逃的背影，眉头微蹙。

八字结、布林结、双套结、平结、渔人结、抓结、工程蝴蝶结、防脱结……不同的绳结应用于不同的场所，类似高楼中伤员和物品的降吊，利用横渡系统行进到河流中心或是对岸抢救被困人员，从楼顶索降到受困楼层破窗等，都需要针对性地选择绳结与绳索系统，以让救助效果发挥到最大。许心宜写了两天教学学案，拿给张建过目。

临近下班的点，队部只有程熙熙和于阳在。许心宜刚坐下来，屋外走廊下于阳接了个电话，随即跟张建交代一声便匆忙离去。似乎猜到一向散漫悠然的于阳忽然神色大变后的隐情，张建给程熙熙一个眼神，程熙熙便追了上去，于是一晃眼的工夫，队部只剩下许心宜一人。

许心宜正要起身去帮忙，张建抬手下压，示意她坐下。

屋内一时静下来，针落地可闻似的，让人放缓呼吸。许心宜不自觉拢了拢衣服，与张建四目交接，见他一直沉默不言地看着自己，顿时不安起来。

"队、队长，找我有事？"

张建思忖道："下周岭南大学有代表队来参观队部，你负责招待一下。"

"就这事？"

"不然你以为什么事？"

许心宜连忙摆摆手，松了一口气，覆上笑容道："他们几点到？我提前去门口接他们。除了参观，还有其他安排吗？"

"我不太清楚，到时候就知道了吧。"

张建语焉不详，许心宜也没再追问，总归大学代表团来访问公益组织，不是为了完成每学期的绩效考核，就是诸如调研报告之类的吧？

过几天就是江石玉的生日了，许心宜最近一阵都在为礼物发愁，就没把张建的反常放在心上。一回到家全都抛到脑后，翻箱倒柜地把漂亮衣服一件件摊在床上，乐此不疲地挨个试穿，每换一件就满眼期待地问一次坐在床边的沈岐："好看吗？"

沈岐难得休假，许心宜跟周清野打了三天游击才磨得他同意把沈岐借她一晚，顾不得抱怨周清野的专制霸道，在沈岐再一次摇头后，她立刻停止喋喋不休，抓住一件衣服钻进洗手间。

换下的衣服在马桶盖上堆砌了一座小山，她视若无睹，挑出一条连衣裙横在胸前比了比，眉头渐渐皱紧。刚要放下，转念一想好歹是她最拿得出手的一条裙子，虽然露的地方有点多，但关键的地方都遮住了，只是有点不习惯而已。

纠结了一会儿她干脆眼睛一闭，扒下身上的衣服，揪着裙摆扭扭捏捏地往外挪："阿岐，这、这件呢？好看吗？"

还是大峰结婚的时候她临时在商场买的，赶得急也没细看，导购小姐说得天花乱坠，她也不知怎么就付了钱。穿上裙子后才察觉不对劲，裙摆太短了，还不到膝盖，她又习惯了男人的做派，一路上拉拉扯扯坐立不安，到了现场被队里几个五大三粗的男人定定看了半天，更是窘迫，忙换回了原来的衣服。

要不是多年兄弟情深，就她穿着制服来参加婚礼这事，大峰至少得骂三年。那会儿沈岐还在阿德莱德，隐约听周清野提起过。眼下看到那条传说中

"昙花一现"的裙子,她不由得惊了一下,起身走过来围着许心宜转了一圈:"好看。"

"真的吗?"

沈岐替许心宜理了理肩膀的荷叶袖,将她束成马尾的头发放下来,仔细打理一番,赞道:"真的好看。"

她认同的目光给了许心宜莫大的信心,许心宜深吸一口气走到镜子面前,从上往下打量里面的女人。多年身处一线,虽然皮肤不似沈岐天生冷白,怎么晒也晒不黑,但她也不是易黑的体质,肤色更偏向暖色调,在黄灯下尤其柔美。

她手臂纤细,黑色裙摆下露出的一双腿更是笔直修长,整个曲线玲珑有致,自有一种说不清道不明的曼妙风情。

所谓骨肉均匀,每一处不增不减,恰到好处,说的就是她了。

"怎么这么隆重?要参加婚礼吗?"沈岐不由得好奇。

许心宜摇摇头:"不是的,我……"话到一半,她狡黠一笑,冲沈岐抛了个媚眼,"先保密,你会知道的。"

"这么神秘?"

许心宜好似没听见,撩着裙摆在镜子前转了个圈,露出一个羞涩的表情。她好不容易才挑到合心意的裙子,一想到还有外套和鞋子没有搭配,便忍不住仰天长啸。

沈岐没再理会她,起身去洗手间。

与许心宜相伴多年,她一向知道许心宜不擅长收纳整理,屋子里总是乱糟糟的,纵然早有心理准备,还是不免被里面的一片狼藉给吓到了。回过神来后,她失笑问道:"心宜,你就不怕衣服发霉吗?"

许心宜的声音从外面传过来:"反正天天穿队服,也用不着。"

还有理了?沈岐说不过她,帮她把乱七八糟的衣服一件件捡起来,归拢叠放整齐。忽然一张纸从口袋里掉落,沈岐不疑有他,捡起来一看。

西安航展门票,时间就在两天后。

入冬以后一线部门全都进入紧急待命的状态,公牛队与通海有十年的战略合作,恐怕避免不了必要的配合行动,也不知道许心宜能不能拿到假期。她平时粗心大意,门票弄丢了也不稀奇,好在没有被泡烂。

沈岐叹了声气,将门票抄进口袋。

许心宜刚刚发了工资,扬言要好好地犒劳沈岐一顿,挑了家临近中学的烤鱼店。隔着水汽蒸腾的落地窗，看着学生一个个从外面经过，她们两人吃得酣畅淋漓，脸颊红扑扑的，眼睛都比平时亮了几分。

周清野一进门就瞧见了窗边两个身高腿长的女人。

她们穿着制服，裤脚束在马丁靴里，打扮利落，因此备受店内客人的关注。只见她们不时轻笑，又或耳语，行事大气，完全不似一般女孩子娇小文静，连前台都在窃窃私语猜测她们的工作，越说越大胆，还讨论起两人的长相来。

周清野气得鼻孔冒烟，双目欲裂般狠狠地瞪许心宜。许心宜本来直觉就异于常人，正眉飞色舞地说着话呢，一抬头瞧见了周清野，朝他比画了个少安毋躁的手势，借口上洗手间，越过沈岐把他拖到一旁，一脸贼笑道："今天阿岐在我家洗手间待了足足有半个小时，你知道这意味着什么吗？"

周清野沉着脸："意味着你足足浪费了老子半个小时，简直暴殄天物！"

许心宜哼一声："我靠在门上听得清楚，阿岐至少吐了两回！据我多年的经验观察，她多半是有了。"

"半个小时吐两回，难道不是肠胃有问题？"

"你懂什么，反正不管是不是，你回去买个棒子测一测吧。"

周清野掩鼻，满脸嫌弃地往后退了两步，上下打量她："你一个黄花大闺女，什么棒子不棒子的，懂得真多！"

许心宜闹了个大红脸："我在电视里看到的！"

虽说她一贯不靠谱，可到底扛不住队友一颗心蠢蠢欲动。周清野还是把她的话放在了心上，临出门时大发好心地替她们结了账，还充值了一张卡送给许心宜。

许心宜正要感动落泪，周清野冷冷一笑："账我都算在姓江的身上了，不用客气。"

"呸。"

许心宜作势要揍他，周清野忙往沈岐后面一钻。想到当年周王子故意挑衅沈岐，却不幸遭到通海全员群殴的情形，往昔点滴竟历历在目，许心宜捧腹大笑。

送别他们后，她回到家，开了灯坐到桌前，见电脑下压着一张门票。

她出门前还到桌前拿钥匙，却没有看到门票，想到沈岐落后她一步出门，她心下微定，拿起来一看，果然是被她弄得不知道放到哪里去，还以为丢了的航展票。

去西安看航展，总不能开幕式一结束就离开吧？就算连夜往回赶，也至少需要两天，那岂不是赶不上江石玉的生日？

从他说"我可以等"的那一刻起，她就在期待这个生日的到来了。过去不能明目张胆表露的、倾诉的、想做的，现在她都可以了。可是如果不抓住机会好好跟秦栩说清楚，也不知那傻子什么时候才会死心。那天为了逃避她的追问，他还跟她在医院打了一架，就这种情况，除非两人独处的机会，恐怕很难开诚布公吧？

她喜欢江石玉，不想在这种时候让他独自一人面对不被理解的家人。

可如果因此失了秦栩的约，他们之间那份支离破碎的友情还能维持下去吗？尤其在今晚吃饭的过程中，沈岐有意无意地向她透露，秦栩近来状态不佳，好几次执行任务的途中失神，险些酿成大错！和新来的救生员几乎零配合，最主要的是完全没有同一个新人培养默契的念头。

说得更直白点，他可能至今都没能接受她已经离开通海的现实，没能接受过去那些年一直与他相伴宛若双生的人，已经彻彻底底地离开了他。

许心宜往床上一倒，望着天花板，眉头拧成一条麻花。

一整夜，她始终无法入眠。

这一夜，在这座喧闹的城市，还有许许多多同许心宜一样的男女，正在辗转反侧，为着生命里可遇不可求的机遇而费尽思量。

同一天，李英将秦栩单独留在了办公室，进行了长达一个小时的长谈。秦栩还是第一次发现李英已经满头白发，不知从什么时候开始，或许人在进入另外一个年龄阶段后，或潜移默化，或一夜之间，就肉眼可见地苍老了。他突然发现李英叉着腰骂人时不再抬着手指指点点，偶尔陷在沙发里也像一个起不来身的老人。

秦栩难得乖觉没有开口，任凭李英一人絮絮叨叨讲起往事，说起当年通海救助飞行队早期建设时他与秦荣有过的合作往来。

秦荣脾性温和，老同事们都知道他最是宽厚，也好面子，特别护短，不准旁人说队里的孩子一句不是。每次上面开大会，各基地主任轮番介绍队里的战绩成果，暗地里较劲，一个个争得脸红脖子粗。偏偏秦荣撇下战绩不提，只提队里的孩子，为他们讨要荣誉，讨要嘉奖，实在不行讨个几天假期也是好的，反正没一次空手而归。所以他在队里名声好，哪怕李英接了他的位子两年，也还是没能取而代之。

李英也不指望能越过秦荣去，任何一个像他们一样扎根在一线的人，骨子里都有着孩子般纯净的信仰与天真，哪怕见过了无数的黑暗也还是相信希望，相信未来，相信人性善良的一面。他们有情有义，知恩不忘报，绝无可能忘怀一个曾经那样无微不至地照拂过他们的主任。

这是好事，想到或许有一天他也会被铭记，李英就觉得这些年的筹谋没有白费。说了半天，见秦栩始终态度不显，他叹了声气，转而道："当初沈岐在犹豫要不要转职教员，从一线退居二线时，秦主任曾劝过她，当时她反问秦主任，为什么你也在一线，他却从不担心你的安危，你知道秦主任是怎么回答的吗？"

这事还是沈岐同他提起的，碍于她当下的立场，有些话不便明说，只好请求李英出面。秦栩抬起眼睛，面无表情地看着李英。

李英缓缓道："他说你是他唯一的儿子，也是他心目中唯一的英雄。"

秦栩听后身躯微抖，神色几变。过去种种于眼前掠过，秦荣每一帧回首、展望、期许与欣慰的画面定格，终于濡湿了他的眼眶。

"有什么话，主任您就直说吧。"

他知道他最近表现不佳，各项训练不达指标，成绩也在急速往下降。今天出任务还差点枉顾人命，延误被困者救治的时机，令沈岐的偏袒变得不上不下，十分尴尬。教员、同事，哪怕是机库的老师傅都不止一次欲言又止，眼神早已说明了一切——长此以往下去，谁也护不了他。

这是一线，不是小孩子过家家的地方。

李英说："绞车手的职责是在机长和救生员之间搭建一座桥梁，帮助他们传递第一时间的危情。作为绞车手不仅要眼力过人，还要反应灵敏，你在这个位置上付出的努力和赢得的成功是大家有目共睹的。现在人生可能到了另外一个阶段，你有没有兴趣接许心宜的班？"

秦栩一震，还以为李英漫长的开场白后会是辞退，再不济也该打发他到不太重要的岗位上去，没想到竟让他改当救生员！

见他难以相信，李英解释道："出于一些你私人的原因，你在救生员这个岗位上的各项成绩都很出色，尤其这两年可以说是进步神速。"

李英说得含蓄，秦栩却懂了。

这两年为了许心宜跟江石玉斗法，他们几乎把队里日常的训练项目都轮了一遍，可以说除了不会开直升机，没有什么是他不擅长的。最夸张的一次，两人钻机库待了一夜，第二天工程师过来的时候差点惊掉下巴，一个星期的活，他俩一晚上就完成了。

为此他们领了处罚，也得到了表扬，上级领导更是表达过想将他调往改装研究所的意向，只是被他拒绝了。

"为什么选我？"秦栩还是想问，"队里应该有比我更适合的人。"

"你不要有心理负担，选择你有很多原因，唯独没有照顾你父亲的面子。"李英是老江湖了，说话一针见血。

队里上上下下都袒护他，反而掩去了他自身的光芒，非把他摆弄成一个长不大的孩子，那他能有立起来的一天吗？难道他心里就甘愿被人护着吗？

"真论起合适，比你听话、比你遵守规章制度的确实大有人在，可我们也得承认，论实力能代表通海竞选救生员的，整个通海非你莫属。再一个你和许心宜搭档多年，深知一个救生员的艰苦与危险，出于心理层面的考虑，你也比旁人更强。"

李英笑意敛去，摆出严肃的神色："这是最后一次机会，不是上级领导，不是我，也不是队里的同事，而是需要随时候命、不容许有一丝大意的救援一线给你的最后一次机会，可以让你真正地独当一面，成为一个父亲心目中英雄般高大伟岸的儿子。"说完，李英将一纸文件推到他面前，"后天出发，为期一个月的培训考核，地点在北京。"

秦栩猛一起身，声音陡然拔高："后、后天？时间不能改吗？"

李英被他的动作吓得往后一退，撞到椅背上，见他一张脸急得通红，不禁失笑："你有什么要紧的事吗？这个时间不是我决定的，文件是上面统一批复下达的，还有全国各地推选出来的候选人，要在一起进行考核，可以说是荣誉之战了，你不能给咱们通海丢脸。"

见他失了魂一样，李英也不勉强，让他回去慢慢考虑，不必急着答复他。他嘴上说得轻巧，距离出发只剩两天，竟然还有脸让他"慢慢"考虑？秦栩气得牙齿咬得咯咯响，一把抓起文件摔门而去。

回到公寓，他迫不及待地拿出压在枕头下的门票。当初被他揉成团过，门票早已不成样子，压了几天才勉强平展，可一角已经被他的手指磨烂了。

他攥着门票，彻夜翻覆，睁眼至天明。

这一天，通海救助飞行队接到福州外轮代理有限公司的信息，位于牛山岛附近海域的希腊籍货船"AMFITRITI"上，有一名船员因疝气导致腹部疼痛肿胀，急需转岸就医。得知险情后沈岐机组立刻出动，途中沈岐突发不适，江石玉代为掌控操纵杆。

在临近事发海域上空，受天气干扰，云层较低，飞行视线不再完整，需要通过机组成员的海面勘测及时向机长反馈指令来达成穿行。秦栩纵然憋着一肚子气，在看到沈岐发白的面色后还是履行了一个绞车手的职责。

新加入机组的救生员名叫李安娜，跟许心宜一样接受过多年的专业训练。

在职责范围内她出色地完成了大面积搜寻和海空吊运的救助，唯独在与秦栩的配合过程中态度僵硬，除了一来一往的指令，没有一句多余的废话，全程更是没有一个眼神交流，大有一副"老娘看不起你"的架势。

回来后，李英先找了李安娜了解情况，随后将秦栩留在办公室。担心秦栩再闹一次，谁也保不了他，沈岐强忍不适，不肯去医务室。江石玉留下来代为照看，正好今天轮到大峰值班，有他们两人再三保证，沈岐才放心地离开。

等了一会儿见李英屋内没有什么声响，江石玉的心略微一定，电话就响了起来。

大峰正在点外卖，想要问他吃什么，头一抬见一个人影窜了出去。等他追出去一看，走廊里空荡荡的，哪儿还有人影？

他摸摸后脑勺，嘀咕一句："见鬼了，跑这么快？"

这一天同样是许心宜来到公牛队后第一次公开讲课，担心搞砸，她把公牛队以往的教学方案都翻了出来，认真学习了一遍，又重新写了两版教案，得到蒋雯和程熙熙的一致认可后才满意。

岭南大学代表团到的时候，她已经在门口等了一小会儿。隔着一条马路，一辆大巴车在路边停下，首先下车的学生代表手上拿着一面牌子，写着硕大无比的"岭南大学"。许心宜赶紧一边招手，一边穿过马路去迎接他们，走到近前了才看清牌子上的内容——岭南大学心理教研室访问团。

她步子一顿，想到那天张建一言不发看着她的样子，心下一沉。

保安见他们滞留在马路边，过来察看，推了一动不动的许心宜一把，关切道："小许，你怎么了？"

许心宜摇摇头，强打精神带领学生们参观队部。张建在中心广场露了个面，同学生们打了招呼，随后问起他们的调研安排。代表说："可能需要队部的核心成员们为我们完成一个心理测试。"

张建点点头，表示没有问题，招来于阳和其他几个公牛队的常驻志愿者，让他们全力配合。学生们先把表格发下去让他们填写，然后开始布置测验场所，四周围起黑色的幕布，在里面架设微型摄像头、投影和音响等设备。

等一切安排就绪，所有人退后五十米，代表团通过耳麦监控现场情况，被测验者挨个进入幕布中。

于阳对测试挺感兴趣，第一个坐了下来，戴上数字手环。很快周围逐渐陷入昏沉，一段黑白默片在眼前上演，连绵的山坡上坐落着几座蒙古包，有成群的牛羊经过，牧民慢悠悠地跟在后面挥舞着草鞭。忽然之间牛羊疯狂奔跑起来，牧民受到惊吓，滚下山坡，张大了嘴不知在说些什么，眼睛越睁越大！

画面一转，狼在黑夜潜行，白天日光草地下安详悠闲的蒙古包一次次闪退，终于咔地一下定格在伸手不见五指的黑暗中。

四周一片死寂。

过了一会儿，隐约有窸窣的声响传来，于阳侧耳倾听，判断声音的方位，是在左边，还是右边？不对，好像是上边，或是下边？他找不到具体的方位，声音好像从四面八方聚拢而来，越来越清晰，越来越响亮，逐渐凝练成一片细碎的声响。

于阳浑身颤抖地按住座椅，深陷于缠绵呜咽的啜泣当中无法自拔。此刻有画外音提示道："这是你内心深处最渴望却也最厌恶听到的声音，代表了你当下的现状。"

直到细碎的声响一点点淡去，幕布里有日光洒落，人来人往脚步声不断，有同事在耳边轻声呼唤他的名字，于阳方才如梦初醒。可他仍旧没有走出来，怔愣地望着前方，整个人犹如被钉在十字架上，四肢僵硬，无法动弹。

学生代表团纷纷表示：不要去打扰他，给他点时间。

过了好一会儿，于阳拂去满脸的泪水，一句话也没有说，低头走了出去。许心宜注视着他萧素的背影，手不自觉地捏紧。

程熙熙拉她的袖子，小声道："心宜，队长在喊你。"

见许心宜没有反应，程熙熙戳她的腰窝，许心宜眉头一松，展开拳头，露出满是鲜血的掌心。

"看我粗心大意的，都不知道什么时候划破了手，我先去处理一下，你们继续。"许心宜挤出一个笑容，见张建没有阻拦，径自转身离去。

程熙熙隐约觉得奇怪，在许心宜和张建之间来回扫视两遍，到底不放心追了上去。等她跑到医务室，入眼所见便是许心宜把手掌放在水流下，双眼空洞地望着远方。

她上前两步，在许心宜面前挥挥手："怎么了你？失魂落魄的。"

许心宜一惊，忙把水龙头关掉，转身去找消毒棉签。程熙熙忙挡住她的动作："我来吧，看你这样，说不定伤没处理好倒弄得更严重了。不知道在想什么，被什么划破的？"

程熙熙不由分说一把拉过许心宜的手，视线一定，整个人僵住了。这哪里是被划破的痕迹，分明是指甲抠破的！

"你……"程熙熙呆看着许心宜，"你故意的？"

许心宜一言不发，把手抽了回来，简单处理了下，两腿一拢坐到廊下的长条板凳上。程熙熙陪着她坐了一会儿，大概猜到什么，说起于阳的事。

"一个罹患白血病两年前去世的父亲，一个多年脑瘫的母亲，两个靠贫困补助坚持读书的弟弟妹妹，他是家里的长子，也是唯一的顶梁柱。弟弟今年六月出来就业了，不过工作不太理想，能够补贴家里的不多，妹妹还没有独立养活自己的经济能力，所以一大家子还靠于阳撑着。那天他接了个电话突然离开，是因为妹妹不肯拖累他擅自休学，被他教训了一顿送返学校。大概是怕被老师责备吧，妹妹一直哭个不停，我从没见过那样的于阳，一遍遍不厌其烦地哄着她……"

程熙熙低笑一声："你猜他说什么？他说他现在是部门小领导，很受主管重视，今年还有望升迁，年终奖怎么也跑不了十个手指头，到时候不仅可以带妈妈去看病，还能给弟弟买最新款的手机，给妹妹买漂亮的衣服。他那一张嘴你是知道的，死人都能说活了，把小姑娘哄得一愣一愣的，半信半疑地问我都是真的吗？于阳就嬉皮笑脸地看了我一眼……他和她妹妹长得很像，几乎是如出一辙的眼睛，让我觉得可笑，觉得讽刺。不想让小姑娘失望，我只好替他圆谎。可马上就要到年底了，于阳穷得叮当响，身上一个子儿都没有，我都不知道他要怎么用另外一个谎言来圆这个谎……"

许心宜不禁想起不久前的一天，也是在这个小院里，在廊檐兜不住的细窄日光下，她清清楚楚地瞧见了于阳眼底的沧桑。

当时她还咋舌，他才几岁？二十三岁还是二十四岁？或者更小？他大学毕业了吗？

她满腹的困惑，不忍心吐露。如今回想，依稀还记得当他说起"我怎会不懂？当一个人被逼到走投无路的时候，谎言会自动找上门来"时他眼底一闪而过的悲伤，是那样深重，让人无以忘怀。

他说，买彩票是他击碎谎言唯一的希望。

"我几次碰见他家里的情况都是乱糟糟的，妹妹哭弟弟哭，亲戚也哭，一个接一个地哭，只有于阳从来不哭。"

程熙熙背靠着墙，眼睛微眯，屋檐下一道光恰好沿着眼睑伸展了出去，拢进乌黑的发间，瞧着像是一只老猫，打盹还留了一条细缝，有着超出她这个年龄的成熟。

"几年前张建在于阳手里买了一份高达数百万的保险，让他有了一笔可观的提成，于阳全拿去救当时病重的父亲了，虽然未果，但他后来还是跟着张建一起来了公牛队。"

程熙熙说完，回头看向许心宜，露出一个晦涩不明的笑："张建过去是做什么的你应该知道吧？就他原来的工作，重来几辈子也不可能挣个几百万，你猜都是怎么得来的？”

还能怎么得来的？消防安全隐患所酿成的火灾后，一笔三条人命的赔偿金。

许心宜摩挲着仍在钝痛的掌心，缓缓问道："你想说什么？"

"他们这些人哪一个没有历经过炼狱？就连陆毅成官司失利，被委托人电话轰炸，哭着喊着要打要杀，而他身为一个律师却束手无策，临了还得找个公益组织释放一下自己的光彩，你真当他闲得没事做？"

程熙熙起身，站在一旁。她的身影被日光掩住了，发散出来的是一团刺目的光晕。许心宜看不清她的表情，极力去分辨，只辨出她声音里的一丝鄙夷与冷漠。

"谁的日子不煎熬？你也别太把过去的那点伤痛当回事了，指望别人谅解你、可怜你、拯救你，倒不如自己爬起来。有手有脚四肢健全，生命完整，亲人健在，还有比这更好的光阴吗？"

后来张建陪着岭南大学代表团做完了心理测试，送他们离开队部，没有追究许心宜凭空消失一下午的责任。

许心宜无暇忐忑，又或者说这些年一直浮沉忐忑，随波逐流，也不觉光阴曾为她停留过。

回到家后，她给自己化了一个淡妆，换上精心挑选的连衣裙与过膝羊绒大衣，把从来不受束缚的脚塞进高跟鞋，临出门前将航展门票压在电脑下，端详了好一会儿，才弯腰走出去。

一道略显低矮的门槛，宛若一道横沟，划出天差万别的光华。

赵阿姨正在门口择菜，听见响动抬头看去，忍不住"哎哟"一声，连着夸了好几句漂亮。许心宜低眉浅笑，如常同赵阿姨耍贫嘴，赵阿姨和邻里打趣了几句。待门前人群哄散，才往她门下一看，里面的光深深浅浅，似乎还有正在自动搜索频道而发出的沙沙的声响。

怎么回事？出门灯不关，广播也不关？

沈岐临时被周清野塞了一个行程，到餐厅之后才知道今天是江石玉的生日。没来得及准备礼物也就算了，联想到几天前许心宜的表现，她一下子猜到根源，心里不免为秦栩捏了把汗。

李英担心队里传闲话，没有公开对秦栩的安排，因此她不知道秦栩手上已经捏着一份去北京参加救生员选拔考核的文件，更不知道出发的时间就在今天。

在等待这场生日庆祝会的主人公来临的过程里，她悬着多年的心忽然放了下来。虽然不得不承认，她私心里一直偏袒秦栩，想替秦栩争取到许心宜的回心转意，但她又清楚江石玉的用心，毕竟周清野做任何事都没有隐瞒过她，组建公牛队抑或作为中间人替江石玉给予许心宜帮助，在她出国期间一直默默地守护着许心宜，或多或少她都看在眼里。

以她的身份立场能做的实在有限，她也已经尽力，剩下的只能看许心宜自己。周清野见她一时愁苦一时叹息，把她的脸拨过来转向自己，佯装生气道："你老公我就在旁边，你却想着别的人。"他哼一声，又道，"还是男人，你当我是死的吗？"

沈岐知道他耐不住寂寞，浑身都是戏，只要给个话头马上就能发挥出几场来，这个时候千万不能顺着他往下说，否则没完没了，会被缠死。

她便转向旁边，一副无辜的神情："心宜怎么还没来？"

没有受到老婆的重视，周清野更加生气了："许心宜这个麻烦精！因为她，你都不爱我了。"

恰好服务生过来送茶水，闻言动作一顿，虽强忍着没看向他们，但到底慢了半拍。沈岐察觉到陌生人的注意，脸颊微微发烫，暗地里掐周清野一下："别闹。"

周清野噘着嘴，哼哼唧唧："姓江的也是，几点了还不来？真当老子的时间不值钱呢。"说完看一眼手表，眉头微皱，"不应该啊，你不是说他下午请假了吗？"

沈岐点点头："我走的时候，李英还特地交代了别人值班。"

"那再等等吧。"周清野想到什么，又讨好地挽住她的手，"你现在跟以前不一样了，要不要先休息一段时间？我听医生说前三个月最重要，一定要小心提防。你现在胎没坐稳，平常训练还能自己注意点，可加班熬夜毕竟对身体不好，还要日日出动，一想到上回你不舒服，我真要担心死了！"

倘若那天不是江石玉而是另外一个副机长替她掌控操纵杆，面对变幻莫测的云层和海上风暴，说不准会发生什么。周清野小心眼子，偌大的通海也就勉强信任江石玉一人。

沈岐不说话，默默望着他。

周清野多少有些心虚，趁着许心宜受伤住院的期间把她骗到山里，美其名曰度假。可那两天究竟是怎么过来的，任他脸皮厚如城墙也不好意思回忆再三，就更不用说沈岐了，回来好几天没搭理他。

经由许心宜提醒，他特意观察了两三天，偷偷买了验孕棒，不声不响地摆在洗手间，沈岐看到后才知道他在山里做的全是假安全措施。可到底还是怀上了，以为的肠胃不适，其实是孕吐反应。

这两天李英已经找她谈过话了，虽然很不舍，但她还是同组织上达成了一致，预备等身体状况稳定一点再归队，只是这一结果还没来得及告诉周清野。

眼下看他胆战心惊又缩头缩脑的模样，沈岐忍不住轻笑一声："明天开始休假，什么时候医生说可以工作了，我再回去，可以吗？"

周清野一喜，抱着她狠狠地亲了两口。

沈岐羞赧，忙将他从身上扒下去，作势要动手了周清野才作罢，小媳妇似的蹭蹭她的肩膀，又道："那我从明天开始就是你的私人管家了，老婆大人有什么想吃的想喝的，尽管吩咐，我二十四小时为你服务。"

沈岐故作淡定道："好，那就看你的表现了，满分奖励你一只最新款模型。"

"又是模型？你是没花样了吗？真当我是小孩子好哄的？"周清野笑了下，"不行，我要换一个奖励。"

"你想要什么？"

"甜品。"周清野一双手不老实地往她身上放，"要你亲手做的，亲手喂给我吃的草莓塔。"

沈岐满脸通红，一边拍打他的手一边环视四周。借着包间屏风的遮挡，两人着实闹了好一会儿才停歇，沈岐静下来后才问："周清野，虽然我会万分小心地对待我们的孩子，但是海上瞬息万变，你也知道整个冬天会发生多少难以预计的险情，雪崩、地震、寒潮、霜冻结冰、海啸等都有可能，我……我不敢保证更多，你会对我失望吗？"

周清野戳戳她的脸："想什么呢？这些问题是你该考虑的吗？选择你作为我的终身伴侣之前，不，从选择爱你的那一刻起，我就已经想好了所有的万——尊重你的理想，正视每一个明天和意外，然后祈祷奇迹的降生。"

沈岐被他说得满心温存，别说一样甜品了，千百样的甜品她都愿意学，还要把她最爱的满屋子的模型都送给他，为周清野准备每一个只属于他的独一无二的惊喜。

在失去父亲又失去母亲，无路可走只能逃到他身边后，沈岐第一次感受到命运的眷顾，让她这样一个无趣又慢热的人，遇见一个如此有趣的灵魂。

"我妈还好吗？"想了想，她还是问出了口。

秦荣去世后，她再也没有回过家，被一个口口声声"为了她好"的母亲伤透了心，挣扎着逃出了多年的桎梏，以为得来的会是自由，没想到却是一个个夜深人静的晚上不断回闪的幼时的温情。

老小区的房子四面潮湿，墙壁上爬满青苔，阳台狭小，晒个衣服都会被杂物绊倒，还要摆满一地的花花草草。只要点一盏灯，透过窗户的光晕似能照亮路边的一条街。而在她的童年里，她家的窗户永远有两盏灯的影子。

周清野想了一会儿说："挺好的，她也问起过你，我告诉她你怀宝宝了，她还把你小时候的衣服都翻出来给我。"

沈岐低下头："那些衣服呢？你都藏哪儿了？"还有时不时带回家的一些根本不可能是他买的老家特产，诸如晒干的木耳腊肉，抑或新鲜的、满是记忆里的味道的小菜。

周清野揽住她的肩，慢慢说："可费了我老大的脑筋藏呢，生怕被你找到……沈岐啊，要不要找个时间回去见见她？"

沈岐沉默片刻，摇摇头："你有时间多去看看她就好了，我啊，我总是想着再等等吧，再等等，总有那样的一天，对吗？"

周清野摸摸她的脑袋，也不勉强，有些伤痕是需要时间来治愈的。一个胜似父亲的秦荣，一个早就摆在心里当亲弟弟对待的秦栩，因一个母亲的一意孤行而支离破碎，连心房最是柔软的她也学会了恨。人世间的来来往往，爱总是漫不经心，恨却牢不可破，需要一个人把心脏守得无隙可乘，不被任何伤害所伤害，才能从善如流地欣赏风暴的美。

可惜的是，这顿晚餐一直到深夜，店铺打烊了，周清野和沈岐都没等来两个为爱迷路的主人公。周清野只好拎着两只孤零零的"熊大"和"熊二"玩偶回家了。

同一时间，在同一片天空下，一架飞机从头顶掠过。秦栩拉下遮挡板，听着机械化的女音播报，不耐烦地闭上眼睛。

一张被妥善收藏的遗书下方，伴随着他一同飞上三万高空的航展门票，成为这一刻命运的见证人。

或可笑，或讽刺，千万选择，分叉而流后又该去往哪一个方向？

凌晨三点，江离的邮箱忽然闪跳了一下。

不知何时路灯坏了，整个屋子乌漆麻黑，房间透着一股由外而内的阴沉，静得可以听到针落地的声音，因此当新邮件进来时发出的一声叮显得格外突兀。之后一道身影从完全无光的角落里走了出来，电脑退出休眠状态，亮起的屏幕映照出男人立体的五官。

发件人是他的一个网友，也不单是一个网友：

> 江离，你爱过谁吗？你知道当你做好万全准备，准备去爱一个人，却因为软弱、胆怯不敢再爱他时的那种心情吗？
>
> 此刻的我或许正在经历，经历一种流失，一种错过，一种注定要相忘的刻骨。
>
> 或许正如你所说，我早已迷失了，在不经意间弄丢了曾经那个勇往直前的自己，只是一直不敢承认而已。
>
> 这一整天我都在问自己，他们为什么要来这里？因为不想让家人失望？因为别无选择？因为是一个消防员？因为这里是一个只有血肉

与眼泪的世界？因为正义无价？

那么我呢？

我为什么在这里？

我还能在这里待多久？

许心宜双手撑膝，气喘吁吁地擦了把脸上的汗。望着前方再有一个转弯就能到达的目的地，她弯腰脱下高跟鞋，赤脚踩在冰雪还未消融的马路上，随手抓了把绿化带里的砂石，使劲地揉搓脚底，直到全身开始发热，她重新调整好呼吸，做出个百米冲刺的姿势准备出发！

忽然，手机接连振动两下。

许妈妈夜半起身，发现昨天晚上一声不响回到家的女儿，一夜没有停留又再次悄无声息地离去，到底不放心发来了一大段暖心的话，提醒她天冷多穿衣服，注意安全，家永远是她身后的港湾。

许心宜鼻头一酸，笑着给妈妈回了一段语音。再看另一条消息时，才刚发热的脚底渐渐凉了。许心宜看完"公牛群"的全部消息，回复了一句"马上到达"后，把高跟鞋扔下，双手放在嘴边哈了口气，随后直起身望向前面的街口。

快到春运了，早一批回家的异乡人已经收拾好行囊，冒着凌晨的酷寒行色匆匆地往车站的方向赶去，街道上有穿着橙色防寒服的环卫工人和救助同行们，正在清除道路积雪，做好路面的防冻准备。

许心宜神色一敛，抹去发间的露水，毅然转身。

半个小时后公牛队的核心成员全部集结，队部启动一级地震救援响应。在无数人正处甜美的梦乡时，全国范围内能够调动的应急组织已经全部行动起来，一辆辆消防车、救护车、物资车驶向高速，一支支红色、蓝色、橙色、白色队伍整装待命，各地生活物资储备库的员工正加急装箱。还在路上的人们通过第一时间的地震播报，或加入志愿者队伍，或献出自己的一份爱心，灾区全线的计程车灯光闪烁，无声地照亮一条漆黑的漫漫长路。

张建分派出一支十二人支队，驾驶两辆后勤保障车连夜奔赴灾区，剩下的人则组成一支特搜队，携带专业生命探测搜索设备、搜救犬及无人飞机、重型支撑和破拆立刻赶往机场。

在地勤人员的帮助下，搜救犬被破格允许登上飞机，然而灾区附近的航班全部取消，他们只能转飞临近的机场，一直到第二天下午才与当地的公牛队会合，一行人拿着指挥部临时颁发的通行证进入震区。

震源临近景区，人流量巨大，虽已经疏散四五万游客，但还有大量游客没有撤离，路面交通严重拥堵。截至目前大大小小的余震没有停过，一路上都是滚落的巨石，行进缓慢也就算了，还要时不时停下来清理路障。一车人心急如焚，许心宜通过交谈才知道一名搜救队员的家人事发时正在景区游玩，目前下落不明。

时间越走越慢，他的心也越来越紧，一双眼睛早已哭肿了，隔几分钟就掀开军绿色的幕布往外面探望一次，担忧之情溢于言表。可为了不让同事们跟他一起着急，他还强颜欢笑，逗大伙开心。数个大老爷们儿龇牙咧嘴，笑得比哭还难看。

到傍晚时分，张建接到消息，通海救助飞行队已经有两架搜救直升机到达临时指挥部，周清野亲自送来了大批救援物资和善款，目前已由负责人陪同前往后勤处，搜救直升机则进入震中地带搜寻被困者。

得到的最新数据显示，震中地带出现过高达4.8级的余震，直升机此刻绕山侦查实际危险重重。一旦山体崩塌，全机组将面临巨大的考验，危在旦夕。

许心宜捏着手机，掌心早已汗湿了，手背上一条条青筋脉络清晰可见，仔细看的话，腮帮子咬得死紧，车在山路上不断地震颤，而她除了发丝微动，面上的表情没有一丝变化。直到在经过一座名为"观音娘娘"的远山景点时，哪怕只是队员随手一指，哪怕只有朦胧云雾里一个微微冒尖的山顶，不见山峦具象，周遭轮廓全被掩映在重山暮色中，她也还是精神一振，无比虔诚地闭上了眼睛。

睫毛颤动着，她始终不愿意睁开眼，不愿面对鲜血淋漓的现实。

晚间时分，他们被允许进入林间，参与搜救十几位至今没有音讯的失联游客。林间树影婆娑，地形复杂，通信全断，没有照明设备供给，并且负责人无法保证会不会有野兽出没，其存在的情况具有多变性、危险性。可距离事发已经过去近二十个小时，被困者的生命正在急速流失，眼下的局势刻不容缓，哪怕龙潭虎穴他们也必须闯上一闯！

为防意外，张建不得不分派两人一组，交代他们在遇见突发危险时可以通过手电指令向组织请求援助，组员之间必须一前一后，按照军事化训练的要求深入林间探查搜索。

陆毅成二话不说，默默跟上许心宜的步伐。张建若有所思地打量陆毅成一眼，最终目光定在许心宜的背影上，想来想去终究什么也没有说，转往另一个方向。

走得远了，身边只余下树枝摇曳发出的沙沙声，以及搜救队伍出没后留下的"有没有人"的机械式的呐喊，时不时还有鸟突然扑棱的惊吓声回响在林子里，远远近近能够听到，却分辨不了具体的方向。

陆毅成一整天没有合过眼，只在飞机上吃了顿简餐，落地后连口水都没来得及喝，到了夜半实在体力不支，偷偷摸摸地掏出口袋里两个早已冷透的鸡蛋。

许心宜蓦地回头，见身后空无一人，想到有可能出没的野兽，心顿时提到了嗓子眼，猫下身来四处侦查。忽然前方树丛里一团阴影闪过，许心宜抽出腰间别着的匕首，悄悄逼近，正当她举刀攻击，同时叱问"谁在那里"时，陆毅成裤子一提，双手举高，浑身哆嗦道："我我我，是我！"

许心宜松了口气，骂道："你神经病啊？好端端的，藏起来做什么？"

"我……"陆毅成小声说，"我肚子疼。"

这时，空气中隐约有什么气味传来，许心宜掩鼻走到一旁，四下探看后说道："休息一会儿吧，正好补充点体力。"

见她一口能吞下一个士力架，几秒钟扫荡好几个士力架，陆毅成咽了口口水，朝她竖大拇指："你要不要塞点面包？"

"不用。"

许心宜又塞了两大块巧克力，腮帮子鼓动着，似在进行什么隐秘而艰难的活动。陆毅成忙把水递过去："不差这点时间，你搭着点面包吧？光吃巧克力你不嫌腻啊？"

许心宜瞪他一眼，含糊不清道："你闭嘴。"

本来不觉得油腻，无奈陆毅成嫌弃的表情太明显，一双桃花眼还一眨不眨地盯着她，好像就等着她反胃似的，连纸巾都准备好了。许心宜忙伸手过去，一巴掌按住他的脸把他往旁边推，接连作呕两声，强灌大半瓶冰水，还站起来蹦了两下，才压下胃里翻腾的不适。

陆毅成还要说什么，立刻被许心宜一个眼色制止了。他讪讪道："没、没什么，就是想说你把我的水喝光了。"

许心宜不搭理他，背上装备继续往前走。等陆毅成跟上来了，她才慢慢道："我包里还有巧克力，你待会儿拿两块吃。不知道要搜寻到什么时候，这几天你是甭想休息了，补充糖分最重要，免得晕倒了我还要救你。"

陆毅成加入公牛队两年，还是第一次参与重大灾情的搜救，经验不足，听许心宜说话直点头，谦虚道："都听我家心宜的。"

许心宜冷冷扫他一眼，没有说话。

陆毅成直觉哪里不对劲，从出发到现在一路上都不对劲，她的情绪太压抑了，故而凑到她旁边睁大眼睛看了一眼，好像要从她眼睛里找寻可疑的痕迹，最终给出个结论："你……你失恋了吗？"

在队部集结的时候，他们都看到了她那一身精心的装扮，只可惜跑了一路，风尘仆仆，头发乱了，妆脱了，鞋子也不知去了哪里，一双脚又白又脏，还被石子割破了。

她什么时候在他们面前打扮过？不用说，肯定是去见心上人了，可弄成这副模样，应该结果不妙吧？陆毅成合理地推测，应该是被甩了。他就说嘛，江石玉那种上流社会的贵公子怎么可能看得上脑袋一根筋的许心宜？要么眼睛瞎了，要么就是玩玩而已。

想到这里，陆毅成心头陡然升起一团火，牙齿霍霍："你等着，看我回去不揍死那小子！"

许心宜忽然一顿，仿佛不堪承受肩上厚重的包，腰一松，整个人撑膝低下头去，看不见光芒的树林里，一时间只剩下她粗重的喘息声。

她似在隐忍什么，藏起什么，独自一人舔舐什么……良久，她抬起头露出一个笑脸，明艳照人，仿佛刚才的一切都是故意唬人似的。

"就你的身手能揍死谁？"许心宜直接一巴掌落下来，"你是律师还是警察？管得真宽！谁告诉你我失恋了？就算我失恋了，跟你有一毛钱关系吗？你这个乌鸦嘴，我不想听见你说话，我劝你最好把嘴牢牢闭上，要不然……"她双手捏拳，咯咯作响，一步步朝他逼近，"后果你知道的！"

陆毅成接连往后退，连声求饶，忽然手指向旁边一团黑影，惊叫道："啊！有蛇！"趁许心宜探查时一个不注意，他侧身从她旁边躲闪过去，忙道，"快快，还有游客等着我们去救呢，指不定马上又要来一波余震！"

许心宜几乎没脾气了，冲上去骂道："你闭嘴！"

一直到第二天中午，他们才在林子后的保护站搜寻到十名深度受困人员。地震发生时，山体坍塌，有四人当场遇难，他们侥幸逃过一劫，避难至保护站。目前十人身体状况稳定，张建联系医疗小组将他们送去安置点，继续赶往下一个受灾点。

短暂休整后，张建召集小组开了个短会。实时数据显示，截至目前，共记录到余震总数为两千九百零三次，其中4.0～4.9级三次，3.0～3.9级二十六次，最大余震4.8级。

张建说："你们应该知道这意味着什么，余震不断，危险如影随形，下个遇难者还不一定是谁！全体队员，通通给我打起十二分精神，谁要敢有一点懈怠，休怪我不客气！"

说完，他的视线在面前几人的脸上扫视一遍，随即点出一个人："于阳，我刚才说了什么？你给我重复一遍。"

于阳的精神已到临界点，勉强撑着眼皮子，耳朵早已清空了，被张建一点浑身一紧，瞌睡虫顿时跑了个干净。

"队长，我……"

张建没有给他说话的机会，上前就是一脚，直将他踹得蜷缩在地！变故来得太快，旁边几人诧异地瞪大眼睛，许心宜第一时间反应过来，刚想要上前，就听见张建吼道："怎么？你也打瞌睡想来一脚？"

许心宜没敢动，脸色有些难看。陆毅成看不过去了，打岔道："打个瞌睡不至于吧？用得着动手吗？"

"不至于？"张建几步上前，一拳将陆毅成掀翻。

陆毅成还没察觉，嘴角的血已经染红手心。他愤然起身，欲朝张建扑过去，张建却先一步冲过来，一把揪住他的衣襟！骤然收紧的围领圈住了他的脖子，叫他喘不过气来。

张建浑然不觉般疾步将他往前推，直到他重重地撞上临时搭建的一张桌子，双手一撑，后腰发力，制住张建的动作。

他喘着气大声质问："张建，你疯了吗？"

许心宜上前来阻拦，也被张建一手挥开，一个趔趄差点摔个狗吃屎，好在后面伸来一双手，及时抱住了她。熟悉的气味欺身而来，许心宜心头一软，迅速朝来人看一眼，小脸上溢满柔弱委屈，全是对着心上人才有的娇气。

江石玉摸摸她的脸，低声问："有没有伤着？"

许心宜摇头。

通海救助飞行队两个机组也忙活了一天一夜，暂时休整，听到动静都围了过来，只听张建压着声音，一字一句道："我来告诉你至不至于！'9·11事件'中，有三百四十三名消防员遇难！世贸废墟清出了超过一百八十万吨的残骸，送到一个专门的场地，每天都有人在那里寻找遇难者的遗物，有的剩半截身子，有的剩一颗脑袋，有的只剩一根手指！我不想有一天去认尸的时候，你只给我留下一根手指头！"

陆毅成喉头一哽，浑身滚烫。

他不敢再看张建，却被张建强行捏住下巴。

"当年至少有两千五百一十八名参与搜救的救援人员患癌，当中包括警察、消防员和医护人员。其中一名六十多岁的消防队长，因为患癌而导致身体变得虚弱，被逼退休！你知道一个救助人常年忍受身体带来的病痛、社会给予的高度关注，还有来自各个层面指手画脚的声音，活着干到六十岁是一件概率多么渺小的事件吗？却因为伤疤，因为荣誉，因为无私奉献燃烧自己的生命而被逼离开岗位，你不觉得讽刺吗？你们谁能保证离开这里，明天或者后天还能坚守在一线？你想过自己退休时是个什么情形吗？我告诉你，我想过——我张建绝不允许自己被任何形式开除，被任何年龄、身体因素辖制退休，不论死在哪里，我都要死在穿着这身制服的时候！"

他顿了顿，环视一圈，目光在每个人的脸庞上掠过，那是一抹足以震撼人心的火光："所以，在进入搜救区前，你们必须给我保持十二万分的清醒，要知道里面余震不断，意外随时可能发生，生化辐射等情况并不会因为这是个地震灾区而消除，在一个受到毁灭性伤害的地方，任何可能性都是存在的！你不是只有你一个人，你还有队友。你哪怕想死，也别拖累了别人，不要给灾情增加负担，否则就算只剩一根手指头，老子也会瞧不起你！相反，但凡你能从里面带出哪怕一根手指头，我也会打从心眼里佩服你！都听清楚了吗？"

这一刻，不只公牛队、通海救助飞行队，还有来自全社会各个层面的救助人，乃至新闻记者全都定住了脚，伴随着张建的声音落地，现场响起雷鸣般的掌声，铿锵有力，带着无以言表的感动。

于阳从地上爬起来，走到张建面前说了声"对不起"，陆毅成紧跟上来，许心宜随后，几个人像是做错事的孩子，低着脑袋乞求队长的原谅。

张建一贯是含蓄内敛的人，感情很少外露，这一次确实是被他们气着了，可脾气来得快去也快。看着往日神气活现的几个家伙垂头丧气地往跟前一杵，一个个跟落水狗似的，他忍不住笑了，挨个拍了下肩膀，轮到许心宜时揉了揉脑袋，语重心长道："你们都还年轻，还有很长的路要走，不要把性命交代在无意义的事情上面，再多的难坎在生死面前都算不得什么。"

他的目光定定地落在许心宜脸上："你是我见过最出色的救生员，我希望你的一生，只有鲜花与荣誉，没有伤害。"

许心宜鼻头一酸，就要抱着张建痛哭一场了，被张建一躲，正色佯训："才刚说的话又忘了？全体队员，十分钟后集合！"

张建落荒而逃后，许心宜抚着胸口抽噎了两声。江石玉觉得好笑，擦了擦她没什么泪水的眼角，把她拉到一旁去，拆了周清野格外优待的两块蛋糕和几只大鸡腿，一齐送到她面前。

许心宜顿时两眼放光，再顾不上对张建的良苦用心感动，狼吞虎咽起来。江石玉陪她吃了一会儿，问道："昨天晚上去哪里了？"

许心宜动作一顿，视线开始乱瞟："回、回家了一趟，我爸想我了，非让我回去，我怕再放鸽子把他气病了。"

"哦。"他也不拆穿她的谎言，倾身向前，双手捂着她的耳朵给她挡风，"这边情况有点严重，还不知道什么时候才能回去，你注意身体，别太拼命了。"

许心宜点头，悄悄看他一眼，撞上他一双安然的眸子，顿时心虚。

"你不生气吗？昨天你生日，我还爽约了。"

江石玉看她吃得不剩什么了，上前一步将她抱在怀里。他凌晨受到紧急召唤，回到队里才知道同一天夜里，秦栩被李英安排去北京了。

周清野在路上向他透露，原来沈岐准备了两张航展门票给秦栩和心宜，就在他生日当天。许心宜没有出现，周清野还以为她去了西安，直到深更半夜被她电话轰炸索要江石玉在飞行公寓外的住址时，才知道她非但没有离开，还在满世界找他。

凑巧的是他这个寿星也没有出现，她至今尚不知情，还小心翼翼地试探他的心情，他才觉得命运弄人。如果事先知道这一天她有可能会同秦栩一起去西安，他还会失约吗？如果没有突发灾情，她满世界地找他，又想同他说什么？

江石玉低下头，亲吻她的发顶，声音被风隔挡着，显得忽远忽近："我爸突发脑出血中风了。"

"啊？"

许心宜瞪大眼睛，身体不由自主地往外退，却被他牢牢锁在怀里。猜到他不想被她看到此时的表情，一瞬之后她平静下来，问道："什么时候的事？"

"就在我生日当天。"

历时近六个小时的抢救，亲眼看到昔日面目可憎的家人无声无息地躺在病床上，他才意识到一意孤行选择自己所谓的理想，到底有多么不负责任。

许心宜不说话，隐约猜到什么，难怪她一直没有收到他的消息，还以为他生气才不理会她，害得她胡思乱想了好一阵子，被陆毅成一张乌鸦嘴点破"失恋"时，她心里委实七上八下，以为已经遇见最差的结果。现在回想真是傻得没边，他怎么会生她的气？他那样的性子，从来只会跟自己生气。

他想必很难过吧？可他已经非常难过的时候，察觉到她的难过，竟然还在安慰她："没关系，生老病死是常态，只是恰好发生在这段时间，痛苦才被放大了一点点。但是没关系，就像你说的，寒冬总会过去。"

江石玉用力抱紧她："那一晚我一直在医院，太晚了，就没有再回飞行公寓。"

"我知道我知道，你不用解释。"

她可以想到他对那个家庭有多失望，可即便如此，也无法抹杀那最后的一点希望。他一定和她一样，带着无法言说的伤痛，度过了那一个漫长黑夜。

她想想都要心疼得哭了，可眼下还在灾区，他们各自肩负使命，留给他们的时间太少，千言万语诉之不尽，彼此只能回以更加用力的拥抱。

"等这边结束，我们一起去度假吧。"

江石玉点头："好。"

网络上曾经流传过一段话，据说是一名消防员记录在日记里的：

"火一半水一半，热一半冷一半，这是他的工作！饭吃了一半，澡洗了一半，方便了一半，觉睡了一半，梦做了一半，这是他的生活！训练场一半，火场一半，生一半死一半，这是一名消防员的风采。"

换作张建，换作这片天空下任何一名参与一线救援的人，同样适用。在接到地震灾情的第一时间赶赴救援，甭管当时是在睡觉还是在吃饭，哪怕泡沫刚打湿身体，也得立刻提上裤子走人；外面是冰冻三尺，抑或火云如烧，是阳春三月，抑或落英缤纷，对他们而言只有热和冷两个概念，一年两套制服，一套单衣一套夹棉。除了救援，其他的时间基本都在训练、演习、课业中度过，手机大多时候是无声的，游戏社交离他们很远，因为没有足够的时间沉沦。

又过了几天，临时指挥部门口支起一面白板，上面赫然写着四个大字——死亡名单。

遇难者的名字一摞摞堆叠在白板上，是急切而又谨慎的黑色笔迹，仿佛在洁白的雪地上踩上一脚，一种相辅相成的严寒侵入人心。许心宜捡了个空站在白板前，没有看累计的数量，而是一行一行地数过去。

陆毅成问她："在做什么？"

她回过头，浅浅的笑揉碎在雪后初晴的微光里："小时候经常数错数，我看看长大了有没有进步。"

陆毅成抬手想摸摸她的脑袋，被她一个闪身躲去了。他只好背手一笑，矮身问："数出什么花来了？"

许心宜说："嗯，最大的五十七岁。"

"哦？最小的呢？"

许心宜比出两根手指头，声如蚊蝇："十一个月。"她又问，"十一个月会走路了吗？断奶了吗？会喊爸爸妈妈了吗？"

陆毅成丈二和尚摸不着头脑："快一岁了，应该会了吧？"

"什么叫应该啊？你到底知不知道？"

"我还是个大光棍呢！怎么知道？"

"尽说废话。"

两人一路走一路斗嘴，身影在一排排帐篷间渐缩渐小。在他们之后，陆陆续续有人上前来，久久伫立在白板前，尔后一言不发地离开。

他们之中有与公牛队同路而来的搜救队员，至今没能联系上家人，手机早已没电了，却必须坚守在岗位上。还有刚刚才捡回一条命的基层建设者，因为熟悉灾区的地形而不得不重返战线。更有来自全国各地的战士，据说当天结婚的不在少数，却只能留新娘独自一人完成婚礼。

整个震区充斥着霍乱的动容，有人正抱着防水布里孩子的遗体失声痛哭；有人艰难忍受着数日的疲倦与辛苦，却因救不出人正号啕不止；有人不得不直面满目的疮痍，正咬牙清理废墟里的残肢，替他们入土为安；有人正面临救儿子而必须切断老伴遗体的艰难抉择；有人背着尚在襁褓里的孩子，正站在风口眺望坍塌的家园，漫天浮动着细微的沙尘……

鲁迅先生说："夜正长，路也正长，我不如忘却，不说的好罢。但我知道，即使不是我，将来总会有记起他们，再说他们的时候的。"

当地仍有不少失踪者，名单一直在更新中，已经被搜寻到的遇难者被送往殡仪馆，当地联系人正在安排遇难者家属进入灾区。

许心宜难得休息了三个小时，天一亮再次进入震中地带。旁边刚好经过一辆破旧的摩托车，男人踩下刹车，双脚踩地，身后他自己用绳子捆绑在一起的女人似体力不支，正要滑落。许心宜忙上前扶了一把，女人的身体透着一股僵硬的冰凉。

她动作一顿，想帮他们叫医生的话怎么也说不出口了。男人抹了把被风吹掉的鼻涕，对她道谢，然后问道："太平间在哪边？"

许心宜指了个方向，他又说了一声"谢谢"，视线扭转过来，用一种连战士都惧怕的温柔对身后的女人喃喃道："乖，再坚持一下，马上就到了。"

蒋雯及时上前，将哽咽失声的许心宜抱进怀里。

接到附近村民的报告，有一片坍塌的房屋下面可能还存在生命迹象，公牛队一行在原地迅速地调整情绪后，立刻赶往现场。

许心宜走了几步，忍不住往回看，摩托车停下的地方有一棵被压倒的香樟树，数九寒天仍绿意峥嵘。男人的脸上裹着风霜，安静注视着自己的女人，她是如此美丽。

人间的爱，如此美丽。

许心宜拂开鬓发看向前方，再没回头。

不一会儿他们赶到民房区，一台八轴无人机腾空而起跃到现场上空，进行侦查，结构专家同一时间靠近废墟评估安全。

在一众人焦心屏息的等待中，专家点了点头，公牛队特搜组全员眼底迸射出希望的光芒，你来我往互相打气，搜救犬先行出发进行表层搜索。此时无人机已侦查结束，程熙熙作为主控，负责绘制现场的三维地图。

没有一会儿，搜救犬发现疑似的人员埋压点，"汪汪汪"叫了几声。

许心宜得到张建的首肯，戴上探测仪前往可疑点查看，还没确认结果，旁边的于阳大喊一声，一群人立刻围拢过去。经过表层水泥板的破拆，一名被掩埋的年纪约在六十岁的阿奶已经没有生命迹象了。蒋雯抢救了一阵，最终摇摇头。

天使志愿者服务队火速前来，将遇难者同胞的遗体抬上担架，整理遗容，装袋后拉上拉链。张建双腿一拢，现场搜救人员全体立正，脱帽告别。

这些天见了太多生离死别，情绪一次次涌至心头，濡湿眼眶，可他们不能悲伤太久，马上就要进入新一轮的战斗！许心宜的眼睛早肿成了核桃，意识到这里可能还有其他生命，强迫自己镇定下来。这时生命探测仪发出了强烈的信号，在一片堆积的大型混凝土废墟下，隐约传来一个女孩虚弱的求救声。

他们立刻商定救援方案，小女孩正好身处房屋中间，上面有一大片水泥建筑。等待破拆队移除至少需要三小时，可她的声音已经非常虚弱了，还能支撑多久谁也无法判断。当前唯一的办法是深入水泥片下，穿过横七竖八且错综复杂的钢筋、家具和柱子堆砌的区域，强行清出一条通道，尝试救出小女孩。

然而这是一个非常冒险的营救方案，先不提小女孩能不能撑到他们潜入废墟，万一搜救过程中再次发生地震，残垣坍塌，不仅小女孩生死未卜，他们也会一齐被埋在下面。

张建与专家沟通了一会儿，专家不建议强行深入："唯一的进口距离声源太远了，里面的情况也不明朗，贸然进去风险太大。"

张建眉头一蹙，吼道："难道还要眼睁睁看着一个生命在我们面前流逝吗？"这些天已经看过多少破碎的遗骸了？张建哽咽，"她还是个孩子。"

"我不是这个意思，提前告知风险是我的工作，具体怎么选择是你们的事。"专家拿过来一张风险告知单，神情严肃道，"要进去搜救的人，在上面签下名字。"

见张建脸色不善，他追加一句："例行公事，请不要让我为难。"

张建抹了把脸，低骂一声，还没做出决定，许心宜已经大步上前来，拿起笔龙飞凤舞地画下一个名字。

　　公牛队一行人定定地看她，她故作轻松道："我这个人吧，同情心泛滥，最看不得小女孩受罪了。要等破拆得三个小时，我不行，想想都要憋屈死了。"

　　张建知道她参加过很多重大救援，签过的生死免责合同恐怕不在少数，面对凶险远比其他队员拥有更加健全的心理状态，可她分明……

　　张建抬起头，这一回许心宜没有躲闪，一双乌黑的眼睛坚定而明亮，令张建震动不已，拿过名单大手一画也签了名字，随后一个个看过面前的队员，带着不舍和不忍道："危险评估级别都知道了？不强求，纯自愿，事关生死不用考虑面子，不管怎么样，你们都是我张建最引以为豪的兄弟。"说完，他别过脸，领着许心宜去一旁检查装备。

　　两人蹲下身，才刚装上探照灯，把护镜挂到脖子上，后面一个又一个尾巴跟上来。陆毅成脸上挂着笑："小时候我妈替我算命，说我比九尾狐还多一条命！不就是地震嘛，怕什么？"

　　他摆着一张玉面小飞龙的笑脸，说的话不知真假。许心宜不想大伙被凝重的气氛笼罩，咬着牙故意骂道："但凡这次能全须全尾地出来，我非要撕烂你的嘴不可！"

　　程熙熙用肩膀撞了她一下："我来帮你。"

　　许心宜与她四目交接，两人的思绪飞到千里之外某一个午日的屋檐下，一切尽在不言中了。剩下于阳和蒋雯，被张建以队长的命令强行留在地面，作为破拆支援。知道张建体谅他们拖家带口，身负重担，两人没再坚持添乱，扛着仪器一言不发地送他们到入口处。

　　许心宜舔着嘴唇调整呼吸，拍拍双手正要伏地，忽然头顶上空传来一阵螺旋桨声。她抬头一看，蓝白色的胖海豚正在高处盘旋。

　　这时对讲机的公共频道传来一道沉稳冷静的声音："公牛队，这里是救援58，奉命为你们护航，是否需要援助？"

　　张建比了一个手势，将对讲机塞到许心宜手里。其他人眼观鼻鼻观心，全都装作没看见队长的私心。

　　许心宜轻咳一声，掌心微松，动作飞快地擦干黏腻的汗，后才实实地握紧对讲机，按住按钮道："救援58，这里是公牛队，马上要进入废墟深度搜救，被困者呼吸虚弱，可能需要空运急救。"

　　"公牛队，请再次确认，是否进行深度搜救？"

许心宜语调沉沉："确认。"

她说得简单，外行只看个热闹，唯有内行才懂"深度搜救"的门道。

一次"深度"背后掩埋着多少战士的生命与血泪，旁人不知，他们还会不知吗？通海救助飞行队全体机组成员每年要和来自全国各机关单位的一线搜救队员一起开大会，给他们看牺牲数据。

那些数据逐年增加，所囊括的年龄范围越来越大，虽然残忍，却直观。代表发言说，只有这些直观而残忍的数据才能让他们切身感受每一场救援的危险性，才能让他们尽可能领悟到"活着真好"的真谛。

"不想牺牲，不想成为这些数据名单里的一员，不想你的队友们今后只能靠死亡数字和代号来缅怀你，就给我打起十二万分的精神！危险要闯，死亡也要惧，要救人，也要……把命都带回来！"

在安静的几秒抑或几十秒里，许心宜想，他应该是陷入了与她同样的回忆吧？她到底事先做好了心理准备，反应更快，依稀笑了一下，自我调侃道："我可不想成为一个数字，怎么着也得取个响亮的代号。"

救援58的机舱内气氛一时凝滞，大峰憋了两口气，就差摔耳麦了，忽然听见一阵嚓嚓的声响，不一会儿电流恢复稳定，接到上峰的最新指令，他们必须马上离开这里，前往下一个灾区。

前后相隔不到五分钟，一句话还没交代完，说来就来，说走就走，哪怕是没有感情的机器也该疲倦了。

大峰忍不住挪开视线。

许心宜也听到了最新的指令，话到嘴边化作一声苦笑："去吧。"她强忍酸涩，"去吧，快去吧……"

作为此刻无线频道的主控，必须要给出反应。男人的声音不复先前的沉稳，带着一丝克制的颤音道："公牛队，这里是救援58，无法再为你们护航，余震随时会来，请你们务必注意安全，注意……安全！"

知道是在公共频道，还有许多人听着，他不会同自己说私己话，许心宜应了声"好"，正要扔掉对讲机，里面忽然传来一声大峰的呐喊："心宜，你永远都是通海最酷的人！"

机组其他人纷纷附和："心宜，加油！"

许心宜的眸中流光溢彩，仰头看向承载了她很长一段青春与荣耀的救援58专用直升机，逐渐举高双手。

在她弯腰比出一颗心之前，驾驶舱里穿着制服肩配飞行章，一贯沉稳娴雅的男人，摘下耳麦，先她一步比出了心。哪怕隔着十数米的距离，隔着厚重的舱门与舷窗，她还是看清了他双眉间似难以承受的哀伤与深情。

刚才隐隐丛生的失落顷刻间被无尽的欢喜所替代，许心宜拿起对讲机大声喊道："江师弟，我爱你！"

机舱内立刻传来乱七八糟起哄的笑声，公共频道夹杂着一些不知名的调侃，勇敢且冒失，很快就被一通训斥。许心宜吐了吐舌头，不舍地挥动手臂。

久久，江石玉问道："心宜，十年规划可以往前挪一挪吗？"

"为什么？"

"想娶你了。"

许心宜终于等到这一句，眼泪眼看就要决堤，她一把扔掉对讲机，往地上一趴，钻进入口。

破拆组在地面进行废墟清理，继续挖掘被埋压的遇难者。

上峰再次发来指令，敦促他们迅速行动。江石玉余光瞥向下方，成片的房屋废墟上弥漫着灾后挥之不去的浓烟灰尘。他极力睁眼，看到几抹惹眼的橙红队服渐渐消失于一处，忽然眉头一紧——在公牛队生命后方有一个三层馅饼式坍塌现场，结构看似不太稳定，别说余震了，可能随便一个震动、撞击就会发生二次塌陷。

对于数字天生的危机意识，告诉他那绝对是比余震更可怕的存在，他无法抱有一丁点侥幸，立刻切换上级频道，向下传达了一条指令。

他动作太快，除了新来的李安娜，谁也没看到他做了什么。

大峰满心记挂着许心宜，双手合十在胸口比画着什么。救助医生笑问他什么时候信了耶稣，大峰说："我管他耶稣还是上帝，玉皇大帝还是王母娘娘，反正有用的我就信，能把他们好端端带回来的，我都信！"

救助医生叹了声气："不知道这个时候秦栩那小子在做什么。"

大峰立刻甩过去一个"哪壶不开提哪壶"的眼色，挥了下拳头佯装教训他。他知道这老不羞的特别八卦，闲来无事最爱乱嚼舌根。

依着他的话说下去，倘若此刻秦栩在机舱，肯定早就跳下去了！虽然谁都说秦栩冲动，不按规矩办事，可偌大的通海数千员工，又有哪一个敢质疑他对许心宜的感情？把命豁出去爱一个女人，哪怕理智全无，原则全废，又怎么样？

再看江石玉，永远从容，永远含蓄，同事几年从没在他的脸上看到过类似慌乱的表情，如果、如果刚才那一句带有颤音的叮嘱算的话，应该是这个男人第一次失控。更遑论许心宜一番惊天动地的示爱了。

你瞧瞧，多好的谈资。

要问大峰是什么立场，他向来不论对错，只站许心宜的立场。感情这种事，如人饮水冷暖自知，他既不想同事们总拿许心宜的感情当玩笑，也不想兄弟们总是见面如仇敌，既然许心宜已经明确态度，他自然也要表态。

给救助医生一个警告的眼神，大峰直截了当道："以后江师弟就是正主了，你们都省省心，别再有事没事瞎掺和了。"说完朝江石玉挤挤眼睛，"江师弟，我说得对吧？"

江石玉微微一笑，收回视线，开始前往下一个受灾点。

服从命令永远是作战第一守则，在这片天空下，至少在这片废墟下，不是只有公牛队一行，还有无数渴望怒放的生命正在等待他们，他们必须争分夺秒，与死神赛跑。

能为许心宜做的，他已经都做了。恰如周清野对沈岐所说，既不能把眼睛留在她身上时时刻刻跟着她，又不敢把自私的爱放大，加重她的负担，那么除了相信，他别无选择。

救助医生尚不甘心，追问道："江师弟，你真的喜欢心宜呀？你为什么喜欢心宜？"

"废话，我家心宜这么可爱！"

"谁问你了？我问江师弟呢。"

江石玉沉默不语，专心致志地看着显示屏，操控仪器，有条不紊地侦查灾情。救助医生挠挠头，颇有点下不来台的尴尬。以为不会听到回答了，忽然一声轻浅而绵长的叹息传来："我为什么不能喜欢她？"

江石玉转过头，看向救助医生，看向李安娜，看向大峰。

她天格高，千万重。

为什么就连一起工作多年的同仁也会轻视她，踩低她？如果一定要问他为什么，他会说，因为青草和花朵始终在她心里，开放着人间仅有的春天。

因为她要你沉溺在疯狂的黑暗里，那里有她的固执，他的惊喜。

江石玉轻声对自己说："得快点回去了。"

在救援58转移后，临时接到江石玉指令的周清野，刚卸下一批装备，一口气没喘上又拦住一辆越野摩托，携带一套最新购入的液压支撑套件流星赶月地前往公牛队后方。此时此刻张建一行四人已经艰难地清理出一条狭窄的通道，找到了小女孩。

小女孩还活着，事发时恰好身边有一堆零食，勉强维持了她被困这几天的身体补给。她全身有多处擦伤、瘀青和骨折，好在都没伤到要害。许心宜替她简单处理了伤口，过程中一直低声跟她交谈，让她保持清醒。

小女孩很坚强，痛得满头大汗还在说话："我认得你们的衣服，还、还有队章，之前在电视上看过你们的防灾视频。我告诉阿奶地震来了应该往空地上跑，但、但她跑得太慢了，我不知道她去了哪里。"

许心宜想起刚才被挖出的一具老年人的遗体，捋了下她面颊上的头发，打湿纸巾给她擦脸，低声说："阿奶已经获救了，就是她带我们来找你的。"

"真的吗？"小女孩腼腆一笑，"姐姐，我叫程英，英雄的英，谢谢你们来救我。"

许心宜刮她的鼻子："小程英真棒！"

小程英笑了笑，到底还是扛不住连日的煎熬睡着了。这时张建和陆毅成已经布置好担架，夹道窄小，不容易过人，基本只能贴着墙垣完成一系列动作。张建给出一个手势后，由程熙熙和许心宜将小程英的手和腿固定好。

四人眼神交流，程熙熙打头往外退，陆毅成和张建在中间转移担架，许心宜负责断后。

废墟上方，迅速赶来的周清野已经在不稳定结构区域开辟出一条安全通道。通过对讲机他向张建一行传达最新的消息，却没有得到回应，周清野不得不再三呼叫，仍旧不得回应。

过了一会儿，他捏住对讲机的手不自觉颤抖起来，唇色发白，于阳和蒋雯也沉默下来。

虽然他们不知道底下发生了什么，但凭借着多年的经验足以判断出，情形一定远比想象的差，否则不会没有一个人回应。就在时间一点一滴地流逝，不祥的预感越来越强烈时，对讲机忽然嚓嚓响了几声，随后许心宜喘着粗气道："队长受伤了。"

他们在往外转移的过程中，一个支撑点被破坏了，坠落的水泥板刚好压住张建的小腿，没一会儿张建的裤脚就被染红了。

在张建无声的示意下，许心宜咬住手电筒，撕开他的裤脚，伏下身去察看，从水泥板下方的阴影里隐约瞧见一根食指粗的锈黄的钢筋。

许心宜不敢轻易撬动水泥板，生怕牵一发而动全身，将水泥板上方的支点破坏，造成更大面积的塌方。她单手撑地，把身体扭成麻花状拼命拿到一堆废石下的对讲机，然而面对蒋雯连声的追问，却说不出一个字来。

蒋雯揉去眼眶的涩红，心下一定道："如果不方便处理伤口的话，就先不要动他，给他吃止痛药。用碘附浸湿绷带，掖在伤口一周。止痛药可以多给他几颗，让他拿着……自己决定什么时候吃。"

许心宜听到后半截话，动作一顿，隐约明白了什么。

张建拍拍她的手，终于开口："心宜，你和陆毅成带着小程英转向安全通道，程熙熙原路返回，基点不太稳固，你们务必小心。"

"队长！"程熙熙已然快回到出口处，却还是在一片灰暗的光中毅然决然地回了身，"要走一起走，要留一起留！"

陆毅成点头："说好了回去后要一起喝一杯的，队长你别是舍不得钱包临时反悔了吧？"

"胡说，你当我是于阳啊？"

难得听到张建开玩笑，几人不禁莞尔。短短一瞬，氛围又回到无法消弭的紧张里，张建吸了口气，像老父亲一般给几个孩子宽慰："别傻了，伤在小腿上，充其量也就落个半残，不至于把命交代在这儿，别弄得生离死别一样。再说蒋雯不是让你给我止痛药了吗？短时间肯定能扛得过去，我还能比不过一个小孩吗？再说，哪怕我两条腿全断，只要还有一口气在，我就是你们的队长，你们几个甭想在我眼皮子底下耍心眼，偷懒不干活。尤其是陆毅成你，整天三五不着调，好好想想你究竟是干什么来的。现在听我命令，全部撤出，立刻送小程英就医，不许反驳！"说完，一手拉住许心宜，将她往上提。

许心宜在他后方，要过去只能从他身上寻找突破口。一块水泥板压下来，阻挡了原先的通道，目前只有张建上方连接支点的一片空间，可以尝试通过。

张建见她犹豫不决，略直起身一手按下水泥板，从钢筋四周溅起的血立刻糊了许心宜满脸！他咬着牙道："快，从我身上爬过去！"

"队长！"

"心宜，知道因为自己的失误而失去家人的我，曾经有多少次想一了百了吗？我甚至怀疑自己穿的那身制服，它到底带给了我什么？我总是在想，因为有我这样一个当消防员的家人，他们最后死去的时候是不是很绝望？平时没太多时间陪伴他们就算了，真正需要的时候还联系不上，那要鲜花荣誉有什么用？可中队里那帮小子每天'队长队长'地把我挂在嘴边，变着法地哄我高兴，三五不时地来问候我，看着他们眼睛里藏也藏不住的崇拜，我真的无比羞惭。"

这些年退到公益一线，他看到太多像许心宜一样年轻的生命，因为没能救下更多的人而开始否定和怀疑自己，每当看到他们，他就更加自惭形秽。

年轻的生命尚且还在冲锋陷阵，他有什么资格倒下？

"为了减轻负罪感我当然可以一走了之，可这么一来，我不过是个懦

193

夫。后来我想明白了，我得活着，活着才是对我最大的惩罚，只有活着挽救更多更多的生命，那一天穿着制服的我，才有可能原谅一个没有接到电话的父亲吧？"

"队长……"

"心宜啊，看到你，我总是忍不住想起自己的孩子，如果他们还在世，长大了也会像花儿一样吧？好了，不管是作为队长还是长辈，我都不会让你留下，所以，你也不要太让我为难了，走吧。"

"我……"

"你再不走，我们都要死在这里！我已经没有家人了，你呢？你的爸爸妈妈怎么办？"

"可是……"

"没有可是，这是命令！走！"

许心宜忍了忍，将脸转向一旁，借力水泥板迅速脱身。

通过周清野搭建的安全通道，她和陆毅成很快调整了新的方向，循着光亮处一路往前快速挪动。忽然轰的一声从身后传来，许心宜与陆毅成面面相觑，眼睛都红了，可谁也不敢停下来，因为轰隆的震动声越来越近了，每经过一块地方，都会塌陷一处。

两人强忍着没有回头，加快脚步往前爬。到临近洞口处，陆毅成停了一下，让许心宜先出。许心宜定定地看他一眼，没说话，猫着身子往前一探，两脚出洞，立刻转过来，一手拉住陆毅成。

就在陆毅成出洞的一瞬间，又是轰的一声，身后的救援通道塌陷了。

许心宜往废墟中间一瞥，一大块断壁坍塌下去，凹陷处宛若一个深不见底的洞穴。蒋雯死死地抱着她，不让她上前一步。

她嘶哑着发不出一点声响，只觉浑身的力气正在被抽走，脚底发软，几乎站不住的时候，忽然一只小手拽住她的袖子。

小程英不知何时已经醒来，看了眼周身的环境，安心地笑了："姐姐，我出来了吗？"随后在他们中间张望，"咦，还有个叔叔呢？"

许心宜蹲下身，吸了口气："他、他……"

"我知道了！他去给我买冰激凌了，对不对？"小程英拉着她的手指，嘘了几声，告诉她这是张建同她之间的小秘密。刚才睡觉前，张建偷偷答应她，等她出去会买冰激凌给她，她满心期待着眼睛一睁就能吃上心心念念的冰激凌，幸福藏也藏不住，"姐姐，阿奶总说冰激凌太凉，女孩子吃了对身体不好，夏天也不准我多吃。可是每到过年她就会奖励我吃一根冰激凌，冬天里凉滋滋的，可好吃了，还以为这回吃不上了，谢谢你们救了我！"

许心宜身体一软，彻底跌坐在地。

一个同程英一样小小的身影，一个一直被她深藏于内心深处不敢回忆的身影，终于挣脱桎梏从遥远的地方走了出来，走到她的眼前。

"姐姐，我只有一个小小的心愿，回去后可以带我去吃冰激凌吗？"

"好啊。"

许心宜迫使自己闭上眼睛，却还是听见她的声音："姐姐，你不是答应我回去后要带我去吃冰激凌吗？为什么把我一个人丢在海里？"

"姐姐，大海好冷好冷，好多怪兽在咬我的身体，我好痛，你快救救我。"

"姐姐，你食言了。"

⋯⋯⋯⋯

半个小时后，另外一架直升机救援56赶来驰援，张建被一群人从废墟里扒出来，整个人血肉模糊，气息奄奄。蒋雯不放心，随机一同前往最近的市医院。

周清野负责收尾，把公牛队一行人领回驻地安置，紧跟着也赶往市医院。许心宜被临时任命为副队长，负责接下来的搜救部署。

周清野临去前见她神思不属，还不放心，不想途中就接到最新消息，许心宜已经带领公牛队再次进入斜楼搜索，还救出了一名无法动弹的伤员。被困者的照片被传过来，周清野清晰地看到她的面容，还是曾经那个只要一进入备战状态就马上气势逼人的前通海王牌救生员。

周清野不得不承认，当初江石玉提出让她加入公牛队时，他心里是存疑的。既然已经猜到她心里生了病，很可能不单纯因为秦栩昏迷所致，或许已经有一段时间，毕竟创伤后应激障碍在救援一线是个常见问题，而她又非常抗拒心理咨询，那么势必需要一段比生病更长的时间慢慢调整，才有可能恢复如前。

哪怕公牛队的性质并不如通海救助飞行队时刻处在生死存亡的一线，也充斥着各类救助公益活动，非常考验一个救生员的精神、体力与抗压能力。

在来这里之前，他非常担心，连夜给张建打了一通电话。出于对许心宜的保护，之前他没有向公牛队任何一个人哪怕是队长张建透露过一丝一毫关于她离开通海的原因，可张建还是看出来了。从最初大比武时她借口闹肚子不肯从高处跳水，到后来去管道救人哪怕穿着潜水衣也不住地微微发抖，再之后推辞水下演练，甚至不惜自残以逃避心理测验，种种细微之处观察下来，不难猜到她对水有心理障碍。

通海救助飞行队常年与大海做伴，所见之生死往往是一种无法与大自然抗衡的无力感。相比于人性带来的考验，自然的力量几乎无可撼动，因为它没有对错，不分黑白，只有强势与浩大。哪怕一个救生员拼尽全力，于大海也不过是蚍蜉撼大树，微小得不足称道，这就难免她会对自己的力量、工作意义和日常的失败产生怀疑和感到失望了。

在这个社会上，还有一些更加脆弱的人群。他们患有深海恐惧症，往往凝望一片海洋就会感觉被吞噬，就更不用说日夜与之搏命了。

张建分析，许心宜应该属于创伤后应激障碍的一种核心症状。她的思维、记忆或梦境会反复不自主地涌现与创伤有关的情境或内容，也可能出现严重的触景生情反应，甚至感觉创伤性事件好像再次发生一样。因此她常常坐着发呆，无法挣脱噩梦，还会偷偷吃药。

在岭南大学心理学团队访问通海，给于阳做测试的时候，有一个机位也在悄悄观察她的反应。当时她用指甲划破掌心的时候，有个被捏碎的药瓶落了下来，里面的药物经鉴定，确实是为了缓解精神高压、梦魇和长期偏执。

周清野原以为许心宜只是得了一种大众通病，暂时过不了心里的那关而已，听完张建的一席话才意识到她的情况远比想象的严重，几乎已经做好让她留守队部的打算。然而张建沉吟再三，还是决定让她上前线，并且斩钉截铁地告诉他："我相信她能战胜心魔。"

"为什么？"他不免好奇，张建才认识她多久？

张建说："或许是一个救援人的直觉，或许是一个长辈的私心，或许只是一个美好的期望。她已经非常努力，不能再被任何人辜负。"

"万一、万一心宜……"

周清野无法往下想，可能发生的变故太多了，结果只会一个比一个更差。失去一个优秀的救助队员，相比于失去一个好朋友，算得了什么？周清野不敢冒险，甚至想让江石玉把她捆在队部，不给她往外跑的机会。

张建语调沉沉："如果她做不到，我亲自送她走。"

而在这时，许心宜刚结束一天的搜救，拖着两条灌铅的腿走在队伍身后。在手机再一次响起时，她拂了拂面庞，极力找回离散的思绪，接通电话。

"张建没了，他让我转告你……"

后面的话嗡嗡地灌入耳中，许心宜握着手机，踉跄地往后退了一步，口中喃喃："不可能，不可能。"

陆毅成一直离她不远，自小女孩被抬出废墟、张建被送去急救后，她就一直不对劲，下午救人时更是带着一股舍生忘死的狠劲。他真怕她撑不住倒下，时时盯着她的举动，第一时间发现不对，立马回头，许心宜已经僵成一块木头。

他大步走到她旁边："怎、怎么了？"听到电话里的人声断断续续，似乎在问什么，他尝试从她手里拿过手机。许心宜没有反抗，他走开几步接听。

片刻后，眼泪不受控制地流了出来，陆毅成一颗心空落落的，再三说道："不可能！队长……"

他这才想起什么似的，抬头看去，面前哪儿还有许心宜的踪影！

偌大的灾区，一个丢了电话拔腿就跑的人，要去哪里找她？陆毅成原地暴喝一声，却不敢声张，生怕给许心宜惹来不必要的麻烦。他沉吟着，思来想去只有一个人可以帮忙。

江石玉赶到离灾区最近的一个出口时，一辆物资车刚好从眼前离开。通信员需要登记他的个人信息才能放行，他临时借的车，还需交代车辆用途，因此耽误了一会儿。待他拦停物资车时，已经接近高速路口的交叉处。

他心下略定，又同司机沟通了好一会儿，对方才同意掀开后车篷让他检查。结果，许心宜并不在车内。

难道已经走远了？他下意识往前追去，到了路口忽然一个刹车，重新回到灾区。

陆毅成给他打电话的时间距离她消失只过了几分钟，当时李英正在临时指挥部主持会议，靠近出口，他立刻出动，她速度再快也不会比他早到多少。

回程的路上，他的心渐渐平静下来。李英堵在必经之路拦停了他的车，一番询问后，他不得不交代实情。

李英愤而抓了把头发，骂道："这丫头一天也不能让人省心！"顿了顿，气息稍缓，看着手表说，"公牛队饭后还要进行各省志愿者队伍大会，她现在是临时副队长，缺席像什么话？我看这个事瞒不住，你先跟她队里的人打声招呼，能遮掩先遮掩，今晚务必找到她。"

江石玉闷不吭声。

李英又说："不用太担心，她可是许心宜！"

"您也相信她还在灾区？"

李英望着远处说："相信她的信念感与使命感吧。从离公牛队不远处开始找起，最好是能躲起来的地方。"

江石玉忽然灵光一现，想到一个地方。那天，张建踹了于阳一脚，又摞翻陆毅成，就在距离救出小程英的不远处，而附近似乎有间半塌的砖房。

他赶到的时候，暮色四合，天已擦黑，残垣的墙根下只余一抹烧红的光。听到窸窸窣窣的声音，他循声走进去，暗窗下蜷缩着一个人影，正迫不及待地倒出药瓶，往嘴里塞药丸。

他的胸口猛地刺痛了一下，立刻上前将药瓶踢翻，掰住她的下颌，把药往外抠。许心宜奋力挣扎，手掌劈头朝他砍过去。他没有躲闪，抓紧时间将目光所及的药丸都扔到身下，方才大喝一声："你在做什么？！"

许心宜捂着胸口说："我好累，江师弟，你快把药还给我，我的头真的好痛，再不吃药，我就要疯了！"

她一边说着，一边扑到地上去找药丸。江石玉将她拽了起来，两个人立刻扭打成一团。

这几年不管是她偏私，还是他有意躲避，他们从来没有真正交过手。这还是第一次，许心宜发现她完全不是他的对手，至少在他真的想做什么的时候，她没有一点反抗的余地。

江石玉迅速一瞥，剥下外套，拧成一团反绞她的双手。许心宜手上正捏着一块玻璃碎片，不由分说地朝他的手臂刺去。

嚓的一声，血流而出，江石玉紧锁眉头，一个倒拉反转，许心宜往地上一坐，失去了反抗能力，周身的力气仿佛也随着这一架流失殆尽，木然地望着前方，喃喃道："江师弟，队、队长走了……"

江石玉顾不得流血的手臂，把她紧紧抱进怀里。

"我知道，我知道。"

江石玉抿着唇，余光瞥见药瓶上的学名，顿时瞳孔一紧。这一刻他不受控制地想到了阿音，想到那些难以入眠的、无数次渴望结束生命的夜，床头也摆着这么一瓶药。

"心宜。"他不得不低下头，擒住她的目光，"心宜，你哭吧，想哭就哭吧。"

许心宜摇摇头，挤出一丝笑来："太累了，哭不动了，我们说说话吧。你还记得我跟你说过的吗？那些只能在梦里实现的少女的遐思，其实我一直都有白雪公主的梦，只是这么大个人了，还相信童话，说出来怕人笑话。有一次我给队长送饭，看到他在修一台随身听，是很旧的样式，像我小时候用的，里面有一盘周杰伦的磁带。队长说是他女儿的遗物，好端端的，不知道怎么坏了，找人来修也修不好，但又舍不得扔掉，正好有时间他就自己拆了。不知道是不是我在的缘故，他后来有点急了，随身听给他拆散了架，他气急败坏地朝我发火，问我为什么不走，看他这么大岁数的人摆弄小孩子的玩具，很有意思吗？我不知道怎么办，就很委屈，后来有一天早上我收到一台古董随身听，里面也是周杰伦的磁带，可以听，一打开就是我最喜欢的《稻香》。你这么聪明，肯定猜出来了对不对？是队长给我道歉的礼物。"

她这人五音不全，时不时哼唱个什么，一般人完全听不出来。张建肯定更难了，于是他去问程熙熙，程熙熙知道她最喜欢周杰伦的《稻香》，而那盘磁带，《稻香》并不在第一首的位置，也就是说，队长事先听过一次，然后把下一首的位置留给了《稻香》。

后来她去找张建，张建还别别扭扭地说，原来他女儿喜欢听的是这种音乐。那一瞬间，许心宜心头涌起一股说不清的感动与悲哀。

"从我来公牛队的第一天起，他就没有给过我好脸色。可我知道他很疼我，也许，他在我身上得到了失而复得的慰藉吧？可我、我却失去了这么好的队长。"她伏在他的肩头，"江师弟，我觉得好冷……"

他的心剧烈震颤。不要哭，会过去，忍一忍就好了，诸如这样冷漠的、无力的说辞，想必没有人愿意听见吧？

他只能一遍遍抚摸她的后背，安抚她的情绪，将肩头给她倚靠，让她停留。不知过去多久，她终于累得睡着了。

江石玉看着手机屏幕上治疗创伤后应激障碍的临床药物，陷入了漫长的深思。

临近黎明的时分，许心宜悠悠转醒，尝试动了一下，才发现捆绑她双手的外套已经解开。她举目四望，砖房里没有一个人，连同散落一地的药和尖利的玻璃，通通消失得一干二净，就跟一场梦似的。

许心宜走出去，贫瘠的山丘上投来一束光。她走近了才看清那是一支火舌摇曳的蜡烛，被护在臂弯无风处，纵微弱，却耀眼。

江石玉嗓音清明："心宜，星火还未熄灭。"

许心宜忽地背身，泪水再次打湿眼睫。起先寻死的那股劲头过去之后，她现在整个人空落落的，好像枝头不堪重负，被压弯了，摇摇欲坠，可给它一点力量，它还能撑起来。

他想到张建留给她的那句话：

心宜，任何时候都可以怀疑你自己，但不要怀疑你的信仰。

使命已达，死而无憾。

她说："江师弟，世上是不是有很多像我们一样的人，身不由己，却无力

199

回天？"

江石玉点点头："心宜，明天和意外哪个会先来到，关于这一点，虽然残忍，但我们必须面对，活着大概就是在一种失去中得到向阳的力量吧？"

许心宜回抱住他："那你一定要非常非常明亮地成为我的太阳啊，我怕我掉下去，就追不到你了。"

接下来的几天，公牛队于灾区的一应安排与善后全由许心宜一人经手。人一旦忙碌起来，那些潜在的伤口，便以状似愈合的形状暂且先埋藏了，即便时有剧痛，也不过转瞬即逝。

端看她处事一丝不苟，井然有序，不知情的工作人员还当她是公牛队的大队长，一口一个许队长叫得顺溜。还有人有心情笑话她，拉长了声音讨要改善伙食的方案。

许心宜闹了个大红脸，硬着头皮去找江石玉，想让他给公牛队开个后门。江石玉刚从机上下来，几天没有梳洗换衣，身上隐隐散发着不可言说的气味。驻地条件有限，只能勉强擦个身子，哪儿想到衣服才脱到一半就被她冒冒失失地撞见了。

以前在队里训练，全身上下最多一条内裤，江石玉早已被她看光了。那时从没见她羞臊过转脸就要跑，如今换了个身份倒知道害羞了，被他一拽，压在门后抱了个满怀。

冰天雪地，屋子里是透着萧索的冷意。两人挨得近，正好取暖。

许心宜到底没什么骨气，眼睛乱瞟了一阵就缴械投降了，一时戳戳他紧绷的腰，一时盯着他的胸膛想入非非。

江石玉只打了一通电话的工夫，就见她脸快埋进胸口去了，捧起来一看，红彤彤像个大苹果。他闻了下身上的气味，强忍住亲她的冲动。许心宜才不管，抱住他的脖子毫无章法地一顿乱啃，一双手在他腰间动个不停，眼看就要失控，江石玉极力制止，她才不情不愿地停下手。

虽然这些天她掩饰得极好，但他知道她心里正在流血，正在叫嚣，正在迟缓地钝痛着。他将她拥在怀里，哄孩子似的一下下顺她的后背。

许心宜太累了，累到几天几夜完全合不上眼，却在这个寒冷简陋，充斥着各种汗水与血水味道的帐篷里，异样地安静下来。

短暂的十几分钟，好似根本没有睡过一场，全身的疲惫却得到了明显的缓解，证明眼前的一切都是真的。她踮起脚亲吻他的嘴角，开口很平静："医院那边周清野都处理好了，追悼会定在后天，我跟蒋雯他们说了，到时候安排一辆车，挑几个人去现场，这边还没收尾，也不能都走。你们选的墓地很好，山清水秀，鸟语花香，我想队长会喜欢的。"

江石玉点点头，指腹轻刮她的脸颊："这几天睡觉了吗？"

"睡了，不过断断续续的，没有太久。"

"还做噩梦吗？"

许心宜没再说话，江石玉自然知道她不想对他说谎，可又不想让他太担心，只好装聋作哑。

"其实灾区的事已经到后续阶段，你可以……"

他话还没说完，许心宜已经抢白道："这时回去，队长就能活过来吗？至少再见最后一面吧……"

"心宜。"

"我还没有做好心理准备，再给我一点时间，好不好？"

江石玉收紧双臂，无法描绘的心痛让他几乎流下泪来。他低下头来，一遍遍在许心宜耳边呢喃："心宜，嫁给我好吗？我爱你，我真的爱你……你要相信这一点，不只我，还有很多很多人也爱你，同我一样用生命爱你。"

"我知道。"许心宜凝望着他，"不管别人怎么样，至少在江师弟的眼里我看到了，许心宜是这样值得被爱啊。"

她揉着眼睛笑起来："我真幸运啊。"

没有一会儿，半桶热乎乎、油汪汪的大鸡腿送到公牛队的帐篷，大伙吃得有滋有味，唯独陆毅成一双怒目酝酿着杀人的火光，一边啃鸡腿一边摔筷子："狗腿子！"

许心宜摸着尚有余温的嘴唇，回忆棚区里那个男人身上的气味，飘忽游荡的思绪骤然回归原位。见陆毅成眼不是眼鼻子不是鼻子，她这个临时副队长也大度，展开参与灾后重建工作的志愿者表格，问道："要不要把你的大名加上去，陆大律师？"

陆毅成一看重建规划粗略估计至少两年，顿时咽了口口水，端着饭碗溜了。

她定定地看着他的背影，感念他只字不提，瞒着队友对她自尊心的维护，鼻头微酸："别扭的家伙，谢谢你。"

地震一周后，在文化广场举行公祭活动，警报声、鸣笛声齐齐响起，数千名机关干部、部队官兵、群众代表整齐队列，庄严肃立，默哀一分钟。之后按照事先的安排顺序，挨个上前敬献鲜花，深切缅怀在地震中遇难的同胞。

广场上黑白条幅上写着：愿逝者长往，生者坚强。

在为张建单独置办的小灵堂里，许心宜一滴眼泪也没有流。除了他们几个公牛队的核心骨干，许心宜还意外看到了很多人，他们从全国各地赶来，有些还穿着制服，有些早已卸下了荣光；有些正当风华，有些乌发已花白；有些挺拔如松，有些身体残缺比人矮出一截。但他们之间没有一丝隔阂，没有一点界限，聚首在狭窄的小房间里，深深默哀了三分钟。

时间、残疾、分离，诸如种种，无以伤害他们练达的精神、坚强的意志、永恒的信念。在致以敬畏之心的生命当前，诸如种种伤害，又算得了什么？

活动结束后，许心宜去医疗帐篷区探望小程英。家里唯一的长辈阿奶在地震中走了，父母还在春运大潮中往回赶，不知道什么时候才能给小小的她带来安慰。

旁边病床上人来人往，各种侥幸逃生的喜悦正在扩散，临近年关的团聚与节庆气氛虽然因地震减弱了不少，但组织上为了能让他们更加坚强地熬过痛失亲人的悲痛，还是安排了不少年节的礼品，扎堆往里送。这么一对比，便显得她一个人格外孤单。

程英浑然不觉，开心地说："我已经有两三年没有见过他们了，有时候妈妈一个人回来，有时候爸爸一个人回来，这次他们一起回来，我心里别提有多高兴了！隔壁的叔叔阿姨都很照顾我，给我送水果，送衣服，还有其他小朋友来陪我玩，我觉得这里真好，真的很好。就是身上老是疼，睡觉的时候不舒服，有时候想起阿奶忍不住掉眼泪……他们说、说我的阿奶死了，姐姐，我阿奶真的死了吗？"

许心宜抱着她，轻拍她的背安慰道："阿奶不是死了，只是去了一个遥远的地方。"

这似乎是应付小孩的一套通用公式，许心宜说得脸不红心不跳，心里却被压得实实的，每说一个字都痛得喘不过气来。

"我能去找她吗？"

"等你长大，就可以去找阿奶了。"

"真的吗？"

小程英望着许心宜，眼睛里闪烁着明晃晃的信任，让她深觉沉重，沉重到无法再背负一个小女孩的期待，然而她还是点了点头："你一定要听医生的话，乖乖吃药，养好身体，快快长大，知道吗？"

见她变戏法似的从身后拿出一盒冰激凌，小程英口水都快流下来了，抱住她的手连声撒娇："谢谢姐姐！"

许心宜摸摸她的脑袋："快吃吧。"

小程英摇摇头："我舍不得，再看一会儿吧，以前都是阿奶给我买冰激凌，看见它我就想起了阿奶。"

许心宜眼眶一热，别过脸去："小程英，姐姐以前遇见过一个跟你很像的小女孩，留着刘海，扎两条辫子，眼睛大大的，特别可爱。"

"那她现在在哪里？"

许心宜怔愣了一会儿，缓缓说道："她跟小程英的阿奶去了同一个遥远的地方。"

"她还没长大，为什么要去那么远的地方？"

"是啊，她还那么小，还没有长大，还有很长很长的生命……可她没有你幸运，你有一个爱你的阿奶，还有正在赶回来见你的爸爸妈妈。她只是一个孤儿，一个被一群大人像扔垃圾一样扔在海里的累赘。"

小程英小脸一塌："姐姐，你为什么不救救她？"

她为什么不救她？

她为什么没能救下她？

许心宜也在问自己这个问题，问了很多遍。她俯身抱住小程英，泪水在眼眶里不住地打转，被她极力压制着，如同这些天往返于灾区一线，用着同样一种克制压抑溃堤的情绪，表演着成人的沉静稳重。可不知道为什么，兴许程英只是一个孩子，兴许是一个和"她"一样的小女孩，兴许同她一样只是一个"不幸失去家人的受害者"，兴许在这里她不再是一名搜救队员，兴许这里没有时刻盯住她一个不对就会责备她的眼睛，兴许这是一片重获新生的新家园，环绕在周围的欢笑是那么质朴与珍重，令她不免感同身受，也想要卸下重担笑一笑，于是她再也扛不住了，捂着脸失声痛哭。

当她眼睁睁看着小女孩被深海吞噬时，她没有哭。脱下制服，在健身房打了一夜拳，她没有哭。有一天经过商店门口，嚼碎了里面一冰柜的冰激凌，在医院含着满嘴的药躺了三天，她也没有哭。哪怕张建一身鲜红被送上直升机，半身已在黄土，她还是没有哭。直到这一刻，她终于哭了出来。

小程英放下已经融化的冰激凌，伸手回抱住许心宜："姐姐，从今天开始我一定努力学习，上最好的大学！"

"为什么？"

小程英腼腆一笑："因为你太好了，我也想成为像你一样的人。如果不努力的话，可能就没办法再见到你了吧？"

"可我没有救她，你还觉得我好？我哪里好？"

"你怎么会没有救她？你一定尽力了，对不对？"

这个小小的女孩，在原本天真童稚的年纪经历一场覆灭性的灾难，目光里终究有了一丝不合年龄的成熟："姐姐，长大后我就可以保护你了。"

这一刻，内心的喧嚣似乎寂灭了，烧红的锅炉不再沸腾，那扇让她生不如死的天窗也透进一丝光亮。她满心温暖无以复加，无数的话语涌到嘴边，断断续续只凑成一句："那你一定要健健康康地长大呀，姐姐等你。"

不知何时，重建区的热闹停在了这一刻。这些刚刚经历过生死考验的普通群众，相继看着这个身穿制服哭得不成样子的年轻女人，逐渐安静了下来。

许心宜起身往外走，小程英忽然叫住她。

她蓦然回首，棚区角落里一个小女孩摇摇晃晃地坐直了身子，抬起手，与脑瓜齐平，向她致以军礼。在她前后左右，一个接一个孩子站了起来，稚嫩的脸庞上浮现出灾难式成长的残酷与沧桑，在这一刻，在一个永远会被铭记的无声的年代，向她，向和她一样的战士们致以军礼！

许心宜心潮涌动，久久不能平复。

她双腿并拢，向他们深深地鞠了一躬。

之后，许心宜踏上回家的征程。在一个天气舒朗的早春，江石玉陪同她去墓地看望张建。许心宜办完手续回来，见江石玉正伫立在张建的碑前絮絮叨叨说些什么。

她脚步一闪，躲进旁边的花丛。

"张建，我们没有太多的接触，可我非常感谢你，谢谢你这段时间一直包容她。她实在很调皮，也不让人省心。记得有一次海外访问团来参观基地，为了表现女队员的风采，她连夜从机库找来一件皮质工作衣，剪裁成背带裙的时装款，结果穿在身上被人误以为藏了武器在身后，访问团前脚刚落地，后脚就登机回国了。后来还有一次，她跟材料商见面，晚上送他们回工地，一看材料有问题，很多都开裂了，她就把手伸到后腰，把露出来的衬衣下摆塞回裤子里。材料商不知是喝多了还是犯傻了，双手合十求她'万事好商量，千万别动手'，后来这事传回队里，主任再也没让她单独去见过材料商……所以，把公牛队交到她手上，你不用太担心，她是威风凛凛的许心宜呀，没有人敢欺负她，大家也都很疼她。"

她没有柔弱的时候，恩重如山的队长骤然离世，梦魇再度上演，她还是柱天踏地，英姿勃然。

只有装小白兔的时候才有那么一丁点的柔弱，大峰经常取笑她，大力选手居然也有拧不开瓶盖的时候，是真无力，还是假无力？

他不禁又想起一桩事，就在她挥舞着锦旗，参加电视节目，和他畅想未来十年时，偶然一次他去医院探望生病的同事，出来时恰巧看到从隔壁一栋楼出来的她。深冬里悄然降临的一场雪簌簌落下，她撑一面黑色的大伞，缓缓朝他走过来，带着满身的余温，驱除了四周的寒意。

她满眼都是惊喜，问他："你怎么在这里？"

他不想让她失望，只好把巧合杜撰成精心的安排，说："我有阿拉丁神灯，你在哪里我都知道。"

"这么厉害，那你猜猜我现在想干吗？"见他两手空空，她故意找碴。

他们有着心照不宣的默契，彼此不去揭对方的伤疤。虽然她背后那栋楼上"心理实验室"几个大字醒目异常，但他还是顺着话道："下雪天，还是适合吃火锅啊。"

她眉飞色舞："你怎么知道？我真的好想吃火锅，我现在饿得能吃下一头牛！"

"行，那咱们就去吃他一头牛。"

后来也是张建和周清野提起她的病情，他才知道那天发生了什么。社区活动结束后，公牛队一行人驱车回队部的路上，在经过大市场后门外时，浮桥上有两个孩子落水。

当时已经晚上七点，水面漆黑一片，围观人群中有擅长游泳的都跳了下去，水里跟下饺子似的，人一乱，声音嘈杂，反而影响搜救进展。于阳先跳了下去，张建敦促程熙熙回车上拿装备的时候，看到她一动不动地站在原地，不由分说就是一通骂。

她被骂得狗血淋头，忽然一个扎猛子跳下浮桥，可到底还是晚了那么一两秒，另外一个孩子没能救得回来。

之后，她在那个雪夜独自一人，拜访了生平最厌恶的心理医生。该是经过了怎样痛彻心扉的努力，才会在见到他时，没有露出一丝痕迹？

他们沿着风雪夜一直走，聊人生至暗的时刻，聊恐惧，聊死亡，聊一切的一切，最后，在熹微来临时，他们安然地睡去。

这会是一种常态吗？会伴随他们直到死吗？谁也不知道。

只是信仰不会再动摇了。

"张建，公牛队会一直走下去，蒋雯、陆毅成、于阳和程熙熙，这些你看重的孩子，我和周清野也都会好好保护。公益也好，慈善也罢，不管有多难，我们都会如你所期望看到的那般，使命必达，死而无憾。所以，安息吧。"

许心宜仰着头，竭力把眼泪逼退回去。

在这年春假快要结束的时候，他们终于登上待已久的旅程。倘若，旅程里没有其余四只"电灯泡"的话，就更完美了。

周清野和沈岐也就罢了，一个是得罪不起的金主，一个是情比金坚的姐妹，许心宜自然乐得同他们一块儿出去玩。可陆毅成和程熙熙算怎么回事？陆毅成接了秦栩的班，化身黏人八脚兽，处心积虑地破坏她的好事，许心宜尚能理解，可程熙熙为什么要插一脚？莫非她真的对江石玉怀有什么不可告人的目的？

许心宜一经联想，气得粗喘，直将"近水楼台先得月"的戏码在心里演了好几遍，一到酒店就把陆毅成的行李扫荡出门，拿着房卡堂而皇之地进了他和江石玉的房间。

陆毅成心肝乱颤，拦着门不肯离开。许心宜也恼了，当着他的面把江石玉堵在墙角，挑眉问他："怎么，要现场观看成人表演？"

"你！你不要脸！"陆毅成哭丧着一张脸，"我到底做错什么了呀？怎么看上这么个糟心玩意儿！"

"旁边就是我的房间。"许心宜好意指路。

由于他们临时决定来海岛玩，酒店房间紧张，刚好只余三间，周清野和沈岐合法持证，占了一间，剩下四个男女各一间。

陆毅成心里头的算盘打得响亮，预备二十四小时紧盯江石玉，不让他有和许心宜单独相处的机会，谁承想许心宜不按套路出牌，说换房间就换房间，她倒是心想事成了，可他呢？难不成和程熙熙睡一间房吗？

陆毅成老脸一红："你还是不是人？那可是你出生入死的战友啊！"

许心宜露出一嘴白牙，笑得生动晃眼："你真当我傻啊？程熙熙一个无利不起早的人，会无缘无故浪费年假跟我们一起出来玩？这边就两个单身男人，不是你就是他，难道我舍得让江师弟下火坑吗？反正你皮糙肉厚，生冷不忌，就勉强照顾下她的需求吧！"

"你放屁！"

陆毅成还要说什么，许心宜眼疾手快地将门一踹。陆毅成躲闪不及，被撞得一个跟头滚到旁边去。他忍痛坐起，揉着脑袋正要痛骂许心宜，忽然视线内出现一双笔直修长的腿。

程熙熙穿着黑色比基尼，把太阳眼镜从鼻梁上略往上推，低头瞅了眼狼狈不堪的男人，勉为其难地开了金口："就您现在这副尊容，送给我都下不了嘴。"

"我！你……"

陆毅成还没说完，就见程熙熙抬腿，从他面前走了过去。他转头一瞥，一团白花花的影子越走越远，细长的肩带垂在腿侧一晃一晃，招摇得很，而面前的大门正朝他敞开着。

陆毅成糊涂了，究竟是几个意思？

许心宜贴着门听了会儿动静，见陆毅成不再撒泼，缓缓地松一口气。思绪回到当前，见江石玉还被她堵在角落里，正一脸兴味地审视着她，她缩了下脑袋，咧嘴露出大白牙。

她一向是纸糊的老虎，只在人前威风，门一关气势就弱了，恋恋不舍地摸了下江石玉的脸，逃也似的跑到阳台上看大海。夕阳正坠在海天一线处，鸭蛋黄流了红心，一半倾倒在蔚蓝的大海，一半装点着精致的圆盘，余晖遍洒远山，眼前的一幕像一帧一镜到底的影片，柔和而壮观。

许心宜感慨道："我还是第一次这样看大海呢。"

她的发丝被海风吹得飞扬起来，饱满的唇将其吐露出来，它又掠过柔软的耳垂，逃向修长的后颈，那里正窝着一缕霞光，美不胜收。这一刻江石玉眼底的风景与她不一样，相比壮观更添一丝悸动，然而心境是一样的，一样平和与享受。

他走过来，从后面抱住她的腰，将脸埋进她的肩窝里，惹得许心宜一阵发痒想逃，又舍不得，只好沉溺其中。

江石玉问她："为什么选择海岛？"

原来他们的计划是古镇，临到机场她突然变卦，嚷嚷着说想看一看国外的海和国内的海有什么不同。

周清野嘟哝："还不是同一片海，有什么不同？"

就算没有出国度过假，以往在通海执行任务，飞过多少海域的上空！所谓国外的海，早见过不下十次了，真是睁着眼睛说瞎话。可话是这么说，他还是第一时间安排了改签。

许心宜乐得跟沈岐咬耳朵，吐槽周清野还是和以前一样嘴硬心软。一路上她说个不停，到了这里意外地静了下来，让江石玉隐约有点担心。

在震区前线时，他们各有任务，相处的时间有限，能说的话也有限。张建几次三番试探，周清野又将"队长"的重担交到她身上，不难猜到他们想借机考验她。倘若她没能妥善处理后续，再一次像跳浮桥那晚犹豫不决，抑或和在通海一样当了逃兵，那么很可能就要和张建口中六十岁的中队长一样落得"被退休"的下场了。

在这个年纪，以这样的方式"被退休"，对许心宜而言无疑是死路一条。后来他找过周清野，质问他为什么做决定之前不同他商量一下，周清野反问他，为什么不提早告知她的病情？为什么不告诉他，她已经悬在危险的边缘？

静下来想一想，他何尝不是在赌？

许心宜又何尝没有察觉？张建屡次刻意而为，意有所指，她不是真的傻，怎会听不懂言外之意？周清野随公牛队常驻灾区，一天两趟到她面前点卯，还点名道姓地让她当队长，不是试探又是什么？

至于他，他小心翼翼为她筑起的温情还不够明显吗？她抬起头，刚想说什么，忽然目光一定："你看那里，是不是有人溺水了？"

江石玉顺着她的视线看过去，两个正在浅海拍照的女生被一道巨浪拍倒，好半天没能站起来，而远处新一轮海潮正张牙舞爪，露出一嘴獠牙！

许心宜二话不说往外冲去，江石玉紧跟着给海岸巡警打电话。

两人匆忙赶到海边，女生的同伴正搓着手急得团团转，一见他们好像抓住了救命稻草，哭着求他们救救朋友。江石玉一瞥，他们的包袋上写着"艺术学院"几个字。

许心宜眯起眼睛看过去，两个女生已被卷到深水区，海水眼看就要没过她们的胸口。

有几个游客追上前，却在深水区前不约而同地停住了脚。其中一个抱着成人游泳圈的妇女拍着大腿咆哮道："我不会游泳都追到这儿了，你们几个大男人还有没有点血性？快去啊，再不去就看不见她们了！"

见男人们没有反应，她牙关一咬就要上前："都还是学生呢，好赖救一个是一个啊！你们不去我去！"

"你去有什么用，别添乱了！"一个中年谢顶有着大肚腩的男人走上前拉了女人一把，随后抹了把脸上的水，看看身边几个人，啐上一口痰，一把夺过游泳圈吼道，"给我吧！"说完眼睛一闭，颇有几分英勇就义的意思，朝着深海区一个扎猛子扑了过去。

没有多久，汹涌的海潮中出现哗啦啦拍打水声的响动，男人回头，见后面追上来一男一女两个年轻人。两人动作敏捷，下盘稳固，任由海浪拍打始终节奏划一，一看就是专业出身。男人顿时一喜，生出无限孤勇，钻出水面将游泳圈远远一抛，在空中画出个漂亮的抛物线。

离游泳圈稍近的短发女生，听到援救的呼喊后憋足一口气朝游泳圈扑腾过去，两下之后被江石玉两臂一夹，抱到了游泳圈里。另外一个个子稍矮的女生已经沉到海面下，许心宜捏住鼻子深吸一口气，定定地看江石玉一眼。

　　那一眼含着说不清道不明的深意，深到让人无法平静。

　　江石玉声音微颤，极力镇定道："还在吃药吗？"

　　"不吃了，以后都不吃了。"

　　说罢，她嘴角挑起个轻佻的笑容，随后翻身而下，宛如一条从红岩海岸偷跑出来的美人鱼，调皮地摆了个尾巴，转瞬消失不见。

　　中年男人率先将短发女生转移到岸边，留下江石玉帮助许心宜。往回游了几米，男人忍不住回头，在心里暗自数数，一秒两秒……三十秒过去了，再不出来要憋死了呀！

　　就在他准备返回时，海面忽然出现一阵骚动，秩序井然的海浪边防被搅得乱七八糟，一个身影以破水姿势钻了出来，溅起的水花直将他从头浇透。

　　他定睛一看，矮个子女生已经被救上来了，但是脸色惨白，紧紧闭着双眼，救她的年轻女人一个翻覆让她仰头浮在海面，与男人一左一右推着她，就这么如飞般地从他旁边游了过去。

　　中年男人赶紧拽着游泳圈跟上，回到岸边时，女生正在被急救。许心宜跪在地上，头发贴着她的面颊，水一滴滴滑落，江石玉不住用手擦她脸上的汗水，替她整理落下来的头发，她始终面容严肃，双手不停地按压女生的胸口。

　　人群先前还嘈杂，后来安静下来。伴随着时间的流逝，众人似乎猜到结局，脸上不约而同地浮现了一种凝重而庄严的神情，直到一声啜泣响了起来，其余人才纷纷崩溃。

　　女生的同伴们一个个瘫软坐在地上，掩面大哭。

　　许心宜被吵得头疼，大喝一声："别哭了！"手上动作不停，就在落后一步赶来的沈岐几人准备上前劝说她放弃时，她忽然凝聚一口气，重重捶击女学生的胸口！

　　短暂的两秒过后，女生的嘴里滋溜出一口水，随即咳嗽起来，先还沮丧的人群顿时爆发出一阵喝彩。

　　许心宜这才松了口气，接过毛巾披在身上，又把脑袋送到江石玉面前，讨了个摸头夸。女生的一个同伴握着她的手再三语塞，最终道："谢谢大家！这样，今晚酒店水吧包场，费用全算我们的！"

　　见她口气不小，周围的群众上下打量一番，回味过来。几个女生长得都跟明星似的，恐怕不是一般大学而是电影艺术学院的，当时在海里的两个人大概也不是自拍那么简单，看她们的装备仪器就知道了，肯定在直播。

真是玩命。

有人拉着脸教训了几句，女孩们还不太乐意，中年大肚腩赶紧出来调停："好了好了，下回一定要注意，你们都还年轻着呢，别因此葬送了大好青春。"

"谁说不是呢？这年头因为自拍、直播出事的还少？今天要不是正好有人看到，你们就等着悔青肠子吧。"

两个落汤鸡似的女学生点点头，其中一个说："我们不是故意的。电影学院里漂亮的女生一抓一大把，我们也有不得不这样冒险的理由，谁会不想要命呢？"说完她啜泣起来。

众人泯然，安抚似的对她们笑了笑。

得救的女孩朝许心宜道谢，临去前还不甘心地问了句："你……你是安全员吗？"

她水性好，又懂急救，她们以为她是安全员，可看她的朋友们又不像，一个个俊男美女，看着不像是简单健身练出来的体格。

许心宜抽出裤子里的章往胸口一拍："公牛队搜救队员，一定要认准名牌哦。以后不管在哪里，哪怕在国外，遇见急救情况都可以拨打我们队部的电话。"

一个游客率先反应过来："哦，我知道公牛队，这次地震你们也参与了吧？还有你，总觉得有点眼熟，你是不是上过节目？"

许心宜摆出骄矜的姿态，微微抬起下巴。

中年大肚腩凑近看了看，朝她竖起大拇指，又好奇道："你一个女孩子，怎么想到做这个？"

许心宜不以为然，指着沈岐和程熙熙说："这是我两个姐们儿，长得好看吧？一个开直升机，一个搞装备，怎么样，是不是很酷？"

一行人听她吹嘘直点脑袋，交头接耳说是遇见了国内厉害的女性，也幸好今天是遇见了他们。

许心宜笑得不行，关于女性的话题，其实在她和沈岐从业的多年屡见不鲜，早已坦然。困惑与质疑，讽刺与不屑，诽谤与揣测，似乎从她们穿上制服的那一天起就成了身体的一部分，甚至高出责任与使命的部分。除了努力实现女性的价值，不让制服蒙尘，不让大众失望，她们别无他法。

可不管她们怎么努力，始终没有办法打消一些群体的偏见，有的媒体也借题发挥，拿女性的体力与生理期等相比于男性的弱势来做文章，无休止地炒作。那么，面对只要用行动就能让他们信服的群体，又何必过多解释？

再退一万步说，女性为什么要被任何职业、任何方式所定义？

许心宜直言道："这么酷，为什么不干！"说完扬长而去。

风一吹，湿透的衣服带来一丝凉意，她这才抱着胳膊哆嗦两下，弓着腰活像个老太太，三步并作两步地回房换衣服。

她占房一时激愤，临到开箱拿衣服时头疼起来，盖子一掀，里面花花绿绿的东西散了一地。许心宜一边提防着洗手间的动静，一边手忙脚乱地往回塞，还要在万花丛中选出一条合心意的裙子来，就这么一两分钟的时间衣服又湿了一回，临到头还是跑掉一条漏网之鱼。

江石玉换完衣服出来时，看到床边被子的掩映下有件东西，以为是许心宜毛手毛脚落下的，好心捡起来一看。

哟呵，一条剪了洞的黑色丝袜！

江石玉强压住上扬的嘴角，走到洗手间门口，敲了敲门："心宜，你落下东西了。"

许心宜正脱裤子，闻言心头一紧，提着裤腰凑过来，小声问："什么东西呀？"她脑子转得飞快，落下什么了？粉红色内衣还是豹纹皮裤？不对呀，她刚才明明已经捡起来了。

江石玉略带困惑的口吻道："你在哪里买的衣服？没有验货吗？上面七八个洞怎么穿？"说完好整以暇地等待许心宜的反应，果不其然下一秒哐里哐当的声音传出来，不用想，她肯定在里面打完了一套军体拳，马上就要念诗了。

"啊！老天顺我老天昌，老天逆我叫它亡！"

江石玉生怕她把洗手间拆了，笑了一阵安抚道："好啦，不逗你了，快点换衣服，不要着凉。"

"那你先把我那件破衣服扔垃圾桶里，否则我没脸出来！"

"好好的衣服还没穿，怎么能扔掉……"他靠过去，"你特地准备这个，难道不是穿给我看的吗？"

"江石玉！"许心宜第一次连名带姓地喊他，"你再笑话我，接下来的几天我就在洗手间里过了，你休想再看到我一面！别人来问，你就说我已经羞愧得气绝身亡了！"

"瞎说。"

许心宜悄悄打开一条门缝，看到他亲自把丝袜放到垃圾桶，这才作罢。又磨蹭好一会儿，直到周清野在外头催了，她才扭扭捏捏地跑出来。

她双目所见，原本半靠在玄关处看新闻时讯的男人，视线微抬一下后，身体逐渐站直了，然后露出足以取悦她的神色，浑然像个情窦初开的呆子。

江石玉只失神了一瞬，随后走近两步，才看清今晚的许心宜。

在只有一盏门灯的玄关处，柔软的咖啡色方格地毯铺在脚下，墙面镶嵌着一幅夕阳水彩画，一幕幕交叠着昏黄的光影，让时间在这一刻好像停住了。她穿着一条紧身的黑色连衣裙，露出细长匀称的四肢，在一阵又一阵催促的门铃响声中，像电影画报里的女郎一点点抬起修长的脖子，直到对上他火热的目光。

他相信此刻的他一定浓醉了，否则她不会那样笑，笑到捂住脸，却被他牢牢制住双手，无法动弹。他低下头，呼吸就在她的唇边，带着诱人的邀请："想跳舞吗？"

许心宜心慌意乱地对上他的眼睛："周王子正在门外暴躁。"

"不用管他。"

他再次靠前，抬起她的一条手臂，张开手指穿进她粗粝的指缝，与她十指紧扣，另一只手搭住她的肩膀。在狭小昏暗的门厅处，像极了老电影里破旧的阁楼、走廊抑或洗衣间的经典场所，总之气氛是紧张的，灯光是旖旎的，节奏是凌乱的，一切巧合强烈而甜蜜。她只能凭借本能扭动腰肢，随他的步子轻动，在他有力的、带有侵略性的带领下旋转，任裙摆摇曳，荡出一地的涟漪。

她饱满的胸脯宛如一双无形的手，时刻拨动着他战栗的心脏，让他呼吸紊乱，为她的每一帧定格而惊心动魄。

他终于无法自控，一个转身将她牢牢收进胸膛，长长吐出一口气："心宜，你很美，很美。"

许心宜皮肤滚烫，脑子也晕乎乎的，抵着他的胸口喘气，却还能故作镇定："哦，算你有眼光。本来想生日那天穿给你看的，结果……不过还是被你看到了，你就偷乐吧，我很少穿裙子的。"

他低低应声，表示受她的重视很开心。

她的脑袋搁在他的肩上，他的下巴停留在她满含芬芳的发间，犹如一叶莲蓬连着青长的茎，互相依托，互相交织，缠绵悱恻，恨不得就此天荒。

不知什么时候，外面的声音已经远去了。周清野到底人精，知情识趣。江石玉轻笑出声，掌心贴着她的手臂细细摩挲，忽然一顿，被一道疤痕吸引了注意力。

许心宜忙低下头来遮掩，跺着脚说："肯定刚才跳舞的时候不小心掉了，本来我贴着一个花样呢，好丑，你不要看。"

江石玉不由她，扒开她捂着不放的手。伤疤早已脱落，粉红的肉长了出来，与原来的皮肤相交接，足足有两寸长。

他的声音低下来："是去年冬天留下的吧？"

她身上类似的疤不在少数，只有这条最为明显，受伤的时候一块肉被剜去了，还引发了感染，几乎腐烂到骨头。当时的情况他看在眼里，只是立场与今日不同，除了动用私心让李英破例给她休假，他无法对一心逃避的她做出更多的安慰。

一艘在南日岛西北四海里附近海域搁浅进水的轮船，船长、十一个船员，加上一个中途收养不到三个月的养女，共计十三人，直升机因为海面悬停难度大，不得已停在附近的浅滩上，需要通过充气阀转移被困者。可充气阀一次运送的人数有限，直升机一次转运的人数也有限，于是生死关头，人性面临严峻的考验。

当时现场过于混乱，他们谁也没有发现船舱里还关着一个小女孩。等他们听到呼救声时，甲板已经半淹没了。

小女孩刚刚睡醒，揉着惺忪的双眼，显然还没意识到当下的危险，以为有人来救她就可以安然无恙，从窗户里伸出胖乎乎的小手，拉住正在踢踹舱门的许心宜，胆怯地问："姐姐，回去后可以带我去吃冰激凌吗？"

一道舱门，两扇窗格，后面是已经沉下去的船尾，整个船身已半倾斜。风雨飘摇的船桅晃动着，发出破碎的呐喊，高高掀起的巨浪正在凝视一个天真的女孩，暗自积蓄黑暗的力量。女孩一无所知，尚期许着美味的甜点，软软一笑，两颊浮现恬淡的酒窝。

那样震撼的一幕，人之短暂一生，怎堪遗忘？

她因此悲痛欲绝，无休止地折腾自己，寒冬腊月吃了不知道多少冰激凌，弄得满嘴都是血，在医院躺了三天。仔细想来，她应该就是从那会儿开始生病的吧？开始反反复复地做噩梦，逐渐被逼入一个长夜难明的境地。

许心宜知道没什么能瞒得过他，那一阵子她整天丢了魂似的，要不是他处处掩护，恐怕她早就落荒而逃。这些天不管明示暗示，是悄然而至的温情，还是浓烈盛大的示爱，他们之间都有了隐秘的交接。

许心宜别过脸问："你这么聪明的人，其实一早就猜到我离开通海的原因了，对吧？"

江石玉没有回答，转而问道："看过《决战中途岛》吗？"

"我听说过，上映的时候太忙了，没腾出空去看。"

他们自顾自在一方天地说着话，任凭旁边的手机振动不停，屏幕亮了又黑，黑了又亮，最终彻彻底底地暗沉下去。

"第六中队的飞行队长受命带领一大批飞行员与敌国决战，目标是炸毁敌方在海上的军事力量。日常训练时，他让队员们练习从不在常规训练项目里的俯冲进攻。有个新来的飞行员害怕，他就让他当他的僚机，想带他一起飞，结果他刚出去就发现舰艇的速度太慢了，滑行距离太短，直升机难以起飞。他凭借高超的技术挽回千钧一发的局面后，立刻给作战部传达指令，可是在他后面的僚机已经来不及停下，直接冲进了海里，并被一时间没有办法转舵的航母碾了个稀碎。他很自责，因为自己的失误害死了一个年轻的孩子。在面临敌人越来越紧迫的攻击，战友一个接一个牺牲后，作战室黑板上飞行员名单后的叉越来越刺目，他的心也越来越紧，日夜辗转无法入睡。"

许心宜的呼吸慢了下去，紧张地问："他、他也生病了吗？"

"我不清楚，因为战役结束后，他就被过量掺了杂质的氧气导致肺部感染，再也没有机会飞行了。可我想每个人都会生病的，人的一生说长不长说短不短，生老病死更是常态，普通人尚无法预料明天，更不用说战士。在有限的从业时间或生命里必会因生死无常而恍惚、质疑，甚至否定自己存在过的事实，这样的情况绝对不止一次两次。我相信那个年轻的僚机一定会在他心中留下一辈子无法抹去的痕迹，正如那些曾经在大海沉浮而我们无法施以援手的生命，也终将带着不可磨灭的痕迹长存于我们心间。"

江石玉告诉许心宜，伤痕无法忘却，她不用勉强自己一定要忘记什么。她也不必感到失望、气馁和自我怀疑，这是一个战士必经的过程，她唯一能做的只有调整最佳的状态，在每一次出动时尽量带回更多的人。

"心宜，历史上任何一场战争，越是恢宏壮观，越是以数以万计的生命筑造而成的。我们生活在一个和平年代，还有很多时间去做热爱的事情，已经非常非常幸运了。"

"我知道，我只是……一时迷失了，死脑筋，走不出来。"许心宜转过身，"我怕自己有一天会退缩，会害怕，面临像今天这样的情况会突然犹豫起来。不幸与幸往往只有一两秒的差距，我不敢拿别人的生命开玩笑。"

"哪怕知道结果也一定会做的事，不是我们每个人正在经历的吗？"

许心宜深深凝望着他。

在冲向大海的那一刻，她无可否认自己曾迟疑过那么一秒，但仅仅只有一秒，迟疑的也不是自己能不能做到，而是该不该让他留在原地。可当她一秒后冲了出去，他与她几乎同一频率也冲出去时，这一秒的迟疑被命运彻头彻尾地碾碎了。

那一刻她无比确定以及坚信，身边这个男人将赢得她一生的敬重与仰慕。

"你知道吗？在今天之前，我已经过了很长一段时间飘在半空的生活。对于未来的惶惑不安是一方面，另一方面是我始终不敢停下来认真思考你对我的感情，到底是真是假，是现实还是梦境。"

她无法剖开童年的种种，告诉他许心宜是一个多么敏感脆弱的胖丫头，整个青春期漫长而惨淡，没有收获一段值得称道的友情，多么可怜又可悲！

长大后她似乎变得厉害了，有了交心的朋友，还得到不少男人的青眼，可她到底只是一个情窦初开的胖丫头，她是多么勇敢，又是多么卑微。

她甚至许多次在期待成为他的家人时，想过放弃一线。

"可是当我回到家，看到爸爸独自一人坐在我房间里，看着那些泛黄的娃娃、玩具和一堆花里胡哨的照片发呆时，我忽然无比清醒地意识到，眼前的一切都是真实的，他老了许多，却仍爱我。虽然这些年我经历了许多黑暗，许多质疑，许多回天无力的生死，但同时也得到了很多爱，热烈的爱。"

如同这些年来力排众议全力支持她的工作、一直在大后方等她回家的爸爸妈妈，如同年年岁岁与她生死相依的沈岐，如同每一个危机的时刻奋不顾身为她跳下的秦栩，如同当日在震区用一种无比滚烫的眼神让她相信她是如此值得被爱的他。

"我只想向你证明，许心宜可以强大，可以温暖，可以用生命来爱。"许心宜攀在他的肩头，整个人依附过去。

在经历一系列的变故与蜕变后，她终于做到了，也找回了最初的雄心壮志。想起来到通海报到的第一天，当她对着墙上的队章时，是这么起誓的：

"我，许心宜，愿意用生命全心全意为人民服务，无惧危险，不怕牺牲，苦练救助本领，时刻准备战斗！生在一线，死在一线，初心不悔，誓死效忠！"

铮铮宣言言犹在耳，人世间的爱正当如此，用生命和理想成就绝无仅有的湮灭。在这样一段光阴里，他为她停留，她为他重生。

"你看我刚才救人的样子，还有一点尿吗？"她冲他眨眨眼睛。

江石玉非常给面子地夸道："每次看到你往前冲的时候，我都告诉自己，这不是我心爱的女孩子，而是战士！"

许心宜笑着点头："不错，有点老许家的优秀作风了。"

两人磨蹭了好一会儿才出门，许心宜颇有点做贼心虚的觉悟，走得太着急，把手机落在了房间。在明灭的灯光下，未接电话列表中一个正在遥远北方的好友，刚刚经过一天高强压的训练回到宿舍。

一张简易的书桌上堆满了书，椅背上搭着五六件衣服，旁边的垃圾桶里早已塞满了快餐盒子，整个屋子凌乱仄塞，几乎没有下脚的地儿。

他把摊铺在床上的信件通通推到一旁，仰面躺了下来。

过了一会儿，他放下手机，拿起床头的门票。

航展票的四角已被磨得泛了白，有一角用了胶带，褶皱的痕迹太深，怎么也摊不平。门票下面还有一张纸，是去年冬天秦荣的忌日他写的一封信，反反复复改了很多次，提到了许多他不愿提起的人。可不知道为什么，在离开通海之后，离开这个抚育他、成就他同时让他窒息的地方后，他反而觉得自由了，偶尔静下来也会想起那些本不愿想起的人。

周文芳应该不会再去基地找他了吧？最后一次见面他是不是把话说得太绝了？可她说的又是什么话？

"我们那个年代就是包办婚姻，婚前不够了解，婚后一塌糊涂。我与你爸爸性格不合，根本没办法一起生活，怀上你后我想过忍一忍，再忍一忍，可我真的没办法，日子过得太难了。你知道在那个时候离婚要顶着多大的压力吗？我还小，如果再带着你，我以后的日子要怎么过？阿栩，请你原谅妈妈，我是第一次做母亲，非常失职，我也非常后悔。没能亲眼看着你长大，是我这辈子最大的遗憾，我请求你再给妈妈一次机会，剩下的日子让我陪着你一起走好不好？"

他不屑地回道："我在很小的时候就已经接受了没有妈妈的事实，现在再说什么都是多余的。"

于是周文芳再一次哭红了眼，乞求他原谅的话说了千遍万遍，那一次终究一言不发地离开了。

沈扬呢？在拒绝秦荣后，失去沈岐后，她后悔过吗？听说她身体不太好，周清野每隔十天半个月就要送她去医院一次，是得了什么病吗？当初她离开秦荣真的只是因为沈岐放弃教员考试，伤了她作为母亲的自尊心？没有其他隐情吗？

沈岐呢？她知道沈扬生病吗？两年前她之所以选择去阿德莱德，应该是不想让他为难吧？回来的时候，她是否期待过他能待她一如从前？可她明明是他的队长，为什么处处小心翼翼地对待？他宁愿她像过去那样教训他、斥责他，也不愿她一味地维护他，饱受上级领导的白眼，她可是整个救助圈唯一的"上帝之手"，传奇女机长，怎么能因他而蒙受屈辱？

还有许心宜那个狼心狗肺的东西，他离开这么多天竟然一通电话都没有，只除了在听说他去北京参加救生员的考核后发来的几条不乏揶揄的短信。知道她当时在灾区，他强忍怒气没有同她斗嘴，约定回来后好好比试一番，就再也没有联系过。

这么多天过去了，难道公牛队的工作还没收尾吗？通海的同事分明已经撤离，大峰还给他发过详细的简讯。公牛队的返程日期与通海同步，这个时间不接电话，是因为跟江师弟在一起吗？

从业以来，翻过了数不清的年头，从毛没长齐到翅膀变硬，他们第一次没有在一起过年，她连一句"新年快乐"都不给他吗？

秦栩越想越气，不免自嘲，想他一个身高八尺顶天立地的大男人，寻常无事竟也胡思乱想，坐立难安。他失了头绪，愣神地看着遗书下方后来添加上去的一行小字，不自觉读了出来："傻子，笑最大声，哭也最大声，不快乐何必强撑？"

他记得那一天，秦荣的忌日一如往年的严寒，他想起了周文芳，还一脚扫去了沈扬摆在墓碑前的菊花，回去的路上许心宜待他很是温情脉脉。出动前她在更衣室大笑，他还在纳闷她怎么快乐成那样，哪想到半个小时后，在海上等待她的竟是一场撕心裂肺的人性之战。

那个抓着窗户拼命把手伸出来求救的小女孩，想必恨死他们了吧？后来的许心宜更爱笑了，笑得也更大声了，可他知道她再也不是从前的许心宜了。

而今，他的许心宜遇到能真正让她快乐的人了吗？

许心宜一根筋的思考方式，已经全部用在江石玉身上，实在没有多余的精力去考虑别人的心情。她哪里想到自己短短几条信息、一个笑容就会给秦栩带去这样一场旷日持久的思念？此时此刻，当她沉醉于五光十色的酒水之间，完完全全放下自己是一个救援人的身份时，她的确如释重负，收获前所未有的快乐。

尤其当陆毅成不知道从哪个角落偷偷摸摸地钻出来，试图把她拉到一旁去说悄悄话却被江石玉截住时，她更是快乐得没边。

眼下两个男人离开吧台去了无边泳池，许心宜刚刚灌下一杯鸡尾酒，视线就被穿着火辣的程熙熙挡住了。程熙熙往远处瞄了眼，一脸兴味："不会动手吧？"

许心宜重新分配房间，事前没有知会过她，委实担心她生气，眼下一看定了心，笑着说："不会的，陆毅成就一个尿包软蛋，哪儿敢动手？你忘了当初爬山是谁救的他？"

程熙熙见她一脸显摆，"喊"了一声："真羡慕你啊……"

许心宜凑过去，对着她的耳朵嘀咕："老实交代，你什么时候看上陆毅成的？"

程熙熙抿着唇，故作讶异地扫她一眼，随后笑了，水蛇一样柔软的腰擦着吧台绕了一圈，从她身后压弯腰，低声说："大概很早吧，在你还没来公牛队的时候，不然你以为我真热心公益啊？"

许心宜拉住她的手，忙问："快跟我说说。"

"说什么？"

"你们相遇相知的前因后果！前生今世！"

程熙熙扑哧一笑，戳她的脑门："控制你的想象力，哪儿有那么复杂？我在攀岩俱乐部认识了他，跟他喜欢你的方式一样，我从崖壁上掉落的时候，他面无表情地托住了我的屁股，就跟你面无表情地托住他的屁股一样。他是个骄傲的人，我也是，感觉受到了屈辱，于是一路追过来。"

顿了顿，程熙熙又道："不过来了之后我发现，以前的我眼界太窄了，跟每天都在上演的意外相比，男男女女那点事算什么？"

许心宜笑得压弯了腰。

程熙熙板起脸："请你严肃一点，我在领悟渺小与伟大的真谛，你笑什么？"

"我在想他托住你屁股的场景，觉得很好笑。"见程熙熙露出警告的神色，许心宜赶紧伸手捂住嘴，端正身体，不苟言笑道，"喀喀，这的确是一个具有深远意义的命题，希望你能早点领悟真谛，然后来度化一下我这个庸俗又普通的人，不过……陆毅成知道吗？"

程熙熙无奈："你脑子里就只有风花雪月吗？"

许心宜颇感唏嘘："唉，肯定是不知道了。仔细想想也怪惨的，老大不小的人，现在还没成家。难得有个人瞧上他吧，竟然还是暗恋！是真的惨，我看他这辈子是要坐穿光棍的冷板凳了。"

她一副过来人的口吻，长吁短叹地拿眼睨程熙熙。程熙熙冷笑："心疼他你就自己去焐着暖着，别一个心血来潮，乱当月老，我和他还不知道能走到哪一步！也许就是电视剧里翻来覆去演的那种，一段无疾而终的暗恋吧。"

"别，你说这话怪让我难受的。"

她以为程熙熙这样的天之骄女，和"暗恋"是挨不着边的，可仔细想想，"暗恋"一定只属于她这样的灰姑娘吗？在爱情面前，有谁更高尚吗？面对可望而不可即的心上人，他们都不过是藏在阴影下的一个虔诚的信徒。

许心宜悄悄握拳，给她打气："看看我，癞蛤蟆都能吃着天鹅肉，你也别太悲观了！"

程熙熙笑着拍她："有这么损自己的吗？也太狠了吧！"

"可不是，为了衬托你，我简直不能再高尚了！"

"又贫……"

正说着话，沈岐走了过来，许心宜转头一看，周清野端着一杯酒偷偷摸摸地滑入夜色，借着墙壁的遮挡，老神在在地偷听两个男人谈话。

面对情敌，正主能说出什么好话来？周清野心想，无非单刀直入，宣示主权，先从气势上将情敌压得死死的，让对方毫无反弹的余地。可江石玉到底不是一般人，竟然同陆毅成谈起了当今的经济形势对律师行业的影响。

周清野扶额，真想找块豆腐一头撞死。勉强耐着性子听了一阵，陆毅成率先扛不住了，极力制止道："知道我这辈子最后悔的一件事是什么吗？原来我以为是遇见许心宜，现在我不这么想了，最让我后悔的是遇见喜欢她的你。太可怕了，其实我一直很难接受自己喜欢她这件事，更难以想象你居然也喜欢她，直到此时此刻我终于相信资本家都是狠角色，你的确能屈能伸，也是真喜欢她。"

周清野一口酒差点喷出来，捂着嘴肩膀直颤。

江石玉的确是软和不强势的人，可到底也曾叱咤过金融圈，不单刀直入不代表不可以绵里藏针。聘请陆毅成到里恩集团当律师顾问，为他组建律师事务所的精英班底，开出足够丰厚的条件循循善诱，难道不比直接打脸更能让情敌知难而退吗？

陆毅成欲哭无泪，周清野不免替他叫苦，千瞎万瞎不该瞎在许心宜身上。

江石玉自觉目的达到，弯着眉眼又是一副无害的笑容，客客气气地说："回国后我请小野草拟合同，你可以带你的团队到里恩集团看一看。"

陆毅成进也不是，退也不是，抓狂似的想了半天只憋出一句："你为什么来一线？"

江石玉没再说话。

周清野不自觉地想起前些日子看到的一封邮件：

　　小野，我最近时常回想曾经做过的疯狂的事情，譬如偷买周杰伦的CD算出格举动的话，那我在床底下收藏卡卡的球衣和周边产品，和你在网络上通宵看世界杯，一起跟发烧友乘越野车追拍直升机，几天不回家堵在机库门口死皮赖脸地求工程师傅指点迷津，这些都算是疯狂的举动了吧？

　　细想起来，每一个这样的时刻我都是开心的，可惜每一个旭日东升的早晨，我还是走回了原路，我想这正是人生的悲哀与极致之处。

因为悲哀，所以才能衬托极致。

我在国外淘了很多老黑胶唱片，一直没舍得拿出来。这次正好有朋友割爱一台二战时期的留声机，就替你收了，权当两只熊的回礼。

你送的生日礼物，我很喜欢。

我知道你会看到这封信，小野，细心如你，想必已经有了答案吧？我之所以来到一线，更多的是逃避，我没有勇气和一段过去好好说再见，于是用任性的方式，结束旧生活，展开了新生活。同时我的任性给很多人带来了伤害，你也好，心宜也好，我的家人也好，总之让你们受累了，我很抱歉。

我不知道伤痛是哪一天找上的我，或许在阿音离开后，或许在她离开前，它就已经存在了，未来可能还会一直存在。到如今是非对错，一言难尽，我对曾经的生活灰心透顶，再无信心回头看。请你一定一定要站在高处，为我领航。

我渴望今生的时光，永远定格在一幕颠覆的戏剧中，那一定是飞鸟倾慕太阳，最好的归宿。

愿你为我庆祝。

身边有人走动，有音乐狂响，有酒塞弹崩的震动，周清野一下回过神来，坐到江石玉旁边。两个男人肩挨着肩，中间摆着一只空的高脚杯，泳池里蓝色的水光晃动着，兜住溶溶月光。

周清野不知想起什么，似笑非笑道："还记得那年许心宜故意买醉吗？你居然打电话叫来了秦栩，我真是恨铁不成钢，好话坏话同你说了一箩筐，你始终淡淡的，我还当你不爱她。哪里想到，你这个人也会有为爱发狂的一天，陆毅成八成要等个三五天才能回过味来，你真是……太狠了。"

见他沉默，周清野一连三叹："援助地震一线的物资和后期建设的投资，遭到了董事会的反对，你应该知道是谁的手笔，目前这项计划还在阻挠中勉力进行。"

公牛队还处在创业中期，需要大量的资金入驻，可江覃在董事会的阻挠，让他举步维艰。不过事情并非没有转机："前一阵西科斯基的技术代表访问通海时，我听李英说他们愿意以交流学习的方式提高技术服务，目前整个通海懂飞行技术又擅长机修改装的只剩你了吧？如果你肯去，我就有把握说服多数董事，支持对通海的长期投资和重塑对灾区建设的信心。"

当时谈话，还没敲定确切的人选。不过在经历震区的一系列事情后，诸如他和许心宜在公共频道谈恋爱，还擅自调整上级的频道，这些失职行为势必要追责。

以他对李英的了解，多半会把江石玉推出去，既保全了领导们的颜面，也拿住了西科斯基的痛脚，这么一来也算因祸得福。

周清野见江石玉没有感到意外，显然李英已透露过风声，可看许心宜的样子，似乎还不知情？他问道："你还没告诉她？"

江石玉侧过身来，隔着交错的人群看向正在和沈岐说话的许心宜。水吧光线晦暗，她似是拒绝了程熙熙共舞的邀请，屈腿站在桌椅的过道间，小心翼翼地护着沈岐的肚子。

察觉到他的目光，她抬起头来，朝他飞了个吻。他的唇角掀起一丝弧度，问周清野："你看她是不是很可爱？"

周清野翻了个白眼："真的，我原来以为可爱是讽刺女孩不够漂亮的字眼，现在才发现我错了，我大错特错！在你眼里，许心宜简直不能再可爱了。"

见他顾左右而言他，态度模糊，周清野气恼道："我说你是不是疯了？机长试推迟就算了，过了年还有机会重考。放弃外派也就算了，毕竟当时秦栩出事，队里乱成一团，你再一走许心宜肯定撑不住。但现在形势不一样，许心宜在公牛队站稳了脚跟，秦栩也开窍了，你怎么还一根筋？你知道要让西科斯基这样级别的军事武装基地退让有多难吗？等了这么久才等到一个千载难逢的偷师机会，你究竟在犹豫什么？"

他嗓门一大，人也跟着站了起来，引来不远处两道直直的目光。江石玉忙示意他声音小一些，解释道："之前在灾区事情太多，我没想清楚。"

"把现在呢？你还有什么顾虑？你以为西科斯基不知道咱们的目的，还能让你偷师三年五载啊？最多半年一定把你遣送回来，你跟她就差这半年时间？"

江石玉反应平平，周清野直接被气笑了："我确实不懂你在打什么哑谜，难道没了你许心宜能去死吗？她没你就不能活了吗？"

话音刚落，面前的男人一改闲适的姿态，面目完全沉冷下来，一股迫人的气势欺身而近。

周清野被迫往后退一步，转过脸去。

江石玉与许心宜日日夜夜相处，远比任何一个人看得长远，也更清楚她每一次退缩后潜伏的危机，绝不是创伤后应激障碍那么简单。那一天当她说出

221

"江师弟，你救了我一命"的时候，他的内心剧烈震颤，一种前所未有的共鸣慑服了他。

在华尔街日夜颠倒的那一段时光，他也曾如此震颤，渴望被发现，急于被捞起，所以他知道许心宜需要他，非常需要他。在今夜之前，她才刚刚"康复"，虽然这是一个值得让人期待的发展，但并不代表会一直朝着他期待的方向发展。

除此以外，他还有一种说不清道不明的直觉，阻拦对通海的技术支持，并非江罩全部的手段。他以为那个从鬼门关被抢救回来的父亲，会看淡浮华名利，没想到对死亡的恐惧，反而加深了他对一线的厌恶。

从震区回来后，他担心江罩的身体，曾经回过一次家。当时江罩已经康复出院，恢复得虽然不比以前，走路时多少有点后遗症，但也不影响正常生活。重要的决策，秘书都会带到家里来处理，他回去的时候正好听到江罩在跟秘书谈话，隐约提到"公牛队"的字眼。

他就知道，江罩还没放弃。

西科斯基所代表的不是直升机技术一个浅显层面的东西，这个千年一回的机会放之四海，没有一个傻瓜会拒绝，他不想当历史上第一个傻瓜，但也绝对不会因此而甘当一个什么都守不住的蠢货。

江石玉双手交叠撑着下巴，说道："让我再想想。"

周清野想说什么，话音一顿，只撂下一句："你必须清楚，西科斯基不会再给我们第二次机会，摆在你面前的不是一个人的选择。我刚才已经确定了，时间就在一个月后，多一天少一天都不行，你自己想吧。"

周清野就这么走了，挤入吧台不由分说地从许心宜身边抢回沈岐。许心宜与他大眼瞪小眼僵持了一阵，随后撇开他到泳池边找江石玉，走了一圈没看到人影。

她正奇怪，一个侍应生走过来，交给她一张便签，言说是一位先生让他转交给她的。许心宜展开一看，只有五个大字：回房间等我。

这么简单直白的表达，还有什么不明了的？

许心宜脸颊一热，摆摆手自言自语道："这可怎么好呢，发展太快了吧？唉，其实也不快了，我应该不用再假装矜持了吧？好为难哦，这让人怎么拒绝？"说着也不管在一旁瞠目结舌的侍应生，提起裙摆往房间冲。

门一推开，她以为等待她的会是一个刚刚出浴穿着睡袍、点着一盏床灯安静地坐在床边的男人，事实却是屋子里漆黑一片，莫说男人了，就连地灯也好似坏了，无论她在门边怎么试探咳嗽，始终没有感应。

许心宜不禁往回看，昏暗的走廊空无一人。她攥着手，尝试着往里走了一步，轻声唤道："江师弟，你在吗？"

没有听到回应，许心宜把手放到开关上。

忽然玄关处的手机嗡嗡地振动起来，许心宜被吓了一跳，抚着胸口接通，电话里温声浅笑的男人提示她："不要开灯，往前走，到阳台上。"

许心宜"嗯"了一声，哪怕现在一颗心扑通扑通跳个不停，可她到底还是忍住了，没有打破这一刻的黑夜里只余下彼此呼吸声的安静，缓步走到阳台边，拉开窗帘。

面向海边的沙滩上，忽然掀起一阵咸涩的风暴，不知道躲在哪里的数十架无人机带着闪亮的光聚集到半空，有秩序地排列组合，然后围成一个黄澄澄的"小太阳"！

许心宜忍住惊叫，撑着阳台护栏眺望过去，只见不远处出现一支"飞鸟"状的无人机队列，逐渐与"太阳"队列相合，灯光一闪，变化成一颗火红的"心"。就在这时，海岸边忽然火光四射，百米长滩一直延续到海的尽头，衬着半山的点点星火，烟花升入夜空，一朵朵五色花球在苍蓝色的天边爆裂，射出胜似流星的灿烂余晖。

落下来，铁树银花照亮汹涌起伏的海潮，细碎的光收了尾，与宁静的深海共同守望此时此刻人世的宁静与喧嚣。

不知何时在水吧狂欢的人都拥到了无边泳池，一颗颗脑袋挤在一起，指着烟花掩不住地惊艳赞叹。最后一颗花球也在海上爆裂了，就在他们意兴阑珊地以为结束时，发散的流星再次聚首，组合成一句话：心宜，新年快乐！

人群中骤然爆发出一阵尖叫。

"啊啊啊……是谁这么幸福？好羡慕她啊！"

"一直在国外，差点忘了今天是除夕！"

"好漂亮的烟花！"

"没想到跑到千里之外还是没逃过'狗粮'，我酸了。"

"哎呀别酸了，快看那里，那个男人好帅啊！"

周清野拥着沈岐走到落地窗边，余光瞥见一道身影捧着一束火红的玫瑰，从海滩漫步涉过橡胶林，单手爬上无边泳池的平台，一个抬腿，利落地翻进了"莴苣姑娘"秘密的窗栏。

沈岐由衷地感慨道："我以为给心宜制造惊喜这种事情，只有秦栩做得出来，没想到江师弟也……"

周清野小肚鸡肠，还记着刚才的仇，撇了撇嘴道："这有什么？你喜欢的话我把整条海滩包下来，天天给你放烟花。老土死了，这年头还有谁这样追女生？再说许心宜早就恨不得把他吃光抹净了，用得着花这冤枉钱吗？"

沈岐见他炮仗似的停不住嘴，活像家里炸了毛的猫，忍不住替他捋了捋后脑勺的短毛，笑问："你怎么了？江师弟惹你生气了吗？"

周清野"哼"了一声还嫌不够，又"哼"了一声委委屈屈道："以前姓江的从没凶过我！温温吞吞的，整天就知道摆弄甜品哄我开心，现在呢？眼里还容得下我吗？"

沈岐似乎迟钝地发觉了什么，真挚地发问："你是吃心宜的醋？"

"怎么可能！许心宜那个五大三粗的女人，有哪一点值得我吃味？江石玉眼睛瞎也就算了，当我眼睛也瞎了吗？我只不过、只不过一时间没办法接受，万年铁树居然真的开花了，还开得这么……大张旗鼓。"

任凭嘴上怎么酸，周清野心里还是替兄弟开怀的。你以为细水长流的人，往常只会默默陪伴，给予无声的付出，可又怎知他内心就甘于现世安稳？直到这一刻，周清野才恍惚看懂了江石玉，看懂了他的徘徊。

这个被束之围城的男人，终于飞出去了，飞回了年少时不曾驻足的墙头，嗅到了红杏的芳香。

算了，他大人有大量，原谅一个毛头小子的轻狂。

在他们不远处，程熙熙悄无声息地将披肩盖到一个男人头上，罩住他此刻不欲被人看到的落魄。陆毅成的身体僵硬了片刻，逐渐适应了黑暗的环境，低声说道："我是不是很失败？"

"为什么这么说？"程熙熙问。

"我、我样样不如她，连她喜欢的男人也……"

程熙熙轻笑一声，低下头说："那我算什么呢？我也不如你。"

她的口吻里带着一股自嘲与酸涩，让人无法忽略。陆毅成动了动，似乎想掀开披肩，程熙熙上前一步阻止了他的动作。

隔着一面柔软的丝料，她的掌心抵住他的手背，有什么异样的温度传递了过去，陆毅成别扭地换了个动作。

程熙熙嘴角的笑淡去了。

"当你站在法庭舌战辩方律师，唾沫星子狂喷法官时，你会感觉自己失败吗？我拆解装备的时候，也不会感觉自己失败。可不知道为什么，在感情面前，却觉得自己无能脆弱，不堪一击，想必这不是你一个人的问题，而是人类共通的难处，所以你也不必有多困扰，发泄一下就好了。"她客观地分析着，把一瞬而起的失落掩藏，重新武装了自己。

陆毅成苦笑："如果只是这样简单就好了。"

他不知道怎么说才能让程熙熙明白，让他感到气馁的并不单单是一场无疾而终的暗恋。虽然这场暗恋谁都看出来了，但他还没开口示爱就被判了无期徒刑，认定这就是暗恋的下场。

在亲眼看见许心宜与江石玉奔向大海救人的那一幕后，在从他们身上感受到一种同生共死的决绝后，他确实感到失落，感到无力，甚至感到愤懑，为什么那个人不是他？难道他做不到吗？可直到这一刻，当所有出于感性层面的懊恼退潮后，他终于意识到自己的失败所在。

他确实做不到。

"最早来公牛队的时候，我跟张建打了个赌。他承诺如果两年内我的各项成绩能超过他，他就把队长的位置让给我，但他笃定我绝无可能超越他。原先我还觉得他自满，现在才发现自满的那个人其实是我。"陆毅成晒笑，"你知道他为什么笃定我输吗？"

程熙熙忽然领悟到什么。

"因为我来公牛队态度不纯，心眼不正，我想通过救助实现自我价值，壮大自满。而他不一样，他和心宜把生命里所有的缺憾与伟大，都奉献给了一线。"

或许他太骄傲了，一叶障目不见泰山，没能尽早领悟到这一点，直到许心宜以一种不死不生的姿态扑向深海，直到江石玉用一种惊心动魄的感动兜住她身上滚落的水珠，过往种种细节一闪而过，他方才醍醐灌顶。

一个活得那样挣扎的人，骨子里尚填满一股无以撼动的力量，终日舍生忘死，而他堂堂七尺男儿，满心满眼却都是浮华物欲，在她面前该有多渺小啊？

"我过去有多么自大，现在就有多么羞惭，大概是这种心情吧，有种大梦醒了的感觉。"陆毅成说，"当我站在法庭义愤填膺时，我往往疲惫不堪，身体是飘着的，落实不下。我不懂为什么会这样迷茫，现在总算明白了，公牛队确实能给人带来很多成长与蜕变，虽然一件件救援案例后潜伏着的善与恶，与法庭里的人性是共通的，我也越发感到世俗的虚伪，但我仍旧为能同你们为伍，而感到无比荣幸。"

程熙熙看到人潮正在涌动，沸腾的除夕之夜即将迎来最万众瞩目的一刻，她听不清陆毅成说话，不得不弯下腰找寻他的声音。

水吧的一角，光色在这一刻静住了。漂亮的女人俯低身体，倾靠在昂藏的男性身躯旁，是一种危险的相得益彰。

她听见他阐述自己的失败："我确实输了，输得一败涂地。"

当每一个人在为生命的绚烂喜极而泣时，他却在孤芳自赏，以为站得高就能纵览群山小。殊不知自己才是小小的土丘，而傲视他的正是那群每一天都在努力活着的人。

哪怕江石玉，一个在他看来高不可攀的男人，一个可以从容不迫立足于社会任何一个位置的男人，也有着与许心宜共通的侠骨柔肠，恐怕这才是她为之神魂颠倒的根本吧？

陆毅成长长吁了一口气："熙熙，我不是什么好男人。"说完，他将披肩扯下来，放在卡座上，大步而去。

不远处正在倒计时："十、九、八、七……"

程熙熙追出水吧，见他越走越快，很快就消失在甬道深处。耳边"五、四、三、二、一"的声音远了又近，近了又远，最终填满耳郭，让她力气尽失，跌坐在地上。

在这一晚，陆毅成消失了。

许心宜听到不远处的倒计时，完完全全沉溺在一个男人带给她的巨大的幸福中，浑然忘了这一刻正在等待她祝福的亲人和朋友。

她甜蜜蜜地踮起脚，与温雅的男人在天幕下拥吻。

"这个时间，也不知道基地有没有任务出动。"

"今天应该是大峰值班。"

"除夕团圆的日子，他怎么还值班？"许心宜说是玩笑的口吻，却带着无尽绵长的心酸。白天黑夜两班倒，没有休息，时间长了身体怎么吃得消？

"你还是劝劝他吧，有问题跟家人好好商量，不能这样子玩命。"她放软了口吻，细细看他的眼睛，"再强壮的身体，这么消耗也扛不住。"

江石玉对上她的视线，语气里显出难以察觉的艰涩："我会的。"

"你也是呀，出动的时候多穿点衣服，不要光顾着好看。反正已经是我的人了，以后上班就都穿东北大袄吧。"许心宜气呼呼的，将他数落了一遍，又去摸他的脸，眼神的流动慢下来，静得不似许心宜。

过了很久她才开口："江师弟，冬天很冷吧？"

每一年的冬天对他们而言都是漫长煎熬的。江石玉握住她的指尖，放在嘴边轻轻哈了口气："冬天之后就是春天了，总会放晴的。心宜，如果和我在一起会让你……"

许心宜睁大眼睛，等待下文，却见他摇摇头，终说道："没什么。"停顿一瞬，他拂开她眉间的碎发，"今天开心吗？"

许心宜虽然觉得哪里怪怪的，但还是被眼前的喜悦转移了注意力。余光瞥向床上的一团火红，她小声说："告诉你一个秘密，我长这么大还是第一次收到玫瑰花呢。以前每到情人节和七夕，我就忍不住生气，尤其是晚上一个人孤零零回家的时候，街道到处都是成双成对的身影，连小花童都要上前取笑我，问我要不要给自己买一束花。说真的，我早就想揍他一顿了！"

她倚靠过来，脑袋抵着他的胸膛转来转去："不过以后，我应该不会再生气了。"

难怪都说取悦女人最好的方式是送花，虽然花期短暂，玫瑰易衰，可女人就是这么肤浅吧？享受一瞬的美丽，也总好过从未见过美丽。

许心宜吃了蜜似的，眉开眼笑地问："以后的每一个情人节，你都会陪我一起吗？"

江石玉静了一下，揽住她的肩。似还不够，他低下头反复轻吻她的发顶，声音沉沉道："会的。"

人世间美好的偶然都已在他们之间降临，他是如此肯定，许心宜却仍迟疑，追问道："真的吗？"

"嗯。"

"永远在一起，永远不分开，好不好？"

"好。"

第七章
苟且与远方

　　年后归队，许心宜把张建的遗像摆在队部中心，冷着脸给全体队员开了场动员大会，算正式接过大队长的重担。

　　有几位老将帮忙压阵，倒也没有太多反对的声音。多多少少有不服气的，陆毅成干脆把许心宜当初签下的军令状和事后三个月的成绩单发到群里，"以资鼓励"，这么一来，少有的几个不和谐的声音，也渐渐弱了下去。

　　许心宜连着忙了好几天，一直没时间去找江石玉。好不容易逮着休息的机会，在赵阿姨的帮助下煮了一锅甜汤，抱在怀里去飞行公寓。

　　一路倒了两趟地铁，她生怕汤冷了，顾不得前同事们打趣的目光，一进门就把汤放在灶上小火慢煨着。

　　程星是通信组的小花，以前跟她关系不错。周清野追求沈岐的时候，大峰同时也在追求程星，大约两厢一比高下立现吧。程星自此没再正眼瞧过大峰，可把大峰气的，到现在对周清野都还有一股子酸气。那时她喜欢江石玉，找不到沈岐倾诉心事的时候，偶尔也会和程星聊几句。

　　程星算是队里为数不多支持江石玉的一派了，到现在立场犹然坚定。见她面红燥热，抵不住同事们轮番的逼问，程星赶忙找个借口把她拉到一旁，悄声问她："真追到手了？"

许心宜捂着脸，睁着懵懂的大眼睛："是啊，做梦一样。"

程星也是小女孩，深懂她的心思，谁年轻的时候没爱慕过一两个遥不可及的男人？江石玉之于许心宜，那就是木村拓哉之于她。她一路看着许心宜苦恋苦追，自己也铆足了劲，就跟在追偶像一般，如今看到许心宜有情人终成眷属，她比谁都高兴，攥着手心说："太好了，守得云开见月明，以后不要再逼着自己吃不喜欢吃的东西，也不要再顾着形象饿肚子了。你知不知道，那个时候身为旁观者的我，看你总是默默地站在他身后，真的很心疼你，你一定要非常幸福！"

许心宜点点头："嗯嗯，你也是。"

程星又和她说了会儿话，估摸着江石玉也快回来了，催促她去宿舍等他，顺便还能给他个惊喜。许心宜语带迟疑："这样好吗？我还没进过他的房间。"

"有什么不好的？这里你这么熟悉，大家也都认识你，还能怕你干什么不成？"程星不以为意，把火灭了，拍拍手说，"我正好还有事，就不陪你了，你快去吧。"

许心宜点头，拎着小汤锅的手柄，一口气跑到走廊尽头。飞行公寓是男女混住，以楼层区分，男生在一层，女生在二层，江石玉的宿舍就在走廊最里的一间。以前她回回都穿过长玻璃走廊，绕到最里面的楼梯，拐上一个大弯上二楼，其他人一进门就上二楼，自然比她早到，打眼一瞧就知道她醉翁之意不在酒。

她也算一回生两回熟，自此捡了空就往里面的楼梯跑，给江石玉捎带各种水果零食，就连队里逢年过节发的礼品盒也不落下，通通塞他门口。生怕他会不了意，又怕他婉拒，就在上面附加一张便签，明晃晃写着六个大字——孝敬叔叔阿姨。

时间长了，尽头的楼梯好似成了他们的秘密基地，许心宜难过的时候不止一次坐在里面，而他房里的灯会一直亮着。

那时关系不明朗，哪怕离得这样近，哪怕只有一两步的距离，她也从没进过他的宿舍。许心宜脚步顿了一瞬，把汤锅放在窗台，尝试着拧了下把手，没有上锁。

正犹豫要不要进去，门口忽然传来一阵说话声，上扬的语调，像是刻意在说给她听："江师弟，你总算回来了！有些人等你等得脖子都长了！"

"哪里呀？我看早就望穿秋水了！"

许心宜小鹿乱撞，脑子一热，挤开门躲了进去，把小汤锅放在桌子一角，一手虚扶着，另一手忙不迭地推开旁边的电脑、文件、书籍。腾出空来，将小汤锅落实了，她立刻摸了下耳朵，连声道："烫、烫死了。"

也不知碰到哪里，电脑屏幕亮了起来，许心宜不经意一瞥，身形震住。

这时走廊外的脚步声近了，她手忙脚乱，左右看了看，空间太小，也没躲藏的地方，只好双手一背，闪到门后去。

江石玉打开门，见里面没有人，旋即猜到什么，转头一看，果然一个"蜘蛛侠"正攀在门后，打算翻到外面去。人已经悬挂在半空，与江石玉大眼对小眼，她咧嘴一笑，就听他教训道："还不快下来？多危险！"

"哦。"

许心宜只好往下滑，落地的一瞬，被江石玉抱住。

他刚从外面回来，一双手冰凉，隔着衣服还能感受到温度。许心宜被凉凉的触觉弄得发痒，扭捏想逃，江石玉的手一错，就落到她臀上了。许心宜在原地僵硬了大约十秒钟，转头问道："你看我练得怎么样？是不是又翘又结实？"

江石玉弯腰，一口咬住她的唇："闭嘴。"

许心宜担心春光被人撞见，一手压上门，抱住他回亲了一大口。几乎喘不过气了，她才强行浇灭发热的头脑："不行，不能为美色沉迷，我还有正事呢……你快尝尝我精心熬制的甜汤好不好喝，里面都是我的爱意。"

江石玉脱下大衣坐到桌前，锅盖一掀，扑面而来浓郁的香气。既然里面装的都是她的爱意，还能不好喝吗？无论如何，看样子他只能笑纳了。

许心宜坐在床边打量屋子，其实和大学寝室没什么区别，只是相对有私人空间。她去过秦栩的房间，乱七八糟，永远没有齐整的样子。他就不一样，桌上只有书和电脑，衣服鞋子都在柜子里。

许心宜又看了眼电脑，想到刚才一闪而过的内容，嘴唇微抿成一条线，过了好一会儿才问道："你平时没事都干什么啊？"

"看书，下半年要考机长试。"

"哦对，我差点忘了。"许心宜摸着下巴，"我听说最近有个视频软件挺火的，好多人在上面分享自己的生活，你有没有注册账号？"

"我没太关注。"江石玉喝下最后一口热汤，转过身看她，"通海的工作量你不是不知道，偶尔不加班也大多陪你了，回来就是看书。怎么了，突然问起这个？"

"没什么，就是突发奇想，你见过网友吗？"

江石玉神色一顿，摇了摇头。

许心宜笑了起来："我也没有，不过我念书的时候有挺多同学和网友见面的，还有网恋。最搞笑的是一个胖子，以为人家喜欢他，结果被骗走了全部的游戏卡，后来听说看破红尘，去五台山当和尚了。"说完目光一定，她起身走过来，"呀！你都喝完啦？"

"要不要夸夸我？"

许心宜害臊地亲了下他的两颊，江石玉拉住她说话，两人有一搭没一搭聊到了天黑，他起身送她回家。从书桌旁经过时，许心宜再次看向电脑。

江石玉随意一压，将电脑关上了，揽着她的肩打开门："走吧。"

许心宜之前租的房子马上就要到期，房东改了新的合同，续租的话要签一整年，租金要一次性付清。拿不出一整年的房租，也不想折腾搬家，她苦恼了很久，还是决定向江石玉求助。

可不待她开口，江石玉就递给她一串钥匙："我在公寓外的房子，那天你问小野要的地址。"

许心宜一怔。

"你不是已经做好十年规划了？没有房子这一环节吗？"

"有的。"许心宜倍感惭愧，"小女子从业多年，身无分文，要存足够的聘礼恐怕还得等上十年八年。"

江石玉知道她父亲去年生病，家里的存款全都砸进医院了。她每个月仍坚持还他俱乐部的会员费，除此以外还会定期划出一笔钱打到红十字会的账号上，要不说她怎么是"月光族"呢？减去日常的开销，荷包所剩无几。

他无心同她清算每一笔账，只怕她心里不好受，毕竟人家口口声声说的是"聘礼"，要聘他进门。之前他几次说要娶她，也没有得到准确的回应。

江石玉故作沉吟："这样啊，你的意思是让我跟你无媒苟……"

"呸呸呸，瞎说！"许心宜捂着他的嘴，想了一瞬还是把钥匙拿回去了，"就当作你的嫁妆好了，聘礼的话我会慢慢还的，用一辈子还。"

江石玉笑了："找一天都休息的时间，我帮你把东西搬过去。"

"好啊。"许心宜目不转睛地盯了他好一会儿，才恋恋不舍地下车，往外走了几步见车还没发动，又忍不住回头，笑着摆手，"快回去吧，路上注意安全。"

江石玉点头："你先走。"

许心宜继续往前走了几步，眼看就要到拐角处，忽然跑回来，压着车窗道："你、你真的没有什么想对我说的吗？"

江石玉犹豫了一瞬，明明灭灭的灯光里，街口行人匆匆而过，拉长的身影终与树荫下的黑暗融为一体。他静静地望着她，良久摇了摇头。

许心宜嘴角一弯，退后半米，说："快走吧，这一次我不回头了。"她又笑，"再这么一送三回头的，今晚甭想回去了。"

这一晚，江离的邮箱收到一封信：

> 江离，这段时间没有跟你联系，你还好吗？前一阵子我去了灾区，回来后又去了海边度假，虽然中间相隔的天数不多，但发生了很多意想不到的事。
>
> 我救了一个很可爱也很坚强的小女孩，她叫程英，她说长大后会来保护我。
>
> 我最好的朋友阿岐怀了宝宝，我真的太开心了。以前我觉得像我们这样的女人，结婚生孩子是一件很难想象的事，应该没有一个男人能接受我们危险的工作，尊重我们冒险的理想，哪怕恋爱时说得再天花乱坠，婚后也会因日常琐碎而渐渐消磨耐心。我不知道阿岐未来是否会找到家庭之间的平衡，也不知道周清野能否一如既往地爱她，但至少在这一刻，因为宝宝的出现，我忽然感到一个普通人的期待似乎不那么遥远了。
>
> 然后呢，我的好兄弟去北京培训了，转岗到我之前的位子。我想，当他处在我原来的位子时，就会发现我们之间的相像之处，以后不会再钻牛角尖了吧？
>
> 最后，我要告诉你一个好消息，我的病好了。其实我喜欢的人早就知道我生病了，但他没有嫌弃我，没有因为我时不时的忧郁、沮丧和患得患失而感到厌烦，没有让我掉入被所爱之人厌烦的恐惧中，也没有让我失去对生命的信仰。
>
> 他选择了相信我，而我也应当相信他，对吗？
>
> 江离，感谢这些天你无声的倾听，我想请你吃饭。
>
> 你愿意和我见面吗？

正月十五元宵节当天，公牛队接到一则走失人口报案。许心宜拿起详情一看，报案人是周文芳，走失人口正是她在读高中的儿子。

周文芳声称：原本正月初八就应该返校报到，不料儿子忽然高烧不退，就在家里多待了几天，前一天回家时，她看到儿子留了一张字条，说想去外面的世界看看，之后的一天一夜都没有踪影。

周文芳已经找疯了，还是没找到儿子的下落，无奈之下只好求助公牛队。接到通告，于阳立刻组织信息，正要发布，许心宜抬手压下，语速飞快道："等我两分钟。"

她走到一旁，拨通秦栩的电话。在她略显不安的踱步中，电话被接通，秦栩熟悉而玩味的声音传来："还以为看错了，怎么，大忙人终于想起我来了？"

许心宜轻咳一声："现在方便吗？跟你说个正经事。"

秦栩懒散一笑："说吧。"

"那个……周文芳的儿子失踪了，这事我觉得应该要告诉你一声，已经超过二十四小时。公牛队如果介入的话，通海那边可能瞒不住。"

秦栩静了一会儿："你怕闹大了，丢我的脸？"

"我是这个意思吗？好吧，既然你这么直接，那我只好承认了，我确实想维护一下你本来就不多，再这样下去早晚光秃秃的脸面，但你不要多想，我这完全是出于兄弟之义！"

秦栩哼笑一声："甭费心了，那小子来北京找我了，现在就在我旁边，我正要送他去车站。你转告周文芳，不用为了弥补我，卑躬屈膝地去通海当食堂阿姨，她儿子指着我的脑门痛骂我不配！"

"什么？在你旁边？"许心宜头疼起来，"到底怎么回事？你说清楚点。"

这时，秦栩旁边传来一阵咋咋呼呼打岔的声音，依稀是一个稚嫩的男声，秦栩不客气地教训了一顿，灭了那小子的嚣张气焰，让他收回委屈的作态，要哭回家找妈去哭。许心宜伸长了耳朵，又确认了两遍，秦栩才道："我请假了，晚点回来再说吧。"

电话挂断后，许心宜给于阳一个眼神。于阳翻了个白眼："敢情毛没长齐，就学会离家出走了？闹着玩呢，回来非打死他不可。"

许心宜安抚式地拍拍他的后背："被宠坏了，没办法。"

"让他过来我这里，我宠宠他！"

许心宜现下知道了于阳家里的境况，和他关系也更近了，打趣着说："确实不错，这算现实版的《变形计》吗？"

于阳一个起身，又让她来写彩票数字。许心宜忙借口给周文芳打电话，逃出了会议室。

周文芳听后，恨铁不成钢地骂了小儿子一通，最后恳求许心宜："我和小栩的误会怕是解释不清了，这孩子恨我恨到骨子里。我知道你和他是好朋友，能不能请你替我劝劝他？我真的很想弥补他，他不用感到有负担，也不必把我当作妈妈，就当、当是一个普通的阿姨好了。我只想多点机会见见他，哪怕隔得远远的，我也心满意足了。"

　　许心宜听出她话语间作为一个母亲的诚恳，可她无法替秦栩做决定，答应只能代为转达她的意思。提起她去通海应聘食堂阿姨这件事，周文芳态度坦然："我最近看了不少你们队里的宣传视频，对小栩的工作有了点了解，才发现原来跟我想象的不太一样，太辛苦了，其他的我也帮不上什么忙，才想着要不要去给你们做饭，我、我手艺还可以。"

　　"您……您先生不介意吗？"

　　周文芳有些不好意思地承认："他一直支持我来找小栩的。"

　　许心宜不免想到秦荣，看周文芳也是个体贴的妻子，当初怎么闹到老死不相往来的地步？夫妻感情破裂，受苦的都是孩子。

　　她替秦栩感到难过，想了想还是问道："这些年您想过他吗？"

　　周文芳沉默了一会儿，抹着眼泪说："怎么会不想呢？秦荣一个大男人，每天忙得不见踪影，我总担心他照顾不好小栩。想到小栩一个人在家里孤零零的样子，整个心都揪起来。那些天我后悔得肠子都青了，痛恨自己怎么就没再坚持一下，可我出了家门秦荣就不再允许我回去了。我犯了错，他连一次改错的机会都不给我，我一点办法也没有！你们这个秦主任，在外面瞧着性子要多好有多好，可回了家是什么样子，你们谁知道？包办婚姻，他心里也不满意，对我冷漠又冷酷，我只是一个女人，要怎么跟这样的男人过日子？这些天我去食堂做饭，看到你们的工作后，稍微能够理解当初的他，可他毕竟没有给过我一点机会，哪怕是去了解他。这些话我不能和小栩说，说了他只会更加恨我。秦荣已经走了，我要再抹黑他父亲的形象，不是加重对他的伤害吗？我不想再让他难过了。许小姐，我跟你说，只是想让你相信我作为一个母亲的心，但凡不是铁石心肠，都不可能完全撂下他不管不问，我实在有很多无奈。你也不要让小栩知道了，我犯下的错，只能报应在我身上。许小姐，谢谢你一直陪着小栩，我知道你对他很重要。"

　　周文芳回忆说，那天在走廊和她相撞，其实不是她第一次去医院。当她辗转通过很多人得知秦栩昏迷不醒的消息时，就已经打定主意今生再也不同这个孩子分开了。

　　许心宜想起之前在医院翻过的一摞遗书，里面也不止一次提到这位不称职的母亲。哪怕秦栩每一次写到"她"都带着一股不可原谅的恨意，可只要"她"出现，不就是思念最好的证明吗？

许心宜思忖道："其实他也非常想念您。小时候老师布置家庭作业，他常常在画完一个男人后，还会在旁边画上一个女人的轮廓，因此被不少同学嘲笑是没妈的孩子，他也没少因此被打得鼻青脸肿。"

这些还是秦荣在世时同她说的，那些画至今被秦栩收藏着。

"真、真的？他一直记着我？"周文芳几乎语不成调。

许心宜不便解释遗书的缘由，仅凭多年对秦栩的了解，大致揣摩出他的想法。如果真的厌恶周文芳，那个千里迢迢跑到北京去挑衅他的小子，恐怕会直接被他撂在马路上，而不是亲自送回来了。

在他心里，或许也在隐隐期待着什么吧？

许心宜说："他已经失去父亲了，请您不要再让他失去母亲。"

这一天，当许心宜整理完新年后要参加培训的志愿者名单时，队部已经走空了。门廊下一盏亮着的白灯，悬在铁丝下，被寒风吹得吱吱发响。许心宜低头往前走，冷不丁听见一声轻咳，吓得往前看去，只见一个高大的身影笼在墙阴里，屈膝弓腰抵着石柱，手里夹着根烟，猩红的尾巴在燃烧。

树荫深浓，男人目光迷离。

许心宜克制住揉眼睛的冲动，走上前一把夺过烧了半截的烟，掐灭扔进垃圾桶："什么时候学会的？"

秦栩轻笑："一直都会，你没发现而已。"说完捏捏嗓子，把烟丝烧过的沙哑，换作往日的随性，从她手里抱过厚厚的手册，视线漫不经心地在她周身游走，"怎么这么晚？"

"一堆事没人处理，我不做谁做？"

"说得好像公牛队没你就不成一样。"

"你懂什么？我现在可是大队长，责任如山！"

许心宜领着他进屋，把手册放进柜子里，落上锁，搓着手哈了口气，这才重重一拍他的肩膀，笑道："走，周王子给我充了一家烤鱼店的储值卡，余额足得很，我请你吃饭。"

"嚯，还当你有多大方。"秦栩余光往后瞥，月色下她手臂的弧度蜿蜒着，落在山脊般宽厚的背上，像是一种自然而然的依托，沉淀着两人无以言说的默契。

那两张一同被他们放弃的门票，似乎也不必提起了。他仰起头，唇角溢出了声笑，抬手压住她的肩问："就你的食量，咱点几个锅才够？"

许心宜瞪他："瞎说什么？我肚量小着呢。"

秦栩不知想起什么，神色一时无边温柔，往后落了一步看许心宜往前走，蹦蹦跳跳还像个孩子，戴着咖啡色的雷锋帽，罩住了耳朵露出一截发尾来，跟着她的跳动晃来晃去。粗粗瞧着总算长点肉了，也不必再抠着口粮每日一板一眼装淑女，这样的日子应当会越过越好吧？

每个人都在往前走，他好像不能落后太远了，否则就真的追不上了。

许心宜进了店，跺跺脚，拂去周身的寒冷，让老板上一壶热茶，给他斟满了才问道："见过周文芳了？"

"嗯。"秦栩双手捂着杯子，低下头啜了口热茶。

"就没下文了？"

秦栩问："你想有什么下文？"

"没留你吃晚饭？"

"留了，我拒绝了。"

"那小孩怎么说？"

"跟我放狠话，让我以后躲着他走路，不然饶不了我。后来被他爸揍了一顿，变哑巴了。"

许心宜观他的神色，似乎比去北京之前轻松不少，就没再往下问，开了话口子大刀阔斧地笑话他："我还当你又要拳打脚踢，把人气晕过去。回头通海少了一厨娘，那些人不得把罪名安在你头上？阿岐知道了，少不得要替你奔走两回，非给你把厨娘请回来，当财神爷镇稳了才行，你这日子才能消停些。"

秦栩脸一热，自觉以前就是这样的性子，遇见事甭管三七二十一，能动手的绝对不动口，惹下一堆烂摊子让沈岐收拾。也难怪许心宜总要追在他后面骂，一副要将他骂醒的架势。

"你这张嘴的功夫，跟张建练的？"

喉咙渡了茶水，滚烫熨帖心底，秦栩整个人暖了，眉目也柔和了，望着许心宜一副玩世不恭的模样，依稀回到当时年少。

许心宜撇撇嘴："骂多了自然耳熟能详，再说我现在就是队长了，能不好好练习吗？"

秦栩笑睨着她，问："我听说阿岐怀孕了。"

"怎么，大峰又当耳报神了？他自己都火烧眉头了，还有工夫管旁人的事？"许心宜压低声音，一脸难以置信，"他老婆是不是又回娘家了？"

秦栩拿筷子敲她的脑袋："大峰也不容易，你别跟着瞎掺和。"

许心宜想，她能不知道大峰的难处吗？她拧了拧鼻头："哼，去了一趟北京见识大了吗？连小霸王都会替人着想了，真稀奇。快老实交代，大峰给了你多少好处？"

"跟你说正经的，别贫。"

许心宜涮了碗筷，双手一拢，在热气折腾的屋子里回望一圈，停在秦栩面前。数日不见，他换了新的发型，头发被剃了个七七八八，光秃秃只余一簇短毛，眉眼间的黑连成一片，瞧着更加精神了。

曾经种种，滤去了酸、苦、辣，酝酿出甜的芬芳。一些事，一些人，一些情，都变作光阴的陪衬。

许心宜与秦栩四目交接，不由自主地笑了。

"阿岐的胎还不满三个月，不太稳当，周清野天天守在家里照顾她，你就放心吧，在北京踏踏实实地培训，不要给通海丢脸。"

"谁、谁说我不放心了？"

许心宜佯装惊讶："啊？敢情你眼巴巴跑回来一趟等我到现在，不是关心阿岐的近况啊？那你关心谁，李英吗？"

秦栩卷起袖子来抓她，临了到底不忍心，手一收反被许心宜偷袭了个正着，一拳头正中胸口。秦栩一个跌坐，整张脸扭曲变了样，说不出一句整话来："你是吃秤砣长大的吗？下手真狠。"

许心宜趁他还没回过神，夹了鱼身上最鲜嫩的一块肉放进嘴里，品咂半天，吐出一声长气："真好吃呀。"

她想起一件事来，记不清是哪一年了，也是刚出任务归来，沈岐请他们一帮人去吃烤鱼。临到门口她脚底一滑，差点摔倒，秦栩反应敏捷，捞了她一把，不料脚底也是一滑，直挺挺地朝路牙子上磕去。要不是沈岐眼疾手快，拎起他的后领子一翻，恐怕他得门牙漏风地过新年了。

许心宜问："当时你在想什么？"

秦栩微微眯起了眼睛，思绪跟着飞往那年的冬天。在沈岐还不是他可以期待的家人之前，在她只是一个机组的队长时，似乎就已经非常偏爱他了。他在队里年纪最小，又是秦荣的儿子，好像从一开始大伙待他就特别掏心窝子地好。沈岐那样内敛的性子，表达不显山不露水，却比旁人更甚。

许心宜问过她原因，她说他整天跟在身后，一脸稚子仰慕老师的样子，让她想不宽容都难。

仔细想想，经年来生死往复，多少人来了又去，停过又走，淬着霜雪雨雾的寒没能渗透沈岐的城防，却叫他一个傻小子伤透了心。

秦栩背过身去，仰着头，眼里似有什么在流淌。

"当时就觉得，她是我这辈子都将仰望的人。"

重朋克风的装修吊顶上排满了烟管，安全隐患着实不少。他一边想着，一边出了神，久久没能平复。

许心宜翻过了鱼身，剔了鱼肚的刺，全都撂他碗里，这才笑道："心里后悔死了吧？"

秦栩含糊不清地应了声"嗯"，把头低了下来。

"后悔什么？"

"用得着你管？"

"怎么不用我管？没有我通风报信，你能知道阿岐的近况？"许心宜似笑非笑，"你晚上几点的车？"

这一趟回来时间匆忙，只有一天假，秦栩买了夜里的火车票回北京，掐着表精打细算，恐怕来不及去见沈岐一趟了。

许心宜宽慰道："亲人尚在，一切还有可图。"

秦栩更加强烈地感觉到她变了，倒不是长大那么简单，好像变得深远了，变得广袤了，变得让他更加追不上了。他沉默着吃完剩下的饭，与许心宜一前一后出门，踢着路边的石子，到底没忍住问了出口："你跟江师弟准备结婚吗？"

在灾区的一场示爱，尽管大峰左瞒右瞒，还是传到他的耳朵里。等不及她回答，秦栩追问道："你确定了吗？"

这一刻，许心宜的心神飘向了一处，头顶打着旋的落叶眼看要落地，一个风起又盘旋而上。原本无比确定的心似乎动了一下，也悬了起来。

为了不让秦栩担心，她还是点点头，问他："你呢？什么时候能改了你别扭的臭毛病？"

"不是你说要先爱自己吗？我在往前走了，你也是。许心宜，不要再回头了。"他挥挥手，"再见。"

年后一波倒春寒袭来，飘了一夜的急雪，气温骤降，第二天公牛队启动"防雪抗冻"应急预案。许心宜正式担任队长，紧急召集各救援支部一百多名队员，进行二十四小时备勤，大致把队伍分为三类：市区人行天桥防护大队、扫雪车机动大队和山林巡防大队。

许心宜带领一行队伍负责对市区各人行天桥以及低洼路段进行守护、清除积雪和积水，并在人行天桥的上、下桥以及桥面醒目的位置悬挂安全警示牌，尽管如此，其间路人滑倒摔跤的情况还是层出不穷。

医护车就在附近的天桥待命，遇见紧急情况第一时间赶赴现场支援，重伤情立刻派送至医院就医，轻伤就地处理。轻重缓急各有应对的法子，倒也维持了正常的城市秩序。

第三天雪渐渐停了下来，可气温相比昨天更低了。

许心宜凌晨四点已经在集合点待命，一路骑着单车过来，出了一身汗，身体在短时的暖和后渐渐凉了下来，手冻得僵硬。陆毅成过来的时候正看见她撑开五指，双手交搓，一边叫唤一边把领子解了开来，弓着腰把手伸进自己的胳肢窝取暖。

手暖了之后，她眯着眼睛，一副喝醉的姿态，回味无穷地舒了口气。他便觉得，她总是能把生活里的辛苦熬出甜的滋味来，这种本事不是谁都有，许心宜算个中翘楚了。

他把一碗热粥递过去，许心宜两眼直放光，忙不迭地接过来："这么早就有粥铺开门了？"

"放屁，我自己……"陆毅成话说到一半，烦躁地摆了下手，"喝你的，别废话。"

"一大早火气就这么大，吃枪子啦？"许心宜撇撇嘴，也不管他，捧着粥碗揭开盖子，小口小口地吸了起来。

这个时间路灯已经熄灭了，天还没亮起来，苍茫间笼着一层雾，整座城市像是悬浮在深海的蓝鲸，庞大却没有一点生机。只乌压压的树下蹲着团橘红色的身影，时不时动弹一下，发出声人间美味的叹息，将天色衬得别致了起来，清亮而温暖，再死气沉沉的人也不忍打破她的欢喜。

陆毅成静然望着，不知过去了多久才把脸扭向别处，拂去鼻间的水汽。

在上午清了一遍人行天桥的冰雪后，许心宜决定下午同山林巡防大队重编一支队伍，做好今晚至关重要的夜间巡防。

"得先排除山林游步道和攀登路线的险情，尽量降低游客赏雪发生踩空、坠山等事故的可能性。陆毅成，你陪我一起加班？"

陆毅成自从海岛归来，工作积极性大幅提升。许心宜纳罕之余倒也没有客气，非常趁手地使唤上他了。

陆毅成轻哼一声，没说什么。临近中午收工的时间，忽然一辆雪地打滑的摩托车横冲直撞地朝着许心宜冲了过来。好在陆毅成就在旁边，顺手拉了一把，才没让她被撞成肉饼。

许心宜历经一刹那不经意的生死关头，坐在地上怔了半天，直到摩托车车主摘掉头盔，抹着额边的一抹血，气势汹汹地过来找碴，她才醒过神来。

自己车速太快，没有看到警示牌，反过来还怪他们擅离职守。

人一多，七嘴八舌，加之陆毅成被对方几句话挑起了脾气，最后一行人闹到了警察局，折腾半个下午不说，还被热心市民拍了视频上传到网络，引来多方关注。

末了陆毅成还不服软，非要调地方监控，起诉摩托骑手。许心宜问他为什么，他哑摸了半天，含糊不清道："说不出来，可能直觉吧，不像是意外。"

"那是什么？"

"我觉得是冲你来的。"连热心市民都是准备好的，否则怎么轻而易举就调动了民怨，昔日"空中飞人"的光辉形象，竟然一下子一落千丈？

他是律师，连环套玩得比谁都溜，直觉也不差。不过这件事起得突然，一时也找不到关键证据，他只好提醒许心宜注意，许心宜双手合十，"阿弥陀佛"了半天，最后煞有其事地大喊一声："何方小人作祟？本大仙在此，还不快快退散！"

于是，就这么被许心宜潦草地略过此事。第二天中午，许心宜捡了个空去找江石玉。应国际海上人命救助联盟的邀请，通海一行恰好正在附近出席主要会员代表会议。

她事先看过章程，这个会有好几项重要发言，怎么也得开到下午。

自从打响"防雪战"，她的时间就受到了严重的挤压，每每躺下已经夜半，睁开眼天还没亮。白天更是三班连轴转，需要应对各种突发情况，完全找不到时间联系江石玉。几天下来眼睛周围的乌青堪比熊猫，原地一站就能睡着，可她琢磨了半晌还是偷溜出来，心里想着哪怕远远看他一眼也是好的。

她心里想得多，往往羞于向他提起，甫说十年规划，未来一辈子的路她已经和他走完了。有时候她累到抬不起眼皮的时候，想到他们老了肩挨着肩坐在廊下一起吃饭谈天看夕阳的场景，他温柔得没有分寸，哪怕皱纹再深，头发再白，对她也总是眉眼弯弯的样子，这时再冷的心也得到慰帖。

单是这样的憧憬，她就已经不胜幸福。

会议中心，李英作为代表上台发言后，上午的章程就结束了。江石玉尾随李英，将各国领事送往餐厅，陪聊了一阵后借口上洗手间，溜出来缓口气。在中央花园还有一行同他一样"当花瓶"的陪同秘书，各自面面相觑，心领神会地笑了。

对方向他递来一根烟，他摆摆手拒绝了，看到许心宜两分钟前发来的短信，面上紧绷的神色一缓，绕开了门疾步往电梯口走去，正好与迎面而来的一行人狭路相逢。

为首的男人单手抄在口袋里，上下打量江石玉一阵后，瞥向他身后立着的会议厅展示牌，脸色顿沉。作陪的一行人将他当财神爷供着，见他脚步停了，不免紧张，恭恭敬敬地问道："江主席，您有什么吩咐？"

江覃挥了下手，走上前对江石玉说："聊两句？"

江石玉看向手表，没有动作。江覃身后的一行人自觉往后退，退到十步以外，微笑静等，江石玉却不好走了，淡淡地转脸道："想说什么？"

"我听说你跟公牛队的一个救生员在谈恋爱。"

不是疑问的口吻，显然已经知情了。江石玉心里咯噔一下，起初的预感得到验证："你对她做了什么？"

"你以为我会做什么？"江覃瞪起双眼，"江石玉，我是你爸！你当真要反了天？"

"有什么话您就直说吧。"

"我的忍耐是有限度的，你这份工作实在太危险，我和你妈绝对不会同意。我最后通知你一遍，如果你再不辞职，我会行使董事会的权力，解散公牛队。"

江石玉瞬时如坠寒窖。

"您没有权力……"

那些星火，那些纵然微弱却一直燃烧着的星火，多么努力才不至于被寒冬碾灭，他凭什么三言两语就替他们做决定？他凭什么？！

没有任何人可以践踏一线的良心。

江石玉攥紧拳头，强忍怒火，一股生而为人的悲哀席卷了他，让他生出一股巨大的冲动，想要在这栋会议中心把自己撕碎了，让所谓的父亲看清楚他追求的究竟是什么！

就在他准备开口时，身后走过来一个人，按住他的肩膀，不动声色地拍了两下。李英面带谄媚的笑意，亲热地和江覃握手寒暄。

江石玉从旁看着，心越来越冷，就在这时李英话锋一转，问道："您知道伊戈尔·伊万诺维奇·西科斯基吗？"

见江覃面色不善，李英笑得更灿烂了："想必您不知道，但是没关系，我可以告诉您，他被誉为'直升机之父'，十二岁的小小年纪就成功制作了一架橡皮筋动力的直升机模型。他曾经说过'人类征服天空发明飞行器是最令人引以为豪的伟大成就，而这成就起源于人类的一个梦想。这个梦想让人想象，最后通过人得以实现'[1]……"

---

[1] 胡羽.直升机之父——伊戈尔·伊万诺维奇·西科斯基[J].发明与创新（学生版），2006.02：7

李英活像个笑面佛，任凭眼风刀子刮，肥胖的身子始终稳如泰山。

"这个世界有形形色色的人，每个人活着的意义都不一样，所谓的影响力，在一个人选择如何活着的面前，其实没有高低。您的格局或许许多人终其一生也无法达到，可有些人的格局，您终其一生想必也无法领会。咱们说句交心的话，您怎么就能够保证，我旁边这位副机长不会成为二十一世纪的另一个西科斯基？他真的很有天赋，也有野心，所以，不管作为长辈还是领导，我都不允许您轻视这样一个身怀理想的年轻人。"

李英先礼后兵，直把江罩噎得够呛。

电梯门再次叮咚一声打开，江罩率先进入。他沉着一张脸，再也没有说话，就在门即将要关上时，江石玉开口："如果您那么做，您不用怀疑得到的会是什么。"

许心宜进了会议中心，迎头和一行人遇上。为首的中年男人看起来不太高兴，作陪的一串尾巴大气也不敢出，正好外面也有一行人要进来，两头相遇就堵住了。

许心宜仗着身高优势先从人群里挤出来，头一偏，恰好跟为首的男人视线交接。

一种相似的感觉扑面而来，她定了一定，就在擦身而过之际，对方低声说："等一等。"

许心宜按照指示上了电梯，正要打电话给江石玉，忽而听到一个熟悉的声音。

李英似乎是在笑，又带着一丝正经的口吻："之前在震区的事我压下来了，上头不会再追究，不过感情到底是私事，以后不准带到工作中。你行李收拾得怎么样了？下个月过去有没有问题？"

江石玉语调稍有缓和："谢谢您。"

李英见他神色平淡，对他的安排似乎没有特别欣喜，也没觉得失望。他看似温和，实则有自己的城府。出生在这样一个家庭，也不知道是他的幸还是不幸。

"我刚才说的那些话，一半是故意挑衅，一半是真心。你能有这个机会，是很多协同组织包括上级领导一起努力得来的结果，非常不易。你是通海的副机长，是机修厂老师傅们共举的爱徒，有聪明的头脑、机警的判断力、出色的实力，更是这一辈年轻人里的领头羊，你一定要做好榜样。这次去不求你一定带回什么制胜的技术，即便只是切身感受一下对手的军事实力，也是一件幸事了。要知道对方一直是可敬的对手，尊重他们，并且有朝一日赢得他们的尊重，是我们一直以来的追求。注意保护好自己，不必怯懦，你不是一个人，在你后面还有一个强大的祖国……"

李英谆谆教导，语重心长。江石玉静静听着，身体里的血液隐约地沸腾起来。这是一个非常现实的命题，怎样让自己在社会、让国家在世界立足于不败的地位，值得每一个人思考。他虽然未必会成为二十一世纪的另一个西科斯基，但哪怕能为这个"西科斯基"提供一个想法、一个思路，甚至于一个公式，也算朝理想更近一步吧？

从会议室走出来后，江石玉看到几步之外的许心宜。

她像是没来得及走，慌忙向他挥了下手，说道："江师弟，恭喜你呀！以前西科斯基的代表每次访问基地都跟祖宗一样，以为腰板多硬呢，还不是被咱们钻了空子！真解气，你一定要好好把握住这次机会呀！"

说完她低头看时间："哎呀，原来已经这个点了，你要继续开会了吧？我那边也差不多开始了，先走了。"

说完不等他回答，她转身跑向电梯口，一下下不停地按下行键，数着楼层，一副着急的模样。江石玉一看就知道不对劲，她一定听到刚才李英和他说的话了，忙追上前去。

"心宜，你听我说。"

许心宜看到他追过来，毫不犹豫地躲进旁边的楼梯间。江石玉一路追到会议中心外的回廊才将她截住，看她掌心裹着绷带，忙左右一阵检查："你怎么了？受伤了吗？严重吗？"

许心宜眼圈泛红，甩开了他的手说："我要回去了。"

"心宜，你别生气。"他知道她听到了李英的话，急忙解释道，"我不是不想告诉你，只是最近才有决定，正好你也忙，我就……"

他不知道该怎么解释，半年时间虽然并不长，但对此刻的他们而言，其实算不上好的时机。他才刚刚赢得她的芳心，给了她想要的安全感，如果这时候离开，他很怕她的防线会再次动摇。

他心里惶惶的，不知为着什么惶惶。

"你就没来得及告诉我，对吗？就像我没来得及告诉你受伤的事，我们总是很忙，忙到很多事情一直到失去时效性可能才会知道，可这有什么关系，我在意的是你要出国吗？这是一个千载难逢的机会，我为你高兴，哪怕不是你亲口告诉我，哪怕很突然，很不舍，我也不会阻止你，可是、可是我为什么会感到失望难过？我为什么会觉得不踏实，你不知道原因吗？"许心宜带着一股期许，追随着他的目光，"江师弟，你真的没有其他瞒着我的事了吗？"

他电脑里藏着什么样的秘密？江离到底是谁？！

想到刚才在楼下叫住她的中年男人，看长相和他有七八分相似，应该是她想的那种关系吧？她猜到这一点，手忙脚乱地打招呼，可"叔叔好"还没说出口，对方就径自问她："你认为自己配得上他吗？"

她配不上他吗？许心宜不知道，她只是无法忍受，突然再一次被一种忽远忽近的飘零感所击中，害怕昨日重现，他正经历什么她不知道的失望，而再一次只留给她三个字——对不起。

江石玉喘着气，一直到这会儿心绪渐平。大概猜到什么，他尝试说道："心宜，对不起，我不是故意隐瞒你，我……"

话没说完，两人的手机不约而同地响了起来。

许心宜的脸色以肉眼可见的速度苍白下去，江石玉已经听不到李英急召他回去开会的怒吼，电话一断立刻对上许心宜的眼睛。

"阿岐，阿岐……"许心宜无措地望着他，"大峰说阿岐训练的时候摔倒，流了很多血……"

剩下的话她已经说不齐整，嘴里嘟哝着，眼神四下飘着。江石玉掏出还在不停振动的手机，低骂了一声直接关机，一边安抚她一边去路边叫车。

几分钟后，许心宜彻底冷静下来。上了车她把江石玉挡在外面："你快回去吧，里面都是各国的代表，李英英文水平有限，翻译跟不上的话就糟糕了。"她不再给他机会，板着脸说，"你今天是通海的技术代表，不能中途缺席！"

"可是……"

许心宜吸了口气，目光转向前方，连续几天的降雪降温，西湖景区的林阶、吊桥冰冻，已经出现过游客失足的情况，按照气象台的预报，今晚会是巡防排险关键的一夜。

她语调平淡地仿佛在说家常琐事："阿岐一定会平安，那些围绕着我们的分别一定会终结，所有的事都会变好，一定会这样，对吗？我相信这一点，只要我相信就好了。"

等到江石玉结束一整天的会议赶到医院时，许心宜已经离开了。

拿到夜里巡防的路线，他提前到许心宜值守的地方等待。过了大概半个小时，两道身影从不远处的台阶拾级而上，淡白的月光笼罩着山林，层层寒气凝结在枝头。

走得近了，陆毅成先看到远处的男人，微一点头示意后率先离开。

剩下的一程，江石玉陪许心宜走完。许心宜一直沉默不语，小脸藏在厚实的雷锋帽下，下巴缩在围脖里，只露出被冻得通红的鼻尖。

江石玉从怀里掏出一只暖手宝，解开她冲锋衣的拉链，往里又塞了一层，令她两手在口袋里虚兜着，兜实在了才把衣服重新拢好，搓热了手替她捂着两边脸颊，慢慢开口："阿岐那边我去过了，胎稳住了，你不用担心。"

许心宜感受到一股暖意，血液流动了起来。望着黑天里瞧不清面目的他，她眼睛一眨，把酸涩都逼了回去。

"周清野让你好好巡防，不必牵挂他们。"

"他们都好，那你呢？你好吗？"

"我也很好。"

"可我总是担心你不好，你什么都不说，全都藏在心里。如果今天不是刚好被我碰到，你要什么时候才会告诉我去西科斯基交流学习？你什么时候才会跟我说你就是江离？除此以外，你还有没有什么瞒着我？江石玉，我很不安，我总是很怕你还有很多我不知道的东西！"

她嘴唇动了动，江石玉以为她又要跑，下意识往前一步，将她圈在怀里："心宜，对不起，我不是存心骗你的。当时你的状态不好，也很排斥我，我怕我直接邀请你来公牛队，你会更加抗拒。可又舍不得你就此离开，你在一线这么多年，如果真的想要追求一种普通人的生活，早就离开了不是吗？"

在虚无的世界交付底线，把心掏出来亮明诚意，却发现对方是个骗子，她该生气，甚至远不止生气，可她忍了一整天，却只是说"你好不好，我总是担心你不好"，这让他如何承受？

"你就那么相信我吗？连我自己都动摇过。"

江石玉说没动摇是假的，当时也很怕她真的被伤透了心一走了之，可转念一想，如果她真的要离开一线，开始一个普通人的生活，那么除了祝福，他也别无他法。

"可是对于你的心意，我没有动摇过。心宜，请你相信我，我比任何人都期待和你的每一个明天。"

"江师弟，你累吗？"

江石玉摇摇头，许心宜吸了下鼻头："我很累，这一天太累了，身体累，精神累，担心医院再打来电话，做什么事都提心吊胆。想着中午的事，我恨死了自己，明明很想你，好不容易才跟你见上一面，我发什么羊痫风要跟你生气？弄得一堆烂摊子不好收拾，多怕你会真的生我的气，多怕你不再来见我，其实我一点也不想跟你吵架。"

她变成了小女孩，在温暖的气息里化作一摊水，稀里糊涂倒着苦水。江石玉抚着她的脑袋，落着细碎的吻："心宜，这不是你的错，我们需要时间，需要发泄，需要沟通。这一定会是一个常态，在未来很长一段时间或者在我们余生的相处里，必然常常发生。我们常常一起出动，一起加班，没有很多在一起生活的时间，你放假的时候我可能正在忙，我休息的时候你可能刚刚睡下。我们的工作造就了劳碌的状态，把我们的时间错了开来，分离可能要比相聚多，等待或许远比等到长……你有你的敏感，我有我的顾虑，或许我们会时常吵架，可这样的日子才是我们一直渴望的、心心念念的普通人的生活吧？心宜，我很开心，你跟我吵吧，我喜欢看你发脾气的样子，喜欢你……"

他语速慢，话音沉，她原本已经决定不伤感的，倒被他说得伤感起来。在他的未来规划里，似乎没有她辞职回家生孩子这一条，他把她的理想奉高，把她的任性放矮，显出了无尽的包容，这时说着琐碎的话，时间显得有很多富余的样子。

许心宜想到了两人老时喋喋不休讲不完话的样子，觉得没有一刻比此刻更让她相信，他就是她今生唯一的"归巢"。

许心宜踮起脚，堵住他的嘴。他们在零下十几摄氏度的树林里拥吻，濡湿地交接着彼此的意志，她感到踏实，他为之沉沦。

两天后天气回暖，许心宜总算有了喘口气的时间，买了好些东西去飞行公寓送关怀，到门口她遇见周清野，想着周总裁明里暗里为她操了不少心，难得没调皮，规规矩矩地和他道了声谢。

周清野摸着下巴，仰头望天："真是稀奇，今天太阳也没从西边出来啊。"

许心宜脸一热，躲到江石玉身后去了。

沈岐差点小产，周清野特地安排了一个营养膳食家每天为她调理身体，控制各项血象指标，生怕她把身体底子给破坏了，每天忙里忙外，免不了抱怨："你们说说，我何止二十四孝老公，都快赶上四十八孝了，偏偏有些人近视还不戴眼镜，总是看歪。"

许心宜好奇地看向沈岐，问："谁呀？"

沈岐无声地说："秦主任。"

原来秦主任在世时，也对周清野这个差点成为准女婿的总裁，有过那么一点小意见。即便不是那位成熟幽默的方教员，也应该是脾性温和的江石玉，怎么偏偏挑中那个一头黄毛的戏精？秦主任拉着沈岐的手，再三确认："没看岔吧？"

周清野小肚鸡肠，到现在还记得清清楚楚，逮着许心宜问："怎么，我长得就这么不讨喜？就这么不会来事儿？"

许心宜哪里敢出声，缩着脑袋装鹌鹑，周清野一看更来气了："哼，一个个嫉妒我长得帅，还不肯承认，就拿我出色的形象做文章。"

许心宜一颗熊心豹子胆蠢蠢欲动："没办法，您的长相太有说服力了。"

周清野露出迷人的微笑："许心宜，过来，把大队长的肩章卸下来。"

许心宜眉头一皱，小脸垮了，甩着手去搬救兵，吊着江石玉的脖子一个劲吹枕边风："我美不美？可不可爱？贴不贴心？那你快把周王子挤走嘛，别再让他当我的金主了！"

飞行公寓的门被风吹开，江石玉回头，眼瞅着一群看客吃撑了的样子，忍俊不禁。

同事们一个个来问："心宜什么时候请我们喝喜酒？"

许心宜对指尖小声说："喝什么喝，还不是我的人呢。"

众人皆惊，看向江石玉，目光中的谴责不言而喻。

"江师弟，这种事情还不趁热打铁？"

"好歹出国半年，给心宜吃颗定心丸吧！"

"作为一个男人，要勇于承担责任。"

"我去看看皇历，半年后哪天是好日子。"

江石玉扶额，看向拽着衣袖躲在后头的始作俑者，一脸无奈。关了门，男人把她堵在墙角，确认她危险的试探："心宜，你是认真的吗？"

"哎呀！这种事情怎么好问出来！人家不害羞的吗？"说完，许心宜飞奔而去，只留下一句，"晚上、晚上我在家里等你呀。"

飞行公寓陷入一片死寂。

新年伊始，公牛队即将展开新一年的招生集训。新队员入队前要进行为期两天的野外培训，有幸的是，这次还迎来了通海救助飞行队核心骨干们的加入。

李英为手下年轻人的终身大事算是操碎了心，为了能让江石玉出国前夕有多一点和许心宜相处的机会，光明正大地开后门。他一向不赞成年轻人把感情带进工作，突然以公谋私，不免让人怀疑。

周清野趁着沟通新一年计划时再三打听，李英扛不住道出隐情："大峰前几天跟我打报告，说要请假回去处理点家事。我问他什么事，他起先不肯说，后来知道瞒不住，在我房间里哭了。"

周清野诧异不已，什么事能让铁汉柔情的大峰在领导办公室失控大哭？

李英叹气："才结婚多久就离婚，这算什么事。"

周清野也觉得遗憾："没有转圜的余地了？"

"之前孩子夜里发高烧，他老婆日忙夜忙，睡得沉了点，发现的时候孩子已经昏迷了，送去医院差点没抢救过来。"

大峰泪珠子串了线似的，哭得不成人样。往日瞧着多么魁梧壮实的男人，捂着脸颓然瘫坐在椅子上，一夕间像老了七八十岁。

李英说得唏嘘，队里有问题的家庭其实不在少数，不善沟通更是关键。走到这一步谁也不愿意看到，可往往现实就是如此，有时候停下来细想，也不知道成天的忙碌究竟是为了什么，不知道这样飘着的日子何时才是尽头，等意识到有问题时，身边的人已经走光了。

秦荣是这样，大峰也是这样。

李英和周清野说，一方面是珍惜同他的忘年交，一方面是疼爱沈岐，想借着大峰的事给他们提个醒。周清野坐着半晌，咖啡冷透了，一句话也没说得出来。

被通知沈岐摔倒流了很多血的时候，他想到那个还未出世的孩子，一时思绪纷乱，停在医院门口很久，始终没敢进门。可当他看到血色全无躺在病床上的沈岐时，一种清晰的痛感将他拉回现实。

那时他跟自己说，哪怕孩子真的没了，他也决定原谅老天的不公，因为比起所有，沈岐才是他最无法忍受失去的。

到了集训这天，大峰销了假期，跟着大部队来到郊区的营地。在此之前新的队员已初步了解过公牛队的组织体系及规章制度，参与了第一轮的考核，并选拔出班长和小组长，之后便是野外操练。

许心宜是主教官，通海救助飞行队的骨干们则是技术指导，一群人绕山拉练一整天，到傍晚时都脱了层皮。于阳招呼队员们安营扎寨，张罗晚饭准备过夜。

许心宜给班长传达几项注意点后，提着一壶热水朝通海的帐篷走去。

走到一半，见江石玉从自己的帐篷钻出来，许心宜的嘴角不受控制地上翘，踮起脚往后看："你在里面放了什么见不得人的好东西？"

"又瞎说，防潮隔热垫，怕你夜里受凉。"

许心宜恨不能长在他身上，挎着他的手臂撒娇："我一点都不冷，浑身都是火气，你那天晚上为什么不来？"

江石玉有生之年确实没见过像她一样娇羞又勇敢的女孩，低下头跟她咬耳朵："知道明天是什么日子吗？"

许心宜绞尽脑汁想了想，忽然眉飞色舞："情人节！"

"答应你要一起过的，不再让你生气……傻子，明天下午回去把行李收拾一下，晚上去我那里。"

"那里是哪里呀？"她拉长了尾音，朝他明送秋波。

江石玉无可奈何，头一偏，热气呵在她耳郭："再闹，回去上家法。"

许心宜往旁边一闪，捂着发烫的耳根笑出声来。论动手的功夫，整个通海没几个是她的对手，虽然面前的男人进步神速，但她好歹是世界纪录保持者，一般的家法，她可不怕。

她一而再再而三地撩拨，柳下惠都该心动了吧？

许心宜一边躲一边拿余光瞄他，光是想就已经控制不住了。短短几步路走出了一身汗，还怪他长得太好，太遭人惦记。

"好想变成叮当猫装进你的口袋哦，这样不管你去哪里，只要一有女生向你示好，我就能马上朝她放烟幕弹了，哼。"

江石玉停下脚步，替她整理乱掉的衣裳，把头发绕到耳后去。二月的天，太阳下山后，寒气漫山遍野地往上冒，破了土壤，爆裂在空中。

他目不斜视，整理得细致，让她感觉时间停住了一般，风也止住脚步，就等在这一刻，等他说："这种烦恼不应该由你来承担。"

许心宜捂着脸，想要原地打滚："以前没发觉你这么会哄人。"

她经常和他说土味情话，弄得他手足无措，莞尔笑着，一把将她抱在怀里。后来他长了记性，每逢她有意捉弄时就先发制人，可惜他总拿捏不好分寸，把自己往阴沟里带。

"还是变成阿拉丁神灯好。"

"为什么？"

"因为，只有让你的每一个心愿都成真，我的心愿才能成真。"

许心宜的笑意开了花似的绽放在脸上："那我许的第一个愿望就是，在你去西科斯基之前，每个晚上我都想跟你在一起……"她扭着腰追问，"好不好嘛？"

江石玉果不其然又一次翻了船，佯装走神望着别处，被她花蝴蝶似的在前面绕来绕去，最后实在躲不过去，笔直地迎上她的目光。如果说前面暗示的意思还隔着一层秋波的话，眼下她连那层秋波都省了，明眸皓齿，一行浓稠的亮。

漂亮的姑娘整装待发，敬请他赴一场丰盛的野餐啊。

他俯身靠近她的耳边，不知说了什么，许心宜呆在原地。

两人提着壶水，磨磨蹭蹭走了半晌的工夫。大峰坐在一面石壁上摆弄对讲机，看戏似的吊着眼尾瞅他们，见两人越走越慢，到最后干脆不动了，中气十足地大吼一声："喂，那边的一对男女干啥呢？天还没黑，真当我们都是死的呀！"

许心宜一惊，忙撒开江石玉的手，飞也似的冲向大峰，劈头就是一记铁拳。

大峰没躲，挨了个正着，骂骂咧咧道："有伤风化！"

"我呸。"

"瞧你得意的小样，哪儿有一点精英战士的风姿？真丢我们通海的脸。照你们这样发展下去，甭提拿先进队员奖了，不吊车尾就算好的！"

许心宜听得头皮发麻，直想揍他："你干什么又学李英说话！"

许心宜对李英的说教方式有阴影，偏偏大峰还老爱学他。秦栩出事那会儿也是，她刚醒来，他就一手又腰像个大茶壶喋喋不休，把李英的话复述了个遍。也不知道门门考试亮红灯的他，哪儿来的记性背得一字不落。

"你上辈子跟李英是不是一家人？"

"哪儿能啊，我看仇人还差不多。"

"就因为他不肯通融给你多一点假期？你心眼子怎么这么小，他也是公事公办，至于总在他背后开涮吗？"

一眨眼又翻过一个年头，许心宜感慨光阴易逝，给他脚边的搪瓷杯冲上热茶。见他跷着二郎腿没再接话，转而拿他开涮："难得你这个大忙人能抽空来参加本队部小小的集训，我作为队长，感到三生有幸。怎么，今天不用奶娃娃？"

大峰的表情微顿。

"忙里偷闲，总要让人喘口气不是？我又不是老黄牛，整天干个不停，再这么下去，老子早晚要死。"说完继续摆弄对讲机。

许心宜连呸几声："童言无忌，不准瞎说，什么死不死的，正当壮年呢。"

大峰眯起眼睛，呷笑斜眼看她："刚跟江师弟商量什么？瞧你把人给逼的，基地都说你要在他出国前把关系定下来。我给你的东西都收好了？"

许心宜偷瞄了眼身后正在忙碌的男人，手指压着嘴唇冲大峰猛使眼色，自己却是一副怎么都绷不住的幸福样儿。大峰哂笑一声，转过头调试对讲机的频道，忽然又转过头来："我结婚那天，你真没穿裙子来？"

前不着村后不着店的一句，让许心宜有点摸不着头脑。

"我穿了。"

"后来怎么换了？"

"一帮大老爷们儿盯着我，我还好意思穿吗？"

许心宜对于那条紧身的黑裙感情很复杂，第一次穿时，在出租车上忐忑了一路，到会场不到两分钟就脱下了，换来一身轻松。第二次穿时，被张建发现自己畏水的障碍，在街头漫无目的地游荡很久，还回家溜达了一圈，最后被紧急召唤回到公牛队，所有人都看到了，偏偏心上人没看到。第三次穿时，心上人终于看到了，一切恰到好处，谁能想临门一脚，"亲戚"忽然造访。

她就觉得这条黑裙总跟她作对，下定决心明晚要换一条更加火辣的裙子，最好齐臀，带亮片，会不停地晃动，晃得心上人意乱情迷。

大峰看她眼里迸射出吃人的火光，不免替江师弟捏了把汗："动作轻点，别扰民。"

"用得着你提醒？我可是奉公守法的好公民。"说完一顿，"怎么突然提起这茬？"

大峰淡淡一笑，远处重峦叠嶂，夕阳烧红了的尾巴洒遍山尖，像是女人的胭脂，红得叫人迷醉。

许心宜隐约觉得不对，却说不上哪里不对，这时听见大峰的声音，像是被什么炙烤过的铁器，冒着吱吱的热气。

"没什么，就是忽然想起那天的事，感觉跟做梦一样。"

许心宜还当遇见了什么天塌地陷的事，原来是老男人怀春，想老婆了。她笑着问："怎么，又跟老婆吵架了？"

"以后不吵了。"

许心宜还为他突然提高觉悟而感到欣慰，正要再说什么，旁边有人喊她。她见江石玉正朝她招手，跟大峰说了一声跑过去。

江石玉拍拍她的肩，揽着她往旁边走，快速交代了大峰的情况。许心宜的心思还停留在和老朋友相聚的笑闹中，表情一时没转过来，好半天才说道："你怎么没早点告诉我，我刚才还……"顿了顿，不重要的事先不讲了，她连忙问，"已经办好手续了？"

“嗯。”

他瞧见她和大峰在说话，怕她一根筋碰触大峰的伤心事，这才提醒一句。

许心宜心里叫苦，恐怕她已经让大峰伤心了。她站住不动，隔着几米看远处还在调试对讲机的大峰，一整天下来她完全没发现他有一丝异样。他靓着脸追问她和江石玉的进展，这还不够，趁着没人注意，从口袋里掏出一大把安全套，直往她口袋塞，做贼似的叮嘱她不要让别人看见。她还取笑他人才中年，就已经力不从心。

眼下他坐在一面石壁上，对着风口，头发凌乱地飞舞着，套一件灰色的冲锋衣，黑裤黑鞋，腰半缩着，两颊凹陷下去，露出的手腕活生生瘦脱成一层皮，瞧着就像大病了一场，可她刚才怎么就没看出来？

“前些天秦栩回来，提起大峰家里的事，我还想着他自己都快火烧眉毛了，还有心思挂念别人，原来……”许心宜拍了下脑袋，“小宝还没满周岁吧？小宝怎么办呢？”

“给他老婆了。”

“大峰没闹吗？”

江石玉揉她的头发，眼神里有无奈。

许心宜梳理混乱的思绪，缓慢说道：“其实这样也挺好的，对不对？他自己也说了，按照现在上班的情况，可能撑不到小宝满周岁，他就倒下了。离婚后他能轻松点，有什么比自己的生命更重要？孩子跟妈妈也好，妈妈才有时间照顾他，要是给了大峰，估计也……”

她想起大峰结婚当天的场景，从来不修边幅的男人穿上一身笔挺的黑色西装，一张国字脸正气凛然。据说西装还是通过江石玉的关系，找的著名的老师傅手工定制，剪裁合体，衬得他英武不凡。

同事们都夸他马鞍子选得好，跟往日相比，简直两副模样。

她当时瞧着也觉得做梦似的，爱情的魔力竟有这么大？就为了多攒几天假期陪新婚妻子，连着埋头加班三个月的男人，前一天还胡子拉碴，走个路都晕头转向，后一天就跟打了鸡血似的，容光焕发。新婚妻子含情脉脉地望着他，与他在人前拥吻，像是也很爱他的，怎么舍得就这样丢下他？

她太清楚大峰的性子，外柔内刚，只要不碰他的底线，万事都好商量。可只要伤到根本，任是百炼成钢，亦如摧枯拉朽，说垮就垮。

她心里涩涩的，像打翻了墨盒子，浓浓一团化不开来。

“我就说他怎么老是学李英说话，还当他故意吓唬我，原来是真的跟李英过不去。这下可好，李英又背锅了……”她一时又气愤，“他怎么还有心情来集训？就那破对讲机有什么好调试的？都调试半天了！"

约是察觉到她的目光，大峰抬眼看了过来。

"好了没啊？老子快饿死了，能不能先解决了晚饭再谈情说爱？"

江石玉说："他不想提，就装作不知情吧。"

许心宜点点头，于是接下来的一整晚，她使尽浑身解数，各种撒泼打滚逗大峰开心。大峰也十分配合，笑得眼泪呛出来，拍着她的肩感慨道："不愧是好兄弟，哥没白疼你一场。"

他在燃着篝火的寒夜走了一圈，抚着被风吹红的眼眶，轻声笑了："这时候要是有口酒，该多好啊……"

许心宜仰头望着他，又把脸埋下去。大峰转过头，看她一副窝囊委屈的小样，嘴角一勾，摆摆手说："算了，我还是不当'电灯泡'了，先回去睡了。"

他一步三晃，走得跌跌撞撞。

许心宜追过去喊他："大峰……"

大峰背对着她，抬手阻止了她的下文。他就那么站着，旷野里四面八方都是风，月色萧条得只余一抹晖，洒落在他弯曲的背上。

他静了静，笑着说："是兄弟，就什么都不要说了。"

许心宜咽下喉间的酸涩，强行欢快道："想什么呢？我就是告诉你，明天早上五点集合，定好闹钟别睡过头，到时候丢你骨干的脸，我可不帮你遮掩！"

"嘁，小丫头，还挺有队长的派头！"

晚上许心宜跟程熙熙躺在一张帐篷里，她怎么也睡不着，程熙熙被她弄得烦躁起来，旋开电筒问她："睡袋里有耗子啊？"

许心宜睁着清明的大眼睛，问道："熙熙，为什么人在一线久了，好像就失去了醉生梦死的资格？我已经记不清上次跟他们一起喝酒是什么时候的事了，总提着颗心，不敢醉过去、睡过去，这些年好像没有睡过一晚的安生觉，为什么呢？"

程熙熙探过身来摸她的脑门，见她体温如常，没有发烧，躺回睡袋闭上眼睛，过了好一会儿才说道："你有没有发现，只要穿上制服配上肩章，黑暗中就有一双眼睛无时无刻不盯着你？"

许心宜纳罕，还真是这样。

"那为什么还要穿着它？家不要了，孩子不要了，朋友不要了，图什么呢？"

"来的时候谁想过有一天会没有退路？"

"知道没有退路，就不会来了吗？"

"还是会的，因为面前只有一条路，一直往前走才能活。你当然也可以退，只是总有人需要往前走。"

许心宜翻了个身，终于有了零星的睡意。在黑暗来袭前一秒，她只是想到——如果此生能够重来，她还愿意穿上这身制服吗？

第二天早上，许心宜跟蒋雯为大伙煮了一大锅粥，收拾完驻地的帐篷后，开始新的训练项目。在进行体能测试的同时，考核内容还包括对讲机通联、地图识别，以及GPS（全球定位系统）的使用。学员们需要根据指挥部提供的标识GPS坐标，寻找目标点。

驻地临时搭建指挥部，由蒋雯坐镇。许心宜、陆毅成、大峰和江石玉分别带领四个小组，按照已经规划好的路线出发。为了实地测试野外定位传输系统，他们走的不单单是马路、台阶和游步道，还有小溪、山崖和密密麻麻的树林，这对于他们寻找目标点，又是一项严峻的考验。

中午时分，各小组陆续回到指挥部。许心宜半道上遇见一个男人，声称早上同妻子一起上山看日出，中途分开去洗手间后就再也不见妻子的踪影，打电话也无人接听，担心妻子出事，请求他们一起帮忙搜索。

许心宜根据男人对于地形的描述，大致分派了搜山任务。这座山西边地势平坦，出现意外的可能性不大，于是她让蒋雯、程熙熙带队去西山搜寻，自己则跟江石玉等人往东边的悬崖峭壁上走。

到了一处陡坡，陆毅成忽然说："像不像我们第一次比试的太行山？"

许心宜还记得他当初的挑衅，皮笑肉不笑："又皮痒了？"

太行山的失利，乃是陆毅成人生的污点，寻常无事他一点也不想回忆起来，只是看眼下山体的走势，根据自然演变以及早上寻找目标点的印象，他推算后山应该有一块同太行山类似的崖壁，看似平坦，实则险峻异常，既是看日出的好去处，又潜伏着失足的重大危机。

许心宜脑海里还有太行山地图的印象，细想一番后，蹲下身来，拿起一块石头简单地画了几下，结合他们早上分别勘察的山头样貌，得出更加具象的地图，然后指着一处对陆毅成说："你跟大峰去这边。"

陆毅成故意寻衅："连体婴儿可以分家吗？"

许队长微笑回应："你只需要服从命令。"

报案的男人名叫俞东，见他们分散开来往后山走去，神色略显紧张。踟蹰了一会儿，他跟上明显是队长的许心宜，一边走一边说："早上出来得太早，脑子还是糊的，我看这些山一片连着一片，长得都一样，也记不清到底是哪一片了。唉，我怎么这么不中用！"

许心宜安慰他："你别着急，我们有几十号人，大家一起努力，一定可以找到你老婆的。"

俞东点点头，又说："我虽然记不大清楚了，但好像不是这个走向，山没这么高。我老婆有三个月的身孕，走一路歇一路，我们走了一早上，好像只到半山腰。"

"你还记得跟她分开时的洗手间吗？"

俞东摇了摇头。

许心宜觉得奇怪："你老婆怀孕了，你们还出来看日出？"

俞东说："我平时工作忙，没有太多时间陪她。医生不是说孕妇应该多走动吗？她也总惦记着看日出，我上网查了这边有座山风景还不错，就带她来了。"

"才刚过寒潮，现在山里的雪还没消融，你至少应该等放晴几天再来。"

许心宜想着反正已经到这儿了，还是看一看吧。她步子跨得大，走到前面去，江石玉略停脚步看向俞东："你刚才说，你们只到半山腰？"

他与许心宜不一样，哪怕含着笑，周身也有一种让人无法忽略的气场，尤其一双亮堂堂的眼睛，好似能洞察人心，让人不敢直视。

俞东对着他不像对待许心宜态度坦然，眼神飘忽着："我、我都说记不清了，也许过了半山？冬天山光秃秃的，雪松都被压断了，也没地标性参照物，这我哪里能肯定？我也不瞒你说，早上临出门前我还劝过她，要不再等几天，可她有了宝宝后就成了家里的祖宗，说风就是雨，非要看日出，我拦也不拦住！你看，现在出事了吧？"

他说着一通话，看似寻常抱怨，实则漏洞重重，描述也很混乱，一会儿说自己特地休假陪妻子上山看日出，一会儿又说是妻子一意孤行，一会儿说只到半山，一会儿说可能过了半山。最关键的是最后一句——现在出事了吧？

他的妻子目前下落不明，他为什么认为已经出事了？

江石玉察觉事情没有表面这么简单，不得不对俞东留个心眼。绕到后山去，许心宜放下双肩包，从里面取出装备，准备下崖探查一番。

俞东见她的动作惊在原地："你、你这是要做什么？"

许心宜怕他激动，特意缓和了口吻道："我们沿途一路搜索到这里，始终没有你妻子的踪迹，其他人那边也迟迟没有消息传来，以我多年的搜山经验判断，如果她还在山里，最大的可能是坠崖了。"

"不可能！"

俞东猛地扯开嗓门一声大吼："你不要瞎说，怎么可能！"

许心宜被他的反应惊到了，想想也能理解，怀着孕的妻子失踪一个多小时，换作是她，她也会失控。

她忙抬手示意，安抚俞东的情绪："山路湿滑，她一个孕妇体力不支晕倒，摔落山崖都是有可能的。不过这只是我的推测，不一定是最坏的结果。反正已经找到这里，不管什么情况，我先下去看一眼。"

俞东原本在山脚看到他们一行人时，还以为只是普通的野外训练营，眼下看她一件又一件专业装备往身上套，动作之间的熟练程度完全不像简单的户外爱好者，心陡然一紧，追上前道："这好歹是悬崖，你、你行不行？会不会出事？你要是出事了，我不负责任的！"

许心宜一笑："你放心吧。"

把安全绳套在腰间，许心宜给江石玉投去一个眼神，江石玉会意，走到崖边替她固定冰镐，低声嘱咐："小心点。"

这就要下去了？俞东一慌，忙扑到崖边，语不成调："你、你们究竟是什么人？"

江石玉把肩章掏出来给他看，又指着半个身子已经挂在悬崖边的许心宜说："她是专业的搜救人员，下崖去搜查失踪者是她的本职工作，不需要你承担任何风险。"顿了顿，他又问，"你还有什么顾虑吗？"

俞东不说话了，惶惶一瘫。江石玉见他脸色苍白，一颗颗硕大的汗珠往下砸，直觉更加强烈了："你为什么这么紧张？"

"谁、谁紧张了？"他马上又改口，"你老婆要是掉下山崖，你紧张不紧张？说的什么话？还专业的搜救人员，我怎么找上你们？早知道一开始就报警好了。"

说着他走向一旁，哆哆嗦嗦地掏出手机来。

江石玉冷着双目，紧盯他的动作。俞东胡乱地打开通话栏，按下"110"，像是怕江石玉不信，还故意把通话界面向他亮明。

这时安全绳被拉动，江石玉不得不先放过俞东，看向许心宜。

许心宜比出一个手势，下落十米，原地勘察。过了一会儿，安全绳再次被拉动，许心宜的声音带着山间的回音传来："我找到她了！被旁边的栈道接住了，应该还有生命迹象！"

"什么？"

比江石玉反应更快的是俞东，他像猎豹一般扑了回来，满脸的凶煞无以掩藏："她还活着？"

"俞先生。"

一声满含警告意味的提醒，让俞东瞬时吓破了胆，脸一下子湿透了。就在江石玉起身去拉许心宜时，俞东忽然抹了把汗，左右一瞄，以迅雷不及掩耳之势双手按住江石玉的肩，将他重重往下一推！

许心宜正悬在半空中，只见头顶一片阴影坠落，还没看清，冰镐脱手的她失去支撑也跟着一起坠了下去！她本能地寻找支撑点，徒手去抓山壁，然而这面峭壁草木凋零，没什么支点，她一路而下抓不住任何东西，掌心好像被什么东西划破了，血痕一路往下，风呼啦啦地在耳边穿行。

江石玉从被推下的一刻就反应了过来，或者说他事先早有提防，可他怎么也没有想到一个看似平平无奇的男人居然敢杀人。失去重心的一瞬间，他顺手抓住冰镐，在调整好姿势后，便借力冰镐不断缓冲，渐渐地与许心宜同步。

两人在半空伸手，拼命勾住对方的指尖。山壁不断震颤，碎石接连往下滚动，许心宜一边躲避坠物的袭击，一边发足了力往上，只是两人之间始终有距离。江石玉意识到再这样下去，她恐怕会直接坠落崖底。左右一看，他咬着牙一个一百八十度空翻，将冰镐一扔，凿向下方。

许心宜看到他玩命般的动作，眼眶瞬间红了，牙齿几乎咬碎。

她全身肌肉发力，盯着一处，就在最后一刻抓住冰镐，也接住他的手。冰镐在山壁上划过一道火花，停在一棵老树上。

许心宜反应过来的第一瞬间就把俞东骂了个底朝天，虽然还不清楚事情的具体经过，但她已经确定江石玉不会无缘无故坠崖，一切和俞东脱不了干系。

"栈道在崖壁下凹陷的地方，像是新修的，还没有投入使用，从上面看不到。他是不是以为妻子已经坠崖死了？还怀着孕呢，这男人这么狠？"

许心宜活动口腔，不知哪一处伤了，肉连着筋，疼得她龇牙咧嘴。她勉强缓口气，啐了口血，又去察看江石玉的伤势。见他右脸被划破一道口子，身上多处擦伤，裤腿划开一道三寸长的血口，一股戾气从浑身发散开来。

江石玉同时也在小心观察她的伤势，肉眼所见之处跟他不相上下，只是下滑过程中她是靠双手借力缓冲，恐怕掌心已经不能看了。

他松了口气："没想到有一天我也会被人要。"

许心宜见他眼底氤着一团浓雾，不由得想到他曾经在华尔街叱咤风云的模样，一定比此时帅上千万倍。她一向乐天，突然很是期待，想看他从前怎么雷霆万钧，杀人于无形。

那样的属于江石玉的全部，应该会让她疯狂溺毙在他的温柔陷阱里吧？

"如果我能早几年遇见你就好了，这样你所有的样子我都见证过。"她满是遗憾的口吻，在这时吃起了飞醋，"你的初恋女友，她是个什么样的人？"

"为了生活很努力的人，如果她还在，她一定非常喜欢你。"

"那是，我人见人爱，花见花开，谁能不被我的魅力俘获？"

她一手抓着冰镐，只有足尖轻点在树梢上，整个人还处在危险的边缘。而他虽然抱住了树，但这棵被雷劈过的老树已经只剩半截残枝，伴随着他每一次的动静，都会发出吱呀的脆弱声响，宛若死神敲响的警钟。

他们看似安然无虞，实则四面楚歌。江石玉小心翼翼地支起上半身，倾靠过去，将她掌心的小石子一颗颗挑出来。

"疼不疼？"

掌心一直在流血，冰镐已经被染红，她疼得快喘不上气了，可一对上他的眼睛，全都化作不忍。

"不疼，这点小伤算什么？"

江石玉还要吹一吹，她缩回了手，笑着说："痒。"

哪里是痒，明明是疼得受不住了。江石玉想跟她调换位置，可身下的老树颤颤巍巍，甭说换一个人站上来，就是他打个喷嚏都够呛。

左右崖壁开阔，底下一望无垠，当真是腹背受敌。

"今天是情人节呢，也不知道还能不能……"

显然许心宜也在暗中观察四周，然后不得不面临一个困顿的境地，当下的险情远比他们想象的要严峻，甚至严峻多了。原本约好今晚搬家，她会选一条漂亮的裙子，而他会为了她留下，结果一眨眼的工夫，有没有命回去都成问题了。

许心宜常年身处一线，相比"明天"更加熟悉"意外"，生死往往在一夕之间，有时还没察觉，奔腾不息的河流已经停下了。

她鼻头酸涩，不愿面对最坏的结果，可还是不住提醒自己，要先设想好"不幸"。

不幸的是，前通海王牌救生员，今公牛队搜救队长许心宜，在一次搜山寻找失踪孕妇的过程中，意外坠崖身亡。她连死后的讣告都想好了，媒体记者或许会追忆她的往昔，为她举办盛大的出殡仪式，感怀她英年早逝，最终网友们相继转发颂扬她的生平事迹，为她点起蜡烛，社会各界人士将一捧捧白菊摆在她的墓碑前，像是震区那一日的默哀。

她忽然想起，留在队部的那张工照不是很漂亮，希望死后程熙熙能帮她精修一下，她不想被人缅怀的时候，因为太丑而被掩盖了英雄的风头。

沈岐一定会很伤心，希望周清野能尽量多瞒一阵子，至少等她的胎儿稳定一些。以周清野的三寸不烂之舌，应该可以哄好她吧？

陆毅成大概会咬着俞东不放，告得他倾家荡产。只是希望他能看开点，委托人的态度可以不必太较真，绳结也不必太漂亮，因为比起他的快乐，花里胡哨的输赢算不得什么。

还有秦栩，会不会一气之下踢翻她墓前所有的白菊？他那个脾气还是可能的，说不定还会把她从坟墓里挖出来亲眼见了才肯罢休。那个性子也不知道随了谁，希望周文芳可以履行诺言，在余生里给他留一盏回家的灯，不要让他太孤单。

以后公牛队的队长一位还是永久悬空吧，她屁股还没坐热就牺牲了，想来也不是什么风水宝位，依照周清野对她的器重，这一点兴许不难。只是苦了于阳，以后再也没有人陪他一起研究彩票的中奖规律了。她死了，蒋雯应当会流泪吧？可千万别再用冷漠来武装自己了，纵在地下，她也会难过。

最后，希望李英不要太难过，最多哭个三天，这已经是她最大的宽限，哭久了眼睛会疼。想念她也最多半年，想多了头发会白。他已经没几根黑发了，更该学着懂事一些，不能叫她入土难安。

还……还有谁呢？

哦，还有面前这个男人。

许心宜想了很久，想不到该对他报以怎样的期许。好不容易才出围城的飞鸟，怎忍心再断它的双臂？如果她走了，他一定比任何人都悲痛欲绝，或许还会跟她得一样的病，常常走不出噩梦，极端的时候，堕入华尔街的日日夜夜，再复酗酒，最终朝着深渊一步而下。

难道他的人生周而复始，注定只有这样一个结局吗？就算不是这次，还会有下次，下下次，总有一次她会走的，她一定会走在他的前头。因为她终于痛彻心扉地领悟到污水处理厂被困者妻子的心情，爱着一个人，自私也好，险恶也罢，无论如何都忍受不了失去他的一分一秒，哪怕只是想一想。

该怎么办呢？怎么才能让他活下来？

许心宜在考虑这一点，可以说调动了全身的力量。从很早开始，她就在刻意回避这个问题，根本不敢想，才刚起头眼泪就不住地下落，往下一定是号啕崩溃的收场，可如今的境地，哪里还容许她逃避？她得想，必须得想，否则没有谁能救得了他。

许心宜搅动着血腥四溢的口腔，吐出口浊气，竟笑了起来："昨天你在我耳边说的那句话，我想好了。"

枪上了膛，就别想再逃。
还要不要？
给个准话。

她第一次从他眼里读出一个男人对一个女人的占有欲，被那股子劲震慑住了，一时呆在了原地，可是很快愉悦袭上心头。她为着他的浓烈如痴如醉，想将他永久地留在身边，用体温将他的寒夜焐热，此生再不必经历黑暗。

她想了很多很多话，预备等到晚上再跟他说，但是等不到晚上了。许心宜敛起笑容，声音淡淡道："听说女人第一次都挺疼的，我想了想，还是有点怕，要不就……算了吧？"

"心宜。"

江石玉望了过来，许心宜连忙打断他："江师弟，你先听我说。我上小学的时候，同桌是个特别漂亮的女孩，每天穿公主裙、小皮靴，还会根据衣服搭配不同的发夹和丝带，走到哪儿都要被夸奖一通。老师也特别喜欢她，推选她当校队长，比班长还多一条杠，就跟咱们的高级教员似的。她每天放学有车来接，同学们说那车很贵，我远远看着特别羡慕。

"你知道我羡慕什么吗？我不是羡慕那车有多好，而是她每一天的生活都很值得期待，今天去学钢琴，明天去学书法，后天可以在家休息，而我呢？

"我每天出门就开始担心会不会又做什么糗事被同学嘲笑，作业会不会又很糟糕被老师批评，值日生会不会又把垃圾倒我抽屉里，让我来打扫整间教室？那时我的生活就是这样循环往复的，我觉得每天上学好辛苦，想尽办法耍赖不去上学。很长一段时间我觉得上学就是我生命里最痛苦的一件事，现在回想起来，只觉得好笑。

"常常觉得日子过不下去的时候，不还是过得好好的？"

她声音温软，同他耐心讲着道理："江师弟，人生在每一个阶段都会遇见觉得过不去的坎，就像得了创伤后应激障碍也无数次想死的我，你看，咬着牙硬生生地扛，也就扛过去了。只要扛过去，回过头看那都是不值一提的坎。如果这一次我走了，你不必太难过，余生很长，还有更好的女孩在等待你。

"为了我真的不值得，我有哪里好？吃得多，没大志，老爱哭，还特别崇拜霸道总裁，有时候我都嫌自己俗气，就是尘埃里小得不能再小的一粒尘埃，特别不起眼。被你瞧上也就是沙迷了眼，一时揉不出去。你睁开眼让风吹一吹，马上就好了。而且我这个人三分钟热度，当初秦栩刚到队里，我也挺喜欢他的，整天逗他玩。可能你跟他们太不一样了，我从没见过像你这样的男人，所以我痴迷的时间长了一点，但我也不能保证，是不是会一如此刻地喜爱你。"

她低下头去："我可能总有一天会让你失望，与其如此，倒不如……"

"心宜！"

这一次江石玉厉声打断了她，带着一种沉痛："不要再往下说了。"

在这个世上有太多的人爱她，需要她，包括他。他将她视作今生最成功的投资，为拥有她而感到骄傲，所以她大可不必为了一个与之相比微不足道的生机，毫无底线地贬低自己。

"有那么多的沙子，为什么只有你迷了我的眼？心宜，你很好，在我心里你是最好的女孩，就算今天之后再也没有明天，我的生命里也不会再出现比你更好的女孩。"

许心宜鼻头一酸。

"心宜，我们不要走弯路去试探彼此的底线，你比我更清楚，这是一条死路。我的底线可以很低，但一切的前提都是你爱我。你也一样，不是吗？好，现在你冷静下来看看四周，这棵树支撑不了多久了。如果没有我，你只是足尖借力，完全可以获得一段比当下更长的时间等待救援。"

距离他们坠崖已经过去近五分钟，按照大峰和陆毅成的脚程应该从另外一边绕过来了。现在只能寄希望于俞东逃离仓促，留下疑点，也好让他们第一时间察觉不对。

他说完，目光往下扫了一眼，客观分析道："根据先前的判断，这面山崖应该没有特别高，也就三四十米，从这里滑落下去或许还能找到其他的受力点，我不一定会遇难。相比两人一起掉落，这是最优方案。"

他的声音自有一种沉静的蛊惑力，让人情不自禁地跟着他的思路走，然后被他送进早已设好的圈套。许心宜知道他的厉害，摇头不肯听他讲话，大声地从中干扰，甚至威胁他："你再说我就不理你了！"

江石玉静下来。

"心宜，我知道你做过很多选择，这可能是你迄今为止最难的选择，但是没有关系，未来你一定会遇见比此刻更难的选择。你设想一下，如果现在是直升机失事，我和阿岐只能活一个，你会选择救谁？"

许心宜被泪水模糊了双眼，腾不出手去擦。她知道自己现在的样子一定很丑，不想让他看到一点狼狈的样子，可不看他，她的眼泪流得更凶了。

"其实没有那么难的，你冷静下来分析利弊，就能获取最优方案，这不是你最擅长的吗？"

他口齿清晰，声音清亮，将残忍的现实逐层剥裂，呈现在她眼前。

"一个是怀着宝宝的女人，是你最好的朋友，是秦栩的姐姐，是周清野的妻子，她是那些人余生唯一的倚仗。一个是没什么后顾之忧的男人，跟家人的关系冷淡，就算牺牲也不会得到太多的关注，最多同事们唏嘘一场，周清野痛哭一场，至于他的、他的……"

"他的未婚妻！"许心宜抢白道，"我们不是说好，从西科斯基回来就结婚吗？我是你的未婚妻，对不对？"

江石玉点头："好，如他的未婚妻自己所说，人生在每一个阶段都会遇见觉得过不去的坎，可只要扛过去，回过头看那都是不值一提的坎。相信他的未婚妻不管有多爱他，都可以跨过这道坎。对比下来，这个男人的死亡承担着远比女人更小的悲伤，不管是出于理性还是感性的角度，抑或只是从风险评估的角度出发，相信你都有了判断。"

许心宜泪如雨下。

"心宜，把沈岐换作你，结果还是一样的。你是一个女人，是公牛队的队长，是沈岐和周清野最好的朋友，是秦栩的希望，是我唯一爱过的人，你一定知道自己该做怎样的选择。"

"我不！我求你不要这么做，我真的……我真的不能没有你。"

她手上的力气正在流失，湿滑的血渗透冰镐的脊背，带来一丝滑坠感。她竭力往上抓得更紧，脚往树梢再次借力，带起几下有节奏的起伏晃动，然后咔嚓一声，树干又裂开一截。

许心宜的心猛地一揪，巨大的后悔蔓延上来。她更疼了，全身上下到处都疼，可她不敢喊，不敢哭，连呼吸都不敢重，生怕再有个动静，他就跟着老树一齐摧折了。

她脑子里乱成一片，说不出句整话，只是不断地摇头。她已经体尝到那种撕心裂肺的感觉，仿佛自己在灰烬中燃烧，坠入无尽的深渊。她的目光淬出火星来，势要让他明白共死的决心。

如果他敢跳，她就敢一起死。

江石玉看懂了，他再也忍不住低下头去，颤抖地闭上双眼。不知道过去了多久，对许心宜来说可能有一个世纪那么漫长，她才看到他重新抬起头来。

他将眼眶熬得通红，里面没有一滴泪，那是一种登过高山的冷静与残酷。

"心宜，原谅我的自私吧，即便在我面前你永远像一个战士，可你仍旧是我决定不遗余力用生命守护的人。我无法忍受亲眼看着心爱的女孩从眼前坠落的过程，无法忍受将来面对一切后果时被指责的声音，无法再捡起支离破碎的尊严，站着活下去。"

他疯狂地想着，如果不能撕碎生命里的阴影，不能让江罩停止他的一意孤行，那么，至少让他先死吧。或许这样可以换回她的生机，为她争取一条康庄大道，不必为流言所累，为自由所困。而他也守护了她，哪怕是如此自私的方式。

他短暂的一生，虽触目惊心，但也有幸收获爱他如珠如宝的伴侣，待他情深义重的兄友，使命已达，还有何憾？

他留恋地望着她，这个此生唯一爱过的女孩，就要永别了。

他几乎语不成调："听话，如果这次你做错选择，不管生死，我们的关系都将止步于此。"

这时，山顶上按照原先计划绕山搜寻到此的陆毅成，远远看到许心宜落在崖边的包，一个箭步冲上前，连声呼叫身后的大峰。

大峰仔细一看，指着崖边安全绳回来扯动留下的痕迹，以及很明显的冰镐脱落在地面留下的洞眼，与陆毅成交换了个眼神。他们立刻向基地下驻守的周清野和李英汇报情况，同时发动力量，开始大面积搜山。

留在原地的大峰将周围的环境检查一遍后，向陆毅成摇了摇头。

"情形恐怕不太好。"

陆毅成抓着头皮，实在想不通其中的关键："就那两人的水平，能凭空掉下去？"

"兴许是发现了失踪孕妇的下落，营救过程中出了问题。"

"那个男人呢？总不可能也跟着一起下去营救了吧？"

大峰摇摇头："现在追究这个没有意义，还是快点下去探查一下吧。"

他深知时间的重要性，一分一秒都不容有失。他与陆毅成迅速穿戴整齐，两人采取前后下落的方式下崖。

及至五米处，发现晕倒在栈道的孕妇。

孕妇一张脸潮红，面容痛苦不安，身下有血，单手捂着肚子，小腿不住地抽搐，显然还有生命迹象。

按照救助条令，他们不能丢下孕妇不管。陆毅成却管不了那么多，满心都是许心宜。见大峰停住了脚步，他急得满头大汗："你要干什么？"

大峰沉吟片刻，狠下心来："先救她。"

"那心宜呢？"

大峰冷冷地看他一眼："这个时候就算老娘在下面，你也得先救孕妇！如果做不到这一点，我看你也别当什么搜救队员了。"

"你说得容易！换成是你老婆，你救不救？"

大峰嘴角一挑，缓缓笑了："她死了，老子给她收尸！她没死，老子照顾她一辈子！"

陆毅成被大峰的眼神唬住了，一股寒气从脊背爬到头顶。这不是他第一次意识到自己和那些人的差距，却是第一次参与其中，产生强烈的钝痛感。他从不认为感情用事有错，只是不得不再一次考虑制服的重量，他真的承受得起吗？

陆毅成头痛欲裂，强行扭转脖子看向一旁，视线往下，瞥见一抹触目的血迹，心微微颤起来。大概有十秒钟，他几乎已经忘了呼吸，等到反应过来，大峰也正盯着那抹血迹。

然而他只是抿紧下唇，朝着孕妇的方向攀爬过去。

后来大峰才告诉陆毅成："我亲眼看着心宜一步步走过来，她跟我的老婆一样重要，跟沈岐一样，跟秦栩一样，都是过命的交情。或许在未来很长一段时间，我只有他们了，所以眼睁睁看着却不能去救她，我的心痛不比你差到哪里。"

因为这一茬的耽误，周清野一行很快赶到现场，等到把孕妇救上山顶，他们再次往下找许心宜的时候，那棵崖壁上摇摇欲坠的树，几乎就在断裂的边缘。

许心宜的足尖虚点在树枝上寻找支撑，双手挂在冰镐上，血沿着手臂一直流淌到胸口，将她暴露在外的脖子染成一片红。

远远看着，一团血肉模糊！

陆毅成再没有说话，和大峰一左一右地将她套上绳索。许心宜刚一获救，就重新穿戴整齐回到崖边。一群人望着她，满身的血污，面目庄严，眼如寒光，悬着信仰，谁也不忍亵渎。

晴朗的天忽转阴沉，云光暗下来，满城的风雨将要袭来。许心宜拂开面庞往后看，一行人正朝崖边走来。

下了山碰见警车的俞东再次被带回，及至跟前瞧见她，活像见鬼了般睁大双眼。许心宜嘴唇开翕，第一声没发出来，只有嘴巴的血口被撕破的一口闷气，宛如破裂的鸣音叮一声，触动所有人的心弦。

乌云滚滚，苍蓝的天轰隆一声，一场暴雨想是跑不掉了。

许心宜环顾一圈，最终定格在周清野的脸上。

"如果他死了，那个人就是凶手。如果他没死，那就是杀人未遂。"她说得平静，一个字一个字叫周清野听得清楚。

现场所有人都听清楚了，俞东疯狂地挣扎起来，辩解道："你们别听她瞎说，我找她救我老婆，她却只顾跟那个男人卿卿我我，走到悬崖边没注意自己掉了下去！她的这些朋友都能做证！"他抓着警察口若悬河，宛如一个辩手，"我刚才是不是跟你们这么转述的？如果是我推的她，我怎么会下山求救？这根本不合情理！亏得我一片好心，你却在这里含血喷人！我还没问你，你作为一个专业的搜救队员，还有没有道德底线？我老婆生死未卜，你竟还顾着谈恋爱？"

许心宜照旧没什么反应，转身之前，她再次看向周清野。

周清野知道现场这么多人，为什么她独独跟他说这一句话，因为撇开她不提，他是这个世上唯一一个会不择手段为江石玉报仇的人。因为他身上没有制服，无须荣誉，青天在上，再多的眼睛盯着他也可以为所欲为。

许心宜下崖前，余光瞥见周清野朝俞东走了过去，随后听到一声痛苦的呻吟，嘴角微动，垂下眼眸。

陆毅成看她的嘴皮在动，极力分辨，发现她在背诗：

> 十年磨一剑，霜刃未曾试。
> 今日把示君，谁有不平事。

尾声

一定会耀眼的明天

　　许心宜在出场前，主持人交给她一份访谈清单，可能会提到的问题都在里面，让她先熟悉一下。她捏着单薄的纸，面容宁静而认真。

　　旁边不时有工作人员走过，朝她张望，窃窃私语。

　　主持人是一名与许心宜年纪相差无几的女性，看到这一幕先是上下打量一番镜头前的女人，见她面对行色匆匆的驻足与讨论全都充耳不闻，脊背始终挺直，坐姿一丝不苟，哪怕是休息时间，整个人也好像一根弦绷得紧紧的，忍不住上前替她解围，将工作人员都斥走。

　　许心宜看到面前递过来一杯水，视线微动，朝主持人点头示意："谢谢。"她看到对方的名牌上写着两个字——杨薇，轻轻一笑，"你的名字很温柔。"

　　杨薇莞尔："如果别人夸我，我会觉得他们别有所图，但是不知道为什么，你夸我，我只看到了真心。原来我印象里的救生员好像和程序员差不多，一样死板，一样公事公办，但你让我有所改观。"

　　许心宜自嘲："我是不是看着挺不正经的？"

　　"不、不应该这么说，是有趣，面对一项枯燥乏味的工作还能保持有趣的灵魂，你心里一定住着一个梦幻王国。"杨薇注意到她捏着访谈目录的指背略显发白，不由得上前，将她的手松了松，塞进去一张面纸，"不用这么紧张，正式访谈的时候是要脱稿的。"

"不是。"许心宜说，"你不知道，我从学校毕业后就没再跟A4纸打过交道了，除了定期的理论考核、心理测试，再就是队员们的遗书，所以看到这个问题清单，我有点重回考场的感觉。"

杨薇以前是新闻记者，对于挖掘"话题"有天生的敏锐，一下子抓住了她话语里的重点。

"心理测试是什么？"

"打个比方，如果你看到一个人，老人、孩子，或是一个壮年活生生溺毙在眼前，可不管你怎么施救都没有办法再让他醒过来，你会不会感到惋惜、遗憾，甚至自责？"

杨薇想当然地点头："就算只是一个陌生人也会于心不忍吧，这种情况常常发生吗？"

"嗯，我们需要定期的心理干预。"

"那遗书呢？"

"这个形式不同，我喜欢录视频，我一个同事喜欢把遗书当日记写，不过我另外一个同事就常常取笑他在写情书，还有同事会习惯用邮件的方式记录生前的一些未竟的事宜。"

"这有点超出我的想象，我感觉你们总是很忙碌，好像没有太多的时间，而且队里大多都是男性？"

许心宜点点头，笑了："我们队里的男人比较婆妈，感情泛滥，所以写的东西也多。你可能不太理解，这很正常，现在手机通信都很发达，应该很少还有人写信了吧？我们不一样，每天的生活看似很正常，但说不准哪一天就走了，所以很难有临终的那么一刻可以细致地交代后事，只能平常没事多想想，多留下些东西。"

杨薇看着她，依旧难以想象那样的生活，朝不保夕，生死由天，使命已经远远大于生活。面前的女人一张娃娃脸，看着还很稚嫩，可她说起这些的时候语调平平，没有一点怅惘自怜，想必早已习惯了吧？

"你有什么要问我的吗？"

许心宜"啊"了一声，察觉到杨薇的示好。对第一次上访谈节目的她而言，看起来确实需要一些帮助。

"我想要一个创可贴。"她有些羞赧，指着后脚跟说，"很少穿高跟鞋，脚后跟被磨破了。"

杨薇微怔，惊讶于她需要的帮助仅仅是这个，她还以为是待会儿节目正式开始后，可以帮忙控场帮她说些好话。

杨薇叫助手给许心宜拿来几个创可贴，在等待的过程里，她看了眼手表，距离开场还有不到五分钟。一旦正式开录，所有的内容将被记录在案，成为无法磨灭的痕迹。

杨薇提醒她："你看完问题了吗？有没有觉得不太方便回答的问题？或许可以调整一下。我们是现场直播，没有后期剪辑。"

许心宜静了一下，嘴角微动，忽然回味起早上出门前赵阿姨强行塞她手里的豆奶。玲玲背着书包正要去上学，六月就要高考，孩子脸上浮现出大写加粗的两个字——焦急。

她为小姑娘加油打气，小姑娘也冲她笑着比手势，定定地看着她说："心宜姐姐，加油！"

不远处临南中学的广播正在读《百年孤独》里的一段台词：

> 无论走到哪里，都应该记住，过去都是假的，回忆是一条没有尽头的路，一切以往的春天都不复存在，就连那最坚韧而又狂乱的爱情归根结底也不过是一种转瞬即逝的现实。

她低下头，风吹得眼角发红。

赵阿姨拍拍她的背，替她拉高衣领："路上注意安全。"

她抱着豆奶，心里滚烫，问赵阿姨："您相信我吗？"

赵阿姨说："傻孩子，我怎么会不相信你？你是那种会眼睁睁看着孕妇在面前不去救的人吗？想当初玲玲从楼上掉下来，你飞出去也要接住她，我就知道你是个不怕死的，是个有信仰的好孩子。玲玲小的时候，老师问她长大了想做什么，她说想当一名医生，问为什么，说是可以治病救人。后来老师把孩子们的答案做了个总结，发现十之八九的孩子不是想当老师教书育人，就是想当医生军人救死扶伤，报效祖国。长大之后回想起来总觉得傻，觉得天真，不是所有职业都有信仰。"

医生有拿了手术刀治死人的，老师有拿了教鞭教歪学生的，在一线救援的工作者不是神，豁出命去与死神同行，还不准摔几个跟头吗？

赵阿姨虽不清楚事情的经过究竟是怎样的，但她相信许心宜的人品，绝对不是网上盛传的所谓"见死不救"的败类。

许心宜点点头，向赵阿姨道谢。

那袋豆奶她没喝出什么味道，可它的温度一直留存于心间很多年。杨薇忽然发现，这一刻的许心宜才是真正温柔的，无以撼动的。

"没有问题，请您放心。"

访谈正式开始，简单的开场白后，杨薇切入正题："想必大家已经知道在我身边的这位是谁了，前一阵子毅行大会中飞身扑倒勇救老人的英雄就是她——公牛队的队长许心宜。最近几天有关孕妇坠崖案在网上传得沸沸扬扬，其中的真假不为人知，我们特地请来了当事人，让她为我们揭晓事情的经过。"

当日在山顶的不只公牛队、通海救助飞行队、警方等，还有一批刚刚集训完毕正处在人生转折点的新人，以及俞东下山后动静太大吸引的一批户外运动者，不知是谁将消息透露给媒体，又是谁拍下了现场的视频，然后经过加工剪辑，不断重复播放俞东那一句："你作为一个专业的搜救队员，到底有没有道德底线？为什么不先救我老婆？我老婆生死未卜，你竟还顾着谈恋爱？"

揪着一个点断章取义，在网络引战，于是一场离奇的救助事故很快占据了各大网络的热搜版面。

在事情还没真相大白之际，一大盆脏水就扣到了带着闪闪发光的"女性"两个字的许心宜身上。这时，不管她之前救过多少人，受过多少伤，获得过多少人的喜爱，她都成了新世纪"糟糕女性"的代表，成为众矢之的。

说她做戏的也好，想出名的也罢，一时间众说纷纭。

关于女性肩负一线救援重要岗位抑或扮演社会重要角色的讨论，在网络上引发热议，这也是杨薇向她发出访谈邀请的根本。而许心宜为什么选择再上一次节目呢？

当所有人都来阻拦她的时候，她说："还记得上回上节目吗？你们看我平时口若悬河，倒豆子似的说个不停，也奇怪我怎么一上台就成结巴了吧？紧张是一方面，另外一方面是当时有太多的顾虑，不敢放开了说。既然现在局面已经不能再糟糕了，也不怕再上一次台，把我之前想说却不敢说的都说出来，说个痛快。我倒要看看，还有什么能挡得了我？"

许心宜想，一个男人用生命给她上了一堂永生难忘的课，她经年余生，神佛无惧。

在杨薇给出手势后，她有条不紊地阐述了当日的情况，里面明确提到俞东几次前言不对后语的情况，暗示他有极大嫌疑杀害妻子、谋害知情当事人。

现场有提问团发问："根据目前警方提供的消息，俞东拒不认罪，线索还在进一步调查中。重伤的孕妇几度昏迷，尚未清醒，以上种种都只是你的猜测，你能列举更多的实证吗？"

许心宜抬起头，照明灯打在她脸上。她看着镜头，审视那些藏在皮囊后的人心。

她不再像几日前刚出警局那样，被几个记者一堵，退到角落里毫无招架之力，还有人趁乱抓她的头发，对她进行人身攻击。记者们平时口诛笔伐，自有一股咄咄逼人的气势，一堆话筒涌到她面前，像是事情已经水落石出般语气肯定地质问她："你为什么不救她？为什么把她一个人丢在那里？"更有甚者破口大骂："你怎么不去死？"

她当时自觉辩解无用，自暴自弃般任由他们发泄，闭着眼睛默数时间，一心期待着他们快点结束。可现在她不这么想了，她要那些无端伤害她的人同她一样煎熬，每一分每一秒都如坐针毡，每一个白天每一个黑夜都如芒刺背。

"实证是什么？我也想问，在俞东的妻子还没有醒来之前，在同样都是各执一词的情况下，笃定我说的就是假话的实证在哪里？那些辱骂我的人，有证据吗？"

许心宜端正坐姿，面露微笑："是因为恶意剪辑中，俞东骂我时我没有回应，还是因为我是女人？在你们眼中，这件事的根本究竟是这个身为一线工作者的女人失职失责，还是女人本身就是原罪？"

不等提问团驳斥，她已经接上话："我知道也有一些人相信我，因为他们更相信肉眼看到的事实，我是五十七秒徒手攀登五层楼的女性世界纪录的保持者，在从业的这些年里，我救过不下上千条人命，光是小星湾海峡就曾两次要我的命。就在不久前我还当了一次人肉靠垫，在医院躺了半个月。在完全没有经过加工的视频里，我扑过去救人的过程没有一秒迟疑，试问你们凭什么认定，在明知孕妇有可能坠崖的情况下，我会只顾卿卿我我而不去救人？难道只是因为那个男人长得太帅？"

她说完，内场有人被她的冷笑话逗乐了，还有一些微弱的掌声。

杨薇趁势而上，将话题引向更深入的探讨。同为一个女性，她其实更愿意相信许心宜的话，尤其是在见过她本人之后，一种发自内心不需要任何语言赘述的坦荡，已经彻底征服了她。

"其实我们大家都知道，各行各业对女性都会存在一些歧视。他们基本认定女人每个月经期的疼痛会耽误工作，怀孕周期长，误工费时还要发放薪水，最关键的是，女人在社会创造的收益似乎永远比不过男人，女人在国际上的地位似乎永远低于男人。这个时候我特别想提醒大家，有一位杰出的女性——荣获共和国勋章的屠呦呦女士，她用一颗悬壶救人的心获得了全球的认可。那么，一名同样身处救助行业的女性，大家为什么不能给予她更多的信任与支持？"

杨薇转头问许心宜："女性救生员是从哪一天开始出现的？"

"有一些被困的老人和小孩，对男性的信任度反而没有对女性高，尤其在海上全身湿透的情况下，会更加需要女性救生员。但其实我希望大家不要刻意去划分男女的区别，就像妇科男医生，男科女医生一样，在他们面前的都是病人，在我们面前的也都是被困者，是活生生的人命，关于这一点，没有任何差别。"

杨薇又问："你从业这些年，遇见过最危险的情况是什么？或者，让你觉得救援过程中最困难的事是什么？"

"对我们而言，命悬一线的情况太多了，其实真到那个关头，也不会有太多的时间后怕，因为从一入行开始，教员就教导我们害怕死亡是孬种，不配当搜救队员！相反，其他人遇见危险，可能会更让我们煎熬。我遇见过援助地震、洪涝灾区的时候，搜救队员的家人也正在灾区等待救助，有的一直失联到退出灾区都没找到下落，可不管怎么心急如焚，都得坚守岗位直到任务完成，没有任何特权。如果同行、战友牺牲，我们会非常难过，脱帽之后，始终很难跨出致哀的那一步。"

"平常怎么减压？"

"健身。"

她说得太简单，几乎让杨薇聊不下去，露出无奈的笑容。难怪开场前询问她，她会显得毫不在意，原来真正到了这个时刻，掌控全场节奏的人是她，而不是一个自诩资深的名主持人。

杨薇感到一丝挫败，打起精神问道："你最常听到的声音是什么？"

"一些站在道德制高点的指责吧，做得好是责任义务，做不好就是饭桶没尽力，尤其在镜头下被曝光后，指责的声音会被放大，失误会被拔高。质疑、诽谤、误解、道德绑架……很多很多，其实已经习惯了。"

"这种事情能够习惯吗？"

许心宜微笑："你穿了一条漂亮性感的裙子，遭到了恶心男人的觊觎，事情曝光后，大家却谴责你不该穿着暴露，难道以后你就不再穿性感的裙子了吗？同理，你已经一而再再而三地被攻击，而不管怎么做都没有办法让那些人改观，终有一天你会习惯。我们的生命一直在倒数，不能浪费在有色眼光上。"

杨薇第一次遇见在直播访谈中什么话都敢说的人，尤其对方是和她一样的女性，她感到由衷钦佩，甚至被调动起一股激情。

"消防、医生，还有你们，诸如一线工作者，常常会被称作最美逆行者，对此你有什么看法？"

"本职工作，得了勋章不希望被夸大，犯了错也不希望被夸大。每个人都有怯懦的资格，如果有一天谁真的当了逃兵，他一定是非常艰难才熬过心里的那道关。也希望大家可以理解一个普通人求生的意志，不要过度谴责，因为相比于你们的声音，更让他无法坦然的一定是自己内心的声音。"

"希望社会看到的真实现象是什么，或者想要为自己正名的是什么？"

"我不求你们尊重我，但请你们至少尊重我的职业。我是一名搜救人员，在这个岗位上没有男女之分。除此以外我们都是平凡的人，有恐惧，需要休息，常常流泪，也爱唠叨。如果一定要把救助工作者和其他人比较出个不同，那么，也许我们只是多一些伤疤吧。"

病痛、残疾、日复一日的噩梦、心理挣扎，到了她嘴边终究只是两个字——伤疤。这是她认为搜救队员与普通人唯一的差别，但不足以让他们成为社会群体里多么特别的一类人。

杨薇体察到她希望被大众平等对待的心。

"你想成为一名英雄吗？"

"谁不想成为英雄？如果不是以牺牲为代价的话。我也希望父母、亲朋能以我为荣，希望他们能够认可我的职业，希望更多人听到我的声音。可我最希望的，还是大家都好好活着，不要造就英雄。

"十几岁的年纪，哪怕心潮澎湃有着一腔热血，脑子里也没想过'奉献''牺牲'这些字眼，总觉得太远了。之后受命调到通海，说实话一开始我是不乐意的，想说那劳什子救援又苦又累，还随时有生命危险，我一个漂亮的女孩子为什么要去拼命？"

许心宜自己被逗笑了，眉眼弯起一个弧度，让人动容："我们的教官就问我，你不想去拼命那想做什么？转到后勤岗位结婚生子吗？我当时也不知道怎么想的，没来由地摇了摇头，可把我后悔的，教官就说那你去吧，在那里你会遇见更好的自己。我不知道什么叫更好的自己，所以我想去看一看。

"这些年我没看到更好的自己，却看到了不少生离死别，也不想再谈过于遥远而伟大的理想，实在太痛了，那样伟大的字眼会灼伤我们。我相信绝大部分救助一线的工作者都跟我一样，只想当一个普通人，工作的时候好好工作，休息的时候好好休息，永远不要有牺牲。

"试问大家，有谁想要割舍参加同学会的时间，一年到头守在值班室里，几乎没有结交新朋友的机会？谁想要高压、枯燥、一成不变的生活？谁不想朝九晚五，一周双休？谁又愿意经历洪灾地震，连见家人最后一面的机会都没有？谁不想太平盛世，无灾无难，齐家欢乐？谁愿意除夕夜别人一大家子欢聚看春晚，而自己却孤零零地守在基地随时待命？谁愿意冰天雪地冒着生命危险去马路铲雪？谁想要掰开废墟去找一具具残缺的肢体？

"我们生在一线，死在一线，跟很多年轻人一样，终其一生全心全意，为着热爱的事业奉献自己，不是为了当英雄，而是为了醒着的时候能够坦荡，长眠的时候能够心安。所以，我真的希望大家不要再造就英雄。

"牺牲生命才能成就的荣誉，太重了。

"我们不想任何我们爱的人、敬的人有一天黄土白骨，永远沉睡下去，只留一块英雄的墓碑。"

某一年的冬天，有一句话在特别节目里以诗朗诵的形式，传入千家万户：你为什么感动？又为什么彻夜难眠？

世上哪儿有什么英雄，不过是一群平凡的人做着有爱的事。

许心宜挺起胸膛，直面可以撕破一切虚伪的镜头，留下一抹比镜头还明亮的痕迹："借鲁迅先生的一句话：'愿中国青年都摆脱冷气，只是向上走，不必听自暴自弃者流的话。能做事的做事，能发声的发声，有一分热，发一分光，就令萤火虫一般，也可以在黑暗里发一点光，不必等候炬火。此后如竟没有炬火，我便是唯一的光。'"

杨薇被她的一席发言感动肺腑，浑身震颤，握紧了话筒力求声音平静道："如果可以重来，你还会穿上这身制服吗？"

许心宜笑了，在这一刻她想起沈岐、张建、大峰，还有他，以及曾经遇见过的所有驻守一线的救助工作者。山河巍巍，家国壮阔，萍水相逢，终死相缅。

她说道："此生无悔入华夏，来生愿在'种花'家。"

她忽而想起那一晚，当周清野将她从记者包围圈带出来，往她怀里塞上一堆补充体力的东西时，说的一番话："许心宜，公牛队有我顶着，通海有李英扛着，所有使得上人力和钱的地方你都不用担心，不必强撑，也不用害怕，那个家伙不会尝到一点甜头。他前科不少，背了一身债，街坊邻居说他们夫妻经常吵架动手，恐怕这次蓄意伤人也跟债务逃脱不了干系。陆毅成已经连夜赶往

273

他原户籍所在地调查生平了。你记住，但凡这次能让他牢底坐穿，我绝不会让他多快活一天。"

她疲惫地闭上眼，爸爸妈妈跟她说："宝贝，老天爷会眷顾你的。"

当时秦栩正处在最终考核的关键时期，无法从北京抽身，在寒夜里给她打来一通电话，寥寥数语："我请了李安娜到北京来协助完成最后一项任务，时间就在你直播当天。你是不是不知道李安娜是谁？放心，这个女人以后由我盯着，她休想靠近江师弟一步。这会儿是不是踏实了？你呀，好好的，该吃该喝，该哭该笑，想怎么着就怎么着，等我拿第一名的奖状回来，为你大获全胜添酒菜！"

许心宜听到内场响起雷鸣般的掌声，起身往台下走。她问杨薇："现在几点了？"

杨薇说："十一点，还差两分钟。"

许心宜喃喃："来不及了。"

"怎么了？你赶时间吗？"

"不。"许心宜摇摇头，"我最好的姐妹今天出国。"

西科斯基的交流机会不容有失，偌大的通海只剩沈岐可以肩负这项重要的使命。她怀孕刚满三个月，却要远赴遥远的国度。

许心宜等不及回到后场，慌乱中找到手机，给沈岐拨去电话。沈岐也像是在等她结束，电话只响了一声就接通了。

"心宜，我看到直播了。"沈岐说，"还记得吗？你说如果有一天许心宜处在另外一个位置还能获得同样的掌声，如果真的有那一天，请我一定要为你喝彩。我想你做到了，心宜，你很棒。"

许心宜泪流满面，直到此刻才支撑不住地倒了下去。

杨薇吓了一跳，赶紧招呼工作人员上前，将她送去休息室。许心宜摆摆手说："我没事，请您给我一点空间，可以吗？"

杨薇一震，忽然明白了这个女人的崩溃。这一天她面对镜头的时间，可能已经超过她生命的长度，她最后提到的那些所爱所敬的人，是否都已安然长眠？

杨薇眼眶微热，挥挥手，让工作人员先撤离演播间。

很快，幕布、讲台、镜头前只剩下她一人。

沈岐的电话还没有挂断，一时也不知该说什么，想了很久才开口："每一次回来都有你给我接风洗尘，不知不觉已经过去好多年。心宜，寒冬一定会过去，我们一起加油，好不好？"

许心宜哽咽难言，用力点头。

后来很长的时间，许心宜一直独自蜷缩在黑暗的角落里，翻看着邮箱里的最后一封邮件。这是一个忽然出现、忽然消失的男人，一个曾经与她的心最近的男人，不知在哪一天给她的迟到的回信：

　　心宜，对不起，没能同你见面，但我想在其他地方我们已经见过不止一次了，一次代表一生的那种。
　　原谅我最初的隐瞒，在你还不想给我温暖的时候，我却已经想要给你温暖了。那些天我常常想象你一个人站在街头不知接下来该往哪里走的情形，生怕你一个转身，就会消失在茫茫人海。
　　我想了很多方法，最后只敢这样和你通信。
　　在你生日醉得不省人事那一晚，我曾偷偷打开你的U盘，看到一段视频，原来在很早很早以前，你就已经拍着胸脯说，长大了要当全世界最牛的女人！
　　而我，终其一生都将仰望你。
　　心宜，你做到了。未来的日子，我希望你不必再辛苦地当一名英雄，在我心里，你已经是名英雄。烈火、洪流、暴雪、浓雾，一切自然之浩瀚的力量都将为你加冕，而我愿成为你铁靴之下，永远的诚臣。
　　心宜，让我们成为彼此的家人，这一生合法、合情、合乎所有地相守到老，像你期待的那样，也完成我的期待，好吗？

许心宜惘然四顾，无声说着："那天你威胁我的时候，我就知道，这辈子我注定输给你。"

周身浮光掠影，她一时不知混沌，暗问自己：他真的俯下身吻她了吗？他登下高台了吗？他来了吗？他真的在爱她吗？

直到这一刻，她还在担惊受怕。他们离得太远了，她不敢想象他会做出那样惊天动地的尝试，她甚至很难接受他从那么高的地方跳下来，宛如神明寂灭。

万幸的是，她接住了他。

这一世，究竟是飞鸟掠向太阳？

还是太阳一再垂首，温暖了飞鸟？

你爱慕她的明亮。
她眷恋你的悲凉。

你将他燃烧。
他为你留香。

番外
人间欢喜，不只是彩蛋

　　许心宜盯着电脑屏幕已经有十几分钟，长桌对面的于阳和程熙熙交换了个眼神，暗示一心在写教案的陆毅成。陆毅成见于阳咳得快喘不上气才把头抬起来，收到两人的眼色，视线缓慢转到一旁，抬高上半身瞄电脑屏幕上的字。

　　在他看清之前，许心宜把电脑一关，豁然起身道："我要请假！"

　　于阳现在是公牛队的人事主管，就算队长请假也要同他申请。他把眼镜往鼻梁上一推，慢条斯理地翻开值班表。

　　这不看不要紧，一看还真吓一跳，许心宜已经连续两个月没有休假了。于阳不便再发挥"吸血鬼"的本色，淡声道："嗯，可以，请假做什么？"

　　"买衣服。"

　　"好端端的，请个假就为了买衣服？你穿得着吗？"

　　许心宜瞪他一眼："你能别跟社区阿姨一样啰唆吗？调查户口呢？一句话，到底批不批。"

　　"批，你是老大，我敢不批？"

　　于阳扯了一张假单，唰唰几下签好名字。等许心宜走了，他才悄悄打开电脑，三个脑袋在屏幕前挤作一团。

"这是公共邮箱吗？"

"你没看错。"

"所以，那些高中毕业后就再也没有联系过的同学，居然把邀请函发到了公邮？"

"哼，许心宜居然公器私用！"

"怎么每次你们都找不到重点，这是公邮的事吗？老同学聚会欸，连邮箱、电话都没有，摆明了这么多年没有联系过，怎么好端端突然邀请她？"

"不错，心宜确实说过，她从来没有参加过同学聚会。"

"难道是前阵子上节目后反响太热烈，老同学们想关心一下她的现状？"

"我看凑热闹还差不多，无事献殷勤，非奸即盗！"

"那不就是鸿门宴了？"

俞东的事闹得沸沸扬扬，接连一个月不断荣登各热门话题榜第一的位置。有关许心宜在访谈节目上的一席发言得到了领导部门的高度关注，医疗、消防、打捞等一线救助工作者纷纷加入其中，发表自己内心真实的想法，引起全行的强烈共鸣。

"空中飞人许心宜"这个名字，自此家喻户晓。

李英顶着各方压力为许心宜做担保，一度濒临卸职的危境。公牛队也遭遇了一连数日的攻击，志愿者群里每天都在上演骂战，队部外墙被泼了红油漆，保安室的门被击碎。周清野每天疲于奔波，与各路牛鬼蛇神打交道，最严重的一次晕倒在家门外，钥匙还插在门锁里，人就差一步。

事情传到许心宜耳朵里，牵起了巨大的后怕与后悔。

好在皇天不负有心人，俞东的妻子醒来后，伴随着案情的推进，关于他数次作案的前科记录——被公布。由于财务纠纷，俞东曾多次与家境殷实的妻子发生争吵，在妻子拒不援手时，产生了谋害妻子的意图，在与妻子赏雪的途中，趁其不备将其推下悬崖，现在已经被警方正式批捕。

许心宜沉冤昭雪，一切回到原先的轨道。加之舆论的正向引导，公益走到台前，董事会相关人事均有受益，原先解散公牛队的决定也被推翻。

后来由杨薇引荐，通海救助飞行队联合公牛队及相关组织，电视台制作了一期关于女性工作者在职场冲锋陷阵的热血特辑，许心宜、沈岐、李安娜、蒋雯等均在其中。社会舆论仍旧无法统一，但对这些曾经受到过诽谤与质疑的女人来说，无疑是一剂强心针，重新为她们带来勇气。

许心宜穿着战衣出现在同学聚会的现场，在此之前她曾多次想象过眼前的场景。虽然整个学生时代没有一段值得称道的记忆，可她依旧把"同学聚会"认定为人生最重要的一次聚会，然而当她真正身处其中，才发现想象是美好的，现实是残酷的。

以前眉清目秀的男生，如今大腹便便，青春可人的女孩变成妆容精致的女人，讨论着首饰、房产、孩子教育，每个字都用尽全力。

十年后的同学聚会仿佛一场没有硝烟的战争，充斥着光鲜亮丽的丑恶。

许心宜坐下不到五分钟，已经感到屁股发烫，急于寻求离开的办法。她给程熙熙发消息，让她以紧急出动为由把自己召唤回去，可还没得到程熙熙的回复，女人们就朝她开炮了。

"心宜，女人事业有成固然好，但是家庭孩子也很重要。你看你每天风里来雨里去，回到家冷冷清清的，多可怜呀！"

许心宜："我……"

"就是，再坚强的女人也需要家的温暖，孩子是实打实从娘的肚子里掉下的一块肉，跟你连着心。至于男人嘛，多半靠不住，还是得把孩子拴牢了。"

许心宜："不是，我……"

"瞧你这话说的，心宜还没结婚，哪儿来的孩子？你让她去领养一个吗？"

"这有什么关系？总归心宜没有太多时间照顾小宝宝，完全可以领养一个年纪稍微大点的。等她到岁数退休了，就可以含饴弄孙，还有人给她养老送终。我这话听起来确实不动听，可忠言逆耳，也就是跟心宜才这么说，救助行业又不是铁饭碗，能干多久？一不小心落下个伤病，能管到死吗？不能光顾着眼前，得为以后多做打算。"

"你说得都对，可我觉得女人再怎么样还是得有男人，三十岁的女人尤其需要，这跟婚姻没有关系。"

一群女人你看我，我看你，心领神会地笑了起来。

许心宜嘴角一抽，勉强挤出个笑容。

"你净取笑心宜，有这工夫还不如给心宜找个靠谱的男朋友。"

"也是，你之前不是跟我说你老公的公司有个小主管正在找对象吗？"

"他呀。"女人打量着许心宜，带着一丝为难道，"他不行。"

"怎么不行？"

"是啊！肥水不流外人田，你忍心看着心宜一直单身啊！"

女人被逼急了，脱口道："哎呀，人家好歹是个小主管，要求不低的。"

一群女人静了一瞬，面面相觑，表情里有显而易见的尴尬，用眼神指责说错话的女人。女人更觉难堪，想同许心宜解释，却见她的手机忽然振动起来。

许心宜以为是程熙熙，看也没看直接接通。

"熙熙，怎么啦？"

一时没听到回应，许心宜愣神，心想程熙熙怎么回事，她在这里心急如焚，那边却在磨洋工。她刚要开口，就听到一个男声道："心宜，是我。"

许心宜呆了三秒。

"我回来了。"

"真的？回、回来了？今天吗？在哪里？我马上来见你！"

"我在门外。"

"哪个门外？"

"你同学聚会的酒店门外。"

"你、你怎么知道？"

许心宜原地转了个圈，控制不住脸上的喜悦与忐忑，声音发颤："你等我！我马上出来。"说完，电话也不舍得挂断，拿起椅背上的衣服往外冲。

"喂，心宜！"

后面老同学相继喊她的名字，却见她头也不回地跑了出去，连电梯都没有等，直接冲下楼梯。几个男人追到走廊不见她的踪影，喘着气说："不愧是练家子，跑得也太快了吧？"

"她上学的时候就能跑，你忘了？"

"哪儿能想到呢，十年过去了还这么能跑。"

"走走走，去看看，我好奇是谁这么勇敢。"

许心宜没有走多远，下到三楼被一堆杂物阻挡了去路，本想跳过去，奈何纸箱堆得太高，实在没办法绕过。她不得已回去找电梯，刚要转身，听见很轻的脚步声。

她身子一僵，几乎是下意识的反应，把最上方的纸箱抱到一旁去。随后，一道身影转过楼梯转角，笔直地朝她走了过来。

他们之间被一堆杂物阻隔着，就在晦暗的楼梯间里互相对视。

许心宜霎时间哽咽不止："你怎么知道我会走楼梯？"

"我怎么会不知道？"带着一丝叹息的意味，男人满是屈服的口吻，"哭什么？"

许心宜抽噎着："腿好了吗？已经可以爬楼了吗？"

"有拐杖，没关系。"

“还能回去吗？”

“不能了。”

许心宜一拳重重砸向墙壁，破旧的楼梯间墙体的白漆早已脱落，一个震颤，大片的白往下落。许心宜低下头，深吸一口气，重新直起身：“你别动，就在原地等我。听我的，不准动，等我来找你。你一定要答应我，好吗？”

说完不等他回应，推开楼梯间的门奔出去。

大概有两分钟，一楼的门被撞开，不等门回到原处，来人已奔上三楼。隔着几步远，许心宜看清了面前男人的模样。

还是跟以前一样帅得她神魂颠倒啊。

他右手挂着一根细长的乌金色拐杖，腿被黑色长裤包围着，看不出伤口。可许心宜永远无法忘记当初在山下找到他时的一幕，半截小腿弯折的程度，几乎已经脱离身体原来的组织。

她强烈地意识到自己很可能会失去这个男人，不管不顾地从陆毅成手里夺过对讲机，呼叫周清野安排直升机，去全国最好的医院。随后，尾随江覃身后的一帮人出现在医院走廊，短短半个小时，就敲定了将他转到国外就医的方案。

如果没有那场意外，西科斯基的机会对他而言，会是怎样的一种革新的蜕变？可以让他成为二十一世纪的西科斯基吗？让他成为在国际地位远超父亲的儿子吗？

他心间也有一种和她相通的侠义柔肠，他分明可以坚定不移地奋战在一线，直到倒下的那一刻。可现在他再也戴不上四条杠的机长肩章，再也回不到驾驶舱，再也不会有一个天上一个地面怦然心动的瞬间……

许心宜踉跄着往前走了几步，离得近了，忽然生出一股无言的沮丧。似近乡情怯，又似触景生情，一切都变得不真实起来。

江石玉见她走得艰难，扔掉手里的拐杖，张开手臂。

许心宜第一时间扑过来兜住他的双臂，将他紧紧抱在怀里。她气恼地捶他的后背，语不成调地骂道：“别吓我，别再吓我，我受不住了。”

“心宜，对不起。”

“没关系，这些都没关系了。我一直在等你的消息，白天等夜里等，想你想得睡不着，担心你还没醒来，担心你的伤势，担心国外的医疗条件，担心他们不肯放你回来，担心照顾你的护士身材太丰满……”她说着说着，被自己无厘头的想法逗笑了。

这一笑，悲伤破功，转而变成一层一层上涌的踏实。

"算了，以前那些我都不计较了，回来就好。"她哽咽着，重复道，"回来就好。"

江石玉撑不住长时间的站立，抵着墙壁揉了两下腿，许心宜赶忙低下头掀他的裤脚，想要看一看他的腿怎么样了。江石玉拽住她的手，拦住了她下一步的动作。

两人僵持在原地。

"想好了？"

许心宜直起身，手背飞快地擦了下眼睛："嗯。"

江石玉从口袋里掏出一张诊断书，展开来放在她眼前："看清楚再回答。"

"我不。"

泪水模糊了她的视线，完全看不清纸上的内容。

江石玉说："没关系，我读给你听。"

她怕他疼，怕他摔倒，还托举着他的双臂，堵不住耳朵，只能睁大眼睛瞪他，面颊上的头发湿了，鼻尖泛着红，撇着一张嘴，十足委屈的模样。

话到了嘴边，江石玉忽然顿住，眼眶不受控制地泛起酸涩。

他已经威胁过她一次，已经逼过她一次，这是他唯一爱过的女孩，余生的日子他比任何人都渴望与她共度过。面对一个彼此都不愿意将就的结局，难道只是因为身体不再完整，就要残忍地推开她，放弃唾手可得的幸福吗？

他想了一会儿，随后把诊断书捏成团，扔到脚边的垃圾桶。

"小野去国外接我，过程不太容易，可我已经死过一回，或许他们也怕了吧？可能还要一段时间，才能让他们接受我宁死也不会终结的叛逆期，虽然有点辛苦，但你要相信我，我可以做到。"

他拨开袖口看手表："还有时间，我们先把小野送回家，明天一早就去登记，好不好？"他忽而想起什么，莞尔一笑，"明天周末，不知道民政局上不上班。"

见她久久没有反应，江石玉不得不弯腰，双手捧起她的脸颊，让她面向自己，以一种无以躲闪的姿态，望见他的决心。

"心宜，你不要觉得难过，退出一线，我还可以留在二线。搭建以通海和公牛队为基点的海陆空救援系统是我的理想，未来还有很长的路要走，我会一辈子慢慢地去画好那张版图。这样一来，我们可以多出许多相处的时间，我会非常享受在家等你回来的每一个瞬间，也期待与你长相厮守的日子。关于将来的设想，我们不一定要等到满头白发再去实现，对不对？我们可以一起休假，一起旅行，看电影，参观航空博物馆，定制属于我们的手工纪念品。我还可以为你做甜品，管理基金账户，替你逛街买礼品，走亲戚，照顾叔叔阿姨，交往你想结识的朋友……"

就在他几乎失声的一刻，许心宜踮起脚，堵住了他绵绵的话音。

余生很长，天光明亮。

她一定会活着直至光荣退休，与他携手走过每一个明天。而他，势必会将青草和花朵注入心间，为她开放人间仅有的春天。

【全文完】

MEMORY
HOUSE